Dear Edward

Ann Napolitano

エドワードへの手紙

アン・ナポリターノ

桑原洋子＝訳

河出書房新社

目次

主な登場人物

《2977便の乗員乗客》

エドワード　墜落事故の唯一の生存者。事故当時十二歳の少年
ジョーダン　エドワードの三歳年上の兄
ブルース　エドワードの父。数学者
ジェーン　エドワードの母。ドラマの脚本家
リンダ　妊娠中の若い女性。故郷を捨て恋人の元へ向かう
フロリダ　大柄なフィリピン人女性。いくつもの前世の記憶がある
ベンジャミン　軍人。脇腹を負傷し、故郷へもどろうとしている
クリスピン　大富豪の老人。重い病を抱え、手術を受けるためにロスへ向かう
マーク　ウォール街の若きエリートビジネスマン
ヴェロニカ　客室乗務員

《エドワードの事故後の人生に関わる人々》

レイシー　ジェーンの妹
ジョン　レイシーの夫。コンピューター技術者
シェイ　隣家に住む、エドワードと同い年の少女
ベサ　シェイの母
アルンディ校長　エドワードとシェイの通う学校の校長。シダ植物愛好家
ドクター・マイク　エドワードを担当する臨床心理士

エドワードへの手紙

ダン・ワイルドのために。　あらゆるもののために。

第一部

死ぬことは決まっているが、
いつ死ぬかは決まっていない。
それなら、なにがいちばん大事なのだろう？
――ペマ・チュードゥン

二〇一三年六月十二日
午前七時四十五分

改修工事を終えたばかりのニューアーク空港は、輝くようだった。セキュリティチェック待ちの列が折れ曲がるところには鉢植えが並んでいるが、それはこの先どれほど待たされるのかを乗客に気づかせないための工夫だ。壁にもたれる人、スーツケースの上に座る人。誰もが夜明け前に起きたのだ。疲れきって大きなため息をつき、唾を吐き出す。

　アドラー一家はようやく列の先頭にたどり着くと、ノートパソコンと靴をトレーに置いた。ブルース・アドラーはベルトを外してくるりと丸め、灰色のプラスチックトレーに入った自分の茶色いローファーの横に丁寧に差し込んだ。息子たちはもっといい加減で、ノートパソコンや財布の上にスニーカーを放り込む。トレーの脇から靴紐《くつひも》がだらんと垂れているのを見たブルースは、思わずなかに押し込んだ。

　すぐそばの長方形の大きな立て札に、注意書きがある。《財布、鍵、携帯電話、宝石、電子機器、パソコン、タブレット、金属類、靴、ベルト、食品はトレーに入れてください。飲料、輸出入禁止品の持ち込みはできません》

　アドラー夫妻——ブルースとジェーン——は十二歳の息子、エディを連れてボディスキャナーに向かっていく。十五歳の息子のジョーダンは、家族がスキャナーを通り終えても前に出ようとしない。

ジョーダンは機械を操作している職員にいった。

「この検査を拒否します」

職員はジョーダンをまじまじと見た。「なんだって?」

ジョーダンはポケットに両手を突っ込んでいう。「この装置のなかを通るのを拒否したいんです」

すると職員はいきなり叫んだ。どうやらここにいる全員に聞かせたいらしい。「検査拒否の男性一名!」

「ジョーダン」父親がトンネルの向こう側からいう。「どうしたんだ?」

ジョーダンは肩をすくめる。「父さん、これは後方散乱X線を使った全身スキャナーだよ。今の市場で、最も危険で最も効率の悪いボディスキャナーなんだ。読んだことがあるからわかる。ぼくは通らないよ」

ブルースは息子から十メートル近く離れていて、スキャナーのなかを逆行して息子のそばに行くのは許されないとわかっているので、なにもいわなかった。そして息子もこれ以上なにもいいませんようにと願う。

「横にずれて」職員がいう。「きみのせいで渋滞しちゃってるから」

ジョーダンが従うと、職員がさらにいった。「いいかい、スキャナーのなかを通るほうが、ずっと楽だし快適だぞ。なにしろあそこにいる男に全身べたべた触られることになるんだから。とにかく触り方が徹底的だからね。いいたいこと、わかるかな」

ジョーダンは額にかかった髪をぐいとかき上げた。去年、身長が十五センチ伸びて、グレイハウンドのように痩《や》せている。母や弟と同じ癖毛は伸びるのが早すぎて、散髪が追いつかない。父は短い白髪だ。初めて白髪を見つけたのはブルースが二十七歳のときで、その年にジョーダンが生まれた。ブルースは自分の頭を指さしながら息子にこう話すのが好きだ。「ほら、おまえのせいでこうなったんだぞ」今、ジョーダンは、父に見られていることに気づいている。父は空気を介して分別を伝えようとでもしているみたいだ。

ジョーダンはいう。「ぼくがこの装置のなかを通りたくない理由は四つあるんだけど、聞きたいですか？」

職員は面白がっているように見える。今や少年に注目しているのは、この職員だけではない。周りにいる乗客みんなが聞き耳を立てている。

「やれやれ」ブルースは小声でつぶやいた。

エディ・アドラーは母親の手のなかに自分の手をするりと入れた。こんなことをしたのは、少なくともここ一年では初めてだ。両親がニューヨークからロサンゼルスへの引っ越し——父親はそれを大移動と呼んでいる——の荷造りをするのを見かけると、お腹の調子が悪くなった。今もまた、胃がゴロゴロするような気がして、トイレは近くにあるのかなと考えてからこういった。「兄さんのそばにいればよかったね」

「ジョーダンは大丈夫よ」とジェーンはいう。息子にというよりは自分に言い聞かせたのだ。夫の視線はジョーダンに注がれているが、ジェーンはとても見ていられなかった。代わりに、自分の手のなかにある息子の手の感触を楽しむことに集中する。久しぶりの感触。ただこうして手を握り合うだけで解決できることが、もっとたくさんあるはずなのに。

職員は背筋を伸ばしてからいう。「いいぞ、いってごらん」

ジョーダンは片手を上げ、一本ずつ指を開いて数え始めた。「一、放射線は可能な限り浴びたくない。二、この技術でテロが防げるとは思えない。三、政府がぼくのタマの写真を撮りたがってるって考えるとキモい。それから四」ジョーダンはそこで息を吸った。「この装置のなかで取らされる姿勢――ちんぴらに金を巻き上げられるときみたいに両手を上げるっていうあれ――が、無力さを認めさせ、屈辱を味わわせるためのものだと思うから」

　運輸保安局の職員は、もはや笑みも浮かべず周りの様子をうかがっている。この少年が自分をからかっているつもりなのかどうか、判断がつかないのだ。

　近くで車椅子に座っていた老人、クリスピン・コックスは、検査員が車椅子に爆発物がないかどうかのチェックをしにくるのを待っていた。ずっといらいらしていた。車椅子に爆発物がないかどうかだって？　肺のなかに怒声を出せるほどの息が余っているなら、断固拒否してやっただろう。なんという愚かなやつらだ。わたしを誰だと思っているんだ？　車椅子で、しかも看護師連れで旅をするというだけで屈辱的なのに、それでは辱めが足りないとでもいうのか？　クリスピン・コックスはうなるようにいう。「あの子にボディチェックでもなんでも受けさせてやれ」

　この老人は何十年ものあいだ、様々な命令を下してきたが、背《そむ》かれたことはほとんどない。老人の少し高めの声は、職員の迷いに対して、まるで空手の達人の板割りのような決め手となった。彼は指で合図してジョーダンを別の職員のところに行かせた。ボディチェック担当の職員はジョーダンに、脚を広げて両腕を横に突き出すよう指示する。ジョーダンの家族は、職員がジョーダンの股間に無造作に触るのを不安げな面持ちで見ていた。

「いくつ？」職員はゴム手袋のずれを直しながら聞く。

「十五歳」

　職員は顔をしかめる。「子どもはめったにこんなことしないよ」

「じゃあ、どんな人が？」

「たいていはヒッピーだね」そういってから職員はちょっと考える。「じゃなけりゃ、元ヒッピー」

ジョーダンは必死で身動きしないようにしていた。職員にジーンズのウエスト部分をなぞるように触られていて、くすぐったい。「大人になったら、ぼくはヒッピーになるのかもしれない」

「終わったぞ、十五歳」職員がいう。「さ、行って」

ジョーダンは笑みを浮かべて家族に合流した。弟から自分のスニーカーを受け取っていう。「行こう。乗り遅れたら大変だからね」

「この件については、あとで話そう」ブルースがいう。

少年ふたりが先に進んでいく。通路には窓がついていて、ニューヨークシティの摩天楼——青空を突き刺すようにそびえる、鋼とガラスの人造山脈——が遠くに見えた。ジェーンとブルースは、思わずかつてツインタワーのあった場所を確認してしまう。抜歯したあとの穴を舌で触ってしまうようなものだ。タワーが崩れ落ちたとき、息子たちはふたりともまだ幼児だったから、今の摩天楼の輪郭を受け入れている。

「エディ」ジョーダンが声をかけ、ふたりは視線を合わせる。

この兄弟にとって、互いの心を読むのはしごく簡単なことだった。両親は、息子たちが言葉なしに話し合ってなにかを決めるのを見て、不思議に思うことがよくある。兄弟はいつもふたりひと組で、なんでも一緒にやってきた。ところが昨年、ジョーダンは弟と距離を取り始めた。弟の名前を呼ぶとき、ジョーダンはこんなメッセージも込めている。「ぼくはまだここにいるよ。必ずまたもどってくるよ」

エディは兄の腕にパンチすると先に走っていった。

ジェーンは恐る恐る歩きだす。さっきまで下の息子が握っていた手がうずいていた。

搭乗ゲートでは、さらに待たされることになる。全身白の装いの若い女性、リンダ・ストールンは急いで薬局に向かう。掌《てのひら》は汗ばみ、心臓が体のなかで飛び跳ねているかのように激しく鼓動している。シカゴから乗ってきた便は深夜に到着した。乗り継ぎの待ち時間、ハンドバッグを胸にしっかり抱え、軽く眠っておこうとベンチに姿勢よく座っていた。できるだけ安いチケット――それゆえニューアーク経由――を予約して空港に向かう途中、父親に二度とお金の無心はしないと伝えた。父親はげらげら笑い、しまいには膝《ひざ》をぴしゃりと叩《たた》いた。こんな最高のジョークは聞いたことがないとでもいうように。けれどリンダは真剣だった。現時点でリンダにわかっていることはふたつ。一、自分はもうインディアナにはもどらない。二、父と父の三番目の妻には二度と頼み事はしない。

この二十四時間でリンダが薬局に来るのは二度目だ。ハンドバッグに手をいれると、サウスベンドで買った妊娠検査薬の包みがあるのがわかる。今回はゴシップ雑誌と袋入りのチョコレート菓子とダイエットソーダを手に取りレジに置いた。

クリスピン・コックスは車椅子の上で鼻を鳴らした。骨の上に紙をくしゃっとさせたような皮膚をまとった体。時には指が、飛び立とうと準備をする小鳥の羽ばたきのように震えることもある。彼に付き添う眉毛の太い中年女性の看護師は、近くの席に座って爪にやすりをかけている。

ジェーンとブルースは、空港の青い椅子に隣り合わせに座って口論していた。とはいえ、周りの人たちは、誰もそうとは思わないだろう。表情は落ち着いていたし、声も低かったから。息子たちは両親のこの手のいがみ合いを「防衛準備態勢《デフコン》４」と呼んでいた。たいして気にする必要もない状態だ。父と母は言い合いをしているが、これは争いというよりはコミュニケーション。互いをわかり合おうと努力しているだけで、攻撃しているわけではない。

ブルースがいう。「かなり危ない状況だったな」

ジェーンはわずかに頭を横に振る。「ジョーダンは子どもよ。なにもされるはずないわ。自分の権利を主張しただけだもの」

「甘いな。ジョーダンは生意気だった。この国はああいうのに厳しいんだ。憲法にどう書いてあるかなんて関係ない」

「自分の意見をはっきりいえと教えたのはあなたよ」

ブルースは口をきっと結ぶ。言い返したいができない。息子たちをホームスクーリングで教育しているブルースは、批判的思考の大切さを説いてきた。つい先日も、規則というものを額面通りに受け取ってはいけないと熱弁した。「あらゆることを疑問視せよ」とブルースはいった。「あらゆることを」と。それまでの数週間、ブルースの頭のなかは、コロンビア大学の横柄なやつらに終身在職権を認めてもらえなかったのは、彼ら主催のカクテルパーティにブルースが行かなかったせいだという、あまりにも愚かしい事実でいっぱいだったのだ。「一杯やりながら気の利いた会話をすることが、数学とどんな関わりがあるんですか」とブルースは学部長につめよった。息子にも、偉そうなやつらのやることは疑問視してほしいと思うが、今はまだだめだ。あの言葉は少し修正すべきだった。「あらゆることを疑問視せよ。ただし大人になって自分の責任は自分で取れるようになり、実家から出て、その場面を父親に見られて心配をかけることがなくなってから」というふうに。

「あそこにいる女の人、見て」とジェーン。「スカートのすそに鈴が縫いつけてあるわ。身動きするたびにりんりん音がする服を着るなんて、想像できる？」ジェーンはそういって頭を振った。本人はあきれたという気持ちを表すつもりだったが、どう見ても感嘆している。ジェーンは小さな鈴を鳴らしながら歩く自分を想像する。一歩進むごとに音楽を奏で、人々の注目を集める自分。想像して赤面した。今の自分の服装はジーンズと「執筆用」と呼んでいるセーター。今朝、服を選ぶとき、快適さをいちばんに考えたのだ。あの女性はなにをいちばんに考えてあのスカートを選んだのだろう？

　ボディスキャナーのそばにいたときに感じた恐怖や戸惑いが消え始める。ブルースは額をこすり、頭蓋骨《ずがいこつ》の二十二個の骨すべてをズキズキさせるようないつもの頭痛を感じずにすんだことに、無神論者のユダヤ人らしい感謝の祈りを唱える。主治医に移住の決め手になったのはなにかと問われたとき、ブルースは鼻を鳴らした。答えはあまりにも明白。息子たちだ。ブルースにとって父親でいるということは、恐怖につぐ恐怖だ。息子たちが赤ん坊だったころに抱っこしていると、まるで手《しゅ》榴弾《りゅうだん》を抱いているみたいねとジェーンによくいわれた。実際、ブルースにとって、息子たちは手榴弾のようなものだったし、今でもそれは変わらない。ブルースがロサンゼルスへの移住に賛同したいちばんの理由は、映画会社が庭つきの家を借りてくれるといったことだ。ブルースは彼の手榴弾をその囲い地に置くことにしようと決めたのだ。息子たちがどこかに行きたくなったら、必然的にブルースが車で送っていくことになる。ニューヨークだと、息子たちはぽんとエレベーターに乗って勝手に出かけてしまう。

　ブルースは今の息子たちの様子を確かめる。同じ待合室のいちばん遠くの端っこで、本を読んでいる。独立心をゆるやかに表現する行為だ。そのとき下の息子が目を上げて父親の様子を確かめた。エディもやはり心配性だ。ふたりの視線が合った。少しバージョンが違うだけの同じ顔がふたつ。ブルースは大げさに笑顔を作ってみせる。息子からも同様の笑みを引き出したいと思った。あの子が幸せそうな様子が見たい。ふいにそう思ったのだ。

　騒々しいスカートをはいた女性が、父と息子のあいだを遮るように歩いていく。一歩進むごとに鈴が鳴る。背の高いフィリピン人で、頑丈そうな体つきだ。黒髪には小さなビーズがちりばめられている。鼻歌を歌っていた。聞こえる歌詞はかすかだが、彼女はそれを花びらを散らすように待合室に落としていく。栄光、恵み、ハレルヤ、愛。

　窓際には軍服を着た黒人の軍人が、室内に背を向けて立っている。身長百九十五センチで衣装簞《だん》笥《す》のようながっしりとした体つき。ベンジャミン・スティルマンは、いくら広い部屋にいても体の大きさを感じさせる男だ。ベンジャミンも歌を聴いていた。彼女の声は、どこか祖母を思い出させる。祖母は、ロサンゼルス国際空港で自分を見た瞬間に、ボディスキャナーのように胸のうちを見透かしてしまうだろう。ギャヴィンとの争いのなかでなにがあったのかもわかるだろうし、その二週間後に弾丸が彼の脇腹に穴をあけたことも、その穴を今は人工肛門《ストーマ》袋が塞《ふさ》いでいることもわかってしまうだろう。祖母の前に立つと――ベンジャミンは機密を守るために嘘をつく訓練を受けたし、生まれてこの方、自分を含むあらゆる人に本当のことを知られないように生きてきたというのに――ゲームは終了してしまう。だが、この瞬間、ベンジャミンは、舞い落ちてきた歌の破片に心の安らぎを感じていた。

　航空会社の職員がひとり、マイクを手にして待合室の入り口に気取った調子で歩いてくると、横に腰を突き出すようにして立った。同じ制服が、搭乗口のほかの職員たちにはぶかぶかだったりきつすぎたりしているのに、彼女にはぴったりフィットしていて、まるでオーダーメードで作らせたようだ。髪は後ろできれいなシニヨンにまとめられ、リップは光沢を放つ赤。

　同僚にメールで指示を送っていたマーク・ラッシオが顔を上げる。三十二歳。この三年で「フォーブス」誌に記事が二度載った。がちっとした顎《あご》、にらみを利かせることに長《た》けた青い瞳、ジェルで整えた短髪。スーツの色はマットなグレー。控えめな色だが、高い金を出さなければ手に入らない。マークはその職員の女性を値踏みすると、脳がパドル船の外輪のように回り始め、昨晩のウィスキーのなごりを払い落とすのを感じた。座ったまま背筋を伸ばし、彼女に注目する。

「みなさま、大変お待たせいたしました。ロサンゼルス行き2977便の搭乗準備が整いました。ただいまより機内にご案内いたします」

機体はエアバスA321。空飛ぶ白クジラ。脇腹に青い筋が一本走っている。客席は百八十七席で中央通路を挟んで配置されている。ファーストクラスでは、通路の両側にゆったりとした席が二席ずつ、エコノミーには三席ずつ並ぶ。チケットは完売していた。

乗客たちがゆっくりと搭乗していく。高価だったり大事だったりして預けられなかった物がつまった手荷物が、持ち主が歩くたびにその膝に当たる。機内に入って最初に気づくのは温度の変化だ。まるで保冷庫のように冷えていて、空調の吹出し口からは非難がましいシュー！という音が絶えず聞こえてくる。むき出しの腕には鳥肌が立ち、そのうちセーターの袖で覆われることになる。

クリスピンに付き添う看護師は、クリスピンを車椅子からファーストクラスの座席に移動させるのに苦労している。クリスピンは起きていて、いらだちは最高潮に達していた。病気になって最もいやなことのひとつが、人に——それもまったくの赤の他人に——自分に触れる許可を無条件で与えてしまうことだ。看護師はクリスピンの座る位置を調整するために、太ももに両手を回す。太ももに！　役員室を闊歩《かっぽ》したこの脚、クラブのスカッシュコートを駆けたこの脚、ジャクソンホール・スキー場の上級者コースを颯爽《さっそう》と滑り降りたこの脚。それを今では、ひいき目に見ても中程度の女が気安くつかもうとしている。クリスピンは振り払うように手を振った。「介助はいらん」クリスピンはいう。「こんなしみったれた座席に座るために」

ベンジャミンはうつむき加減の姿勢で搭乗した。ニューヨークへは軍用機で移動したから、民間機に乗るのはこの一年で初めてだ。だがそれがどういうものかわかっていたから、落ち着かなかった。二〇〇二年なら、なにもいわずとも自動的にエコノミーからファーストクラスにアップグレードされただろうし、ベンジャミンの姿を見るなり乗客、乗務員全員が拍手を浴びせただろう。だが今、ひとりの乗客が拍手をし始めると、それに倣《なら》うようにもうひとり、それからもう数人が拍手する。拍手は湖面をかすめてはねる石のようにあちこちでぱらぱらと始まっては終わり、その音もついには真っ黒な静寂のなかに沈んで消える。ためらいがちなその音が消えたあとも、気まずい空気は残る。「ご苦労さまです」若い女性が小声でいった。ベンジャミンは片手を上げて軽く敬礼すると、エコノミーの座席に身を沈めた。

アドラー一家は機内の入り口付近で分かれた。ジェーンは、目の前にいるふたりの息子と夫に手を振ると、背中を丸めてファーストクラスへと急いだ。ブルースは少しのあいだ妻を見送っていたが、手足のひょろりとしたジョーダンとエディを率いて機内後部へ進んだ。通り過ぎる座席番号をちらちら見ながら、ジェーンから二十九列離れることになるなと計算する。ジェーンはチケットのグレードを落として家族と一緒に座ると約束していた。だがもうブルースにはわかっている。妻の約束は、仕事が絡むとたいした意味を持たなくなる。それでもブルースは、いつでも妻のいうことを信じるほうを選んだ。だから、がっかりさせられるのも自分の選んだ結果だった。

「どの列なの、父さん？」エディがいう。

「三十一列」

乗客たちは持ってきた軽食や本を手荷物から出して座席の前のシートポケットに突っ込む。機内後部にはインド料理のようなにおいがただよっていた。家で料理を担当する者たち——ブルースもそのひとり――はくんくんとにおいを嗅いで考える。クミンだ。ジョーダンとエディは、どちらが窓際の席に座るかで揉《も》めていた――通路側は脚の置き場に余裕が欲しい父親が座ると宣言していた――が、ほかの乗客たちが席に着くのを妨げていると気づいた年上のジョーダンが、弟に譲った。だが、座った瞬間、ジョーダンは自分の年長者らしい行為を後悔した。これではまるで、父と弟のあいだで囚《とら》われの身になったようだ。ボディチェックのあとの高揚感――力のみなぎる感じ――はしぼんでしまった。数分のあいだ、自分がすべてを理解した大人のような気持ちになっていた。けれど今では、ハイチェアに安全ベルトで固定されたお子ちゃまの気分だ。ジョーダンはエディを罰するために、少なくとも一時間は口をきいてやらないと心に決めた。

「父さん」とエディ。「ぼくたちが新しい家に着くころには、うちの荷物は全部届いてるの？」

ブルースは、エディが気にしているのはなんなんだろうと考える。エディ専用のビーズソファなのか、ピアノの楽譜なのか、今でも時々なしでは眠れなくなるゾウのぬいぐるみなのか。息子たちは生まれてからずっと、ニューヨークのアパートメントで暮らしてきた。アパートメントはすでに賃貸に出している。もしジェーンが成功し、家族で西海岸に定住することになれば、売却することになっている。「荷物は来週届くよ」ブルースが伝える。「だけど家具つきの家だから、とりあえずはなにもなくても大丈夫だ」

十二歳という年齢にしては幼く見える少年は、自分の横にある楕円形《だえんけい》の窓のほうを向いてうなずく。透明なプラスチックの上に押しつけられた指先が白くなっていた。

白いジーンズと薄手のシャツという恰好《かっこう》のリンダ・ストールンはぶるっと震えた。右隣に座っている女性は、とても信じがたいことだが、すでに眠っているようだ。顔の上に青いスカーフをかけ、窓にもたれている。リンダがシートポケットをあさって備品のブランケットを探していると、音の鳴るスカートをはいた女性が、自分と同じ列に入ってきた。女性はかなり体が大きくて、通路側の席に座ると体がアームレストからはみ出して、リンダのスペースまで侵食してきた。

「おはよう、スイートハート」と女性はいう。「あたしはフロリダ」

リンダは肘《ひじ》を自分の体にぴったりくっつけた。できるだけ接触したくない。「フロリダって、あの州の？」

「州の、じゃなくて、あたしがあの州。あたしはフロリダ」

勘弁してよ、とリンダは思う。フライトは六時間もあるのに。ずっと寝たふりしなくちゃいけないじゃない。

「あんたの名前は？　かわいこちゃん」

リンダはためらった。新しい自分を始められる機会が、こんなふうにやってくるとは想定外だった。カリフォルニアで初めて会う人たちには、ベリンダと名乗ろうと思っていた。その名前は新たな始まりに欠かせないもので、ランクアップした自分をランクアップした名前で始めたかったのだ。「ベリンダ」は、いかにも自信がみなぎる魅惑的な女性の名前だとリンダは思う。リンダは足首の太い、心配性の主婦にぴったりの名前。リンダは口のなかで舌を丸めて発音の練習をする。ベーリンーダ。けれどリンダの口はその音を出すことができなかった。コホンと咳払いをしてから、いつのまにかこういっている。「わたし、結婚するんです。カリフォルニアに行くのは、恋人にプロポーズしてもらうためです。彼、プロポーズするんです」

「おや」とフロリダはたいして興奮した様子もなくいう。「それはビッグイベントだね」

「ええ」とリンダ。「そうなんです。そうなると思います」そういったとき、リンダは自分がどれほど疲れているか、昨晩どれほど寝不足だったかということに気がついた。自分の口から出てきた「思います」という言葉が、なんともばかばかしく聞こえる。もしかしたら、そんな言葉をいったのは、人生で初めてかもしれないなどと思えてくる。

フロリダは前に体を倒して、途方もなく大きなキャンバス地のバッグの中身を整理する。「あたしは五回くらい結婚したよ」フロリダがいった。「もっと多かったかも」

リンダの父親は三回結婚したし、母親は二回した。五回くらい結婚するというのは、リンダにはそれほど驚くことではなかった。それでも自分の結婚は一度きりにするつもりだ。リンダはストールン家のみんなとは違う人間になろうと思った。より良い人間になろうと思った。

「お腹が空いたらいうんだよ、かわいこちゃん。おやつをたくさん持ってきてるからね。あたしは機内食なんていうおぞましい食べ物には口をつけないよ。あれが食べ物っていえるとしたらだけどね」

リンダの腹が鳴った。最後にまともな食事をしたのはいつだったっけ？　昨日？　リンダはさっき買ったチョコレート菓子の袋に目をやる。シートポケットから寂しそうに顔をのぞかせている。リンダは自分でも驚くほど急いでつかむと、袋を破って口元に持っていき、中身を口に流し込む。

「名前を教えてくれなかったね」とフロリダ。

リンダは噛《か》んでいる途中で口の動きを止める。「リンダです」

客室乗務員——搭乗口で出迎えていたあの女性——が中央通路をゆっくり歩きながら、座席上の収納棚やシートベルトをチェックする。まるで頭のなかに流れるＢＧＭに合わせて動いているようだ。歩みを緩め、微笑み、そこでテンポが変わる。男も女もみんな彼女を見ている。女性らしい歩き方が魅力的だ。その客室乗務員は明らかに注目されることに慣れている。母親の膝の上に座る赤ん坊にべーっと舌を出してみせると、赤ん坊はキャッキャと笑った。ベンジャミン・スティルマンが座る通路側の席の横で立ち止まってしゃがみ、耳元でささやく。「健康状態に関する注意は伺っています。わたしが当機のチーフパーサーですから。なにかお手伝いできることがありましたら、どんなことでも遠慮なさらずおっしゃってくださいね」

ベンジャミンはびくっとした。言葉をかけられるまで、窓の外の地平線のあたりに広がる濃淡様々な灰色を眺めていたのだ。飛行機、滑走路、遠くに見える街のぎざぎざの輪郭、高速道路、行き来する自動車。ベンジャミンは客室乗務員と目を合わせた瞬間、自分が何日も、もしかしたら何週間も、誰とも目を合わせようとしていなかったことに気づいた。彼女の蜂蜜のような色をした瞳は深く、見ていて心地いい。ベンジャミンはうなずいてから、少しうろたえて目をそらした。「ありがとう」

ファーストクラスでは、マーク・ラッシオが座席の周りを入念に整えていた。ノートパソコン、推理小説、水の入ったペットボトルはシートポケットに入れる。携帯は手に持ち、靴は脱いで座席の下に。座席上の収納棚に平置きにしてあるブリーフケースのなかには、仕事の書類、お気に入りの三本のペン、カフェインの錠剤、袋入りのアーモンドが入っている。カリフォルニアに着いたら大きな契約を結ぶことになっている。ここ数カ月かけてやってきた仕事だ。肩越しに目をやる。できるだけカジュアルに。けれどカジュアルなのはとにかく似合わない。マークに似合うのは三千ドルのスーツなのだ。ファーストクラスとエコノミーを仕切るカーテンをじっと見る。その集中力はジムでトレーニングするときや、恋人とのディナー中や、仕事でプレゼンをするときと同じ。仕事場でのマークのあだ名は「ハンマー」だった。

その客室乗務員がマークの注意を引いたのには、明らかに理由があるが、それは単に彼女が美しかったからというだけではない。ちらちらと揺らめくあの魅惑の年齢——たぶん二十七歳だな、とマークは見積もる——つまり、少女と大人の女性の両方にそれぞれ片足を置いているからだ。滑らかな肌の十六歳の少女と、なにもかもわかっている四十歳の女の両面をどういうわけか併せ持っている、計り知ることのできない、匂い立つ瞬間にいる女。しかもこの女の生命には勢いがある。マークはこれほど細胞と遺伝子と生物学がぎゅっと詰まった人間を見たのは久しぶり、いや、これが初めてかもしれない。ほかの人たちとまったく同じものでできているけれど、彼女はすべてのスイッチがオンになっている。

　その客室乗務員がようやくファーストクラスに入ってきたとき、マークはシートベルトを外して右手で彼女の左手をつかみ、もう一方の腕を彼女のウエストに回してサルサを踊りたいという衝動に駆られた。マークはサルサの踊り方など知らないが、彼女に触れさえすれば、自然と踊れるはずだと確信した。だがブロードウェイミュージカルを具現化したような彼女に対し、自分の体を動かしているのはアルコールの残りとプレッツェルだけだということにふと気づく。膨れ上がった気持ちが一気にしぼみ、マークは視線を下げて自分の手を見る。彼女の腰を抱いて踊りだすというアイデアは、自分にとって不可能なものではない。似たようなことを前にもやったことがある。マークのセラピストはそれを「突然の燃え上がり《フレアアップ》」と呼んでいるが、この数カ月、フレアアップは来なかった。意志の力で遠ざけてきたのだ。

　顔を上げて視線をもどすと、客室乗務員は飛行機の前方にいて、機内安全のアナウンスをする構えに入っている。彼女を視界に入れるだけのために通路側に身を乗り出し、このアナウンスに注意を向けるなんて何年ぶりかとはっとしている乗客がたくさんいる。

「みなさま、トリニティ航空2977便へようこそ」彼女の声が曲線を描きながら機内に浸透していく。「チーフパーサーのヴェロニカです。ファーストクラスを担当させていただきます。エコノミークラスはエレンとルイス——」そういいながら、彼女と背恰好は似ているけれどずっと印象の薄い女性（茶色の髪のトーンはやや薄く、肌の色も彼女より薄い）と禿《は》げ頭の背の低い男を指し示した。「——が担当いたします。機長をはじめ乗務員一同、みなさまを心より歓迎いたします。恐れ入りますが、お客さまには座席の背もたれとテーブルは、元の位置におもどしいただきますよう、お願いいたします。また、しばらくのあいだ、すべての電子機器の電源をお切りください。みなさまのご協力に感謝いたします」

マークはいわれた通りに携帯の電源を落とす。いつもなら、そのままポケットにつっこむだけだ。誰かのためになにかをしたという誇らしい思いがこみ上げてきて胸がいっぱいになる。

マークの隣に座っているジェーン・アドラーは、客室乗務員に夢中になっている乗客たちを見て面白がっていた。ジェーンは二十代の数年——ブルースに出会ったころ——は自分も結構可愛かったと思うが、ヴェロニカのようなセックスアピールはみじんもなかった。ヴェロニカは現在シートベルトの締め方を教えていて、いかにもウォール街タイプの隣の男は、シートベルトなんてものは聞いたこともないし、もちろんどうやって扱うかなんてまるでわからない、という反応をしている。

「機体には複数の非常口がございます」とヴェロニカは乗客たちに説明する。「お近くの非常口を、今のうちにお確かめください。緊急時、機外に脱出する際には、お足元のライトが点灯して非常口にご案内いたします。ドアはハンドルを矢印の方向に動かすと開きます。各非常口には空気注入式のスライドが装備されており、水上では機体から切り外して、救命ボートとして使用します」

ジェーンは、後方のどこかにいる夫が、すでにすべての出口の場所を確かめ、緊急時にはどの出口から息子たちを押しだすのがいいか決めているはずだとわかっていた。そして、夫はきっと、脱出用スライドについてのアナウンス中、あきれたように目玉をぐるりと回していただろう。ブルースは世界を数値で処理して——そしてなにが真実かを判断して——いた。統計上、空気注入式のスライドを使って飛行機の墜落事故で助かった人などいないに等しい。あのアナウンスは、制御できない状況などないという誤った印象を乗客たちに与えるためのおとぎ話でしかないのだ。ブルースにとっておとぎ話は意味がないが、たいていの人は、それが気に入っているらしい。

　クリスピンは、なぜ自分はこの客室乗務員のような体を持った女性と結婚しなかったのだろうかと考える。別れた妻たちは誰ひとりとして、あんないい尻をしていなかった。きっと、若い男は痩せた女を好んでしまうものなんだろうな、とクリスピンは思う。ベッドにクッションがあるのがどんなにいいことかわかるには年月が必要だから。クリスピンはこの女性に惹かれているわけではない。この女性と同じ年代の孫がふたりいるのだ。それにクリスピンの下半身にはもう熱いものはない。そもそもふたりの人間がひとつのベッドで身をよじらせ合うだなんて、趣味の悪いジョークにしか思えない。もちろんクリスピン自身もこのジョークにはかなりの時間をつぎ込んできた。若いころの話だが。クリスピンは体の中央がきりりと痛むたびに座席のアームレストをぎゅっと握りながら、ふと気づいた。自分の私生活の大事な章は、始まりも終わりも、いつもしわくちゃのシーツの上だった。妻たちも妻候補だった女たちも元妻たちも、寝室で大事な取り決めをした。

　わたしが子どもたちを引き取るわ。

　カントリークラブで六月に結婚しましょう。

　別荘はわたしにちょうだい。

　この請求書、払ってね。じゃなきゃ奥さんにばらすわよ。

　クリスピンはヴェロニカを見つめている。今は救命胴衣にストローで息を吹き込んでふくらますやり方を説明している。もうちょっと体重のある女を選んでいたら、少しは長くそばにいたのかもしれないな。

「当機は」と客室乗務員はゆっくり微笑んでいう。「全席禁煙となっております。みなさまのご理解とご協力をお願い申し上げます。ご不明な点は、どうぞお気軽にスタッフにお尋ねください。それでは、みなさまー」客室乗務員はそこをゆっくり伸ばす。まるでシャボン玉を宙に放つようだ。

「快適な空の旅をお楽しみください」

ヴェロニカが姿を消すと、焦点を合わせるところを失った乗客たちは、本や雑誌を取り出した。目を閉じた者もいる。吹出し口のシューという音が大きくなる。音が頭上からくることと、同時に流れてくる冷たい空気のせいで、乗客たちはその音を不快に感じた。

ジェーン・アドラーは少しでも寒さをしのごうとセーターを体に押しつけながら、このフライトの前に脚本を仕上げられなかったことへの罪の意識に身を沈めた。ジェーンは飛行機が嫌いだ。それなのに、このフライト中、家族と離れていなくてはならない。これは罰ね、とジェーンは心のうちにいう。仕事を怠けたこと、先送りにしたこと、そもそもこんなばかばかしい仕事を受けてしまったことに対する罰よ。ジェーンはニューヨークでかなり長いあいだテレビの連続ドラマの脚本を書いていた。その仕事なら遠くに行かなくてよいから、というのも理由のひとつだ。ところが、今ここにいる。危険を冒して新しい仕事を受け、飛行機に乗ってしまった。

ジェーンはいつもの思考パターンにはまっていく。不安になると過去の瞬間を頭のなかで再生するのだ。自分には歴史があることを自分に納得させるためなのだろう。これまで様々な瞬間を作り上げてきたということは、これからも新しい瞬間を作っていくということだから。妹と一緒にカナダのビーチの平坦な砂浜を駆けたこと。キッチンのテーブルで父親と、無言で仲良く新聞を分け合って読んだこと。大学のフォーマルパーティでシャンパンを飲みすぎて、公園で用を足したこと。ウェストヴィレッジの道端で、額にしわを寄せて考え事をしているブルースを見つめたこと。鎮痛剤なしで湯をはったバスタブで下の息子を出産し、自分の肺から上がってくる牛の鳴き声のような音に驚いたこと。子どものころからずっと本棚に置いているお気に入りの七冊の小説、親友のティリー、重要な会議に必ず着ていく、落ち着いて見える上に痩せて見えるワンピース。祖母が唇をすぼめて投げキッスをしてみせながら、歌うように挨拶をするときの、「ハロー、ハロー！」

　ジェーンはどうでもいいことと意義のあることの両方の瞬間を思い出しながら、自分が今いる場所と、これから行く場所のことを考えないようにしていた。指が無意識のうちに鎖骨の下にある、彗星《すいせい》のような形の生まれつきのあざを見つけ、それを押す。子どものころからの癖だ。押していると、本当の自分と繋がれるような気がするのだ。ジェーンは痛くなるまで押し続けた。

　クリスピン・コックスは窓の外を眺めていた。ニューヨークの医者たち——ニューヨークでいちばんの医者なのだから、つまりは世界一の医者ということにならないか？——は、ロスの専門病院で治療を受けてみる価値はあると請け合った。「あそこの医者たちは、この癌《がん》のことをなにからなにまでわかっているんです」とニューヨークの医者たちはいう。「新薬の治験を受けていただくことになります」話をしている医者たちの目が輝いていることにクリスピンは気づいた。彼らはクリスピンが死ぬのを、負けるのを、見たくないのだ。それは、いつかは自分も負けるということを意味するからだ。「あなたは強いんだから闘えばいいんです。あなたは屈したりしない。燃え盛る火のように、命の炎をメラメラと燃やすんです」あのときクリスピンはうなずいた。くだらない病気を当然打ち負かすつもりだったからだ。もちろん、こんな病気にやられやしない。だがひと月前に感染したウイルスのせいで、クリスピンは活力をじわじわと奪われていき、不安から逃れられなくなった。頭のなかに新たな声が聞こえるようになった。その声は来《きた》る死を予測し、クリスピンが持っていた自信を疑問視させた。ウイルスは消滅したが、不安は消えなかった。それ以来、自分のアパートメントから出ることもほとんどなくなった。主治医が電話をしてきて、フライト前にもう一度、診察して血液検査をしたいといってきたときも、クリスピンは忙しくて時間が作れないと答えた。本当は怖かった。血液検査で、今感じている不安が当たっているとわかってしまうのが怖かったのだ。初めて感じる、やっかいな不安と折り合いをつけるための唯一の手段は、フライト中面倒を見てもらう看護師を雇うことだった。ひとりきりで飛ぶのはいやだったのだ。

　ブルース・アドラーは息子たちに目をやる。なにを考えているのか、その表情からは読めない。この子たちの考えを読み解くなんて、自分は年をとりすぎていてとても無理だといつも思う。数日前、家族の行きつけのチャイニーズレストランで席が空くのを待っているとき、ブルースは、やはり家族と一緒に店に入ってきた同じ年頃の少女を見てジョーダンがはっとしたのに気づいた。ティーンエイジャーふたりは、頭をちょっと傾けて一瞬見つめ合った。するとジョーダンの顔に心からの笑みが浮かんだ――まさに満面の笑みだった。ジョーダンはブルースの知らないこの少女にすべてを差し出していた。喜び、愛、頭脳、そして全身全霊での注目。ジョーダンが少女に向けた顔は、息子の人生が始まってからずっと見守ってきたブルースが見たことのないものだった。息子がこんな顔を持っていることすら知らなかった。

　ベンジャミンは窮屈な座席でもぞもぞと体を動かす。ぴたりと閉ざされたドアの向こうのコックピットにいるのならいいのに。パイロットは軍人のような話し方をする。決められたコード内の簡潔で正確な表現を使う。パイロットたちが離陸準備のために言葉を交わすのを数分聞いていられたら、緊張もほぐれるはずだ。周りから聞こえてくる雑談の声といびきが不快だ。一般の人たちの行動のだらしなさが、気になってしょうがない。隣の席の白人女性は卵のにおいがする上に、ベンジャミンがいたのはイラクなのか「例のほかの場所」なのかと二度も聞いてきた。

　リンダは知らず知らずのうちに、なかなかハードな腹部のエクササイズをさせられていることに気がついた。フロリダの大きな体をよけながら、もう一方の隣で寝ている乗客に触れないようにしているからだ。まるでピサの斜塔になった気分だ。チョコレートをもっと買っておけばよかった――リンダとリンダの腹斜筋が後悔していた。カリフォルニアに行ったら、ゲイリーと一緒にいられるようになったら、もっとたくさん食べよう。そう考えると元気が湧《わ》く。リンダは十二歳のころからダイエットをしてきた。その束縛から逃れることなど、今の今まで思いつかなかった。痩せているのが、常に大事なことに思えたからだ。でも、本当はそんなに大事なことじゃないんじゃない？　リンダは豊満でセクシーな自分を想像する。

　フロリダはまた歌い始めるが、今度は胸の奥深いところで歌うような感じで、音量もとても低かったから、ハミングにしか聞こえない。するとフロリダを内包する飛行機が、まるでその音を合図にしたかのように、エンジンを動かし始める。ドアが隙間《すきま》なくしっかり閉じられる。機体が小刻みに震えたりがくがく揺れたりするあいだ、フロリダは小さな声で歌っている。まるでメロディの噴水のようで、近くにいる人たちすべてに歌のしずくを浴びせていた。リンダは膝に置いた両手を握りしめる。ジョーダンとエディは、さっきの喧嘩《けんか》を引きずって押し黙っていたが、飛行機が加速していくあいだ、心を落ち着かせたくて肩を寄せ合った。本や雑誌を持つ乗客たちも、本当はもはや誰も読んでいない。目を閉じている者も眠ってはいない。飛行機が離陸したことを、誰もが意識していた。

二〇一三年六月十二日
夕方

国家運輸安全委員会（ＮＴＳＢ）の「現場派遣《ゴー》チーム」は、事故発生から七時間後に現場に到着した。ワシントンからデンバーへ飛び、そこからレンタカーでコロラド州北部の平地にある小さな町にたどり着くまで、それだけの時間がかかったのだ。夏で日が長かったので、到着時はまだ暗くはなかった。本格的な作業は翌日の夜明けと同時に開始する。今ここにいるのは、現場の状況をつかんで、作業の開始をスムーズにするためだ。

　町長も現場に来ていて、委員会のチーフ調査員に挨拶した。ふたりはメディア用にカメラに向かってポーズをとる。町長――裕福な町ではないので町長は会計も兼任している――は握手のとき以外は両手をポケットに突っ込んでいた。手が震えていることを隠すためだ。

　警察は付近一帯を封鎖した。ＮＴＳＢのチームはオレンジ色の防護服を着てフェイスマスクをかぶり、飛行機の残骸《ざんがい》の上に登ったり、周囲を歩いたりしている。そのあたりはどちらの方向に向かっても平坦で、地面は焼かれ、黒焦げになったトーストのようだった。火は消えていたが、空気中には熱がこもっている。飛行機は木立をなぎ倒しながら進み、地面に突っ込んだ。居住地域でなかったことはせめてもの救いだ、とチームのメンバーは口々に言い合った。地上にいた人間は誰も傷つかなかった。ずたずたになった牛の死骸が二体と一羽の鳥の死骸が、座席や荷物や金属や人の手足と共に見つかった。

事故から二十四時間あまり経過したところで、犠牲者の家族が飛行機と車でデンバーに到着した。ダウンタウンにあるマリオット・ホテルの数階分の客室が彼らのために用意された。六月十三日午後五時、ＮＴＳＢのスポークスマン、肌にニキビの痕《あと》が残る、穏やかな物腰の男が、ホテルの宴会場で家族とメディアに最新情報を伝えた。

家族はそれぞれ折りたたみ式の椅子に座った。まるで肩の皮膚に聴覚があるかのように体を前傾させ、髪の毛穴に、体のほかの部分では気づけないなにかに気づく能力があるかのように頭を垂れている。体中の毛穴を開き、手の指も広げる。ひと言も逃さぬように耳を傾ける。もしかしたら、今知らされていることより少しはましな事実がどこかに隠されているかもしれないという可能性にすがりつく。

会場の後ろのすみに、仰々しいフラワーアレンジメントがいくつか置いてあるが、誰も見向きもしない。巨大な花瓶に生けられた赤とピンクのボタンの花。白いユリが垂れ下がるようになっているアレンジメント。前の晩にこの会場で開かれた結婚披露宴のなごりだ。この香りのせいで、ここにいる家族の何人かは、この先一生花屋に入れなくなるだろう。

説明会では、報道陣は少し離れたところに立っている。インタビューのあいだも、関係者と目を合わせないようにする。それぞれ癖があって、ひとりの男はツタウルシにやられたかのようにしきりに腕をかいているし、オンエア中のレポーターは何度も何度も自分の髪を直している。彼らは生放送中のインタビューや、ＡＰ通信へのメールを通して最新情報を拡散する。焦点を当てるのは「有名な」乗客だ。一大企業を作り上げ、機械化を推進して何千人もの労働者を失業に追いやったことで有名なプラスチック王。想定資産一億四百万ドルのウォール街の申し子。アメリカ陸軍将校、大学教授が三人、人権活動家、ドラマ「ロー&オーダー」の脚本家。報道陣は、情報に飢えた人々の口に、事実というエサを流し込む。このニュースは世界中の注目を集めた。インターネットもこの話題一色だった。

レポーターが「ニューヨーク・タイムズ」紙を掲げてカメラの前に立ち、大きなブロック体の見出しを見せる。こういう扱いをされるニュースは大統領選か人類が月面を歩いたことくらいだ。見出しにはこうあった。**旅客機墜落事故で百九十一名死亡。生存者一名。**

プレス発表も終わりに近づいたとき、犠牲者遺族が説明を求めていたのはただひとつ。誰もが、暗い部屋にあるたったひとつの窓を求めるように身を乗りだす。「男の子はどうなった？」

機体の部品でまだ形のあるものは、バージニア州にあるNTSBの施設に搬送されることになる。そこでパズルのピースをはめるようにして復元されるのだ。現在、ブラックボックスの捜索が続けられていた。チームのリーダー、この分野では伝説的な存在のドノヴァンという六十歳の女性は、必ず見つかるはずだと確信していた。

ドノヴァンほどの経験がある者から見れば、難しい現場ではなかった。瓦礫《がれき》の飛散は半径四百メートル以内にとどまっていたし、現場には水域もぬかるみもなく、ただ硬い土と草の地面があるだけだ。最終的に見つからない物も失われてしまった物もないだろう。すべてがすぐ手の届く場所にある。焼け焦げた金属、中央にひびの入ったシート、ガラスの破片。遺体はバラバラになって散乱し、欠損のないものはない。人の体を無視して金属を見つけることに集中するのはたやすかった。このジグソーパズルが意味のある絵を作りだすという事実に集中するのだ。ドノヴァンのチームのメンバーは、常にこうした悲劇が起こることに備えている者たちばかりだ。マスクの下で歯を食いしばり、証拠物を分類し回収することに没頭した。

数日後、関係者に割り当てられていたマリオット・ホテルの部屋はすべて空になった。犠牲者遺族は帰っていった。毎日のプレス発表もなくなった。ＮＴＳＢのチームはブラックボックスを見つけてバージニア州に帰っていった。三週間以内にとりあえずわかった情報が発表されること、およそ半年後に証拠物の検証結果をもとに、ワシントンＤＣで公聴会が開かれることが告げられた。

報道されるニュースの幅は広がっていった。あの少年を引き取るためにニュージャージーから飛行機でやってきた叔母と叔父に焦点を当てるストーリーがいくつか伝えられた。三十九歳のレイシー・カーティスは、ジェーン・アドラーの妹で、少年に残されたただひとりの血縁者。髪の色は明るくそばかすがあり、ふっくらした頬《ほお》をして控えめな笑みを見せる女性の写真が出される。彼女に関する情報は、ほかには主婦だということくらいしかない。夫のジョン・カーティスは四十一歳のコンピューター技術者で、地元の企業のためにＩＴコンサルティングをしている。夫婦には子どもがない。

墜落事故に関わる情報なら、どんなことでも、人々は貪《むさぼ》った。それでテレビやネットのご意見番たちがそれぞれの推測を披露し合う。操縦士たちは酒を飲んでいたのか？　機体の故障？　一〇〇パーセント、テロでないと言いきれるか？　乗客のひとりがおかしくなってコックピットに押し入ったのでは？　暴風雨のせい？　グーグルの分析によると、事故後一週間、アメリカのネット検索の五三パーセントは墜落事故に関することだった。「なぜなのでしょうか」と年配のニュースキャスターがうなるようにいう。「この悲惨な世界に数ある悲惨なニュースのなかで、わたしたちがこの墜落機と少年のことばかり気にしてしまうのは」

少年が入院してから、一週間が過ぎていた。松葉づえをついた女性がひとり、病室に入ってきた。デンバー病院の広報のチーフで、医療と直接関わらないこと全般の情報を、この家族に提供する役割を与えられていた。

「やあ、スーザン」ジョン・カーティスが迎える。背が高く髭《ひげ》のある男で、ほとんどの時間をコンピューターの画面の前で過ごす人間らしく、色白で太鼓腹をしていた。

「今日はなにか話しました？」

レイシー――顔色は青白く、ブラウスにコーヒーの染みができている――は首を横に振る。「あの話をしてからは一度も」

「甥御《おいご》さんをなんとお呼びしたらいいか、決められました？　エディなのかエドワードなのか」

ジョンは妻のほうを向く。ふたりは同じ表情をしていた。げっそりしていて弱々しくて、あの電話を受けてから、続けて一時間以上は寝ていないことがわかる顔だ。飛行機が墜落したのは週の半ばで、そのときレイシーとジョンは互いに口をきかない状態だった。レイシーは妊活をしたかったのに、ジョンはそれに反対だったからだ。今は喧嘩をしてだんまりを続けている場合ではない。ふたりは自分たちの人生という馬から振り落とされた。目の前に横たわる甥。心身ともに打ち砕かれた甥には、自分たちふたりしかいない。

「知らない人向けの名前よね？」レイシーがいう。「みんな、この子のことは知らないの。わたしたちのことも。報道関係者には正式名を使ってもらうべきよ。エドワードを」

「エディじゃなく」ジョンがいう。

「わかりました」とスーザン。

エドワード——これが今の彼の名だ——は眠っている。あるいは眠ったふりをしているのかもしれない。三人の大人はエドワードを見る。初めて見るようにじっと。額には包帯がぐるぐる巻かれていて、毛量の多いモップのような髪がはみ出ている。肌は透けるように白いが、目の下には黒ずんだくまができている。体重も減り、十二歳という年齢より幼く見える。胸に広がる紫色の打撲の痕が、病衣のゆるやかな襟元からのぞいていた。両脚ともギプスで固定され、さらに右脚には牽引《けんいん》が行われている。足先を覆うのは、病院の売店で買ったオレンジ色の靴下、足裏にDENVER!!!と白い文字が入っている。

　エドワードの腕の下にはふわふわしたゾウのぬいぐるみが置いてあるが、レイシーはそれを見るのが辛《つら》い。アドラー家の家財道具を運搬するために雇われていた引っ越し業者は、事故当日の夜にオマハのモーテルで立ち止まった。トラックの中身を駐車場で下ろし、すべての箱をアスファルトの上に並べた。そして「エディの部屋」と書かれた箱を開き、ゾウのぬいぐるみを取り出すと、デンバー病院に郵送した。「あの少年にはこれが必要なんじゃないかと思って」とメモを入れて。

　スーザンがいう。「二日後にエドワードに空の便で移動してもらう計画になっています。状態が安定してきましたからね。ご厚意でプライベートジェットを使えることになっていますので、おふたりとも一緒に乗れますよ」

「みなさん、なんて親切なんでしょう！」レイシーはそういってから赤くなった。たくさんあるそばかすが、赤くなるとくっついて見える。そばかすのある両手をもみ合わせるのが癖になっていたが、繰り返しそうしていれば、この受け入れがたい現実を変えることができるとでも思っているかのようだった。

「ほかにもお話ししたいことがいくつかあります」スーザンはそういって、松葉づえに体重をかける。「ネットをご覧になりました？」

「いいえ」とジョン。「あまり見てません」

「では、念のためお話ししておきますね。フェイスブック上にいくつかページが立ち上がっています。墜落機かエドワードに関するページです。プロフィール画像にエドワードの写真を使った＠miracleboyというツイッターアカウントもありましたが、今は削除されています」

ジョンとレイシーは驚いてスーザンの顔をまじまじと見る。

「内容はだいたいにおいてポジティブなものです」とスーザン。「慰めの言葉、同情のメッセージ、そんな感じです。おふたりの名前も時々登場していますよ。エドワードを引き取ったのが誰なのか、みんな興味がありますから。万一そういうものを偶然目になさっても、驚かないでいただきたくてお伝えしました」

「だいたいにおいてポジティブ？」とレイシー。

「荒らしだよ」とジョン。

「あらし？」レイシーの目が尋常でないほど大きくなる。

「ネット上で挑発的なコメントを書く人たちのことだよ。感情的な反応が欲しくてやるんだ」ジョンは説明する。「やつらがやりたいのは、人を動揺させることだ。動揺する人が多ければ多いほど、荒らしは成功ってことになる」

レイシーは鼻にしわを寄せる。

「なかにはアートのひとつだって考える人もいる」ジョンがいう。

スーザンは聞き取れるかどうかというほどかすかにため息をついていう。「ここを出られる前にきちんとお話しできる機会がないといけませんので、お知らせしておきますね。人身傷害と航空関係専門の弁護士たちのことです。きっとハゲタカみたいにあなた方に群がってきますからね。ですが、事故後四十五日間は、あなた方に接触することが許されていません。ですから、もし誰かが接触してきたら、無視するか訴えるかしてください。治療にかかる費用はすべて航空会社が負担することになっているのはご存じですよね。解決を急がなくてはならないことはひとつもありません。まずは社会保険の死亡一時金の給付を受けます。その後、エドワードのご両親が加入されていたのであれば、生命保険が下ります。そのほかのことを整理するには時間がかかるでしょう。とにかく、急いで法的手段に訴えなくてはならないなどと吹き込まれないようにしていただきたいのです」

「わかりました」とレイシーはいったが、どう見ても上の空だ。部屋のすみにあるテレビは無音になっていたが、画面下に**奇跡の少年、親戚の居住地に近い病院に搬送**というテロップが流れている。

「ひどいことをする人もいますからね」とスーザンが念を押す。

エドワードがベッドのなかで体を動かす。頭の向きが変わって、滑らかな頰の上のあざが見えた。

「犠牲者のご遺族のなかには、エドワードに会いたいという方もいらっしゃるんですが、わたしたちがお断りしています」

「まいったな」ジョンがいう。「どうして会いたがるんです？」

スーザンは肩をすくめた。「愛する人を最後に見たのがエドワードだったからでしょうね」

ジョンは小さく喉《のど》を鳴らした。

「すみません」スーザンは頰を赤らめた。「言い方を考えるべきでした」

レイシーは窓際に並んだ椅子に腰かけた。陽射しのせいで、疲れきった顔に後光がさしているように見える。

「それからもうひとつ」とスーザン。「大統領から電話が来ます」

「大統領？」

「そうです。アメリカ合衆国の大統領です」

ジョンは笑った。その短い笑いが、この部屋に充満している異様な空気のなかに放たれる。張りつめた空気。ベッドで寝ている少年からの次の言葉を待ち続けている空気。部屋に足を踏み入れた人全員を黙らせ、失った人と失っていない人を分けてしまう空気。

レイシーが数日洗っていない頭に手をやるのを見て、ジョンはいった。「大統領は電話をかけてくるだけだよ、レイス。きみの姿は見えない」


電話が来る予定の時刻になると、看護師たちは、血液を採取したりバイタルを測ったりして少年を起こしておこうと忙しく動いた。

「わたしはここにいるわよ」とレイシーがいう。「ジョン叔父さんもいるわ」

エドワードの顔が歪《ゆが》む。

レイシーの頭がパニックになる。痛がってるの？　だがすぐにエドワードがなにをしようとしているのかわかった。微笑もうとしているのだ。レイシーを喜ばせるために。

「そんなことしなくていいのよ」レイシーは小さな声でいってから、部屋にいる人みんなに向かっていう。「みなさん、電話に出てもいいですね？」

レイシーが向き直ると、エドワードはもう微笑む努力をやめていた。

ベッド脇に新品の電話が設置されていて、その横に控えていたスーザンがスピーカーボタンを押す。

「エドワード？」低い声が部屋に響きわたる。

ベッドに横たわる少年は、大人たちに囲まれているせいで、余計に小さく、壊れているように見えた。「はい」

「きみに……」大統領はそこで言葉を切った。「今のきみにとってなにか意味のある言葉は、わたしにも、ほかの誰にも見つけられない。ただ、きみが今どんな思いでいるかを想像することしかできない」

エドワードは瞳を大きく見開いていたが、無表情だ。

「全国民が、きみがご家族を亡くされた悲しみに思いを寄せているし、この困難な状況を乗り越えてほしいと応援している。わたしたちはみんな、きみを応援しているんだ」

レイシーはエドワードの腕を軽く押したが、エドワードはなにもいわなかった。

低い声が同じ言葉を繰り返す。今度はもっとゆっくり。繰り返せば状況は変わると確信しているかのように。「全国民が、きみを応援している」


ニュージャージーまでの飛行機のなか、エドワードは黙っていた。救急車のなかでも黙っていた。記者たちに写真を撮られないよう、救急車の窓には黒いフィルムが貼ってあった。その後、肺の治療を終え、脚が牽引器から外れるまで二週間、ニュージャージーの病院で過ごすあいだ、エドワードは医療的に必要なことしかしゃべらなかった。

「すばらしい回復を見せているよ」と医者はエドワードにいう。

「カチッという音がずっと聞こえるんです」

医者の表情が変わる。医者のなかにある見えないダイヤルがくるくる回って「臨床モード」にセッティングされる。「いつから聞こえていたのかい？」

エドワードは少し考えて答える。「目が覚めてから」

神経科医が呼ばれた。神経科医は新たな検査と、エドワードの脳のＭＲＩ検査を指示する。白い眉を除けば、見える場所には毛が生えていない神経科医は、毎日片手でエドワードの顎を押さえるようにして、瞳の奥を覗き込む。まるで彼にしか読みとれない情報がそこにあるかのようだ。

神経科医はレイシーとジョンを廊下に呼んだ。「実のところ、彼とまったく同じトラウマ体験――体をバンバン打ちつけられ、とんでもない勢いで投げられ、いきなり猛烈な力で止められるっていう経験――をした人が十人いれば、十人それぞれに違う症状が出るものなんです」神経科医はそういってから、言葉を強調するように白い眉毛を上げる。「外傷性脳損傷は我々が使っている機械では見えてこないことがほとんどです。ですから、エドワードがどう苦しんでいるのか、この先どうなっていくのか、はっきりしたことは申し上げられません」神経科医はレイシーをじっと見る。「想像してみてください。わたしがあなたの肩をがしっとつかんであらん限りの力で揺する。わたしが手を離したとき、あなたは怪我をしたとはいえないかもしれない。筋肉を傷めたりしているわけでもないですしね。でもあなたの体はトラウマを感じることになるんです。わかりますよね？そういうことがエドワードに起きています。これから数カ月、あるいは数年にわたって、エドワードは妙な症状に悩むことになるかもしれません。鬱《うつ》や不安やパニック。バランス感覚や聴覚や嗅覚がおかしくなることもあるかもしれない」神経科医は腕時計に目をやった。「ご質問は？」

ジョンとレイシーは顔を見合わせた。なにもかも――言語さえも――砕けてふたりの足元にぱらぱらと落ちてしまったような気がする。ご質問？

しばらくしてジョンがいった。「今のところはなにも」そしてレイシーも首を横に振った。

看護師は真夜中にエドワードを起こして血圧と体温を測るときいつもいう。「大丈夫？」禿げた医師はいつも「痛みはどうだい？」から質問を始める。叔母は毎朝到着すると、エドワードの額からそっと前髪をはらって、低くささやく。「調子はどう？」

エドワードはそういう質問のどれに対しても答えることができない。自分がどう感じているのか、考えることができないのだ。その扉はあまりに危険でとても開けられなかった。エドワードはできる限り、自分の思考や感情から遠ざかっていた。まるで部屋のなかでただ脇を通り過ぎればいい家具かなにかのように、そういうものから離れていた。看護師がアニメチャンネルをつけておいてくれれば、テレビを観た。口のなかはいつも乾いていて、耳のなかのカチッカチッという音は断続的に聞こえている。目覚めているのに目覚めていないようなときもあるし、気づかぬうちに何時間も過ぎていることもある。朝食のトレーを膝の上に置こうとしていたはずなのに、いつのまにか外が暗くなってきているのだ。

エドワードは日課の散歩が嫌いだった。本当は散歩とはいえない。車椅子に乗っているのだから。「時々風景を変えないとね」平日担当のドレッドヘアの看護師は毎日そういう。腰まで届きそうな長い金髪の、週末担当の看護師はなにもいわない。ただエドワードを車椅子に乗せて、廊下に押していく。

廊下では人々が待っていて、ずらりと並んでいる。やはり車椅子に座っていたり、戸口に弱々しく立っていたりする患者たち。看護師たちは病室にもどりなさいと追い払おうとする。「廊下の通行を妨げないでください」男性の看護師が大声を上げる。「危険ですよ。この子に場所をあけてください」

老人が十字を切った。腕に点滴をされている肌の黒い女性も同じことをする。ジョーダンと同じ年頃の赤毛の少年が、好奇心に目をきらきらさせてエドワードに向かってうなずく。たくさんの目がエドワードを見ている様子は、まるでピカソの絵画のようだった。どこもかしこも目玉だらけで、手足や頭部はわずかしかない。老婦人が、通り過ぎるエドワードに手を伸ばして触れようとする。

「神のご加護をいただいた子」

最悪なのが泣く人だ。エドワードは見ないようにしていたが、すすり泣く声がオルガンの音のように響きわたると、空気が吸いとられたように息ができなくなる。エドワードがあまりにも大きな自分の悲しみと恐怖に立ち向かうことができず、ただそれらから身を隠すしかないというのに、自分たちの感情を押しつけてくる人々には思いやりがないと思った。知らない人たちの涙は、ガードのないエドワードの肌に突き刺さった。エドワードの耳のなかでカチッカチッと音がして、人々はハンカチを口元に当てる。するとようやく看護師は廊下の終わりに到着し、自動ドアを抜けて外に出る。エドワードは動かない自分の足を見下ろす。死をもたらした空を見たくなかったのだ。

エドワードが病院から解放されたのは、損傷の少なかったほうの脚がエドワードの体重に耐えられるようになり、松葉づえで歩くことが可能になってからだった。頭と肋骨《ろっこつ》は回復し、胸と脚の打撲傷は紫から黄色へと変わっていた。エドワードにお別れをいうために、病室に病院の職員が集まったが、そのときになって初めて、エドワードは誰の名前も知らなかったことに気がついた。みな胸に名札を付けているが、読もうとすると頭が痛くなる。これも後遺症のひとつなのだろうかとエドワードは考える。もしかしたら、もう二度と顔と名前を一致させることができないのかもしれない。この先、事故の前に知っていた人の名前しかわからないのかもしれない。そう考えてなぜかほっとしながら、エドワードは頭の禿げた医師や金髪の看護師と握手した。そしてドレッドヘアの看護師とも。

病院の正面玄関で車椅子から立ち上がり、渡された松葉づえを手に取る。レイシーとジョンに挟まれて、車までゆっくりと歩いていく。叔母と叔父の存在がこれまでとは違ったものになっているのを意識する。今回の前にふたりに会ったのはクリスマスで、マンハッタンのレストランで一緒にブランチを食べた。父と叔父が新しいコンピュータープログラミング言語のことで議論していたのを憶えている。母とレイシーに挟まれて座っていたエドワードは、退屈すぎて銀のフォークとナイフやナプキンを使って家を作っていた。母と叔母はあれやこれや、どうでもよさそうな話を続けている。隣人たちのこと、貴重なカナダ産のベリーを使ってレイシーが年に一度作るアイスクリームのこと、母が脚本を書くドラマに出てくるイケメン俳優のこと。

叔父と叔母を愛しているかと聞かれたら、もちろんそうだと答えただろうが、それはふたりがエドワードやジョーダンの親ではないことが常に明確だったからだ。大人たちは大人たちのためにそんなふうに集まっていた。エドワードの母親と叔母が涙ながらにさよならのハグをしながら、これからはもっと頻繁に会おうねと、互いの髪に顔を寄せて約束するための集まり。ブランチの席で向かいに座った兄の姿を思い出す。尖塔《せんとう》を作るように両手の指先を合わせ、自分も大人だというように、父親と叔父の専門的な議論に参戦する機会をうかがっていた。思い浮かべた兄の姿がエドワードには辛すぎて、一瞬、目の前が真っ暗になり、つまずいた。

「しっかり」とジョン。

「さようなら、エドワード」たくさんの声。

「幸運を祈るよ、エドワード」

車のドアがエドワードの目の前で開く。そのとき初めて、車の向こう側、通りを挟んだところに、小さな人だかりができていることに気づいた。エドワードは、なんのためにそこにいるのだろうとぼんやり思う。なかのひとりがエドワードの名前を呼ぶと、何人かが拍手をし、手を振った。エドワードが気づいたことがわかったのだ。エドワードは小さな女の子が掲げた厚紙を目を凝らして見る。言葉の意味を理解しようとすると、頭がずきんとした。「頑張れ」。その隣の紙には太字でこう書いてあった。**奇跡の少年！**

「退院の日がどうしてわかったのかな」ジョンがいう。「新聞には出ていなかったけど」

　レイシーはエドワードの腕をさすった。エドワードは実質的にブーツをはいた片足だけでバランスを取っていたので、その拍子に倒れそうになる。

「まるで有名人だと思ってるみたいだね」エドワードがいう。

「有名人なんだよ、ある意味」ジョンが返す。

「さあ、行きましょ」とレイシー。

　三人は車に乗りこみ、手を振ったり厚紙を掲げたりしている人々の前を通り過ぎた。エドワードは窓越しに見る。小さく手を振ってみると、ひとりの男が拳《こぶし》を突き上げた。エドワードに手を振ってもらうことをずっと待っていたみたいだ。そのときエドワードのなかでまたカチッカチッという音が始まった。ピアノでよく弾いたスタッカートのリズムを思い出す音だ。エドワードはシートに沈み込んで、自分の体のなかの音をじっくり聞く。こういう音がここまではっきり聞こえたことは、これまで一度もなかったと思う。切れのあるカチッという音の下で、心臓の鈍い音——もっとぼんやりとした乱雑な音——がしていた。

　一行が車で向かっているのは、エドワードが小さいときから何度も訪れたことのある家だ。今まではいつも、両親と兄が一緒だった。これからエドワードは、そこに住むことになる。こんなことになるなんて、信じられない。叔母と叔父が住んでいる町の名前がなんだったのかも思い出せない。エドワードは窓の外を過ぎる車や木々を見ていた。車のスピードが速すぎる。そう感じたエドワードがなにかいおうとしたとき、墓地が目に入った。そのとき初めて、遺体はどうなったのだろうと思った。

冷たい汗が出る。「お願い、車を停めて」

ジョンは急いで高速道路の脇に車を寄せる。エドワードはドアを押し開け、上半身を外に出して灰色の地面に吐いた。オートミールとオレンジジュースだ。何台もの車が猛スピードで横を通り過ぎていく。レイシーが背中をさすってくれる。エドワードは、叔母の顔が自分の視界に入っていないときにいつもするように、さすっているのは母なのだと自分に思い込ませた。

嘔吐《おうと》は止まらなかった。エドワードの体はぎゅっと縮まったかと思うとなかのものを吐き出す。叔母の声がする。「看護師さんたちがあなたに、もう大丈夫よっていうの、あれがいやだったわ」レイシーの声は、母の声よりも甲高い。さすっているのが叔母にもどってしまった。

「大丈夫なわけないのに。エドワード、聞こえてる？　いい？　あなたは大丈夫じゃないの。わたしたちは大丈夫じゃないの。こんなの、大丈夫なわけない」

嘔吐は止《や》んだが、まだ激しい状態が続くのかこれで終わるのか、エドワードはすぐには判断できなかった。終わったとわかったとき、体の中身がごっそりそぎ落とされて、空っぽの体がどくどく脈打っているとわかったとき、エドワードは体を起こし、うなずいた。そしてどういうわけか、その言葉とうなずきが、三人のあいだで張りつめていた空気を緩めた。安堵《あんど》の気配のようなものが漂う。三人は始まりの場所を見つけたのだ。たとえそれがどうしようもなくひどい場所だとしても。

午前九時五分

窓からマンハッタンの先端の尖《とが》ったビル群が見える。そして自由の女神像の掲げる右手、川にかかる有名な吊り橋も。乗客たちは、座席の上で体をごそごそ動かして、六時間の空の旅を快適に過ごせる姿勢を探す。シャツの第一ボタンを外す。靴を脱ぐ。いつでもどこでも眠れるタイプの乗客たちは、すぐにその能力を発揮する。目覚めている必要など、実際まるでないのだから。地上にいれば、人間の身体には利用価値があるが、機内では、人間の大きさ、形、力、すべてになんの価値もないどころか、実際、かなり不便なものになる。誰もがこのフライトのあいだ、可能な限り楽に過ごせる身の置き方を見つけなくてはいけない。

　フロリダは、リンダとその横で眠っている青いスカーフの女性の向こうに目をやった。あの街が雲の下に消えてしまう前にどうしても見ておきたい。それぞれの場所にはそれぞれのエネルギーがある。フロリダにとって、ニューヨークはラメ入りのアイシャドウであり、バスキア（ブルックリン生まれの画家）のグラフィティ（スプレーなどで壁に描かれるアート）であり、野望を抱く流れ者の集まる街だ。バーで踊る自分が思い浮かぶ。あるいは、騒々しい通りをゆっくり歩く自分。色気につられた男たちがはやしたててくる。ありとあらゆる音が弾ける街で過ごした自分の一瞬一瞬を、可能な限り思い出していく。

　フロリダは二十代と三十代前半をニューヨークで過ごしたが、それを単純なひとつの時期だとは考えたことがない。メキシカンディップのように、たくさんの時間が重なって層をなしているのだ。フロリダはたくさんの人生を生きた。たくさんの体で。だから、持っている記憶は、よく泳ぎにいく海のようだ。いくつの人生を生きたか数えてみたことがあるが、十三までいって数えるのに飽きてしまった。飛び込みで入った人生もある。つまり、身体的外傷を受けたあと——たとえば交通事故で昏睡《こんすい》状態になっている場合——や自殺を試みたあとで魂がすでに旅立った体に入ることだ。そのタイプは本質的に面白いので、フロリダのお気に入りだ。まだ誰かのオーラが満ちている別の大人の体のなかで目覚めることくらい楽しいことはない。いわゆる当たり前の方法、つまり赤ん坊の体に入ったとき——今生きている人生の始まりもそれだった——は、いつも少しがっかりした。

　飛行機が高度を上げていくあいだ、フロリダはいちばん最近の自分の結婚式を思い出していた。ほんの七年前のことだ。フロリダとボビーが結婚の少し前に買ったバーモント州の土地に、二十五人ほどの友人が集まった。五エーカーの土地はまだ手をつけてもいなくて、牧草地を下っていったところに流れる小川の向こうは森だった。ふたりが計画を始めてからまだ日が浅く——計画の主導権を握っていたのはボビーだったが、あとになってフロリダはそうさせたことを悔やんだ——、家を建ててから数カ月後のことだった。フロリダの友人たちがイーストヴィレッジから集まり、クリスマスらしいイルミネーションで飾られたテントで、地元のバンドが演奏していた。スモーキーブルーの空気に包まれて、フィリピンミュージックに合わせて踊る人々。フロリダはワインを飲み、夫と手を繋ぎ、腰や胸や髪を振りながら踊り、歌った。それはめったに味わうことのない、そこにいるすべての人の心と顔から幸せな輝きが放たれる魔法のような夜だった。フロリダは愛という毛糸で全員と繋がれたように感じていた。

　飛行機の座席で身動きできない状態でその記憶をたどるとため息が出る。機体が上昇するのが感じられる。隣のリンダは目を閉じている。まったく皮肉なものだ。この子は夫の元に向かっているのに、あたしは夫から逃げている。

高度三万フィートに達したとき、マーク・ラッシオは前の晩のことを思い出していた。今、この瞬間まで、あえて思い出さないようにしていたことだ。クラブで仲間――仲間というよりは同僚といったほうが正しいが――の誕生祝いをしていたとき、同じ部屋の向こう側に元恋人の姿を見つけたのだ。いちばん最近別れた恋人で、クラブが嫌いでダンスが嫌いで、とにかく嫌いになることに長けた女性だった。本業の債券取引よりも、なにかを嫌うほうが得意だったくらいだ。それが彼女とマークの共通点で、お互いに不満をぶちまけ合うのは楽しかった。セックスのあとでベッドに横になり、たまっていた不満を順番に爆発させた。同僚、友達、上司、政治家、家族。けなす対象はいくらでもいた。ふたりの交際でそれがいちばん楽しいことで、まるで急なスロープをそりで一直線に下っていくような子どもじみた喜びを感じられた。かかりつけのセラピストに、それは不健康だと断言されたとき、心の底からがっかりした。

元恋人は、こちらが気づいた次の瞬間マークに気づいた。彼女は向こう側の壁際に立っていて、マークとのあいだには、踊ったりいちゃついたりしている大勢の男女がいた。かかっている音楽は、そこにいる人たちの頭から言葉というものを振り落とすように大音量でビートを刻んでいる。そもそもあんなところに行くべきではなかった。マークはクリーンでいようと気をつけているのに、漂う空気にコカインのにおいがしたのだ。ツンとした刺激臭。スライスしたレモンのようなにおい。彼女の表情を探っているうちに、問いが浮かんだ。ひょっとして？　いけるか？　もう一度？

彼女がにらみ返してきた。黒といっていいほど濃い色の瞳。彼女は首を横に振り、「ノー」という口の動きを見せた。

マークも口の動きで「ファック・ユー」と返してから踊り始めた。ダンスはほとんどやらなくなったことのひとつだ。最初はビートについていけなかったが、上下する体の動きを修正して、ドン、ドンという音に合わせていく。つま先立ちで体を上下させ、両腕を頭上に掲げる。人々がマークにはわからない歌詞のリフレインに合わせて大声を上げているとき、マークも叫んだ。そばにいた男がびっくりした顔でマークを見てからにやりとする。マークはその男と勢いよくハイタッチした。

　機内アナウンスのヴェロニカの声を聞いてマークは首を伸ばしたが、姿は見えなかった。機体が決められた高度に到達したので、電子機器を使っていいらしい。マークはシートポケットからノートパソコンを引き出すと、隣の席の女性も同時に同じことをした。ふたりは顔を見合わせ、わずかに微笑む。

「締め切りがあって」と女性がいう。

「締め切りがあってこそ、人生ですよ」

　女性はマークの言葉について本気で考えるかのように顔をしかめた。マークはそれを見ていらだった。

「そうねえ」彼女がいう。

　マークはもう話したくないと思う一方で、この女性に自分がなんにおいてもトップを取る人物だということをわからせたくもあった。「息子さんがふたりいらっしゃいますよね。セキュリティチェックのとき、同じ列だったんです」

　横に座る女性——おそらく四十五歳くらいでマークよりそれほど年を取っているわけではないが、まったく違う場所、たぶん郊外に住んでいて、夫と子どもが第一というライフスタイルなのは間違いなく、つまりはマークとは住む星が違うといっていいほど遠い存在——は驚いた表情をした。女性は目を細めて、今立ち上げた自分のノートパソコンを見やる。「ええ」

「ぼくには弟がひとりいます」マークはそういってから考える。そうか。この人は母さんに少し似ているんだ。あの兄弟はおれとジャックスだ。家族で祖父母の家に行くのに飛行機に乗ったときのことを思い出す。マークとジャックスは互いの腕にパンチを入れ合い、ツイックス（チョコレート菓子）を割って半分ずつ食べた。母親はこの女性と同じようにストレスを抱えた表情をしていた。どうして母親がそんな顔をしていたのか、自分が大人になり、ふたが落ちそうになるほどぐらぐらと湯が沸いてやかましい音を立てるやかんのように、急になにかをまくしたてたりするようになって初めてわかった。マークの母親は唇の薄い物静かな女性で、いつでもマークから顔を背けているように見えた。そしてマークが十八歳のときに睡眠薬を多量に摂取して、二度と目覚めなかった。

「あの子たちと一緒の席じゃないのは、仕事をしなくちゃいけないからなんです」と女性はいう。

もう話しかけるなという意味だとマークは受け取った。マークは自分のコンピューターの画面に注意を向ける。市場のトレンド、損失、変動の指標を示す詳細な表やグラフで埋め尽くされている。超短期取引《スキャルピング》の様子に目を通す。Ｓ＆Ｐ５００指数、シカゴ先物市場、最新のビット価格を見て処理をする。毎日毎分探しているいつものあれを探す。自分にしか見えない儲けの可能性だ。

リンダは両手をハンドバッグのなかに入れて、妊娠検査薬を片方の袖のなかにねじ込んだ。待てるだけ待ってから、ようやくフロリダに通してくださいと頼む。

「おしっこしたいの？」フロリダが聞く。

フロリダが立つと、スカートのすそが鳴った。リンダは通路に出たフロリダの脇をすりぬける。トイレに急ぐ途中、通路側の席の軍人とたまたま目が合った。

「どうも」リンダはそういったものの、言葉というよりは小動物の鳴き声のようだ。

軍人は巨大な片手を上げて挨拶を返し、リンダはその横を通り過ぎた。席を立ったときよりもさらに落ち着かない気持ちになっている。トイレ待ちの列ができていたので、リンダは最後尾についた。リンダの前には、背の高い、癖毛のティーンエイジャーが横向きになって並んでいる。さっきボディチェックをされていた少年だ。ワイヤレスのイヤホンをしていて、リンダには聞こえない音楽に合わせてわずかに体を揺らしている。少年が肩を回したとき、その動きはかすかなのにとても気ままな感じが出ていて、リンダは胸の奥がちくりと痛んだ。少年はリンダの元彼に少し似ていた。若いころにつき合っていた男のひとりだ。この少年と同じようなもじゃもじゃの髪に自分の手を突っ込んで、くしゃっとかきまわしたことを思い出してから、慌てて打ち消す。目の前にいる少年が、間違いなく恋愛対象にしてはいけない年齢だからだ。運輸保安局の職員と一緒にいる少年を見たとき、なんでもいいからさっさとボディスキャナーのなかを通ればいいのにと思った。あんなふうに拒否する人の気がしれない。ボディスキャナーに意味がないからなんだっていうの？　騒ぎを起こして、係の人をいらだたせるのには意味があるってわけ？　十代の男の子がひとり意見をいったからって、空港はセキュリティシステムを変えたりなんてしないのに。なんの得があるのか、リンダには理解できなかった。

　リンダが袖を指でいじると、アルミ包装のつるつるした感触がわかる。高校時代、同じ場所によくカンニングペーパーを隠した。右手首の少し上あたりの肌は、リンダの黒歴史を目の当たりにするのにうんざりしているんじゃないかと思う。

「大丈夫ですか？」前にいる少年が聞いてくる。「お加減が悪いんですか？」

「えっと、わたし？」リンダは自分がどんな顔をしていたのだろうと考える。十代の少年に気遣われるなんて。リンダは表情を柔らげようとした。

「そんなに丁寧な言葉遣いをしなくてもいいのよ」とリンダ。「わたし、まだ二十五歳なんだから」

だが、そういったそばから、この少年にとっては二十五歳というのは年寄りで、間違いなく丁寧な言葉遣いが必要な相手なのだろうと気がついた。

　少年は礼儀正しい笑みを浮かべ、空いたトイレに入っていった。

　ほんとのところ、二十五歳はすごく若いのよ、とリンダは閉じたドアの方を見ながら心のなかでいった。

　リンダが十代だったころ、女が独身でいていいのは二十五歳までだね、と親友と話していた。ゲイリーは三十三歳で、リンダとの年齢差はぴったりだ。男は女よりも成熟するのに時間がかかる。三十三歳までには、身を落ち着けるのに十分な数の女性と寝ただろう（九人だよとゲイリーは教えてくれたけれど、たぶんもっと多いとリンダは踏んでいる）。リンダはもうこれ以上男は知りたくないと思わされるほどの数（十六人）の男と寝た。九番目の男はリンダが絶頂に達したときに、タバコでリンダの体を焦がした。十一番目の男は高校の数学の教師とリンダを二股にかけていた。しかもその教師は男だった。十五番目はふたりで暮らす家の家賃を覚醒剤に使ってしまった。十三番目だけがまともな職に就いていて銀行口座に金が入っていたが、この男の愛情表現は批判することだった。彼はリンダの誕生日に化粧品を買い、クリスマスには痩身剤《そうしんざい》を買った。リンダはバレンタインの前にこの男と別れたが、折に触れて、別れなければどうなっていたのだろうかなどと考えた。

　トイレが空いて、リンダは急いでなかに入った。ドアをロックすると、頭上の蛍光灯が点灯する仕組みだ。立てる場所は一カ所しかない。便器と小さな化粧用鏡のあいだの小さなスペースだ。袖のなかから検査薬を引っ張り出し、パッケージの先っぽを嚙んでから引き裂く。

　白いパンツと下着を下げて便座の上にかがむと、脚のあいだに片手を入れ、深呼吸をしてからスティックめがけて放尿する。ふと、あの十代の少年が運輸保安局の職員に、ボディスキャナーのなかで取らされる姿勢が気に入らない――屈辱的だっけ？――といっていたのを思い出す。あの子は今のわたしのこの姿勢をどう思うだろう。太ももが震えた。飛行機も揺れた。

　ファーストクラスでは、クリスピン・コックスが腹部のズキズキする痛みをこらえていた。気を紛らわすために、最初の妻のルイーザのことを考える。絶対にあきらめなかった妻だ。そう、クリスピンの頭のなかでは、それが彼女のキャッチフレーズ。「絶対にあきらめない女」。離婚して三十九年になる。ふたりが結婚していた期間よりもずっと長い時が過ぎたのに、数年ごとにルイーザの弁護士がクリスピンの弁護士に連絡してきて、クリスピンからさらになにかを巻き上げるために考え出した、なにかしらの理由をいってくる。もっと金を、もっと株を、もっと不動産を。ふたりのあいだの子どもたちのためという名目のこともあれば、ルイーザ自身のためのもののこともある。そしていまいましいことに、二回に一回は成功しているのだ。

　隣の席の看護師がいう。「体調は安定しているという医師のお話でしたが、かなり痛みがひどそうですね。痛みのレベルを一から十でいうと、今はいくつですか？」

「大丈夫だ」クリスピンは答える。「ただ、薬を飲みたい」

　どうしてルイーザのことはこんなに鮮明に思い出せるのだろう。クリスピンはあの夜、イタリアンレストランのカーリノズでのふたりの会話を一語一句思い出すことができる。ルイーザはクリスピンの好きな髪型にして、ピーコックブルーのワンピースを着ていた。それなのに、新婚旅行の行き先や、いちばん下の息子、あの頭の切れる変わり者の職業は憶えていない。クリスピンの人生はそこにあって、人生の登場人物もそろっている。それなのに、雲が流れてきて視界を遮るのだ。クリスピンに見えるもの、思い出すものは、一時間ごとに変化する。

看護師が、クリスピンが開いた掌の真ん中に錠剤を置く。

クリスピンはいう。「そんなふうにわたしを見るな」

「わたしはただ、自分の仕事をしているだけです」

「まさにそこだ」とクリスピン。「わたしのことを、まさに仕事そのものだというように見ている。わたしは誰かの仕事などではない。これまでも、これからも。鈍くて固いその脳みそでも理解できるか？」

看護師は視線を落とした。まるで自分の足にいきなり火が付いたので、炎の様子を見なくてはいけなくなったというように。こういう弱い人間がいるから困るんだ。息を吹きかけるだけで倒れそうじゃないか。またルイーザの姿が頭に浮かぶ。あいつはわたしが大声を上げても、目をそらしたりしなかった。

世界レベルのヒップを持つ客室乗務員が目の前に来た。どこから現れたんだ？　痛みが急にひどくなる。痛みの波が頂点に達する。

「なにかお困りですか？」客室乗務員が滑らかな声で尋ねる。「お飲み物はいかがですか？　それともおつまみは？」

けれど痛みは引かない。波が固まってしまったのだ。クリスピンはしゃべれなかった。隣に座る看護師も押し黙っている。ひょっとしたら泣いているのかもしれない。クリスピンはなんとか片手を上げ、この仕草で客室乗務員が消えてくれることを願った。

「飲み物をください」通路の向こうにいる男が声を上げた。クリスピンは目を閉じる。薬は舌の下におさまっている。

機体がわずかに弾んだ。ヴェロニカは少しよろけてシートに片手をつく。機内は静かで、頭上の吹出し口から咳払いをするような音が聞こえるだけだ。乗客たちは、それぞれ自分の世界に入っている。長いフライトは始まったばかりで、新しい空間に慣れなくてはいけない。この銀色の銃弾のなかで、半日近く過ごすことになるのだから。誰もがこの新たな生活様式をひとつひとつ受け入れていく。頭を悩ませる問題はみな同じ。「本来の生活が始まるまでの時間をどう過ごすべきか？」

ジェーンは笑いたいのをこらえて、隣の席の男が、飲み物を持ってきた客室乗務員を口説こうとしているのを聞いていた。

「きみ、出身はどこ？」男が聞く。

「お客様、ブラッディ・マリーをお持ちしました」

「マークって呼んで」

「マーク」ヴェロニカは腰の位置を変える。「出身はケンタッキーですが、今住んでいるのはＬＡです」

「ぼくはボルチモア出身だ。住んでるのはニューヨーク。ほかのところには住めないよ。この仕事は何年？」

「ええと、五年、だと思います」

マークは緊張している。ジェーンは、倒したトレーの下でマークの片膝が小刻みに上下しているのに気づく。こんな場面はシャットアウトしなくてはいけない。書かなくてはならないのだ。脚本の推敲《すいこう》を終えてしまわなくては。推敲といっても、大部分書き直さなくてはいけない。地上に降りる前に。できるはずだ。追い込まれた状況で集中するのは得意だ。問題は、自分がこの仕事をやりたいと思っていないことだ。もしブルースの隣に座っていて、彼がジェーンに腹を立てていなければ、聞いてくるだろう。「きみのやりたいことはなに？」ブルースはいつも根源的なことに、本質的な質問に立ちもどる。ブルースの脳は、論点のずれた義理や感情に縛られることはない。そこがジェーンとは違うところだ。ブルースが頭をかしげてジェーンを見ることがある。そんなときは、こう考えているのだとわかる。「おれはまだ彼女を愛しているのか？」その後に浮かぶ答えは今のところ、ありがたいことに毎回イエスだ。

　ファーストクラスに座る羽目になったのは、ここ数週間というもの、アパートの荷物をまとめるのに夢中になってしまい、脚本に時間を使えなかったからだ。ジェーンはエディのゾウのぬいぐるみがどの箱に入っていて、ジョーダンが大事にしている本のうち、どれがどこに入っているかまで、正確にわかっている。ＬＡに到着したときに開ける順番に箱に番号をふった。荷造りをしながら、家族でアメリカ大陸を横断する引っ越しの効率の良さを競う大会があれば優勝できるのに、などと思ったくらいだ。先週レイシーが、ニューヨークに手伝いに行こうかといってくれたとき、ジェーンは笑った。

「悪かったわね。よかれと思っていったんだけど」レイシーは気を悪くした。

「もちろんわかってるわよ。ごめん。笑ったのはわたしのことよ。レイシーじゃなくて」

　姉妹の傷ついた感情と、長年突っつき合ってきたという過去のせいで、話すふたりにもやがかかった。ふたりはその後努力したが、どちらももやを晴らすことはできないまま、電話を切ることになってしまった。レイシーとジェーンは異なるオペレーティングシステムで動いていて、そのせいで時々トラブルが起きる。ふたりが大切にしているものには重なるところが多かったが、決定的な相違がいくつかある。レイシーにとっては、ずっとずっと、自分の場所に落ち着くということが大事だった。そのためには夫と子どもふたりと郊外の素敵な家が絶対に必要だと信じていた。自分の人生が「順調」に見えることが大事だったのだ。ジェーンはそういう概念に興味を持ったことがない。なにかを欲しいと思ったら――恋人であれ、赤ちゃんであれ、仕事であれ――それを得ようと頑張った。左右を見渡して、ほかの女性の進行状況を確かめることはほとんどない。あるときレイシーの家に行って、レイシーが十三種類もの女性誌を定期購読していると知って驚いた。全部がセットなのだとレイシーは説明した。料理、家事、出産、インテリア、美容。「文句ある？」レイシーは、姉の表情を見ていった。「どちらかといえば、おかしいのはわたしじゃないわ。姉さんでしょ」

　レイシーは人との関係に得点表をつけていて、そういうところがジェーンには受け入れがたいのだが、ときにはそれを逆手に取って、姉妹間のぎくしゃくした感じを取り払うのに使うことができる。家に着いたらすぐにレイシーに電話しよう、とジェーンは思う。レイシーは、姉が新しい家の電話から初めてかける相手が自分だと思えば感動してくれるはず。そういうことがあの子には大事なのよ。

　気づくとヴェロニカの姿はなく、マークがブラッディ・マリーを手にして寂しそうにしていた。マークの気分が粒の細かいミストのようにジェーンの肌に付着する。ジェーンはパソコンのキーを打ち始めた。

　検査薬の説明書には、結果が出るまで三分かかると書いてあった。白いスティックが無表情にリンダを見つめている。待っているあいだ、リンダは歩き回りたかった。なんならこの部屋から出ていきたかった。けれどどちらも無理。ただじっと立っているしかない。体が動けないせいか、脳が無駄にフル回転している。

最初にアルコール――イエガーマイスター（ドイツ産のハーブリキュール）――を飲んだときのことを思い出す。あれはSAT（大学進学適性試験）の前夜のことだ。リンダは二時間しか寝ずに受験会場の体育館に行った。脳が、捨てられたエンジンの部品の寄せ集めみたいに思えた。六週間後、あなたの父親のいうことは間違っている、あなたは賢いし、自分で勝ち取る気持ちさえあれば、輝かしい未来が待っているはずよといつもリンダにいってくれていた担任の教師は、リンダのひどい成績を聞いて一瞬にして目が虚ろになった。リンダには、教師がその瞬間、希望を託し目をかけるのは、別の、もっと年下の子にしようと決めたのがわかった。

トイレの照明は最悪だった。小さな鏡に映るリンダの肌が黄ばんで見える。旅に全身白ずくめなんて、なにを考えていたのだろう？　鏡に向かって舌を突き出し、十三歳で舌にピアスを入れたときの傷を見る。これもまた、最悪の決断のひとつ。リンダが憧れていた少女がゴスファッションにハマったからという、ただそれだけの理由でそんなことをしたのだ。二日後、舌がひどく腫《は》れて息をするのも苦しくなり、継母の車で病院の緊急治療室に連れていかれた。この出来事は継母を喜ばせた。それ以降、ことあるごとに、まったく無関係な会話にそのエピソードを楽しそうにぶち込んできたのだ。「ほら、あんたはもう少しで舌をなくすとこだったじゃない。そしたら、どうなってたと思う？　今よりもっと男を捉まえられなかったはずよ」

「わたしはゲイリーを捉まえたわ」リンダはいう。鏡に、そして継母に。

けれどリンダは、継母の懐疑的なものの見方が正しいのではないかとも密《ひそ》かに思っていた。少女のころからずっと抱えてきた思いだ。自分とゲイリーの仲が十一カ月続いたのは、遠距離恋愛だったからでしかないのではと不安だった。そしてその距離が、これからは消えてしまう。もちろん互いに行き来してきた。最後に会ったのは六週間前だ。けれど毎回短い時間しか一緒にいられなかったし、だからこそ甘いひと時を過ごすことができた。三連休くらいでは、いらついたり、不機嫌になったり、ずっと感じていた不安が頭をもたげたりする暇はなかった。同じ場所で毎日一緒に過ごせば、リンダの欠点がすべてばれてしまう。

ふたりが出会ったのは、ある結婚式だった。ゲイリーは花嫁と同じ大学に通っていた。リンダは花婿とつき合っていたことがあった。その晩、ふたりは互いの寂しさを慰め合うことになった。リンダは一夜限りのことだろうと思っていたが、ゲイリーは翌日、カリフォルニアに帰る途中でリンダにメッセージを送ってきた。ふたりはその後数週間、電話でおしゃべりをし、テキストメッセージのやり取りをした。ゲイリーにクジラの研究をしていると聞かされたとき、リンダは腹が立って電話を切りそうになった。学歴の低さをからかわれているのかと思ったのだ。ゲイリーは博士号を持っているのに、リンダは大学にも行っていないから。リンダは鈍いから、こんな夢物語的な職業に就いていると嘘をいってもわかりやしないとでも思っているに違いない。その嘘が質《たち》の悪いものに思えたのは、リンダをはめるのに絶好のものだったからだ。リンダは子どものころ、クジラに夢中だったのだ。寝室の壁はあの巨大な哺乳類《ほにゆうるい》のポスターで埋め尽くされていたし、大切にしていた本のほとんどは海の生き物に関するものだった。まるで二十五歳の自分と十二歳の自分の両方をゲイリーにあざ笑われているような気がした。

「つまり、失業中だってこと？」リンダはできるだけ意地悪な声でいった。

「ぼくの研究プログラムの情報をメールで送るよ」

まだ電話で話している最中に、リンダは送られてきたリンクを開き、海の真ん中でボートに乗るウィンドブレーカーを着た髭面の男たちの動画を見た。そのうちのひとりは日に焼けたゲイリーだ。

次の動画には船の横を通り過ぎるクジラの背が映っている。そのあと教室やスキューバダイビングの装備が入ったロッカーの映像が映ると、リンダはノートパソコンを閉じて咳き込んだ。

咳がおさまると、ゲイリーが声をかけた。「リンダ？」

「喉になにかが入っちゃって」とリンダは答える。

リンダは、ゲイリーはただの友達だと思っていた。男に興味を持ったときにいつも感じる、どうしようもない不安をちっとも感じなかったからだ。ゲイリーと話すと、その日がいい日になったような気がした。ゲイリーと話していると、これまでずっと出さないように気をつけていたしゃっくりみたいな笑い声が自然と出てしまう。「気味が悪い」継母の前で笑ったとき、リンダはそういわれたのだ。ゲイリーとは子どもについて話したことはなかった。子どもができたらゲイリーがどう思うか、リンダには想像もできなかった。ゲイリーは辛い子ども時代を過ごしたらしい。もう一度あれを繰り返すくらいなら、死んだほうがましだといっていた。リンダは密かに、共に生きていきたいと願うようになった。そうすれば、ふたりの過去の傷も癒えるような気がしたのだ。「きみといると、もう大丈夫だって思えるんだ」いつかゲイリーにそういわれたことがある。そのときはなにもいえなかったが、リンダも同じように感じていた。

ポーンという大きな音がして、天井のスピーカーから、飲み物のサービスが始まるというアナウンスが聞こえた。リンダは急に喉の渇きを感じた。

「すみません」トイレのドアノブがガチャガチャと音を立て、男の声が聞こえる。「なかの方、平気ですか？」

「大丈夫！」リンダはそういって、手にした検査薬を槍《やり》のように握った。白いスティックの真ん中に、陽性を示すピンク色のライン。「大丈夫！」リンダはガチャリとロックを開けて通路に出た。

二〇一三年七月

エドワードがその家にやってきたとき、まず案内されたのが子ども部屋だった。ジョンは元々あったベビーベッドを屋根裏に運び、代わりにダークブルーのベッドカバーをかけたシングルベッドを置いていた。赤ちゃんが口に入れても安全な、厚紙でできた本がたくさん入った本棚はそのまま。壁とカーテンは薄いピンク。レイシーは妊娠するたびに、お腹の子が女の子だと確信していたからだ。窓際にはロッキングチェアがある。

少年と叔父は、戸口で一瞬立ち止まった。ジョンは戸惑っているように見えた。そもそもどうしてふたりがそこにいるのか思い出せなくなってしまったように。エドワードは、このまま方向転換して、叔父に気づかれずに不自由な足を引きずりながら部屋から離れることはできないだろうかと考える。

これはぼくの部屋じゃない、とエドワードは思う。絶対に違う。

「湖を見たくないか?」

ジョンがそういって窓に向かったので、エドワードも松葉づえを使ってついていく。

ウェストミルフォードは全長十二キロの細長い湖の先端にできた町だ。一八〇〇年代後半、町がいちばん栄えていたころには、三隻の巨大な蒸気船が湖を行き来して、列車で到着する観光客を数多《あまた》あるホテルに送り届けていた。しかし飛行機の出現で、観光の形が様変わりした。グリーンウッド湖を訪れる人はいるにはいたが、ニュージャージーやニューヨークからの家族連ればかりで、その多くが避暑用の別荘を建てた。ジョンの両親は八歳の夏に湖のほとりで遊んでいたときに出会い、ふたりとも子ども時代の夏を毎年ここで過ごした。当時の郊外の町がたいてい安全だったように、この町も治安が良かった。子どもたちは自由に走りまわり、湖で好きなだけ濡れて日焼けをして、食事や寝るときくらいしか家にもどらなかった。

一九七〇年代、あれほど有名だったこの湖の魅力は色あせていた。別荘を買う余裕のある家庭は、ニュージャージーの海沿いかロングアイランドを選んだ。客が来なくなったホテルは廃業に追い込まれた。ジョンとレイシーは、二〇〇二年に結婚した直後に家を買った。ウェストミルフォードなら、都会に近い町よりもいい家を買うことができたし、ジョンのＩＴ関連の仕事も十分やっていけそうだったし、レイシーが、まるでカナダみたいだといって湖を気に入ったからだ。家の二階からの眺めはすばらしかった。ジョンとレイシーの寝室もそうだったが、子ども部屋からも広大な湖面がよく見えた。

「具合が良くなったら、あそこに泳ぎにいこうな」とジョンがいう。

エドワードの体内にできた新しい場所――墜落事故後にいつのまにかできていたところ――が、カチ、カチと音を立て始める。母が父に話しているのを聞いてしまったことを思い出す。レイシーがまた流産したの、と。当時のエドワードはその単語の意味がわからず、辞書で調べたのだった。

「もっと模様替えしてもいいんだよ」とジョンはいう。「いや、しよう。絶対に。壁を何色にしたいか決めてくれれば、ぼくが塗るよ。好きな色は？」

「ううん、塗らなくていいよ」とエドワード。

エドワードは体の向きを変えると、ゆっくりと部屋から出ていき、階段を下りた。その夜、エドワードはリビングのソファで寝た――とはいえ眠れたわけではなかった。病院の外の世界は最悪だった。そんなふうに感じるなんて予想外だと思った瞬間、ふと気づく。今の自分には、この先の気持ちなど見当もつかないのだ。どうやら、四六時中ピーッという機械音がして、様々なルーティンがあり、医師や看護師たちが頻繁に様子を見に来ていた病院のおかげで、エドワードはなんとか自分を保てていたらしい。今、これまでとは違った痛みを感じる。鈍っていた感覚が研ぎ澄まされているのだ。脛骨《けいこつ》の一部に取って代わった金属の棒の存在がわかってしまう。肌も妙な感じで、触るとザラザラしている。髪には神経などないはずなのに、なぜか痛みを感じる。ウェストミルフォードに来て二回目の夜の午前二時、エドワードは、ソファの上で背筋を伸ばし、両手を膝の上に置いて座っていた。痛みがちらちらと揺らめきながら体の境界からはみ出ているような気がする。こんな感じが続くなら、とても生きていけないと思った。

　翌朝、玄関のドアを誰かがノックした。ジョンはすでに出勤していたし、レイシーはまだ二階から下りてきていない。エドワードは目——熱くて重い石のような目——をしばたたき、松葉づえを使って立ち上がると、玄関に向かい、ドアを開いた。玄関前のステップに、大人の女性とエドワードと同じ年頃の女の子がいた。女性は黒髪でライトブラウンの肌。手には赤い魔法瓶を持っている。女の子は母親の後ろに半ば隠れながらこちらを覗き込んでいた。メガネの向こうの瞳はひとつしか見えないが、エドワードをじっと見つめている。エドワードの脳が音を立てる。というか、うるさいくらいに鳴ったあと静かになった。一瞬、エドワードは大丈夫だと感じた。頭がはっきりしていて正常で、どこも壊れていないという感じ。ほんのつかの間のその感覚は、胸をざわつかせた。

「ハロー」エドワードは女の子にいう。

「あたしはベサよ」と大人の女性がいう。「こっちはシェイ。隣の家に住んでるから、ちょくちょく顔を合わせることになるわね。このコーヒーをあなたの叔母さんにあげたくて持ってきたんだけど、あなたのほうが必要そうね」

ベサが魔法瓶を差し出したので、エドワードはその温かい円筒を胸に抱きかかえた。香りを嗅いで、家族で住んでいたアパートメントの近くにあったカフェを思い出す。コーヒーの香りのする空気を歩道にばんばん流して、通行人をおびきよせていたあの店。

「ぼくは――」エドワードはためらった。自己紹介しなくてはならなくなったのは、これが初めてだ。エディはもういない。叔母が病院でそう決めてくれたことがありがたかった。「ぼくはエドワードです」

ベサが温かい笑みを浮かべると、エドワードは母親が微笑んでいるところを思い出した。それと同時に恐怖が押し寄せる。恐怖のあまり立っているのも辛くて、このまま彼女の足元に倒れ込みたいと思った。これから先、誰かの母親と出会うたびに、母さんのことを思い出してしまうのだろうか？　そうだとしたら、もうおしまいだ。

ベサがいう。「あたしたちはあなたのことを知ってるのよ、坊や《ニニート》」

シェイが母親の後ろから出てきた。かすかに口を歪めている。「あたし、この子より二カ月年上だよ。なのにマミ、あたしには十八歳になるまでコーヒーは飲んじゃだめっていったよね」

ベサは片手を上げる。「黙って《カジャテ》、ミ・アモール」

そのときレイシーがやってきて、ふたりをキッチンに招き入れた。エドワードはテーブルにつき、魔法瓶のふたにコーヒーを二センチほど注ぐ。

「おいしい？」シェイが聞く。

コーヒーは、舗装したての道路をなめたらこうかなと思うような味で、熱くてべとべとしていたけれど、エドワードはうなずいて、ぐっと背筋を伸ばした。シェイはエドワードよりも二センチくらい背が高く、茶色い髪は肩までの長さ、左頬にえくぼがあった。

「外に出てみた？」ベサが聞く。「街には？」

「安静が必要なの」レイシーが答える。「まだそこまで回復していないのよ」

「行かなくてよかった」とベサ。「なにしろこのあたりは完全にクレージー《コンプレタメンテ・ロコ》だから。ウェストミルフォードは小さな町よ、エドワード。お互い知らない人なんていないし、あなたが来たってことくらいすごいことは、少なくともここ数十年はなかった。病院にいるあいだに、町がこの家の外壁塗装をしたって話は叔母さんから聞いた？」

　エドワードには意味がわからない。「町が家の塗装をするって、どういうこと？」

　レイシーが答える。「町の評議会が決めたのよ。支援したかったみたい」レイシーは立ち上がってカウンターに向かう。「気の毒に思って支援したいけど、どうすればいいかわからなかったのね。だけど、ほんとばからしいの。去年の夏にジョンが塗ったばかりなんだもの。塗装する必要なんてまったくなかったのよ」

「サマーキャンプでもみんな、あんたがここに来ること、話してるよ」シェイがいう。「あたし、おかげで有名人みたいな感じになってんの。ほら、あんたんちの隣に住んでるから」

　キャンプ、とエドワードは考える。聞き覚えのある言葉なのに、それがなにを指すのか、脳が理解するまで少し時間がかかった。夏。子どもたち。アート＆クラフト。エドワードとジョーダンは毎年、自然史博物館のサイエンスキャンプに参加していた。

「パンケーキ、食べない？」レイシーがいう。人が話題を変えたいときに使う、あのやたらに明るい声だ。

　エドワードがコーヒーを見つめていると、シェイがいった。「あたし、一度あんたのお兄さんに会ったことがある」

エドワードは聞き間違いかと思った。頭のなかでその言葉を繰り返すうちに、椅子に座っていた体がかすかに沈む。

だがベサも同じ言葉を聞いたらしい。「なにいってるの？　エドワードのお兄さんになんて、あんたは会ってないから」

「ここで会ったの」とシェイ。「っていうか芝生で。たぶんあたしが六歳のとき。その日、あんたの家族が来てるって知ってたから、おもちゃの芝刈り機でうちの芝を刈るふりをしてたんだ。そしたらジョーダンがひとりで出てきたの」

「知らなかったわ」ベサは不満げだ。

「ママ、あたし六歳だったんだよ。たぶんママにいったと思うけど、ママが忘れたんでしょ。それに、たいした話じゃないし。あたしも忘れてたくらい」そういってシェイはいったん言葉を切った。「最近まで」

「ジェーンは子どもたちをここに連れてくるのが好きだったの」レイシーの肩がこわばっている。「たまには都会の喧噪《けんそう》から離さなくちゃいけないと思っていたから」

エドワードはシェイにいう。「きみはジョーダンと話したの？」

「ちょっとね。お兄さんが外に出てきたとき、ステップから飛び下りたの。いちばん上の段から芝生まで一気に。なんだかあたし、それにすごくびっくりしちゃって。たぶん、あたし『アッ』て声をあげたのかな。お兄さんはあたしに気づいた」

エドワードはその場面を想像した。明るい陽射し、緑の芝生、叔父と叔母の家の玄関前にある五段のコンクリート階段。

「お兄さんは『人がジャンプするところを見たことないの？』みたいなことをいったから、あたしはそんなふうにジャンプするのは見たことないって答えた。そしたらお兄さんは笑ってから芝生を突っ切ってった。それからあんたんちのミニバンによじ登ったの」

「ちょっと待って」レイシーは眉をひそめる。「作り話はやめて、シェイ。そういうのはいらないわ」

「ジョーダンならやりそうだよ」とエドワード。「まさにジョーダンがしそうなことだ」

シェイはエドワードに向かって小さくうなずいた。「お兄さんはあたしに手を振ってから、車のルーフから飛び下りたの」

「なんてこと《ディオス・ミオ》！」とベサ。

「まあ」レイシーがそういって少し考えたあと、声の調子が変わった。「思い出したわ。ジョーダンは片膝を怪我したの……。どうしてそんなことになったのか、ジョーダンは教えてくれなかったけど、わたしは冷凍豆の袋を渡して膝を冷やさせたのよ」

エドワードはなにひとつ憶えていなかった。ジョーダンが自分を置いてひとりで外に出たのも憶えていないし、冷凍豆のことも、この女の子のことも、ジョーダンが片脚を引きずっていたことも憶えていなかった。胸のなかでなにかが折れるような感覚。まるで小さな骨が折れるみたいな。ぼくはどうして思い出せないんだ？

「痛そうには見えなかったよ」とシェイ。「ジャンプしたすぐあと大人に呼ばれて、お兄さんは家のなかに帰っていったの」

シェイは立ち上がって母親の頬にさっとキスした。「マミ、あたし行かなきゃ。もうバスが来ちゃう」

「いってらっしゃい《ケ・テンガス・ウン・ブエン・ディア》」

「いってきます《アディオス》」シェイはそういって出ていった。

エドワードはもう一度コーヒーをごくりと飲んで、喉を逆流してきそうな塊を抑え込もうとした。ナプキンを口に当てて咳をする。レイシーが、エドワードに食べて欲しいと思っているのは痛いほど感じるけれど、食べ物の周りに結界でもあるみたいで、エドワードはそこに手を出せない。においといい、もさもさしていそうな感じといい、とても無理だ。エドワードはソファにもどった。レイシーがテレビをつけてくれたが、エドワードは画面に集中することができず、レイシーとベサがキッチンで話すかすかな声を、聞くとはなしに聞いていた。トイレに行く途中にドアの前を通ったとき、レイシーがこう話すのが聞こえた。「赤ちゃんの代わりに十二歳の男の子よ」エドワードは倒れないように足元を見ながら歩いた。

空が暗くなってきてジョンが帰宅すると、エドワードはキッチンのテーブルにもどった。ジョンはエドワードの頭をくしゃくしゃっと撫《な》でた。レイシーはエドワードの皿にバターたっぷりのマッシュポテトを、ほんの少しよそう。「お願いだから食べてね」

ジョンが、弁護士がどうのという話をして、レイシーが、今年のトマトは不作らしいなどという。料理の入った深皿が、叔父と叔母のあいだを往復する。必要以上に行き来している、とエドワードは思う。

「サラダを好きになれたらいいんだけど」とレイシー。

するとジョンが顔をしかめてみせる。「サラダを好きな人なんていないさ」

なぜかエドワードにはわかった。このサラダに関するやり取りは、ふたりの結婚生活の定番なのだ。決まったやり取りを繰り返すことで、ふたりは結婚や人生における自分たちの存在を確かめている。ジョンが部屋に入ってくるなり「レイス、元気？」と聞くのと同じだ。それに対する答えを必要としているわけでも期待しているわけでもなさそうだから。レイシーが一時間に何度も、頭に手をやって髪型を確認するのと同じだ。レイシーが冷蔵庫のドアポケットに入れた調味料を、ジョンがいちばん上の段に移すのと同じだ。

「叔母さんたちには、ぼくを引き取る義務があったの？」エドワードが聞いた。

ふたりはエドワードに顔をくるりと向けた。レイシーの顔から色が抜けてそばかすの色が濃く見える。ジョンの額にしわが寄る。

「つまり、法律で決められてるのかなって。ぼくの親戚は叔母さんたちだけだから」

「法律がどうとかわからないけど」レイシーはそういってから夫の顔を見た。

「考えるまでもなかったよ」とジョン。「ほかの可能性なんてまったくなかった。ぼくらは家族なんだから」

「そうよ」とレイシー。だがレイシーのそばかすが目立たなくなったのを見て、エドワードはレイシーが今にも泣きだしそうだと気づいた。ジョンもそれに気づいたらしく、片手をレイシーの手に重ねる。

「脚が痛むんだ」エドワードはいう。「ごちそうさましていい？」

「もちろんだよ」ジョンが答えた。

しばらくすると、ソファを見下ろす四角い窓の外が暗くなった。暗さは刻々と増していく。ジョンがリビングの入り口でいう。「寝る時間だよ。二階に上がるの、手伝おうか？」

エドワードは昨日も一昨日もいった言葉をまたいった。「脚が……。階段が心配なんだ。今晩も、ここで寝てもかまわない？」

「かまわないとも」そのすぐあと、レイシーがブランケットと枕を持ってきて、エドワードの耳元で「おやすみ」とささやいた。ふたりが階段を上がっていく足音のあとに寝室のドアがガチャリと閉まる音がする。エドワードは立ち上がって玄関まで歩いていき、扉を開くと足を引きずって外に出た。

エドワードは芝生と叔父と叔母の家の私道を横切る。動きは遅い。夜の十時。頬を撫でる柔らかな夜風が、腕の毛を逆立てた。郊外の夜の音は、都会のそれとはまったく違う。生き物の鳴き声やカサコソと葉のこすれる音や遠くの車のエンジン音を阻むような、静寂の壁がある。また別の芝生の上を足を引きずって進み、暗がりだと今自分が出てきた家とまったく変わらないように見える家の玄関前のステップを上がる。

エドワードは扉をノックした。

しばらくして、扉があく。ベサが目を細めて暗がりを覗き込んでいる。

「エドワードなの？　大丈夫？」

「なかに入れてもらえますか？　シェイに会いたいんです」

また間があいて、エドワードの心にある記憶が蘇った。今のエドワードには、記憶はこんなふうに不意討ちに、鍵のかかったドアをこじあけて押し入る泥棒のようにいきなりやってくる。飛行機に乗る数週間前のこと、エドワードとジョーダンは、アパートメントのエレベーターに乗っていた。父親に気づかれないようにこっそり出てきたふたりは、顔を見合わせてにやりとする。ロビーに着いたらドアマンが首を横に振りながら、「きみたち、お父さんから電話があったよ。さあもどって」といってくるのはわかっていた。それでもエレベーターが下に着くまでのあいだ、エドワードとジョーダンはエアギターをしていたのだ。

ジョーダンが生き残るべきだったんだ、ぼくじゃなく、とエドワードは思う。

ベサは後ろを振り向いて声を上げた。「シェイ、ミ・アモール、あんたちゃんと服着てる？」

二階からシェイの声が返ってくる。「なんで？」

ベサは答えなかった。エドワードを連れてリビングを通り過ぎ、階段を上がる。すると開け放したドアの向こうで、シェイがベッドの上に並べた枕にもたれていた。ピンクの雲の柄のパジャマを着て本を手にしている。

「やあ」とエドワード。

シェイはあわてて体を起こす。母親が玄関でしたのとまったく同じように目を細めるが、違うのはシェイの目はメガネの向こうにあることだ。

「えっと。やあ？」

「シェイ。エドワードにサマーキャンプの話でもしてあげたら？」ベサはそういいながらエドワードの肩に手を置いた。エドワードはその感触が心地いいのに、同時に恐ろしい。

「どうしてそんなことしなくちゃなんないの？」シェイがいった。

エドワードはベサが娘をじっと見つめながら、言葉を介さずにメッセージを伝えようとしているのを感じた。そしてエドワードには——たぶん、少しだけ——なぜ自分がここに来たのか、わかっていた。ほかの子どもと一緒にいるため。張りつめた心配そうな大人たちの目から、少しのあいだ逃れるため。

ベサは、なんとかうまくこの場をしのぎましょうといわんばかりに、やけに明るい声でいう。

「エドワードは、キャンプに参加したこと、あるの？」

「なんかヘンだよ」シェイはいう。

ベサは娘に向かってため息をつく。

「話なんかしてくれなくていいよ」エドワードはいった。「話したくないなら」

「あたし、もう寝なくちゃなんないの」

エドワードは頭をくるりと回し、窓際にアームチェアを見つけた。「ちょっとあそこに座っていいかな」自分の体の動きが緩慢になっていくのがわかる。覚悟を決めてごくりと唾を飲んでから、息を吸う。「ほんの数分だけ」

シェイと母親はまたもや、長いあいだ見つめ合う。複雑に絡み合う視線の応酬。エドワードは椅子に近づいていく。水中を押し進んでいくような感覚だ。カーペットの上を、松葉づえを引きずっていく。どうしてカーペットってこんなにもこもこしているんだ?

ベサがいう。「レイシーに電話しておくわね。あなたがここにいるって知らせないと」

「もう一回いうからね。いい？　これ、ヘンだよ」シェイがいう。

ベサが部屋を出たときには、エドワードは眠っていた。

目覚めたとき、あまりにもまぶしくて、エドワードは思わず目をぱちぱちさせた。まばたきのあいだ、自分が誰でどういう状況でどこにいるのかわからなかった。明るさに目が慣れてきたとき、ようやく脳のパニックがおさまり、あちこちのスイッチが入ると、自分がシェイの部屋にひとりきりでいることを理解した。膝に緑色のブランケットがかけてある。この家にはほかに誰もいないらしい。壁からも開いた戸口からも、人のいる気配がしない。エドワードはそのままそこに、長い時間、座っていた。

叔母の家の玄関のドアをノックして開けてもらうなり、エドワードは聞いた。「怒ってる?」

レイシーはおどけた顔をしてみせた。「あなたに怒ることなんて、できないと思うわ」そしてさらにいう。「なかに入って休みなさい。午後には診察の予約があるのよ」

　エドワードがソファに腰を下ろすと、レイシーはエドワードの痛いほうの脚を持ち上げて、コーヒーテーブルに積んだクッションの上に置いてくれた。ふいに思いついて、エドワードはいった。

「ぼくのせいで、出かけられなくなってない？　ぼくがいるせいで行けなくなってる仕事とかあるんじゃない？」

　レイシーはエドワードの脚が乗っているクッションの角を引っ張りながらいう。「ないわよ。前は働いてたけど、妊娠して辞めたの。去年は療養してたのよ」

「そうなんだ」

　レイシーが部屋を見まわすのを見てエドワードは思った。ここは叔母さんの場所だったんだ。コーヒーテーブルの下には雑誌が積んである。エドワードから見えるものは、だいたいが妊娠や赤ちゃんに関する雑誌だ。叔母は、日中、この家で、ひとりで、妊娠の計画を立てていた。あるいは妊娠した状態を保とうと努力していたのだ。エドワードの頭でカチッと音がする。立ち上がってこの部屋を出ていけたらいいのに。二階の子ども部屋から出てきたときのように。だがシェイはデイキャンプに行っているし、脚は痛むし、ほかに行く当てもない。

「また仕事を探そうかなとは思ってたのよ。なにかしらね」レイシーがいう。「でもまだ手をつけていなかったの」レイシーはそこで呼吸を整えようとするかのように言葉を切って、続けた。「キッチンからなにか持ってきてあげようか？」

「ううん。いらない」

　エドワードは昼ドラを観た。ドラマのなかで、女が中絶をするかどうか悩みながら泣いていて、女の母親は夫のもとを出ていくかどうか悩んでいる。エドワードは時間の感覚が前とは別ものになっているのを感じた。一時間が積み重なって一日になり、七日が一週間になるというのはぼんやりとわかっている。週が五十二過ぎると一年になる。飛行機に乗ったのは六月十二日だ。つまり、今は七月の末なのだろう。時は流れている。

その医師はしょっちゅう咳払いをした。部屋に入ってくるときもウシガエルの鳴き声のような音を出していて、エドワードとレイシーの目の前に立ってからも、音はたっぷり十秒続いた。ようやく咳払いが止んだとき、医師は自分のパフォーマンスに満足しているように見えた。「あの件以来、三・五キロ痩せたね」

あの件？　エドワードは一瞬戸惑い、それから理解した。

レイシーがいう。「まずいですよね」

医師が繰り返す。「まずいです」

一方の壁に、写真風の蝶の絵が描かれている。絵が飾られたとき、この先生は後悔しなかったかな、とエドワードは思う。大きく拡大されたこの蝶は美しく見えない。やたらに大きいし不気味なので、その壁からできるだけ離れていたいと思ってしまう。

「アイスクリームでもチョコレートでも、なんでも好きなものを買ってあげてください」医師はそういってから、思い切り大きな音を出して咳払いをする。「体にいいとか悪いとかいってる場合じゃありません。成長期ですし、体重が減るなんてとんでもないことです。とにかくカロリーが必要です。これ以上一キロでも減ったら点滴だぞ、エドワード。それはつまり、再入院ってことだ」

帰りの車のなかで、レイシーはいった。「なんだったら食べられそうか、考えてみて」

エドワードは、自分の体の内側が干からびているような気がした。体のなかに生きているところはひとつもない。食べ物は、必要でないというだけでなく、まったく無意味なものに思えたのだ。

　レイシーは大型のコンビニの駐車場に車を停めた。エンジンを切るがハンドルに手を置いたまま。エドワードを見やる目つきは、これまで彼が知らなかったものだ。「お願いだからやめて」苦しそうな声。「わたしがあなたの世話をこんなにできてないって、もしジェーンが知ったら……」

　エドワードは遮った。「違うよ、レイシー叔母さん」もっとなにかいわなくてはと焦って、周りを見る。コンビニ、ポテトチップス、ビール、セール、駐車場。欲しい言葉は見つからない。

　レイシーは車から出て歩きだす。エドワードは慌てて追いかけた。

　コンビニに入るとレイシーはいった。「商品棚の前の通路全部を、端から端まで歩くわよ。少しでも食べられそうな物があったら、ここに入れて」

　エドワードはチョコレートの棚を見る。クランチ、キャラメル入り、ナッツクリーム入り、ダークチョコレート、ホワイトチョコレート、ミルクチョコレート。エドワードはジョーダンの好物のツイックスを選んだ。エドワードがそれを買い物かごに入れたとき、レイシーの肩が少しだけ下がった。ポテトチップス売り場。ランチ味、バーベキュー味、ナチョチーズ味、ディルピクルス味、ハラペーニョ風味、塩味、ベイクドチップス、波型カット、フラットタイプ、サワークリーム味、オニオン風味。エドワードは母親の好きなソルト&ビネガー味を選んだ。次の通路にはフルーツロールアップ（シート状のフルーツ味の菓子）やミートジャーキーが並び、コーヒーマシンが置いてあった。そこで買い物かごに入るものはない。そのあとはシリアルが延々と並んでいる。もしかしたらミルクなしなら食べられるかもしれない、とエドワードは思う。形が変わる食べ物はどうやったって無理だ。ぐちゃぐちゃするものは耐えられないし、泡の出るものは食べられない。スープ、シチュー、スムージー、炭酸飲料はすべてだめ。アイスクリームは溶けるので、やはり落ち着かない気持ちにさせられる。

できるだけ色数の少ない箱のシリアルを選んだ。「これでいい？」エドワードは叔母に尋ねる。

「手始めとしてはね」

家に帰ると、レイシーはコーヒーテーブルの上に食料を並べた。いったん部屋を出て、皿とスプーンを持ってもどってくる。エドワードはソファに座ってその様子を見ていた。脚は枕の上に乗せてあったがズキズキ痛む。膝の上あたりの筋肉と腱《けん》が脈打っていて、まるでそこが心臓のようだ。レイシーは、まずツイックスの袋を開けた。端を折って、それを皿に置く。それからシリアルの箱を開けてＯの字形のシリアルをスプーン一杯、ツイックスの反対側に置く。そのあとはポテトチップスを二枚。

叔母と甥は黙って皿を凝視した。

「一時間以内に、これを全部食べてほしいの」とレイシーはいう。「それができたら、また同じ量だけ入れるわ。いい？」

エドワードはうなずいた。テレビをつけると、テーブルを囲んだ女たちが競うように話すトーク番組をやっていた。エドワードはポテトチップスの端っこをちびちびかじり始めた。おがくずを食べているような感覚になったので、今度は前歯でツイックスから少量のチョコレートをこすり取る。兄と一緒にポテトチップスを頬張ったのを思い出す。どれだけ口に入るか挑戦したときのことを。家族で食卓を囲んだことを思い出す。背後で太陽が沈もうとしていて、ステレオからはバッハが流れていた。エドワードはＯの字をひとつ口のなかに入れて半分に砕きながら、なにも思い出すな、なにも考えるなと自分に言い聞かせる。そのうち、頭のなかに残るのは真っ平らななにかだけになる。今のエドワードにとって、その平たいものこそが自分だった。

午前十時二分

機体の重量は七十三・五トン。翼幅三十八メートル。金属板、押出材、鋳造部品、インゴット、ボルト、翼桁。パーツの数は三十六万七千個にものぼり、製造するのに二カ月かかる。このエアバスを飛ばすのに必要な推力は、百二十七トンだ。

ブルースはエディの向こう、窓の外に目をやった。

「父さんが初めて飛行機に乗ったのは、おまえくらいの年だった」ブルースはいう。「会ったことのない伯父さんの葬式に向かっていたんだ。そのとき、初めて空の上から雲を見て、飛行機の外に出て雲の上で踊りたいと思ったよ」

エディはオレンジジュースの入った自分のカップをじっと見ている。いらついているように見えるが、本気でいらついているわけではない。ジョーダンが闘争的なティーンエイジャーになったのに対し、弟のほうは現時点では兄と同じような怒りやいらだちや憤りを出してみようと試みている最中だ。けれどあまりうまくいっていないらしい。エディの心もホルモンも、その状態になっていないのだ。

「ぼくは飛行機に乗るの、今回で三度目だよ、父さん」エディはいう。

今回、とブルースは胸のうちで考える。おれは雲の組成を理解したいと思っているな。雲の成分を知り、理解したいと思っている。いつ変わったんだ？　雲の上で踊りたかった自分が、雲の特質を書きとめたいと思うようになったのはいつだ？　ブルースは思春期の自分を思い出す。十三歳のブルース。ここにいる十二歳をもう少し内気にした少年だ。ブルースは年々不器用になり、口数が少なくなっていた。だが、あるとき——もっと早くてもよかったはずだが——自分のなかには、試験で楽に高得点を出せる頭脳があることに気づいて、歓喜した。その頭脳を使えば——そう本気で使えば——うるさい騒音やおかしな習慣や周囲にいる予測不可能な人々を理解することができるのだ。見渡せる範囲でいちばん深いプールが数学だったので、ブルースはそこに飛び込んだ。数字や方程式から定理や二項式やn次元やモンスター群へと導かれ、二十代になるころには、これまで誰もしなかったやり方で、宇宙のひとつの現象と別の現象を数学で繋いでいた。頭がビートに合わせて弾んでいる。

　肩越しに見やると、ジョーダンが通路をゆっくりと進んでくる。

「もっと出世欲を出してよ」ジェーンと口論になって、そういわれたことがある。「どうしてわたしが家計を支えなくちゃいけないの？　あなたの大学の学費、三十五万ドルとかいうめちゃくちゃな額だけど、あれをどうしてわたしが払わなくちゃいけないの？　そのあいだ、あなたは数で星座を作って、それをきれいなビーズで飾ってるっていうのに」

　ジェーンはブルースの研究を理解していないが、ブルースは仕方のないことだと思っている。同じ分野のなかでさえ、ブルースのやっていることを理解しているのはせいぜい七人くらいだ。博士号を取って初めて、ようやく数学者の棲むウサギ穴にもぐりこむ可能性ができる、というのが純粋数学だ。そしてそれぞれのプロジェクト——ライフワークともいうべき研究——は数学と関わりのない人間の目には、まったく無駄なもの、精緻だが実用に供しないものとしか映らない。もしかしたら、すばらしく価値のあるものになるかもしれないが、それは研究者の死後、研究者が夢にも思わなかった分野で認められるかもしれないというだけのこと。純粋数学は夢の学問だ。空中に浮遊するクモの糸で作られ、未来のより賢い人間たちに投げかけられるものなのだ。

　数学の素人にどんな研究をしているのか聞かれたときによくブルースが引き合いに出すのが、サー・ウィリアム・ハミルトンだ。このアイルランドの数学者は一八四三年、散歩中に啓示のような閃《ひらめ》きを得ると、数式をダブリンのブルーム橋にペンナイフで刻み付けた。その数式こそ四元数の発見で、彼が生きているあいだは顧みられることがなかったが、百五十年後、テレビゲームを作るのに役立った。フランスの数学者ピエール・ド・フェルマーの「小定理」と呼ばれるものは、一六四〇年に考案されたときにはほとんど使われることはなかったが、二十一世紀になってコンピューターのためのＲＳＡ暗号化システムの基礎となった。

「どうして普通の数学じゃだめなの？」とジェーンはいった。「実用的なやつよ。科学者たちが、なにかを作るのに役立つようなやつよ」ジェーンがいいたかったのはこういうことだったのかもしれない。お金を稼げるようなやつよ。

　コロンビア大学で終身在職権をもらえたら、問題の多くは解決していただろう。そうなっていればこの飛行機に乗らずに、ニューヨークにいられた。ブルースはため息をついて、また肩越しに視線を投げた。ジョーダンがわざとぐずぐずしているのはわかっている。あの子は、父親には少しくらい汗をかかせたほうがいいと思っているのだ。

　ジョーダンはズンズンとリズムを刻みながら通路を歩いている。聞こえている音楽に突き動かされるように、タンタンとステップも踏む。たぶん弟くらいの年齢の女の子が、窓側の席からこちらを見ている。手の甲にはピースサインが描いてある。ジョーダンは女の子に手を振った。この短い自由時間を楽しみたかったのだ。シートベルトをして父親の隣に座れば、口論が始まる。それに、

LAのことも考え始めることになる。どんな場所なんだろう。そしてマヒラを恋しく思うことになる。

始まりは突然だった。ある日、デリカテッセンで炭酸飲料を買っていると、マヒラがこぼれるような笑みを浮かべてこちらを見たのだ。彼女がジョーダンのことを好きで、しかも結構前から好きだということがわかるような笑み。ジョーダンは笑みを返した。そして自分でも気づかぬうちに、ジョーダンは現実世界の生身の女の子に、現実世界に流れる時間のなかで、キスをしていた。ジョーダンが店に行き、マヒラの叔父が不在のときはいつも、必ずふたりで奥の倉庫に入った。豆の缶詰やトイレットペーパーの入ったダンボール箱に囲まれながら、何度も何度もキスをした。話はほとんどしなかった。笑みと、相手を受け入れる表情と、マヒラの頬にかかった髪をそっと払うジョーダンの手と、二十種類にも及ぶキス――「ハロー」や、「きみが欲しい（けど、これがなにを意味するのかほんとはわかってない）」や、「きみの唇の味を確かめたい」など――がふたりの言葉だった。キスがこんなにバラエティに富んでいるなんて、ジョーダンはそれまで考えたこともなかった。速さでも、深さでも、激しさでも、こんなにも。マヒラとなら何時間でも飽きずにキスしていられると思えた。デリカテッセンの外でマヒラを見たのは一度きりだ。チャイニーズレストランで、ジョーダンは父親と、マヒラは叔父と一緒だった。ふたりのコミュニケーションは笑みを交わすだけにとどめなくてはならなかった。

引っ越すと告げたとき、マヒラは一瞬顔を背けたが、すぐにまた、違ったやり方で唇を合わせた。そして最後の三回の倉庫デートで、ふたりは新しいキスを覚えた。「会えなくなるのは寂しい」、「大人になるって怖い」、「今が永遠に続けばいいのに。でもあなたが引っ越さなくても、永遠に続くわけじゃないって知ってる」を意味するキス。

ジョーダンはため息をつき、タンタンと体を揺らしていう。「通して」

父親はいったん通路に出てジョーダンを席に通した。ジョーダンはエディ＋ジョーダン＝ブルースという数式の項のひとつにもどるのだ。ジョーダンは頭を後ろに倒して目を閉じる。イヤホンからはまだ音楽が聞こえてくる。マヒラのことを誰にも話さなくてよかった。マヒラはジョーダンだけのもの。ジョーダンの秘密の歴史だ。検査拒否をすればするほど、キスした女の子の数が増えるほど、自分のことを自分で決めるようになればなるほど、自分の未知数の部分が増えていくほど、父親がジョーダンの人生を組み込んだ数式は、正しいとはいえなくなる。


アドラー家と通路を挟んだ席のベンジャミンは、フリーマガジンをシートポケットにもどした。姿勢を変えようとしたが、スペースにゆとりがない。居心地が悪かった。袋が肌にテープで貼りつけられている脇腹が痛い。手術のあと、病院で過ごした数週間で良かったのは、薬だけだった。ベンジャミンはそれまで、イブプロフェンよりも強い薬を飲んだことがなかったが、昼間の鎮痛剤、夜間の睡眠薬が効いているあいだは、なんとも甘美な夢うつつの状態というものを味わうことができた。ギャヴィンとの喧嘩を思い出してもそれが現実と結びつかず、演劇鑑賞をしているようだった。巨大な黒人が痩せっぽちの金髪の白人の周りをぐるぐる回っていた。

故郷に向かうこのフライトで、残念なことにベンジャミンはその状態から覚めてしまった。薬が切れて覚醒した状態にもどると、体のあちこちの不具合や、頭のなかにある、ありとあらゆる思いに意識がいく。何度かパニックに襲われ、武器を携帯しているか確かめるためにベルトに手をやりさえした。このままずっと耐えるのはとても無理だ。

ベンジャミンはもう一度手術を受けるために、ＬＡに送り帰されようとしている。そのあとはデスクワークに就かされるのだろう。もう戦場で働くことは許されない。薬の影響がすっかりなくなったベンジャミンは、自分が次の手術台の上で死にたいと思っていることに気がついた。そのほうがいい。ずっとましだ。毎日デスクの前に座らされるよりずっと。それに、今の自分は自分自身にとっても見知らぬ人だ。この見知らぬ人に生きる価値があるのかどうか、まるでわからなかった。

窓の外の雲が、少し暗くなった。機内も暗く感じられる。唇の柔らかな少女たち、永遠に眠り続ける母たち、内気な十代の少年たち、ぶつかり合う拳。そうした記憶に包まれているからだろうか。フロリダにはそれが見えるようだった。機内の乗客ひとりひとりの背後に、様々な場面や、恋しく思う人々や、ぎゅっと凝縮された何分間、何時間、何年間があるのがわかる。息を大きく吸って、その濃密な空気で肺を満たす。フロリダにとって、過去は現在と同じだ。同じように大切で、同じくらい近くにある。ある記憶について一日中考えていたら、それは現在ということでは？　今を生きている人もいる。過去に住み続けようとする人もいる。どちらを選んでもいいのだ。フロリダは肺に空気をたっぷり入れて満足する。

フロリダは、席にもどってきたリンダの手を軽く叩いた。「あんたを見てると、誰かを思い出すよ」そういって考える。「誰なのか、ずっと考えてるんだけどね」

「そうなんですか？」

「セブ島で店をやっていたときに面倒を見てやった革命家のひとりかもしれない。フィリピンのセブ島。男の子がほとんどだったけど、たまに元気のいい女の子が男のふりして戦場にやってくることがあってね」フロリダは、店の奥の部屋が混雑していたのを思い出す。店では米や豆を売るか、なにかと交換するかしていて、奥の部屋では毛布の下に負傷者をかくまっていた。フロリダはカテイプナン（十九世紀、フィリピンをスペインから解放するために結成された秘密組織）のメンバーたちの秘密の会合を、夜遅く、自分の寝室で開いていた。負傷者や病人は、スペインとの戦いから帰ったばかりの兵士たちだが、まだ子どもといってもいいくらいの年齢だった。兵士たちは彼女をソラばあさん《タンダン・ソラ》と呼んだ。彼女は幼い兵士たちの耳に同じ真実をささやいた。「あんたは特別な存在なんだ。生き残らなくちゃいけない。生きつづけてすごいことをやってのけなくちゃ」

　フロリダは、この記憶を誇らしく思っている。あれはいい人生だった。それほど高い評価のできない人生もあったのだ。たとえば今のこの人生は、自分から遠のいてしまったような気がする。

　リンダはフロリダをじっと見る。「いつの話です？　さっき、バーモントに住んでたっておっしゃいませんでしたっけ？」

「そうだねえ、二百年くらい前かな」フロリダは隣席の女をまじまじと見る。「胸膜炎になって看病してあげた娘がいたんだけど、たぶん、あんたを見てその娘のことを思い出したんだね」

　リンダは、この人、おかしんじゃないかというような表情をした。フロリダはため息をつく。説明するときもあれば、しないときもある。だが、この子は手とり足とり教えてやる必要がありそうだ。「今生きてるのは、あたしの最初の人生じゃない」とフロリダはいう。「この体も最初の体じゃない。あたしはたいていの人より記憶を長く持っていられるんだよ。いつのこともだいたい憶えていられるんだ」

「まあ。そういう人がいるっていうのは聞いたことがあります」

　フロリダは、リンダの疑わしげな声の調子にも動じなかった。この人生での両親――ふたりともフィリピン人の医者で、ジョージア州のアトランタに移住してきて、結局クリーニング屋と主婦になっている――でさえ娘の前世を信じていなかった。フロリダは高校の途中で、ドラムと大都会を夢見るボーイフレンドにくっついていき、親と南部を迷いもなく捨てた。

　リンダは下唇をぎゅっと噛んでいる。本来若くて可愛いのに、自分を醜く見せる術《すべ》を習得しているみたいだ。化粧は濃すぎるし、表情を作りすぎている。口が動いていないことはないし、眉毛はしょっちゅう跳ね上がり、頬はくぼんだり膨らんだり忙しい。そして、なにかを求めてもがくように顔が歪む。

　フロリダはリンダの手をもう一度軽く叩いた。「大丈夫。カリフォルニアのその男と結婚したいんだろう？　それなら飛行機から降りたら彼と結婚すればいい。そしたら、ほら《ヴワラ》、新しい人生が待ってるから。あんたが求めているのは新しい人生なんだろう？」

　リンダは小さな声でいう。「彼がプロポーズするっていう一〇〇パーセントの確信はないんです」

　フロリダは微笑んだ。「スイートハート、どんなことであれ、一〇〇パーセント確信できる人なんていやしない。そんなことをいう人がいたら、そりゃ嘘つきよ」座ったまま大きめに体を動かすと、スカートの鈴が鳴る。ボビーは前によく、小さな目覚まし時計をたくさんつけているみたいだといった。今ならこう答えるはずだ。こんなところで、あたしは誰を起こそうとしてるっていうのさ。まさか、鳥？


　ベンジャミンはこの座席に縛りつけられて、ぐずぐず考えてしまうのがいやだった。体の動きを制限されると、脳を黙らせることができないのだ。最後のパトロール中の銃撃のことは考えない。負傷したあの晩の出来事は仕方なかった。ギャヴィンと争ったあとの数週間は、いろいろいい加減になっていた。気が散っていた。睡眠もほとんど摂っていない状態で、そのせいで様々なことに支障が出た。パトロール中に撃たれたのは、反射神経が機能していなくて、相手からすれば楽な獲物だったからだ。ベンジャミンは撃った人物を実際、目撃していた。二本の枝のあいだで構えていた男。その男の目を見ながら、銃弾を受けたのだ。となれば、あれは当然の結果で、考える余地など一ミリもない。

考えていたのはギャヴィンのことだ。ギャヴィンはボストン出身の白人で、半年前にベンジャミンのいる小隊に入ってきた。ベンジャミンはギャヴィンをひと目見るなり、大学出で、おそらく両親を怒らせるために軍隊に入ったのだろうとわかった。そういう男はたくさんいる。自分のような職業軍人とは違う。ギャヴィンは、生きながらえれば、服務期間を終えて軍を辞めるだろう。おそらく会計士にでもなって、自分の子どもたちをサッカーの試合会場に送り届けたりするはずだ。ギャヴィンはワイヤーリムのメガネをかけていて、髪はホワイトブロンドだった。

基本的に、ベンジャミンは白人には近寄らないようにしていた。軍隊もほかのあらゆるところと同じで、自然と人種ごとに分離されるので、自分と同じような見た目の人間と一緒にいるほうがいいと思っていた。けれど実は、黒人だろうがラテン系だろうがアジア系だろうが白人だろうが、彼を友達だといってくれる者などいなかった。自分に、堅苦しくて少し怖いという評判があるのは知っていた。祖母のロリーにかつて、「くつろいだ顔」でさえ近寄りがたいといわれたことがある。

ある晩、ベンジャミンとギャヴィンはトイレ掃除を割り当てられた。へどの出そうなトイレだった。壁のあちこちには正体不明の黒ずんだ染みがあり、床はべとついていた。小隊が別の場所に移動するという噂《うわさ》があって、ここを使い続けるかどうかはっきりしないので、この種の仕事をするモチベーションも上がらなかった。ベンジャミンとギャヴィンは、バケツとモップと鼻にツンと来る洗剤をたっぷり持ってトイレに入った。ふたりとも室内に一歩入ったところで立ち止まる。ベンジャミンは腹を決めた。ギャヴィンを見ると、彼も同じく覚悟を決めたのがわかった。ふたりは掃除にとりかかり、三時間ぶっ続けで働いて、すみからすみまで磨き上げた。

「こんちきしょう！」掃除が終わってギャヴィンはいった。汗と汚れにまみれている。「やってやったぜ」

ギャヴィンはベンジャミンのほうに拳を出し、ベンジャミンはにやりとして自分の拳をそれに合わせた。

「ほんとに、やりきったな」

その夜、ふたりは友達になった。たいしたことではないが、ただ、いいことだった。そして、いいことというのはベンジャミンには意味があった。ふたりは会話と呼べるだけの会話をした。会話が成立した理由は、ギャヴィンが質問してくれて、なおかつベンジャミンの答えを興味深そうに聞いたからということに尽きる。ベンジャミンは、自分の親をほとんど憶えていないこと、ロリーが血の繋がった祖母ではなくて、自分が四歳のときに、どこかの吹き抜けの階段にひとりでいるのを見つけて引き取ってくれた人だということを話した。ギャヴィンは、父親が開業した歯科を継がせたがっているが、自分は歯を見ると吐きそうになるので、生まれる前からレールが敷かれていた未来から逃げるために軍隊に入ったのだと話した。

ギャヴィンは誰とでも友達になれたから、ベンジャミンとの友人関係は、軍隊でのギャヴィンの生活のほんの一部でしかなかったが、ベンジャミンにとっては大事なものだった。ギャヴィンはマリファナを吸うのが好きだった――基地では数週間にわたってなんの活動もないことがあり、そういう退屈な時期には、大尉はマリファナやテレビゲームのようなものは見て見ぬふりをしてくれた――が、吸うと、九歳の子どもが好みそうなダジャレをいった。ベンジャミンはマリファナを吸うことはなかったが、ギャヴィンが吸っているときは必ずそばにいるようにしていて、ほかの者たちには不評なダジャレに、ひとりヒステリックなほど笑った。

ファーストクラスの客室乗務員が近くにやってきて笑いかける。ブン・チカ・ブン。ベンジャミンには、彼女のテーマ曲がはっきり聞こえた。まるで腰の両脇にスピーカーを装着しているみたいに。ベンジャミンの住んでいた場所に連れていったら、彼女の後ろにはテーマ曲のビートに合わせて踊る男たちの列ができるだろう。

周りを見回すと、どの列にも一般人が座っている。シャツをだらしなく出したままの人、太鼓腹の人、要領を得ない無駄話をする人。その客室乗務員はきちんとしていて、冷静で、制服を着ていたから、ベンジャミンには好ましかった。ほかの人たちのだらしない外見、一般人の生活というものは、ベンジャミンにとって困惑でしかない。しっかりしろ、と隣の老婦人にいいたい。通路を隔てた席のよれっとした父親にいいたい。シャツのすそをズボンのなかにしまい、姿勢を正し、五キロ痩せるのはそんなに大変なことか？

ベンジャミンは歯を食いしばる。座ったままでいるのは苦手だ。少しでいいからダッシュしてきたい。腕立て伏せでもいいし、なにかしらの目的意識を持ってどこかをただ歩くだけでもいい。脇腹に手をやった。袋は定位置にあるか確かめるため、体から自分がはみ出していないか確かめるために。

二〇一三年七月

その夜、ジョンとレイシーが二階に上がると、エドワードはようやく自分を——抱えている悲しみや虚無感を——誰もいないリビングにさらけだすことができた。疲れてはいない。ひどい気分で目がさえているのは、十時間前と変わらない。なにかのホルモンが足りないんだ、とエドワードは思う。「内分泌物」だかなんだかと関係のあるなにかが足りないんだ。普通の人たちは、空が明るくなって起きると目をこすり、腹を空かせてシリアルを食べ、一日を始める。そして太陽が沈むとくつろぎだし、また食べて、テレビを観て、あくびをしてベッドに入る。そんなサイクルが彼らにはある。

暗闇のなか、ソファの真ん中に座るエドワードの神経は過敏になっている。二階の洗面台を使う音のあとにトイレの水が流れる音。ジョンが寝支度をしているのだ。エドワードはもうしないと自分に言い聞かせていたはずなのに、立ち上がって家を出て、芝生の上を足を引きずって進んだ。

ベサにドアを開けてもらうなりいう。「ごめんなさい」

「いいのよ」ベサがいう。「でも、あの椅子より寝心地のいいものを見つけてあげなくちゃね」そういってエドワードの先に立って二階に行く。

シェイは、今回はTシャツとスウェットパンツという姿だ。髪はポニーテール。エドワードを見るとうなずく。「今日、キャンプであんたのこと考えてたの」シェイはいった。「来てくれてよかった」

「ほんとに？」ほっとしてエドワードの声は高くなる。シェイに追い払われないとわかったからだ。

ベサが出ていき、ランプのともった部屋にふたりが残った。エドワードは椅子に身を沈めた。松葉づえをそばにある本棚に慎重に立てかける。

「今までどうして思いつかなかったんだろう」シェイはベッドの上に正座している。興奮しているみたいだ。エドワードはテストに答えるようにシェイの感情を認識していた。それは雨雲です。それはすい臓です。それは興奮です。自分の心のなかに手をやって、例の平たいものの四隅に触れる。

「『ハリー・ポッター』は読んだよね？」

エドワードはうなずく。ジョーダンは誕生日のプレゼントに全巻セットでもらったが、そのあと、同じ本を図書館から借りることを思いついた。兄弟同時に読み進めるためだ。ふたりは数週間ものあいだ、毎日何時間も、それぞれのベッドに転がって、一冊、また一冊と読んでいった。ジョーダンは二段ベッドの上の段から声をかけてきた。「えっ、嘘だろ？　エディ、二百二ページ読んだか？」ふたりはスネイプが真の悪人なのかどうかでずいぶん長い時間討論した。あるとき、キッチンのテーブルで一ガロン（約三・七八五リットル）入りのリンゴジュースをほとんど一本、ふたりで飲みきったあと、議論に熱が入りすぎて――ジョーダンが、スネイプこそがこの物語にあるすべての悪のキーとなる人物、悪の根源といってもいい人物だと主張したのに対し、エディはスネイプの根っこは善人だといった――父親がふたりをアパートメントの両端に引き離し、頭を冷やさせなくてはならなくなった。「これ以上糖分を取るな！」ブルースは大声を上げた。「で、スネイプっていうのはいったいなんなんだ？」

シェイはマットレスの上で軽く体を弾ませながら、エドワードをじっと見つめる。見られるとエドワードは居心地が悪かった。

「これからすんごいことというからね」とシェイ。「心の準備はいい？」

エドワードの内側にあいた穴がさらに深くなるような感覚。口のなかには疲労の味がする。「たぶん」

「あんたは、ハリー・ポッターとおんなじなのよ」

エドワードはシェイを見る。なんといっていいかわからない。

「いい？　よく聞いて。子どものころ、ハリーはほかの人なら死んでしまうようなすごい攻撃を受けたよね？」

エドワードは、ここで相槌《あいづち》を打たなくてはいけないのだろうとわかった。「そうだね」

「ヴォルデモートはハリーの両親を殺したけど、ハリーを殺すことはできなかった。ハリーは赤ん坊だったのに。どうして生き残れたのか、誰にもわからなかったでしょ？　で、ハリーが生き残ったってことをたくさんの人が怖いと思った。みんな震え上がったよね」シェイはメガネの奥でまばたきをする。「テレビでお医者さんがいってるのを聞いたんだけど、あんたの乗ってた飛行機の墜落事故で生き残れる可能性は、ゼロパーセントなんだって」

エドワードは息をのんだ。従順な生徒のように、シェイの考えを順に追っていく。ヴォルデモート＝墜落事故。死んだ両親＝死んだ両親。ハリー＝エドワード。

「叔父さんの話だと、ぼくが助かったのは、機体のなかのぼくの席の位置の問題で、ぼくの席が破壊した飛行機から投げ出されて……」

シェイは首を横に振る。

エドワードはシェイをじっと見つめる。シェイのメガネ、片えくぼ、断固とした表情。

「怪我したとこ、傷痕が残ってない？」

実際、残っていた。左のすねの中央を走る、恐ろしい傷痕がある。エドワードは左足のズボンのすそを引っ張り上げた。ジグザグに走る傷痕はピンク色に浮き上がっている。

「ひどい傷だね」シェイはそういいながらもとても嬉しそうだ。「じゃあ、あんたはハリー・ポッターみたいに傷痕もある。しかも、叔母さんと叔父さんに引き取られた。あと、ペチュニアおばさんが、自分のお姉さんが魔女だってことに嫉妬《しっと》してたの、憶えてる？　レイシーは絶対にあんたのママに嫉妬してたと思う。去年、レイシーがベッドで安静にしてなくちゃいけなかったとき、ママにいわれてよくお見舞いにいったの。そのとき、レイシーはよくあんたのママの自慢話をしてたんだけどね、声が悲しそうだったんだ」

エドワードの頭の後ろには窓があって、その向こうは暗闇《くらやみ》だ。エドワードは芝生の庭や通りの静けさを感じた。車が通るときも、そっとスピードを落として進む。子どもか鹿でも轢《ひ》いてしまったらいけないとでもいうように。シェイのいったことを考えていると、軽い吐き気がした。というより、シェイの興奮状態に船酔いしたのかもしれない。まるで揺れの激しいボートに乗り込んでしまったみたいだ。なんにせよ、明日の朝はなにも食べられないだろうということはわかっている。

「たぶん、あんたには特別なパワーがあると思う。あんな墜落事故で助かったんだもん、不思議な力があるんだよ」

「ないよ」エドワードはためらいなくいった。

「ハリーも自分に特別な力があるって知らなかったよ」とシェイ。「見つけてもらうまで十年ものあいだ、ダーズリー家の階段下の物置で暮らしてたんだから」シェイはベッド脇の小さなテーブルの上にある時計を見る。「八時間睡眠のために三分後に寝なきゃ。あたし、八時間必要なの。あんた、ここで寝る？　それとも家に帰る？」

「ここで」とエドワード。「もしよければ」

最後までいう前に、灯りが消えた。


エドワードを担当するセラピストはドクター・マイクという痩せた男だ。ドクター・マイクは野球帽をかぶっていて、デスクの上には金と銀の花の飾りがついた時計が載っている。会話が途切れるたびに、エドワードは時計の針をじっと見た。この時計は独自のルールで動いているような気がする。ここに来るのは五回目だが、時計はずっと固まったまま動かないかと思うと、次の瞬間、周囲の世界に追いつこうと一気に進むことがある。

「なにか変わったことは？」ドクター・マイクが聞く。

「なにも」とエドワード。「というか、叔母と叔父は、ぼくの体重が減ってることを心配してます」

「きみも心配？」

エドワードは肩をすくめる。「そうでもないかな？」エドワードはこのセッションが嫌いだ。セラピストはいい人そうではあるけれど、エドワードの脳を掘り返すのがこの人の仕事で、エドワードの仕事はこの人をなんとかかわすことだ。エドワードの脳はまだ痛みに敏感だから、どれだけ優しく触れられても耐えられないからだ。そして、この仕事はとんでもなく疲れる。

沈黙が長くなりすぎたので、エドワードはいう。「食べなくちゃいけないのはわかってます」

ドクター・マイクは机の端にあったペンをもう一方の端に動かす。「妻が妊娠していてね、医者が妻にこういったんだ。生理学的、医学的には、人間は三種類に分けられる。男性、女性、そして妊娠した女性。同じことがきみにも当てはまると思うんだ、エドワード。大人、子ども、それからきみ。きみはもう、自分を子どもだとは思わないだろ？」

エドワードはうなずく。

「でも大人になるにはまだ何年もかかる。きみはなにか別のもので、ぼくたちはそれがなんなのかつきとめなくちゃいけない。そうすれば、どうしたらきみの助けになるか、わかるからね。ぼくの妻は葉酸と睡眠が足りなくて、食べ物が嫌いになって、妊娠する前よりも血液量が多くなってる。きみは頭のなかでカチカチ音がして、自分を守るために脳の動きを鈍くする方法を見つけた」

「隣の家の子はぼくのことを魔法使いだと思ってます。ハリー・ポッターみたいだって」

ドクター・マイクは野球帽のつばに触れる。あのジェスチャーは、どういう意味だったたっけ。スライディングしろということだったか、次の塁まで走れということだったか、ランナーをタッチアウトにしろということだったか。エドワードはサインの意味が思い出せず、一瞬パニックになった。自分のせいでチーム全体に迷惑をかけてしまうような気がしてしまったのだ。

「それは興味深いな」

その瞬間、エドワードはシェイの言葉を話してしまったことを後悔した。エドワードの新しい友達——たぶん、シェイを友達といっていいのだと思う。毎晩シェイの部屋で寝ているんだから、ほかに呼び方はないはず——はいい顔をしないだろう。声に出していってしまうとばかばかしく聞こえたけれど、シェイはばかばかしい子ではない。

エドワードは自分のなかのなけなしのエネルギーを使って話題を変えようとした。「どうして奥さんは血液が増えたんですか？」

ドクター・マイクは帽子のつばの下からエドワードを見る。「どうしてきみはバナナの食感が耐えられないと思うのかな。前は大好きだったのに」

「わかりません」

「その通り」

もしかしたら、ドクター・マイクの頭のてっぺんは、珍しいタイプの禿げ上がり方をしているのかもしれないな、とエドワードは思う。帽子の下に見える頭の側面には髪が生えているけれど。そうでなければ、ひどい傷痕があって、帽子で隠しているのかもしれない。本人に聞いてみたら失礼だろうか？

エドワードはいう。「ぼくがどんな人間なのか、先生に話さなくちゃいけないですか？」

「いいや」とドクター・マイク。「それについては一緒に探っていこう」


夜になると、空の色の変化と共に、エドワードの心も暗くなる。心のなかの平たいものがマントのようにエドワードをすっぽり覆い、なにに対しても、反応も責任も感じなくなる。エドワードは家の玄関を出て、足を引きずりながらステップを下り、芝生を横切り隣家のステップを上がった。

ベサはドアを開けたが、今回は自分の体で戸口を塞いで動かない。

エドワードは顔を上げてベサを見る。ベサは背が低くて腰幅が広く、黒くて濃い眉をしている。在宅の仕事で、スペイン語の小説を英語に訳している。ジョンがベサにつけたニックネームはかん《スピット》しゃくもち《ファイア》。ジョンから聞いた話だと、ベサの夫はシェイがまだ幼児のころに去ったのだそうだ。エドワードはそのときいった。「去った？」

家から出て行ったのさ、とジョンはいった。もうあの家族のメンバーじゃないんだ。

これを聞いて、エドワードはどんな去り方があるのかをいろいろ考えた。ドアから、窓から、車で、バイクで、電車で、船で、飛行機で。去るというのは、エドワードの家族がしたこととは違う。去るというのは、その人の選択によるものだ。

「エドワード、ミ・アモール」

エドワードはいぶかしげにベサを見る。「なんですか？」

「シェイのことを気に入ってくれて嬉しいのよ。あたしがそう思ってるってこと、あなたにはいっておきたかった。シェイにはこれまで友達らしい友達ができなかったのよ。お行儀良くってのが、シェイには退屈でね、あたしもそうだけど。女の子らしいことをシェイにいわせようとしてはいるんだけど……」ベサはため息をつく。「あたしも心からそうしろとはいえなくて。あの子はお人形が好きだったことなんてないの。いつも失礼なことをいっちゃうし。女の子たちと殴り合いの喧嘩をしたことも何度もあるんだから。あたしが、本ばかり読ませすぎちゃったのかもしれない。あの子はずっとひとりぼっちだったの」

エドワードはいう。「ぼくはシェイのこと、好きです」そうはいっても、シェイへの感情は、好きかどうかという話でないのはわかっていた。エドワードにとって、シェイは酸素のようなものだ。酸素のことを好きなわけではないけれど、なしでは生きていけない。

ベサは脇にどいた。「とにかく、あたしたちに感謝なんてしなくていいってことを伝えたかったの。あなたがいてくれるってだけで、救いになるんだから。あなたがやってきた最初の日から、叔母さんを救うことになるだろうってわかってたわ。かわいそうに、レイシーは自分で自分を病気にしていたの。赤ちゃんを欲しがってね。でも今は、レイシーにも面倒を見る相手ができた」

エドワードは、それは違うと首を横に振りそうになったが、やめておいた。自分がここに来たことは、叔母にとっては救いどころかその逆ではないかと思っていた。レイシーの生活の邪魔になっているし、実際、レイシーはエドワードのそばで苦しんでいる。時々、レイシーの顔色が、エドワードの気分と同じような灰色に見えるときがあるし、ジョンに対する怒りが、稲妻のように部屋を走るのがはっきりわかることもある。そうでないときは、レイシーは仕事から帰ってきた夫にべったりで、まるで親にしがみつく子どものようだ。ぼくも混乱しているけど、レイシーも混乱している、とエドワードは思っている。そして、自分がレイシーの混乱の一因だと、エドワードにはわかっていた。

子ども部屋を思い浮かべる。赤ちゃん用の本とロッキングチェア。初日にあの部屋に入った瞬間、思わず後ずさりしてしまった。すぐにでもそこから出ていきたかった。その四つの壁のなかには、レイシーの悲しみがいっぱいで、エドワードの悲しみまでは入りきらないことを、どういうわけか感じ取ったのだ。生まれなかった赤ちゃんたちと、もう生きていない両親。エドワードは、ベサの後ろについて階段を上がった。後ろから幽霊がついてくるような感覚に襲われる。エドワードには誰なのかわからない幽霊たちまでも一緒に。

エドワードの朝は、皿を前にしてソファに座ることで始まる。最近、皿の上に塩味のクラッカーが加わった。ある午後、ジョンが試しに載せてみたクラッカーが、エドワードにはいちばん我慢しやすい食べ物だとわかった。さくっと崩れるクラッカーに塩がついているだけ。噛む回数も最低限ですむ。最初のモーニングプレートのあと、エドワードとレイシーは予約していた理学療法を受けにいく。用事の合間、レイシーは洗濯かごを抱えて階段を上がったり下りたりする。それから昼食時にエドワードに二枚目の皿を出すと、隣に座ってテレビで昼ドラを観る。ドラマの舞台は病院だった。レイシーは、自分とエドワードの母親が十代だったころ、同じドラマを毎日観ていたと話した。「じゃあ、叔母さんは、この役者たちをずっと見続けてるんだね」エドワードは驚いていった。
「ずっとっていうか、とぎれとぎれにだけどね。あなたのお母さんはルークにぞっこんだったわ」

レイシーはスキンヘッドで疲れた表情の、片耳にイヤリングをした男性を指さした。彼の最愛の女性、ローラは、回想シーンでは瑞々《みずみず》しく美しかったが、今は悲しそうな顔をしてでっぷり太っていた。

「時が経つのは素敵なことだって思わせるタイプのドラマじゃないわね」レイシーはいった。

ストーリーの進みは遅く、何度も過去の回想シーンがあったが、エドワードにはちょうどいいペースだった。登場人物は自分たちの問題を総括し、不器用ながらも解決策を模索する。たいていの場面が病室のなかか、どういうわけか波止場だった。エドワードとレイシーは黙って観ていた。エドワードが普通の少年だったころなら笑ってしまうほど真剣に。

ジョンが仕事から帰ってくると、エドワードは叔母からいつ稲妻が走ってもいいよう身構える。ジョンは部屋に入ってくるとき、いつもびくびくした表情を浮かべている。それがレイシーをいらだたせるのだとエドワードにはわかった。たとえレイシーの機嫌が良い日でも、それは変わらない。夕食後、レイシーは二階に上がり、エドワードの隣に座る役目はジョンが取って代わる。ジョンはタブレットかコンピューターになにかを打ち込んでいる。ジョンの前に画面がないことはほとんどなかった。

エドワードは膝の上にまた皿を置いて、ピアノを弾いていたときのように、頭のなかでカウントを取る。ひと口ごとの時間を計っているのだ。食べる理由を変えることで、ようやく食べられるようになった。前はお腹が空いたから食べた。そうでなければある食べ物が大好きだから食べた。今は、入院しないために、叔母と叔父を心配させないために食べている。塩味のクラッカーの端を持つと、メトロノームがリズムを刻む。一と二と三と四と。

皿の中身が半分くらいなくなったところで、エドワードのなかの平たいものが、ベッドのシーツのようにめくれてくる。そのときふいに気がついた。叔父がタブレットに向かってやっていることは、あのフライトと関係あるのだ。エドワードは横目を使うが、いつものように、ジョンはエドワードに見えないように画面を傾けている。

「なにしてるの？」エドワードは聞いてみる。

ジョンの動きはいつも遅い。たいていの場合、ぼんやりしているように見える。だがその質問は、ほとんどしゃべらず、コロラドの病院で目覚めて以来、生死に関わること以外、おそらく一度も質問したことがなかった甥から、直接問いかけられたものなのだ。ジョンはびくんと上半身を伸ばし、その結果バランスを崩した。タブレットがその手から飛び出し、床に落ちる。

ジョンは音が出るほど大きく息をのんで、タブレットに飛びついた。

大げさすぎるほどの音が、どういうわけかエドワードにはおかしかった。面白くて、笑ってしまった。

ジョンの動きが止まった。床に両手両足をついた状態のまま。

エドワードもぴたりと固まった。笑いがしゅーっと消える。罪の意識、恥ずかしさ、戸惑いという冷たい水をかけられたようだ。エドワードは皿を押しやった。脳のなかに手を入れて、あの平たいシーツを引っ張って元のようにしっかり伸ばす。

ジョンはまだ床にいたが、上半身を起こして座った。「ｉＰａｄは仕事に使ってるよ。たいていはね」

「そうなんだ」

「エドワード」ジョンはいう。「笑っていいんだ。むしろ、いいことだよ。きみは、人間として当たり前のことを全部、取りもどしていかなくちゃいけない」

エドワードの体がひりひりと痛む。セラピストの言葉をジョンにいおうかと思った。自分がみんなとは違う種類の人間だということを。ぼくは人間の男の子じゃない。たくさんの細胞とふたつの目玉と動かない脚一本を合わせたものなんだ。

「ぼく、〇・五キロ太ったよ」代わりに出た言葉はそれだったが、声に自慢げな響きがあったことが、自分でも驚きだった。


　夜のルーティンもある。エドワードはシェイの部屋に九時ごろに行き、最初の一時間を窓際の椅子に座って過ごす。十時になるとシェイと洗面所を交互に使って歯を磨き、シェイの部屋の中央に紺の寝袋を広げる。十時十五分までにはシェイが灯りを消す。

「キャンプはどうだった？」エドワードはアームチェアに座って、悪いほうの脚を目の前に真っすぐ伸ばしている。

「最悪。行かなくていいなんて、エドワードはラッキーだよ」

「ぼくは行かないんじゃなくて、行けないんだ。走ったりとかはまだできないからね」

シェイは、膝の上に置いたノートから顔を上げる。「一〇〇〇パーセント健康だったとしても、あんたは自分のしたいようにさせてもらえるよ。この瞬間、あんたが車のキーを貸してってうちのママに頼んだら、たぶんもらえると思う」

「そんなはずないよ」

「やってみる？」

ベサのところにいって頼む自分を想像する。エドワードは首を横に振った。

シェイは残念そうな顔をする。「つまり、いいたいのはね、普通の子のルールはあんたには当てはまらないってことなの。それ、ありがたく思うべきなんだよ。だってさ、子どもルールってまったくのいんちきで、大人たちがあたしたち子どもより力があるんだって思いたいためのものなんだもん。あたしのキャンプのリーダーなんて、昼食中に読書するのも許してくれないんだよ。読書は非社交的なことだからだって。でもあたしが思うに、それはあの人がほんとはヨーゼフ・ゲッベルスだからなんだよね」

「それ、誰？」

「ナチ。本を燃やしたの」シェイはノートにまた注意をもどし、なにかを数行書いた。

エドワードは毎晩、シェイがノートになにか書くのを見ていた。たぶん、エドワードに関することをメモしているのだと思う。潜在的な魔法の力についてとか。けれど、エドワードは怖くて、その推測が正しいのか確かめられなかった。怪我をした片脚を見つめながら、シェイが書き終わるのを待つ。キャンプのことを聞いたのは、人はそういうことを聞き合うものだと知っていたからだ。今日はなにがあった？　気分はどう？　だが、愚かなことを聞いた気がしたし、シェイも答えるのが面倒そうだった。そしてその質問の裏で、別の奇妙な会話が続いているのが感じられたが、それがどんな言語で語られているのかもよくわからない。それは魔法に関して、ふたりの年齢に関して、シェイに友達がいないことに関して、ふたりの感情曲線に関して、飛行機の墜落に関して、そしてなんだかわからないがシェイが書きとめているものに関しての会話だ。

ペンの音が止まって、シェイがいう。「あんたの疑いのまなざしは全部見えてるからね」

エドワードはそ知らぬふりをする。「なんのこと？」

「疑ったって意味ないよ。あたしには大人に見えないものが見えるんだから。つまりね、ほかの誰にも見えないあんたの内側が見えるってこと」

部屋のなかの空気がぎゅっと凝縮する。秘密の会話と現実の会話のそれぞれから発する電気が一瞬同調したみたいだ。

現実のエドワード――会話のなかでいつも、いわゆる正解の台詞をいおうと頑張っているほうじゃないほうのエドワード――がいう。「ぼくが普通の子だってわかったら、きみはがっかりするよ」

「そんなの、もう遅いよ」シェイはいう。「あんたはもう、普通の子にはなれないんだから」

それはそうかもしれない。エドワードはほんの少しほっとした。

「あたしも普通じゃないの」とシェイはいう。エドワードが聞かなかった質問に答えるように。

「それはいいね」エドワードはそういったが、声に熱が入りすぎているのに気がついて赤くなった。

シェイはノートにもどった。エドワードは呼吸が楽になったことに気づいた。胸のつかえがなくなったのだ。時計が十時を指すと、エドワードは松葉づえをついて洗面所に行った。

ふたりがそれぞれベッドと寝袋におさまると、シェイはいった。「あんたがここに寝るの、いつまで許されるかな。グロサリーストアの人が、ママにそのこと尋ねてるのを聞いたんだ。あたしたちがティーンエイジャーとも子どもともいえないあたり、大人は落ち着かない気持ちになるみたい。すぐに許してもらえなくなるかも。大人って、結局はみんなに求めるんだよね」そういったあと、人差し指と中指をくいくいっと曲げてダブルクオーテーションのサインを作っていう。「〝好ましい行動〟ってものをさ」

エドワードはシェイをじっと見る。「どうして町の人たちは、ぼくがどこで寝てるか知ってるの？」

「噂よ。じわじわ広まるの。不思議だよね」シェイは、そのときのエドワードの表情に気づいたのだろう。こうつけ加えた。「やだ、心配しないで。好きなだけここで寝ていいよ。あたしが闘ってあげるから。そういうの、得意なの。かなりしつこく反撃できるタイプなんだ」

大きな封筒が郵便で届いた。少なくとも五センチの厚みがある。レイシーは封筒を持ってリビングに入ってくると、ソファのエドワードの隣に沈み込むように座った。封筒を破いて床にばさっと落とし、大きな青いバインダーを引き出す。

「それ、なに？」エドワードはそう聞きながら、バインダーの表紙に書かれたタイトルを確かめる。

2977便　乗客遺品

「どうしましょう」とレイシー。

添え状が入っていて、アドラー家ご家族の持ち物だとわかるものがあれば、お送りしますと書いてあった。レイシーはバインダーを開いてペラペラめくっていき、金のチャームのついたブレスレットの写真のページで手を止めた。写真の下には説明文がタイプされている。チャームはエッフェル塔の形をしたものと、テディベアの形をしたものだ。

「よくわからないんだけど」とエドワード。「こういうのって墜落しても壊れないものなの？　それがこんなにあるの？」

レイシーはうなずく。

「溶けなかったの？　砕けたりしなかったの？」

レイシーはバインダーを指でトントン叩く。「全部見たい？」

エドワードの耳のなかで音がする。スタッカートのドラムロール。「ううん。今はいいや」

その日の遅い時間、エドワードは、叔母と叔父がキッチンで言い争っているのを聞いた。ジョンは、レイシーがエドワードの目の前でバインダーを開いたことに腹を立てていた。

「なんてことをするんだ」とジョン。「ぼくたちの仕事は、エドワードを守ることだ。あの子がどれほど参っているか、知ってるだろ？　とにかく注意深くならなくちゃいけないってドクター・マイクにいわれたじゃないか」

レイシーの声が険しくなる。「あの子に嘘をつきたくないの。あの子も情報を見られるようにすべきだと思う。自分の力で事故のことを理解できるように」

エドワードの両親はしょっちゅう口論していたが、これはそれとは違う。もっと悲しくて、もっと必死な口論。まるで体力も装備もないのに山登りをしているみたいだ。今にもどちらかが、あるいはどちらもが足を踏み外して落ちてしまいそうなのを、ふたりとも強く意識している。

叔父がいう。「エドワードにはなにかを理解するだけの心の準備はできていないよ。時期尚早だ」

「もちろん準備はできてないわ。こんな辛いことの準備なんて、誰にもできるわけないでしょ」

ジョンの声が低くなる。このやり取りの本質を変えようとしているみたいだ。「レイス、落ち着いて」間をおいてさらにいう。「最近、クマさんって呼んでくれないね」

だがレイシーはギアを入れ替えることができないか、そのつもりがないかのどちらかのようだ。というより、さらに怒りが増しているように聞こえる。「わたしがヘマをしたってこと、そんなにいわなくたっていいじゃない。わたしは子どもってものを全然知らないの。あの子にはたぶん、それがわかるのね。この家で寝ようともしないんだもの」

「ただ、エドワードのそばでは注意深くする必要があるってだけなんだ。電話の回線を切ったのも、そのためじゃないか」

これはエドワードにとって衝撃だった。そのときになって初めて、自分がこの家に着いてから、一度も電話が鳴る音を聞いていないことに気がついた。いったい誰からの電話を避けようとしているのだろう。

レイシーがいう。「あのひどい男がまたメールしてきて、遺体の身元を確認するのにＤＮＡのサンプルが欲しいっていってきたわ。ジェーンのかかりつけの歯科に電話して、サンプルをもらわなくちゃいけないの」

ジェーン。エドワードは胸のなかで繰り返す。そのとき初めて、自分が兄を亡くしたように、叔母も姉を亡くしていたのだと気がついた。ジェーン、ジョーダン。ジェーン、ジョーダン。

「メールを転送してくれ。ぼくが返信しておくよ」

「わたしがしないと。わたしの姉だった人だもの」

ふたりの声が聞こえなくなった。ふたりが部屋を出ていったか、エドワードの耳がふたりの会話をブロックしようと決めたかのどちらかだった。


日に日に夏らしさが増していき、変化をぼんやりと感じるだけのエドワードも、陽射しが強すぎると思うようになってきた。あの咳払いばかりする医者の診察を受けて脚の具合と体重を確認してもらい、ドクター・マイクから心のケアを受け、理学療法士には元通りに歩けるようになるための指導を受ける。

エドワードはふと思う。墜落前の自分の歩き方を憶えている人はこの世にはいない。エドワード自身も憶えていないのだ。ジョーダンの歩き方なら憶えている。兄はいつも特徴的な歩き方をした。大きな歩幅で跳ねるように歩く。ジョーダンはほかの人たちよりも重力の影響が少ないように見えた。エドワードはジョーダンとしゃべりながら歩道を歩いたのを思い出す。会話の途中、ジョーダンの体が宙に浮いていることがあった。あの子は弾んでるのよ、と母がいったことがある。

エドワードは膝を曲げ、跳んでみる。

「おいおい、すごいな」理学療法士がいう。「それ、なんだい？　前に進むことに集中してくれるかな。上じゃなくてね」

毎日午後には理学療法士からの宿題をこなす。一区画分歩いて往復するのだ。最初のころはレイシーが付き添った。だが今は、レイシーは玄関前のステップで待っている。バランスのとり方を自分で覚え直すのが大事だと理学療法士にいわれたからだ。通りの向こう側に小さな人だかりができている。十代の子どもが数人と修道女がひとり、それから大人の男女が何人か。まるでパレードが来るのを待っているみたいだ。

エドワードは、自分がパレードなのだとわかっている。その人たちがなにかいったとしても、エドワードは聞かない。手を振ったとしても見ない。エドワードは人だかりの方向に絶対に目をやらない。一本の松葉づえを動かしながら、一歩、また一歩と進んでいくことに集中する。耳のなかでカチッカチッと音がして、メトロノームが拍子を刻む。通り過ぎるすべての家々にある時計の振り子が前へと揺れる音まで聞こえてくる。

こんな最悪のパレードはないな、とエドワードは思った。

ある晩、エドワードは誤ってジョンのタブレットの上に座ってしまった。タブレットはソファに置いてあって、ブランケットの下に隠れていたのだ。エドワードがタブレットを引き出すと、黒い画面に自分の顔が映った。叔父は打ち合わせに出かけていて、叔母はベッドに入っている。エドワードの顔は実際より年上に見えた。本当の自分に近いように見えた。まるでこの黒い鏡が、エドワードのなかにある灰色のものを映し出しているようだった。エドワードを見つめ返すその顔は、映画に出てくる悪党ほどではないにせよ、邪悪に見えてしまうくらい真剣な顔をしていた。

エドワードとジョーダンは、両親に携帯電話を持つことを許してもらえなかった——ふたりとも緊急時に両親と連絡が取れるように、キーボードつきポケベルを持たされていたのだ。しかし、両親はそれぞれタブレットを持っていて、教育的なゲームに限定して息子たちに使わせてくれた。

エドワードは電源ボタンを押す。

数字四つのパスコードを入れなくてはいけない。

やってみる？　エドワードは純粋に好奇心から自分に問いかける。イエス。

エドワードは父ならこうするだろうというやり方で課題に取りかかる。父が数字について語るときの声には深い愛情がこもっていた——まるで数字というものが田舎のバーに集う個性豊かな常連たちみたいに聞こえた——ので、エドワードが脳のなかを数字でいっぱいにすると、そこが温かい場所に思えてきた。可能性のありそうな数字を並べてみるうちに、父から受け継いだＤＮＡを使っているような気がした。

エドワードは、レイシーの生まれた年を打ち込んだ。１９７４。画面が揺れた。これは違う。次にジョンの生まれた年。１９７２。これも違う。ロック解除のチャンスはあと一度だけ。それより多く試すと、タブレットのロック解除に奮闘しているのが本人かどうか確認するメールがジョンに送られてしまう。

エドワードはタブレットを下に置き、少しのあいだじっと見る。ランダムな数字なんてない。父ならそういうだろう。数字はパターンや意味を好むものなんだ。

エドワードは再びタブレットを取り上げ、フライトナンバーを打ち込んだ。２９７７。

ロック画面が解除された。

恐怖の波が押し寄せてきて、エドワードはソファから立ち上がる。家を出ると、もわっとする夜の空気のなかを進み、シェイの家の玄関前のステップを上がり、シェイの寝室に続く階段も上がった。大きな音を立てながらシェイの部屋に入っていったとき、シェイは机の前に座っていた。エドワードは、まるで安全装置を抜いた手榴弾であるかのようにタブレットを渡した。

シェイは状況にふさわしく、重々しく受け取る。エドワードはシェイの肩によりかかりながら、パスコードを打ち込んだ。

ふたりの前に、ホーム画面が立ち上がった。右下の角に赤い円があり、その下に「プレーン・ツリー（英語でプラタナスを意味する）」と書いてある。

シェイが確認するようにこちらを見たので、エドワードはうなずいた。シェイがそのアイコンにタッチすると、リンクがいくつか現れた。

犠牲者の親族
エドワード　ツイッター
エドワード　フェイスブック
エドワード　グーグルアラート
メモ

シェイは小さな声でいう。「これ、どこで手に入れたの？」

「ジョンのだよ」

シェイが顔をしかめると、頬のえくぼが深くなる。「ねえ」シェイはいう。「ひとつ開いてあたしが読んでみようか。それで内容をあんたに教えてあげるの。あんたが自分で読むことないと思う。あたしがあんただったら、読みたくないもん」

エドワードは部屋の奥まで進み、シェイのベッドの上に座った。この部屋に来るようになってから、マットレスに座ったのは初めてだ。柔らかくて、エドワードの重みで沈んでかすかにきしんだ。ここで横になって目を閉じて眠れたらいいのに、と思う。だが、たとえこの部屋でも、エドワードは簡単には眠れない。エドワードは毎晩、意識がなくなる状態を必死で求める。まるで激流に押し流されそうになりながら、川の真ん中にある岩に手を伸ばしているみたいだ。時々指先が岩をかすめることに成功し、エドワードはなんとかうとうとできる。ひと晩ぐっすり眠れたことはなかった。

エドワードはささやくようにいう。「ジョーダンについての情報はある？」

そこからだと、シェイの横顔しか見えない。シェイは画面をタップして答える。「ジョンはそれぞれのリンクをまとめたＰＤＦを作ってるの。墜落のあとにできたジョーダンについてのフェイスブックページがあるよ。立ち上げたのはたぶん、ふたり組の女の子かな。この子たちがお兄さんのこと知ってるわけじゃないと思うけど。写真があるよ」

「見たい」

シェイは画面を掲げる。ジョーダンだ。鮮やかなオレンジのフードつきコートを着てにっこり笑っている。家のそばのデリカテッセンの外で撮った写真だ。髪がほぼ垂直に立っている。

「ぼくが撮った写真だ」エドワードはいう。

シェイは画面を下ろした。「ジョーダンは飛行機で亡くなった人のリストに載ってて、あんたのお兄さんだって説明もある。墜落についてのネットニュースや新聞の記事にも載ってる。そのくらいかな」そういったあと、シェイは息をのむ。

「どうしたの？」思いがけず、エドワードの胸にひとすじの希望が走った。

「あんたの名前でグーグル検索してみたのよ。そしたら十二万件以上の結果があるって、エドワード。十二万件だよ」

「そうなんだ」エドワードは、ほかになんといっていいかわからない。

「ジョーダンだと四万三千しかないけど」

「消して」エドワードがいう。「お願い」

シェイはタブレットケースのふたを閉じた。エドワードには、シェイがすぐにいうことを聞いてくれたことがありがたかった。家の外に、いつもエドワードを見ている人たちがいるのは知っていた。同じことがネットでも起きているとは、思いもよらなかった。みんなの携帯のなかで、タブレットのなかで、パソコンのなかで。

エドワードとシェイは、交代で洗面所を使って寝る準備をした。洗面台に置かれたグラスのなかに、シェイの青い歯ブラシに並んでエドワードの緑色の歯ブラシがある。

エドワードが洗面所から出てくると、シェイはもう床の中央に紺の寝袋を広げてくれていた。エドワードは痛めたほうの脚を気遣いながら、寝袋の上に腰を下ろした。「明日は早く起きないと」エドワードはいう。「ジョンが気づく前にｉＰａｄをもどさなくちゃいけないから」

「もし気づいたら怒るかな？」

シェイに聞かれてエドワードは考えた。「怒らないと思う」

「ジョンとレイシーは、あんたがここで寝てること、気にしてると思う？」

エドワードはこれには即答する。「レイシーは気にしてる」

シェイはうなずいてからメガネを外した。メガネがないと、シェイの顔は違って――ぼやけて、弱々しく――見える。シェイが自信たっぷりに見えないのは、一日のうちでその瞬間だけだが、エドワードは毎晩その瞬間のシェイを見る。そして、シェイが灯りを消す前に、エドワードは聞いた。

「きみのお父さんはどこにいるの？」

シェイはメガネに伸ばしかけた手を下ろして、エドワードのほうに視線を向けた。エドワードのことは、なんとなく形と色が見えているくらいだろう。

「あたしのお父さん」シェイはそういった。シェイの口から出たその言葉はいつもと違ってぎこちない。「お父さんはあたしが二歳のときにうちから飛び立っていったの。お父さんからは、手紙ももらったことない。ママは、きっと新しい家族がいるんだろうって。どっか西のほうで」

コロラドだ、とエドワードは思う。今のエドワードにとって、西とはそこだ。病院の白い壁、松葉づえの女性、まるで泳いでいるような脳の感覚。もしかしたら、シェイのお父さんは、空から飛行機が落ちてくるところを見たかもしれない。飛び立っていった、とシェイはいった。一方、エドワードの家族は落下したのだ。

シェイはいう。「お父さんがあたしたちのことをいらないなら、あたしもお父さんなんていらない」

「どっかおかしいんだよ」とエドワード。「きみたちを置いてくなんて」

「ママがいうに、お父さんがママと結婚したのは、お父さんの母親を怒らせるためだけだったんだって。メキシコ人と結婚するのをいやがってたから」

エドワードはシェイの悲しそうな顔を見ながら、もっともっと言葉を聞きたいと願った。もっと説明を、もっと答えを。なんでもいいから、エドワードのなかにあとからあとから出現して、もはやエドワードの存在そのものになっているような無数の穴を埋めてくれるなにかを。だがシェイは電気を消してしまい、エドワードは暗闇と静けさのなかにひとり取り残された。

午前十時十七分

空で流れる時間は単調だ。空気の質や温度は一定で、限られた音しか聞こえず、乗客の動きは制限されている。なかにはこの制限に負けず、家にいるときにはあまりやらない方法で、空の時間をリラックスして過ごすことができる人もいる。携帯電話の電源を切り、パソコンは手荷物のなかにしまい込み、誰とも連絡がつかない状態を楽しみながら、小説を読んだり、座席に備えられた画面でホームコメディを観てクスクス笑ったりする。だが休むことなど考えられないタイプの人たちは、地上での生活と切り離されることに耐えられず、気づくと不安が募っている。

ジェーンは身を縮めてマークの前を通る。ファーストクラスは脚を置く場所に余裕があるので、マークに立ってもらう必要はない。それでもジェーンは、マークは礼儀上、立つべきだと思った。今のように、自分のお尻がマークの顔のすぐ前を通ることになってしまうからだ。ジェーンが通路に出て背筋を伸ばしたときにちらりと後ろを見ると、マークはコンピューターの画面に集中していた。搭乗するなり客室乗務員に熱を上げっぱなしのこの男は、視線を上げもしなかった。

ふん、とジェーンは心のなかでいう。わたしの性的魅力はグレープフルーツ程度ってわけね。

ジェーンは通路を通り、ファーストクラスとエコノミーを仕切る赤いカーテンを抜ける。満席だ。ここの乗客は、誰もがなんとなく居心地悪そうに見えた。ジェーンは生まれつきのあざにすばやく触れる。ファーストクラスの席に座って、罪の意識を感じなくてすむことはあるのだろうかと考える。隣のあの男は罪の意識を感じている？　いや、たぶん感じていないだろう。

「母さん！」エディが叫ぶ。その声をたどると、ジェーンの三人の男の子が見つかった。白髪がひとり、くるんくるんと癖毛があちこちはねている子がふたり。

　ジェーンはエディに手を振る。ちょっと離れていたあとにエディを見るときはいつもそうなのだが、夜泣きをしていた赤ちゃんのころを思い出す。ジェーンの腕のなかで泣きわめいたり、ベビーベッドのなかでぐずっていたり、ブルースの肩で揺すられていたりするエディ。最初の三カ月、エディはあまり寝なかった。そしてそれは、ジェーンの人生のなかでもいちばん辛い時期だった。ホルモンバランスが乱れ、乳首からは常に母乳が染み出ていて、毎日、毎分、なにもかもうまくいかなかった。自分の赤ちゃんをまともにあやすこともできず、ジョーダンがこれまで知っていた母親とは別人のようになってしまった。三歳のジョーダンは、授乳用のネグリジェを着て髪もとかしていないジェーンを、恐怖と悲しみの混じった表情を浮かべて見ていた。そして、ジェーンは自分自身に失望したことも強く意識していた。それまでは、自分はどんな状況でも打破できると信じていたのに、そうではないとわかってしまったのだ。ジェーンは自分が思っていたような女性ではなかった。なるつもりだった女性にもなっていなかった。

　大人になってからそのときまでのジェーンの道のりは、なだらかだった。なにが欲しいか決めるのはいつも自分で、欲しいと思ったものは手にしてきた。文芸誌で短編を発表すること、ブルース、テレビドラマの脚本を書くというギャラのいい仕事、ひとり目の男の赤ちゃん。その子は、一日中抱っこ紐に入れていればよかった。それなのに、このエディのときは、なにをどうしていいかわからないままソファに座っていた。ミルクの染みをつけたまま、寝ることも休むことも考えることもできない。すべてが、止むことなく続く、聞いている者の息が詰まるような、赤ちゃんの泣き声のせいだった。ところがあるとき、エディは泣かなくなった。そして愛らしい、よく笑う赤ちゃんになって、アパートメントのなかでハイハイでお兄ちゃんを追いかけた。エディは同じ時期のジョーダンより甘えん坊だった。ある朝、目覚めるとエディがジェーンの上にいて、口を思い切り広げて赤ちゃんらしいムチュッ、ムチュッ、ムチュッというキスの嵐を浴びせてきたとき、ジェーンは思わず笑い、それを境に鬱の症状はきれいさっぱりなくなった。

いつでも目立つのはジョーダンだった。兄であるジョーダンは、だいたいにおいてより速く、より強かったが、エディとジョーダンはチームで動いていた。なにかが思い通りにならなかったときに、腹を立てたジョーダンをなだめるのは、いつもエディだった。エディはピアノを弾くのが好きだったので、ジョーダンは弟のために曲を書いた。エディはキッチンから玄関まで続くレゴの街を作ることもあった。夜中に両親がトイレに行く途中に必ずといっていいほど踏んでしまって、痛む足をこすりながら悪態をつくことになるやつだ。エディがレゴに夢中になると、ジョーダンは弟がもっと手の込んだ大都市のプランを立てる手助けになるようにと、図書館から建築関係の本を借りてきた。ジョーダンが日々の小さなことでブルースに反抗し始めたとき、たとえば勉強しなくてはいけない時間にアパートからこっそりぬけ出したり、博物館からの帰宅が予定より十分とか十五分とか遅くなったりするときは、エディも同行してグルになった。ドアマンやブルース本人に「捕まった」ときには、エディは必ずすぐに「ごめんなさい、父さん」といかにも幼い男の子らしい甘々な声でいう。するとブルースの怒りはしゅっと抜けてしまうのだ。ジェーンにはお気に入りの仮説がある。エディは生まれたばかりのころに怒りや涙を出しきってしまったので、にこにこしながら楽に大人という岸に向かって進むことができる。前を行くジョーダンの船が荒れ狂う海を進んでいくのと大違いなのはそのせいだ、と。

「みんな、なにしてた?」三人が並ぶ列までいくとジェーンは声をかけた。三人は頭を上げてジェーンを見る。全員が同じ、真面目くさった表情だ。

「ファーストクラスで、これからぼくたちよりいい食事が出るよね」ジョーダンがいう。「デザート、あとでちょうだい」

「いいわよ」ジェーンは息子たちに向かって微笑む。ブルースを見るのはちょっと怖い。ジェーンが並んで一緒に座れるように仕事を終えられなかったことをいつまで根に持つのかわからない。

「書いてる脚本に宇宙人は出てきた？」エディが聞く。

「いいえ」

「潜水艦は？」

「いいえ」

「ミュータントのサルは？」

「出てきたわ。何匹かね」

「お母さんはラブストーリーを書くつもりなんじゃないかな」ブルースがいう。

ブルースはこういうやり方でジェーンのあざを押すのだ。ジェーンには十年来書きたいと思っている映画の脚本がある。静かな会話劇で上映時間一時間の作品。ところがギャラのいいリライトの仕事を優先するうちに、なかなか手を付けられずにいたのだ。今、ジェーンはその映画のことを思って胸が痛くなる。空想のなかのカップルが初めてキスをする寸前――ジェーンが書くまでは存在しないその瞬間――を思い浮かべてしまってから、頭を振る。愛する人を腕に抱いたその男が、くるりと振り向いてジェーンを見る。お願いですから急いでください。男の目が訴える。もう時間がないんです。

頭上のスピーカーがブーンと音を立てたあと、声が聞こえてきた。「機長よりお知らせいたします。この先二十分ほど、小さな暴風雨の区域を航行するため、多少の揺れが予想されます。乗客のみなさまには、シートベルト着用サインが消えるまで、ご着席いただきますようお願い申し上げます」

エディは腕を組んで窓のほうに顔を向ける。ジェーンは見なくてもわかる。エディの目にいきなり涙が湧いたのだ。引っ越しすることで、家族それぞれがストレスを抱えることになったし、エディは、機内で母親と一緒に座っていたかっただろうと思う。

「ごめんね、エディ」とジェーンは華奢《きゃしゃ》な背中に向かっていう。「またすぐ来るからね」

「デザート」ジョーダンがいう。「ランチが来たら、デザートを取っておくの、忘れないでね」

ジェーンとジョーダンはちょっと複雑な握手をした。ふたりで作り上げた儀式のような握手で、終わるまで五秒かかる。その最中ずっと、澄ました顔をしているのもお約束。笑みはなし。ジョーダンが満足してうなずくと、握手終了。ジェーンはこれをやるたびに安心感を得る。この握手が、ジェーンがまだジョーダンにとって近い存在のひとりであるかどうかを試す試金石のように思えるのだ。問題は、必ず間隔を置いて試されるということで、その手順をひとつでも間違えば、ジェーンは道端に置いてきぼりにされてしまう可能性があるのだ。

ジェーンは自分の席にもどるときに、スカートのすそに鈴が縫いつけてある大柄の女性とすれ違った。狭い通路ですれ違うには、ふたりとも横向きにならなくてはいけなかったし、どうしても接触せざるを得ない。鼻と鼻がくっつきそうになったあと、一瞬肩が触れ合った。ふたりの腰の下から軽い鈴の音がする。

「そのスカート、好きです」ジェーンがいう。好き、というのがふさわしい言葉でないことはわかっているが、ふさわしい言葉がなんなのか、ジェーンにはわからない。ジェーンは自分が赤面していることに気づいて狼狽《ろうばい》した。

その女性はジェーンを上から下までじろじろ見た。ボタンをきっちりかけたカーディガンにジーンズ、顎までの長さの髪。「ありがとう」女性はいう。「あそこで息子さんたちといるのを見ましたよ。可愛い息子さん」

ジェーンはにこりとする。「昔は可愛かったんです。今はどうかしら」

「おや、あたしには可愛く見えますよ」

「どうもありがとうございます」

明らかに会話は終わったが、ジェーンはすぐに歩き去ってよいものか迷った。迷いながらなにかいおうとしたが、ちょうどいい言葉が出てこない。席にもどってシートベルトを締めても、まだあのオレンジ色の細長いカーペットの上に立って言葉を探しているような気分だった。わたしは会話を書いてお金をもらっているのに、とジェーンは思う。これじゃ、ひどい詐欺師だわ。


ベンジャミンはふたりの女性が通路で揺れているのを見ていた。二メートル近く離れているので、なにを話しているのかは聞こえない。それでも母親のほうの女の頬がピンクに染まるのが見える。通路を挟んだ向こうの席に座っている白髪の父親と息子ふたりとの会話は聞いていた。そういう核家族——母、父、子どもふたりという白人の家族——は、ベンジャミンにはいつも博物館の展示物のように見える。話しているのが舞台の上からのように聞こえてしまう。一点の曇りもない幸せな家族には、結成時に渡される台本があって、彼らがその台詞を暗唱しているみたいに思えるのだ。母親が遠ざかるとき、下の息子が涙を浮かべるのを見た。ベンジャミンはどうしても思ってしまう。おまえ、マジか？　母親はただ席にもどっただけだぞ。

もちろん統計的に、こういう家族が実在することは知っている。だが、自分の故郷ではほとんど見かけなかった。それに陸軍に入隊する兵士の育った環境は、理想的とはいいがたいことがほとんどだ。家族と過ごした暮らしがどれほど幸せだったかを話す者はいない。ベンジャミンの生い立ちはいいものではなかったが、もっとずっとひどい話も聞いた。ある軍曹は、部下にこう聞いてまわるのが好きだった。おまえの手にその銃を持たせたのは誰だ？　おまえか？　それともおまえのパパか？

　ふたりの女性は別れた。フィリピン人の女性がベンジャミンの横を通るとき、スカートが音を鳴らす。通路の向こうの父親は、上の息子の腕に自分の手を乗せていて、息子は笑っている。ベンジャミンの頭に浮かんだのは、「気楽」という言葉だ。その親子は一緒にいることが気楽なのだ。どちらも相手に対して身構えていない。警戒も遠慮もない。きっとあの父親は息子たちを殴ったことなどないだろう。暴力が静かな池に投げられる石だとすれば、ベンジャミンはその波紋を見つけるのが得意だ。だが、ここにはさざ波ひとつない。

　ギャヴィンはこういう家庭で育った。だから誰とでも友達になるし、幼稚なダジャレもいう。ギャヴィンの父親は歯科医で、おそらく柔らかな手をしていて神経質そうに笑う男だろう。ベンジャミンは素敵な母親を思い描く。クッキーを焼き、自分のステーションワゴンにはいちばん高いタイヤを買うタイプの女だ。どうしても思ってしまう。その人たちに会ってみたかった。

　フロリダは疲れた表情の母親が遠ざかっていくのを見ていた。ハグしてあげたかった。せめて肩を軽くさすってやりたかった。彼女の全身から、触れてほしいというメッセージが痛いほど伝わってきたからだ。頭でばかり考え、自分の作った緻密な計画に入れ込みすぎるタイプのひとりだ。フロリダは彼女の夫も見た。いかにも頭の良さそうなユダヤ系の男で、想像するに、ふたりはまあまあの頻度でそこそこのセックスをしているが、抱きしめたり愛撫《あいぶ》したりすることにあまり時間を使っていない。固く閉ざされた人間は、時には薬で緩めてもらうといい、というのがフロリダの持論だ。マジックマッシュルームでも持っていたら、あの母親のハンドバッグにするりと入れてやれたはずだ。

　フロリダが席に座るとき、機体が大きく揺れた。

「元気にしてた？　子猫ちゃん」フロリダはそういいながら、この子にはドラッグはあげないわ、と思う。リンダもピリピリしているが、乱れた張りつめ方だ。リンダのなかのケーブルは重なったり裂けたりしているから、エネルギーの流れがめちゃくちゃで、幻覚剤など飲ませたら、なんとか持ちこたえていた正気がゆらいで、すぐにも素っ裸で叫びながら通りに出てしまいそうだ。

　窓のほうを向いていたリンダは振り向き、目を大きく開いてフロリダを見つめる。「あなたにどうしてこんな話をするのかわからないけど」とリンダ。「でも、ほかに話す人もいなくて。それに、どうしても声に出していいたいんです」

「いいよ」

「わたし、妊娠してます」

　フロリダはこの若い女をじっと見る。ボビーは赤ん坊を欲しがっていた。フロリダは子どもができないように、避妊薬をこっそり飲まなくてはいけなかった。子どものことが本格的に話題にのぼるようになるころには、ボビーが子どもを欲しいのは、愛情を注ぐためではなく、自分の思い描く人間を作るため、自分の命令に従わせるためだとわかっていた。フロリダは、ボビーやボビーの理想にできるだけ合わせようとしたが、こっそり残しておいた、少しの自分らしさ——フロリダの考え方、歌、森での散歩の日課——をボビーは、妻としての責任感を欠く嘆かわしいものだととらえた。

社会の崩壊、ドルの暴落、異常気象。その後を生き抜くために、ボビーは弟子が必要だと信じていた。フロリダは、もし子どもをひとりかふたり産んだら、自分はしだいに排除されていくのだろうと思った。フロリダ自身の家族から排除され、ボビーの計画から排除され、つまりはボビーの人生から排除されるだろう、と。

ツインタワーが攻撃されたとき、ボビーはマンハッタンのダウンタウンにある保険会社に勤めていた。あの事件はボビーのすべてを変えた。ボビーは仕事を辞め、持っていたスーツを全部売り払い、ブルックリンでウェイターとして働くようになった。そこでフロリダと出会ったのだ。フロリダは鍼灸院《しんきゅういん》で受付をしながら、女性ばかりのブルースバンドで歌っていた。フロリダがボビーに惹かれたのは、ボビーが真実の重要性を語ったからだ。頭が切れて教養があり、セクシーな締まったヒップを持ち、資本主義がなぜ悪なのかをきちんと説明することができたからだ。近くに住む九十二歳の老婦人が、五十年間住み続けてきたアパートメントから強制退去させられるのは、誰かが新しく高層ビルを建てて、大金を稼ぐためなのだと話した。フロリダやフロリダの友人たちが健康保険に加入できるだけのゆとりがないのも、それが理由だ。資本主義下の産業は、人々に医療を提供することとはなんの関わりもなく、ただ単に、ひとりひとりからできるだけ多くの金を引き出すように考えられたシステムなのだ。決め手となったのは、ボビーの言葉の明瞭《めいりょう》さ——「な、おれのいいたいことわかるよな？」で話を終わらせればいいと思っているハンサムなマリファナ常用者ならいくらでも知っていた——と形のいいヒップだった。

「ウォール街を占拠せよ」をスローガンに掲げる運動（経済界、政界に対する抗議運動）の最初の週、ズコッティ公園に一緒に出かけ、市長のブルームバーグ――あのちんけなファシスト――が数週間後にゴミ収集車を送りこむまで、そこに寝泊まりした。ボビーはいくつかの実行委員会のメンバーだったから、あちこちの会議に招集された。フロリダは抗議者たちのために炊き出しをしたり、毛布や歯ブラシやコンドームやタンポンを配ったりした。バンドのひとつにも参加した。その秋、フロリダがいちばん楽しかったことだ。希望に満ち、頑張っている人たちが、その素直な声を歌に乗せる。フロリダは、それまでもずっと音楽の力を信じていたが、その瞬間、その証拠ともいうべきものを目の当たりにしていた。人々は変わろうとしていた。それまでの不幸な、奴隷のような生活を、まるで脱皮するように脱ぎ捨てようとしていた。そしてより良い世界の歌を歌っていた。彼らの歌が彼らの今を形作っていて、彼らの今が集まって、フロリダがこれまで見たこともないようなきれいな円を作っていた。

　機体ががくんと揺れて、アームレストを握っているリンダの手の指の関節が白くなる。

「わたし、これに対してまだ準備ができてなくて」とリンダがいう。

「これ」とフロリダはいう。フロリダは考える。これが女を選別する。子を持つかどうか。赤ちゃんが欲しい？　産める？　産みたい？

「大丈夫よ」フロリダはそういいながら、かつてのパフォーマーとしての経験を使って、この若い娘を励ましたいと思った。だが、どうやらフロリダの疑念が漏れ出てしまったらしい。なぜならリンダの顔にも、疑念がそのまま表れていたからだ。

二〇一三年九月五日

学校までは三区画の距離でしかなかったが、ベサがふたりを車で送った。「バカや変人がついて回ってなにかいってくるだろうけど」ベサはバックミラーに向かっていう。「クリスマスまでにはすっかり忘れて、放っておいてくれるようになるから。一時《いっとき》のことだからね。レポーターなんかがたかってくるのは、ハエの寿命くらい短いあいだだし。いちばん質が悪いのは宗教系だけど、あの人たちがおとぎ話を始めたら、ただ礼儀正しくにっこりして歩き去ればいいから」

エドワードは、助手席にいるレイシーがいつもと違うのが気になった。まるで石にでもされてしまったかのように、身動きひとつしないのだ。その朝、ジョンが洗面所に行っているときに、レイシーはキッチンのテーブル越しに身を乗り出してきて小声でいった。「『ジェネラル・ホスピタル』、録画しておく？　学校から帰ってきたら一緒に観られるように」エドワードがうなずくと、レイシーもうなずいた。大真面目な表情だった。自分がいないあの家で、レイシーはひとりで一日なにをするのだろうかとエドワードは考える。レイシーの肩を見ていると、レイシーも同じことを考えているように思えた。

気づくと、ベサもレイシーを見ている。今日はみんなにとって特別な日なんだ、とエドワードは思う。みんなというのは、レイシー、ベサ、シェイ、ジョンのことだ。私道にひとり取り残されたジョンは、もしかしたら帰ってこられないかもしれない危険な旅にでも送り出すかのように、車に向かって手を振っていた。

エドワードがこういうことを考えるのは、普通の人がどういう行動を取るのかを思い出すためと、妙に張りつめた空気を理解するためだ。初登校する今日は、エドワードにとっては、学校というものに通う初めての日だが、自分が弱っている感じも、不安定な感じも、今までの日々と比べて特に違いはない。胸の鼓動は規則正しく、頭のなかではカチカチ音がするなか、普通に息をする。

「前は教会に通ってたよね、マミ」シェイがいう。

「正気に返る前のことよ。メキシコでは洗脳されてたの」

シェイはシートベルトの下でもぞもぞ動いている。この三日間というもの、新年度初日に着ていく服のことで母親と揉め続け、最終的に折り合いをつけた妥協点――ベサの選んだピンクのフリルスカートとシェイの選んだ青いベースボールTシャツ――がいかがなものかと不安なのだ。それでもシェイは、母親が新学期のためにシェイの髪を三つ編みにすることは許した。エドワードはその日の朝、玄関前のステップからその過程を見ていた。ベサの両手はシェイの髪のなか。シェイが頭を後ろに反らし、目を閉じて心地良さそうにしている様子が、猫のようだった。母も娘も珍しく黙っていて、その平和な情景は、周囲から浮き上がるように光っていた。

シェイはいう。「そんなことというと、エドワードが緊張しちゃうよ。緊張する必要ないのに。だって、この学校の子たちってみんなバカなんだから。あの子たちにエネルギー使うのは無駄だって。あたしはよくわかってるの。五歳からあの子たちと一緒にいるんだからね」

「ぼく、緊張してないよ」エドワードはそういったけれど、誰も本心だと思わないだろうとわかっていた。

「ホームスクーリングだったのは良かったよね」シェイはいう。「一日中本を読んでられるんだから」

エドワードは肩をすくめる。エドワードとジョーダンは幼いころから、父に学校制度の問題点を説明されていた。「害悪ってほどではないんだ」ブルースはいった。「いいところも悪いところもいろいろある。だがな、ひとクラスに最低でも二十五人。つまり、学びの効率は悪いということだ。頭が良ければ、ほかの子どもたちが同じペースで進めないからという理由で自分の学びの速度を落とさなくちゃならない。それに、子どもの数が多すぎるせいもあって、学校がまるで工場みたいになっているんだ。いや、刑務所といったほうがいいかもしれないな。おまえたちは列に並ばされ、ベルが鳴ると移動させられる。高いフェンスに囲まれた校庭を走り回ることが許されているのは、日に一回だけだ。こういうやり方じゃ、深い思考や創造力は育たない。授業の内容に深く入って、さあ、これからというところでベルが鳴り、そこから引き離されてしまうからな」ブルースは自分の頭をこすった。興奮したときによくやる仕草だ。「この説明でわかったかな？」八歳のジョーダンと五歳のエドワードは肩をすくめた。だが夜遅く、算数の問題とピアノの練習と、それぞれの思考にふけることに費やした長い一日の終わりには、ふたりのうちのどちらかが暗闇に向かってつぶやいた。「これよりは学校のほうがいいに決まってる」

「シェイと同じクラスに入りたい」とエドワードがいう。レイシーが用意してくれたグレーのパンツと白いボタンダウンのシャツという服装だ。エドワードが見たことのない服だったが、どの服もそうだった。レイシーは事故のあと、エドワードに新しい服を買いそろえ、エドワードの母親とは違う趣味の服を着せた。前は明るい色の服が多く、カーゴパンツやジョーダンのお下がりのストリート系Tシャツを着ていた。今持っているのはセンタープレスの入ったジーンズや白いTシャツ、それから今はいているようなスラックスだ。

学校の前に車を停めようとしていたベサの目が厳しくなった。「かわいそうに《ポブレシート》！　安心して。シエイと同じクラスだから。ちゃんと頼んでおいたからね」

校舎――この町の中学と高校の両方が入っている――は、レンガ造りで巨大だった。車は中等部の入り口の前に停まった。高等部の生徒たちは校舎の向こう側の入り口から入り、上のふたつの階ですべての授業を受ける。中等部は校舎の下半分。エドワードはシェイの青いTシャツの背中と、バランスを保つことに意識を集中して――もう松葉づえはいらないが、両脚の強度はまだ同じではない――校舎のなかに入っていく。エドワードは学校とはどういうものかという情報を、映画から得ていた。この学校は、その情報通りのように見える。正面玄関を入るとオフィスがふたつ。タイルの壁、長方形のロッカー、ずらりと並んだ教室のドア。エドワードがこれまで学んできた場所とはまったく違う。以前はリビングのソファにもたれて勉強したり、二段ベッドに転がって読書したり、父親が夕飯を作るあいだ、キッチンテーブルで数学の問題を解いたりしていたのだ。

　エドワードは長い廊下を慎重に歩いていく。生徒たちが笑ったり話したりしながらピンボールのように跳ね回っているからだ。走るなとか、気をつけなさいとか、順番を守ってなどという大人たちの注意の声も聞こえる。「みなさん！」大人の叫び声。「落ち着いて！」

　あの人はぼくにいってるんじゃないな、とエドワードは胸のなかでつぶやく。

　耳のなかで音がする。カチッ、カチッ、カチッ。気づくとエドワードは教室でシェイの隣に座っていた。教師が黒板に三角形の面積を求める公式を書いている。エドワードはすでに知っていた。数年前に父親に教えてもらったことだ。数分後、エドワードは、自分ならこのクラスを教えることもできるとわかった。エドワードにとって、数学は息をするくらい簡単なことなのだ。その後、別の教室で、別の列に座ると、薄紫色のワンピースを着た女の教師が教えてくれたが、その教師は教室中に視線を配るのに、エドワードのことだけは見ないようにしていると思えてならなかった。そのあとは、シェイとふたりでにぎやかなカフェテリアに移動した。シェイがトレーを渡してくれて、エドワードは自分のパンツと同じ色のミートローフを少しだけかじった。

エドワードはブンブンうるさいハチの群れに追い回されているようだった。うるさい音が不快だったが、それは天井からおりてきているようでもあり、同時に床から上がってきているようでもあった。

シェイはテイター・トッツ（すりおろしたジャガイモをひと口大にして揚げた冷凍食品）をフォークで突き刺していう。「ここがホグワーツの大広間だってことにしようよ。みんなが今日初めてやってきたハリーのことを、こそこそ噂してるんだよ」

「ぼくは噂されるようなことはなにもしてないよ」エドワードがいう。

「あんたは、あのときのハリーと同じくらいのことはしてるんだってば」

エドワードがまだ自分のことを見ているとわかると、シェイはいう。「あんたは生き残ったじゃない」

なるほど、とエドワードは思う。そうだな。

カフェテリアから出ようとしたとき、肩を叩かれた。振り返ると、口髭を生やした、茶色い肌の男がいる。

「アルンディ校長」シェイがいう。

「やあ、シェイ」と校長。「エドワード、ちょっと校長室に来てもらってもいいかな？」校長はシェイのほうを見ていう。「エドワードを次の教室まで無事に送り届けると約束するよ。ご心配なく、お嬢さん」

エドワードは校長の後ろについていき、階段をふたつ上り、別の廊下を進む。ここにいる生徒たちは体が膨らんで歪んでいるように見えた。エドワードは、自分たちが高等部の階に来たのだと気がついた。男子生徒の声はより大きく低かった。近くでふたりの生徒がふざけてタックルし合っているのを見て、エドワードはびくりとした。だが、校長の姿を見ると、生徒たちは声を落とし、姿勢を正した。何人かがこんにちはといってから、エドワードのほうをちらりと見た。アルンディ校長はすりガラスのドアの部屋に入った。ふたりの背後でドアが閉まると、廊下の喧噪が小さくなった。

部屋中、そして窓台にも、大小様々の植物が並んでいた。天井からもいくつもの鉢植えが吊り下げてある。葉が平べったいもの、細長いもの、丈が高いもの。小さなピンクの花を咲かせているものもふたつある。空中に漂う湿った土のにおい。この温室の中央にある机が、場違いなものに見えた。

アルンディ校長はにこりとする。「室内に自然を持ちこむのが好きなんだ。ちょっとばかり園芸の趣味があってね」校長は体の前で両手を組む。「さて、エドワード。新しい生徒を迎えるときは、いつもならわたしはその子の初登校日の朝に、その子をみんなで歓迎してあげてほしいと全校生徒にスピーカーを通して話すんだ。でも、きみの場合はそれをやめた。これ以上注目が集まる必要もないし、きみもそれを望んでいないと思ったからだよ。だけど、きみがここで快適に過ごすために、わたしになにかできることがあったら教えてほしい」

「大丈夫です」エドワードはそういいながら考える。ぼくが快適に過ごせるところなんてない。

ちょっとした間があく。校長がエドワードの頭越しになにかを見ている。たぶん、キャビネットの上にある、オレンジ色の花を咲かせている草だ。「きみはこの春、標準テストを受けているね」と校長。「お父さんが手配なさったんだと思う。きみの得点はとても高かった。飛び級できるくらい高い」

　エドワードは座ったまま姿勢を正す。「飛び級はしたくありません。シェイと一緒にいたいんです。お願いします」

「きみの叔母さんと叔父さんも、きみがそういうだろうといっておられたよ。だから、そうすることにしよう」

　校長がなにかを期待するような顔でこちらを見ているので、エドワードはいった。「ありがとうございます」

「ひとつ質問してもいいかな」

　エドワードは身構えた。きっと事故のことだろうと思ったからだ。

「きみは植物についてどう思う？」

　校長がなんのことをいっているのか、一瞬わからなかった。「植物ですか？」

　校長はうなずいた。「我々のエコシステムの礎《いしずえ》だ」

　実のところ、エドワードはこれまで植物について考えたことがなかった。母親はキッチンにオリヅルランの鉢植えを置いていたが、エドワードは家具の一部としてしかとらえていなかった。

「毎年、数人の生徒に頼んで、この美人さんたちの世話を手伝ってもらっているんだ」校長はそういって、部屋中の植物をぐるっと指さした。「まずきみにお願いしたいんだが、どうかな？」

「いいですよ」エドワードはそういった。そうとしか答えられないように思えたからだ。

「きみの手が必要になったら知らせるよ。今はとりあえず教室にもどりなさい。しかしな、エドワード、学校生活で困ったことに出合ったら、わたしがここにいることを思い出しなさい」

下校時間になると、レイシーとベサは、ふたりそろって車で待っていた。子どもをピックアップするために待機する車の列の先頭で、校舎の出入口の真ん前だ。駐車場は車と人でごった返していたから、そこに陣取れたのは幸運だった。ベサはエドワードの顔を見て判断した。

「今日はうるさくつきまとわれなかったのね？」

エドワードはうなずいて後部座席に乗り込んだ。

ベサは混雑した駐車場に向かって手を振る。「この街のおバカさんたちが、これまでどれだけ暇してたかわかるでしょ。ＵＦＯ発見みたいに騒ぐんだから」

ベサの言葉は間違っていない。そこには街中の人が集まっているように見えた。そして、駐車場にいるすべての人の目が、この車に向けられている。この学校の歴史のなかでも、子どもの下校時にここまで人が集まったことはなかっただろう。母親、父親、祖父母、おじ、おば、みんないる。町の外に住む親戚たちも、甥の息子の新学期初日のお迎えのために、わざわざやってきた。高校生のなかには、普段は忙しくてできないはずの弟や妹たちのお迎えのために、わざわざ校舎をぐるりと回ってきたり、中学の玄関に無理やり入っていったりする者もいる。誰もがじろじろ見ないふりをしていたが、そのふりがうまくできていない。恥ずかしげもなくぽかんと口を開けているカップルもいる。エドワードのいるほうに向けられた携帯電話は無数にあった。若い男がひとり、旧式のカメラを持って木の枝に座っている。あちこちからささやき声。ほら、いたわ。あの子だろ。あの子だ、あの子だ。

エドワードは携帯電話やカメラに気づくと、グーグル検索での自分の名前のヒット数を思い出した。十二万一件。十二万二件。三件、四件。七件。二十二件。堅苦しい服を着た、痩せっぽちでやつれて見える自分の写真を想像する。最新版のこの画像が出回ることになるのだろう。インスタグラムやフェイスブックやタンブラーやツイッターにアップされる様子が頭に浮かぶ。

「あの人たち、ほかにやることないのかしら」レイシーがいう。

「バカどもめ」ベサはいった。渋滞で、車はじりじりとしか進めない。いかにも優しいおばあちゃんといった感じの女性が携帯を掲げ、エドワードの座っている窓のすぐ横でシャッターを切った。女性はエドワードに向かって申し訳なさそうに笑う。

ベサがクラクションの上にのしかかり、その女性はぎょっとした。

「あそこにいるの、わたしが通ってる医院の歯医者さんよ」レイシーがいう。「あの人、子どもなんていないのに」

エドワードはなにかいいたかった。自分は大丈夫だとみんなに知らせたかった。エドワードのために怒ってくれているのがわかったからだ。けれど、その一日で、エドワードのバッテリーは尽きてしまったらしく、顎がいうことを聞かなかった。

「ねえ」とシェイ。一行はようやく校庭を突破したところだ。「あたしのことは？　あたしの七年生初日については、誰もなにも聞かないの？」

その言葉で一気に緊張が解けて、車中の三人の女が笑った。レイシーは笑いすぎて、涙さえ浮かべていた。学校からひと区画いったところに修道女たちが並んでいたときには、三人はさらに激しく笑った。黒い修道衣の列が、車に向かってうなずいていたのだ。


夕食時に、レイシーがいった。「来週の水曜日、引っ越しトラックが着くわ」

ジョンとエドワードはレイシーを見た。夕食はラザニアとサラダだ。エドワードは失った体重四キロのうち三キロを取りもどしていて、少しずつ、普通の食事が摂れるようになってきた。時には本物の空腹感を覚えることもあって、そのたびに、腹を襲う鈍痛のような感覚に驚かされた。叔母の料理は、いつもひと口ごとに最大限のカロリーを摂取できるよう考えられている。ある日の朝食時、ジョンはミルクが変な味だと文句をいった。するとレイシーは、少しでもカロリーを多くするために、粉末のカシューナッツを足したのだと白状した。ジョンは気でもおかしくなったのかというようにレイシーを見た。エドワードは思わずクスクス笑った。この新しい体になってから、二回目の笑いだった。

「叔母さんたち……ていうかぼくたち、引っ越すの？」エドワードの声にどうしても恐怖が漏れてしまう。

「ううん、違うのよ、ごめんね」レイシーが急いでいった。「別の言い方をするべきだったわね」

「引っ越しなんてしないよ」ジョンはエドワードの肩に手を置く。

「オマハに借りてたストレージルームのダンボールが届くのよ。こちらがどうするか決めるまでのあいだ、引っ越し業者があなたの家族の持ち物をそこに保管してくれてたの。家具みたいな大きな物は売るんだけど、小さな身の周りの物は水曜日にここに来るのよ」

「どこに置くつもり？」ジョンがいう。「地下室はどうかな。あそこにある物を少し動かすよ」

「二階はどうかと思って。エドワードの部屋」レイシーは甥のほうを見る。「もしエドワードがいいならだけど、どう？　地下室は暗いし、中身を確かめて整理するのにはしばらく時間がかかりそうだから」

　エドワードは一瞬、戸惑った。なにを聞かれているのかわからなかったのだ。あの子ども部屋で寝たことはなかったし、これからもそのつもりはないけれど、叔母はあの部屋がエドワードのものだとどうしても思いたいらしい。エドワードは答えた。「もちろん。それでいいよ」

「あなたも一緒に箱の中身を確認したくなるかもね」とレイシー。「もちろん、あなた自身の物もあるし」

「そうかもね」エドワードはそういって、今この瞬間、トラックのなかにあるダンボールのことを考える。夕方の中西部を走行中のトラック。間違った方向に走るトラック。その箱は全部、ニューヨークシティからロサンゼルスに直行するはずだった。それなのに、半分まで行ったところで、三カ月も足止めを食らわされたあと、今は逆戻りしている。エドワードはダンボールの中身ではなく外側を思い描く。ニューヨークのアパートメントのリビングに、いつ取りに来られてもいいようにきれいに積んであったのを思い出す。エドワードの母親は、何週間もかけて慎重に荷造りしていて、息子のどちらかがシャツやら本やらを捜して箱をあさるのを見つけるたびに大声を上げて叱《しか》った。

エドワードは脳内の明度を下げた。ダンボールや母親のことを想像してはいけなかったから。席を立つ許可を取ってリビングに行くと、ジョンのタブレットがソファに置いてあるのに気がついた。エドワードは、タブレットを腕に抱えてシェイの家に行きたいという衝動に駆られた。だが、そうせずに少しのあいだそのままじっと見ていた。ジョンはひとりでキッチンにいて、明日の朝のためにコーヒーメーカーをセットしながら、ミュージカルの劇中歌を小さくハミングしている。ジョンは、レイシーの作る食事に追加された余分なカロリーを消費するために、朝のジョギングを始めていて、そのお供にブロードウェイのショーをいくつかダウンロードしていた。今では、階段を上りながら、シリアルを箱から出しながら、「オペラ座の怪人」や「ハロー・ドーリー！」の一節をよく歌っていた。

「ドント・クライ・フォー・ミー・アルゼンチーナ」ジョンは、キッチンにもどってきたエドワードに向かって歌う。

「今のぼくがインターネットを使うのは、いいことじゃないと思う」エドワードはそこでいったん話を切った。どう進めていいかわからない。

「きみの意見に賛成するね」とジョン。

「でも、考えたんだけど、もしよかったら、時々でいいから、ぼくが知っていたほうがいいと叔父さんが思うことを教えてくれないかなって。たぶん、叔父さんなら判断ができると……」エドワードは、タブレットをこっそり見たことがあるとはいわずに、叔父が事故や自分についてのネット情報を追っていることは知っているとほのめかすには、どういえばいいかわからなかった。

ジョンは胸の前で腕を組んでカウンターに寄りかかる。「つまり、インターネットできみに関してどんな情報が出ているかをざっと知らせてほしいけど、具体的なことは見たくも知りたくもないってことかな」

「うん、そうだと思う」

ジョンはしばらくじっとエドワードを見ていた。自分になにができるのか考えているみたいだ。

「きみも気づいたと思うけど、きみが学校に行き始めたからには、つまりは外の世界にもどったからには、たくさんの新しい写真、それからおそらく動画もひとつやふたつはアップされるだろうと思う。でも、新しいことは特にないと思うよ、エドワード。事実と呼べるものはね。事故以来、ずっとそうだったけど、どこどこできみを見たとか、きみのことを知ってるとかって話は出ると思う。でも、それはただのでっちあげだから」

「みんなぼくをどこで見たっていってるの？」

ジョンはため息をつく。「どこでもさ。ある男は、アパラチアン・トレイル（アメリカ東部、アパラチア山脈に沿った全長約三千五百キロの自然歩道）をハイキング中、数週間のあいだ黄色いラブラドールを連れたきみの後ろを歩いていたって思い込んでた。プラシッド湖で泳いでいたり、ニューヨークの美術館にいたりするのも目撃されているし、エディンバラで観光してたっていうのもある」

気づくとエドワードは口にしていた。「シェイとぼくは、ネットでジョーダンを検索したんだ」

ジョンは少しのあいだ黙った。「あんまり情報はなかっただろ？」

「あんまり」

「よし、わかった。やるよ」とジョン。「ネットにどんな情報があるか、きみに知らせるよ。いえる範囲でね。でもこれだけはわかってほしい。きみに関する情報——正しい情報——で、きみの知らないことはない。きみの人生はきみの皮膚の内側にある。ほかのやつらはなにひとつ知らない。そしてネットには、嘘をでっちあげるようないい加減なやつ、かわいそうなやつがたくさんいるんだ」ジョンはそこでいったん言葉を切る。「ぼくはインターネットが好きだ。少なくとも前は好きだった。だが、あそこは真実を求める場所じゃない」

エドワードはこう聞きそうになる。真実を求めるにはどこにいけばいいの？　けれど、あまりにも大きな質問に思えて、喉から出すことができなかった。それでエドワードは、ただおやすみなさいといって隣の家に行った。

ドクター・マイクのオフィスの窓の外には、生き生きとした緑の葉に覆われた木がある。軍服のような茶色い幹はたくましい。周りの木に比べて、いかにも木です、という感じがしすぎて、まるで腕のいい職人が作った映画のセットのようだった。木がフェイクかもしれないと思うと、エドワードの心の奥底にあるなにかが喜んだ。エドワード自身も半分プラスチックでできたつぎはぎで、毎時間毎時間「悲劇に遭って立ち直る人間の少年」という役を演じるために作り直されているような気がする。エドワードはいつもの椅子に腰かけると、セラピストの肩越しにその木を見た。

ドクター・マイクはいう。「過去のことを思い出すとき、それは飛行機のなかのことかな、それともその前のことかな？」

「前です」

「憶えていることを教えてほしい。なんでもいいんだ。些細《ささい》なことでも、なんでも」

エドワードは一瞬目を閉じた。するとピアノの上に広げた楽譜が見えてくる。エドワードはいう。

「ぼくはピアノで新しい曲を習うところだったんです。ラヴェルの『スカルボ』っていう」

「きみがピアノを弾いてたなんて知らなかったな。その曲について教えてくれるかい？」

エドワードは眉をひそめた。「まだ始めてなかったんです。先生はぼくにできるかどうかわからないといっていました。高速のトレモロがあるし、オクターブの跳躍もたくさんあるし、右手に長二度のスケールもあるから」

エドワードは視線を落として自分の両手を見た。節がいやに白く見える。毎日何時間もピアノを練習していたあの手と同じとは思えない。今ピアノの前に座っても、前に習った曲のなにひとつ弾けないだろう。あのときとは違う指になってしまったみたいだし、事故以来、頭のなかに音楽が流れなくなった。これまで意識して考えてみなかったが、リードから逃れた犬のように消えてしまった音楽が、もどってくるのを待っている自分に気がついた。だが、音楽はもどってこなかったし、これからももどってこないだろう。消えてしまったのだ。エディには音楽の才能があったが、エドワードは違う。

ドクター・マイクがいう。「じゃあ、かなり真剣にピアノをやっていたんだね」

「そのことについて話したくありません」言葉尻が強くなる。エドワードはこのオフィスでいつも抑揚のない話し方をしているので、その声にふたりとも驚いた。

「叔母と叔父にはいわないでください」エドワードはいう。

「おふたりはきみがピアノを弾くことを知らないのかい？」

「弾いていた、です。知っていたとしても、今は忘れてます」

ドクター・マイクはなにかいいたそうだったが、やめてしまった。

「こういうの、全部いやです」エドワードがいう。

「こういうのって？」

「昔は良かった。でも終わったんです。どうして以前のことを話さなくちゃいけないんですか？」

「今話さなくちゃいけないわけじゃない」とドクター・マイクはいう。「ただ、きみにすべての記憶をブロックしてほしくないんだ。良かったということは、その思い出にはパワーがあるということだ。ぼくたちはここで新しい礎を作っている。もしきみがその記憶を受け入れることができれば、そしていつかその思い出を楽しく思うことができれば、この礎を作るレンガになると思う。質のいい、硬いレンガだ」

エドワードは椅子に沈み込んで目を閉じた。

その姿勢だと、ドクター・マイクの姿は見ずに声だけ聞くことができる。

「今日はこれで終わりにするかい？」

「はい」エドワードは答える。「終わりです」


水曜の午後、学校から帰ってくると、家の外に白いトラックが停まっていた。力のありそうな男がふたりがかりで、横に倒した大きな箱を重そうに持って芝生の上を進んでいる。エドワードは反射的にその場面に背を向けた。

シェイは両手をパンと打ち鳴らしていう。「荷物を開けるの、手伝いたい」

「あたしも手伝うわ」というベサの声も娘と同じように生き生きしている。「みんなでやれば、ほとんど今日のうちに終わるわよ」

「そうね、ええと」レイシーは困っているようだ。「すぐに始めようとは思ってなかったんだけど……ねえ？」

エドワードはうなずいた。この時間は、録画した「ジェネラル・ホスピタル」を叔母とふたりで観るのが常になっている。今はルークとローラの息子、ラッキーが失踪中だ。

「徹底的にリストを作ったほうがいいよ」シェイが母親にいう。「箱それぞれの中身を書き出すの」

「そうね《ペルフェクト》！　そのあと中身をどうするか決めればいいわ」とベサ。

レイシーとエドワードは視線を合わせる。

「そ、そう」レイシーはためらいがちに返事をする。

レイシーとエドワードは仕方なく母娘のあとについて家のなかに入った。箱はレイシーが想像していたより多かったので、子ども部屋からあふれて二階の廊下に広がっている。ベサは隣の家から手術用のメスのようなものを何本か取ってきた。

「あんたは見なくていいんだからね」シェイはエドワードにいう。「見たくなかったらってことだけど」

エドワードはうなずいたが、そこから動かなかった。シェイが、側面にマーカーで「1」と書かれた箱に切り込みをいれていくのを見る。エドワードは、その数字を母が書いたところも見ていたのだ。

「キッチン用品」シェイはそういって箱のなかから紙きれを取り出す。「うわ、一覧表だ」シェイは感服したという様子で頭を振る。「すごくきちんと整理されてるね。どれどれ。コーヒーカップ、グラス、カトラリー、デザート皿」

エドワードの母親のお気に入りのマグカップもそこにあるのだろう。側面に赤い風船が描いてあるカップで、母親の大好きなフランス映画をモチーフにしている。エドワードが特に気に入っていた、背の高いふちの欠けたグラス。夜中に喉が渇いたときのために、家族それぞれがベッド脇に水を入れて置いていた小ぶりのカップ。

エドワードは後ずさりした。てきぱき動くベサとシェイの後ろでうろうろしている叔母の横を通る。叔母は顔の色が薄くなっていて、そばかすが助けてという小さな叫びのように浮き出ている。叔母はエドワードの腕に触れ、謝るような表情でエドワードを見る。ここまで考えていなかったのよ。エドワードには叔母がそう思っているのがわかった。

平らなシーツがエドワードの内側を覆っていく。低いところから始まって、腹部を覆い、さらには胸まで。エドワードは視線を落とし、アイロンのかかったグレーのスラックスを見る。ブルックスブラザーズの白シャツのボタンを見る。

「レイシー」エドワードがそういうと、レイシーは自分の名前がエドワードの口から出てきたことに驚いた。

エドワードはその瞬間、自分がどれだけ叔母の名を呼んでいなかったかということに気がついた。ふたりは毎日昼下がりにソファで隣同士に座っていたが、ほとんど話さなかった。エドワードは叔母のことが好きだったが、ジョンと比べると、読めない部分が多かった。それに、母を思い出すので、つい叔母から目をそらしてしまう。めったにないことだが、ある角度から見ると、八〇パーセントくらい母に似ている。だがたいていは、中途半端に二〇パーセント似ていて、失ったものを思い出させるだけだった。エドワードがなにか必要になると、どうしても叔父に頼ることが多かった。

「なに？」レイシーが聞く。

「箱のなかの服が欲しいんだ。ぼくの服と、ジョーダンの服。それを着たい。もしそうしてもかまわなかったらだけど」

「そう」レイシーはエドワードを上から下まで見ると、表情が変わった。「あなたは、その……わかった。もちろんいいわよ」

「まかして」シェイが高く積み上げたダンボールの向こうから大声でいう。「あたしが服を見つけるから。すぐにね」

その夜、エドワードは自分のチェックのパジャマのズボンに兄の赤いTシャツを着て寝袋の上に転がった。レイシーが買ってくれた服はすでに袋にしまった。レイシーを喜ばせるために必要とあらば、たまには着ようと思う。それ以外は、自分の体にも好みにも合った服を着たい。すでに少しくたびれていて、わずかにジョーダンのにおいのする服を。

エドワードはシェイが本を読むのを聞いているが、疲れきっていたので、本の内容と現実がごっちゃになりそうだ。ふたりは「ハリー・ポッター」シリーズを読み進めていた。毎晩シェイが一章分を音読する。

「あのさ」段落の切れ目でシェイがいう。

「うん」エドワードが眠そうに答える。

「あの箱を見たとき、傷が痛んだ？」

「ううん」

「そうなんだ」シェイにがっかりした様子はない。「なにか大事なものに出合ったら、感じるはずだよ」さらにいう。「あたしにはわかるの」

　エドワードは目を閉じた。シェイの声に耳を傾ける。シェイは読むのがうまい。盛り上がるところではドラマチックになり、ポイントを押さえて効果的に声を落とす。ジョーダンもよく読んでくれた。いつもではないけれど、特別笑えるところや怖い部分に行き当たると音読してくれたのだ。パジャマのズボンは柔らかくて着心地が良く、身動きせずに横になっていると、自分は兄が寝ているベッドの下の段で寝ていたころとまったく同じ少年なんだと思い込むことができた。

　ある朝、レイシーがいった。「あの箱のなかに暖かいコートはあった？」その言葉を聞いて、エドワードはもうすぐ冬なのだと気がついた。エドワードはクローゼットに行って、ジョーダンのオレンジ色のフードつきコートを取り出す。今のエドワードにはかなり大きすぎるが、長すぎる袖はミトン代わりになるし、フードを被《かぶ》れば顔がほとんど隠れるのでちょうどいい。エドワードは季節の移り変わりを意識しないようにしていた。ひとりになって初めての秋が過ぎた。ひとりになって初めての冬が来る。誕生日、クリスマスとハヌカ（十二月あたりに行われるユダヤ教の祭事）――エドワードの家族はどちらもそこそこ祝っていた――が足早に近づいてくる。ドクター・マイクは、時の経過に気がつかない状態を、「解離性遁走《とんそう》」というのだと教えてくれた。「心的外傷を受けた人によく見られる症状なんだ」ドクター・マイクはいう。「時間が過ぎるのも、時には日が過ぎるのもわからなくなる。ちゃんと生活しているのに、脳がその経験を記録しないらしい。脳がノートを取るのをやめてしまったみたいな感じかな。脳が散漫になっているんだ」

「ぼくは毎日遁走状態がいいです」

ドクター・マイクは肩をすくめていう。「きみがホリデーシーズンを乗りきれるような遁走状態を与えてあげられたらいいのにね」

こういう優しさに触れるとエドワードは泣きたくなるのに、泣くという行為が簡単にはできない。病院を出てから、ほとんど泣いていない。涙は頭のなかにとどまっていて、どの管が出口につながっているのかわからずにいるようだった。涙が流れる代わりに鼻の奥がつんと痛くなる。エドワードは鼻根をこする。「終わりにしていいですか？」

「だめだ」

「だめ？」

「先週、きみは自分じゃなくてジョーダンが生き残るべきだったっていったね。どうしてそう思うんだ？」

エドワードの体のありとあらゆる部分がうめき声を上げた。それでも口からは少しの音も漏れてこない。前回来たときには真っ赤に染まっていた木の葉は色あせ、先がめくれあがっている。すでに地面に落ちてしまっているものもある。

エドワードは、ドクター・マイクがこちらをじっと見ているのを感じた。「なぜかというと」エドワードはいう。

「なぜかというと？」

エドワードは心のなかでいう。なんで無理やりいわせようとするの？

ドクター・マイクは野球帽のつばに触れる。エドワードはもう、それがサインでないことを知っている。ただの癖だ。この人は、なんにも考えずにそうしているんだ。

ドクター・マイクがいう。「すまないね、エドワード。でも、もうこれ以上、きみを自分の殻に閉じこもらせてはおけないよ。外でならいい。でも、ここではだめだ」

この部屋から出ていくこともできる、とエドワードは思う。けれどそうせずに、いらついた声で答えた。「ジョーダンは本物の人間だったから……。自分がどういう人間かってことをわかってた。みんなジョーダンのことが好きだった。もう、行動を起こしてたんです。重要な行動を。たとえば空港でスキャナーを拒否したときみたいな。肉を食べるのもやめてて……」エドワードの声が小さくなって消える。

「飛行機が墜落したとき、きみは十二歳だった」とドクター・マイク。「ジョーダンは十五歳だ。その年の差はかなり大きい。お兄さんは十二歳のときにセキュリティチェックを拒否したかい？」

エドワードは少し考える。「いいえ」

「きみだって十五歳になれば、とれる行動の選択肢は多くなるんだよ、エドワード。まだほんの十二歳だ。乗り越えてきた経験を考えれば、きみはすでに、お兄さんよりも興味深い人間になっている。みんな、きみと話したがっているだろう？」

それは本当だった。エドワードが毎週水曜日の午後に校長室を訪れて、古びた青いじょうろで、鉢植えにひとつひとつ水をやっているとき、アルンディ校長はそれぞれの植物の名前と歴史を教えた。理科の実験でペアになった背の低い少年は、一緒にカエルの解剖をしているときに、大人になったらオペラ歌手になりたいのだと漏らした。学校の事務室に書類を提出しにいったとき、事務員が、自分はジョージア州出身で、自分と姉は毎日放課後に二匹の野生のワニにエサをやっていたと話した。「ワニのいちばんの好物はワンダーブレッド（大量生産されている食パンのブランド）だったわ」事務員はそういった。隣のロッカーを使っている女子は、自分には、六歳になるのに一度も声を出したことがない妹がいると明かした。

ドクター・マイクはいう。「みんな、自分に関する、なにか特別な話をきみにしたいんだ。なぜかというと、きみがとても特別な体験をしたからだ」

エドワードはなにも返さなかった。いえることがなかったからだ。この医師が語っているのは真実だ。エドワードはそこに文句をつけて時間を無駄にするつもりはなかった。

ある午後、シェイが本を忘れたといって校舎に取りにもどり、エドワードは歩道にひとり残された。バスは出たところだし、駐車場の車もまばらだ。もうすぐクリスマス休暇。エドワードはオレンジのコート——大きすぎるので、隙間という隙間から風が入ってきてしまう——のなかでぶるっと震えた。すねをかこうと身をかがめる。傷は着実に良くなっていたが、この段階はなかなか不快だ。今朝起きたとき、傷口が口をすぼめたような形になっていた。繊細な肌を傷めないよう、そっとかく。

そのとき男の声がした。「やあ、エドワード。きみはぼくのことを知らないだろうけど、ぼくはゲイリーっていうんだ」

エドワードはバランスを崩して姿勢を立て直すのに苦労したが、立ち上がると数歩離れたところにジーンズに厚手のセーターを着た中年の男が立っていた。

「あの飛行機に、ぼくの恋人が乗っていたんだ」男はメガネの奥で目をぱちぱちさせる。くすんだ金髪に顎鬚《あごひげ》。「いきなり声をかけてすまないね」男はいう。「カリフォルニアから車で来たんだ。きみがすごく大変な経験をしてきたということは理解しているつもりだよ」

エドワードは周囲を見回した。そばには誰もいない。

「飛行機のなかで、ぼくの恋人を見たかなと思って。きみは彼女の近くの席だったと思うんだ。座席表を調べた。きみが生き残れたのは、座っていた位置のおかげだって話はよくされているからね。リンダの席はその近くだったんだ。たぶん、二列前。通路を挟んだ逆側の」

エドワードは息をのんだ。いつのまにか聞いている。「見た目はどんな感じだったんですか？」

「二十五歳、白人。わざわざいう必要はないかもしれないけど。昔教わった教授が、白人を白人だといわなければ、それは人種差別主義者だっていったことがあるんだ。なぜって、黒人の描写をするときには必ず黒人だっていうからね。彼女は金髪だった」男は激しく目をぱちぱちさせる。「ちょっと待って。おれはバカだな」

男はポケットのなかに手を入れて、携帯電話を取り出した。指でスクロールして探してから、エドワードのほうに突き出す。あまりに勢いがよくて、エドワードは一瞬たじろいだあと、画面に映る金髪の若い女性に目の焦点を合わせた。女性はカメラを見て微笑んでいる。公園のベンチに座り、総レースという感じのセーターを着ている。

エドワードは自分の内側で、なにかがくるっと回転するのを感じた。ドクター・マイクの言葉を思い出す。過去のことを思い出すとき、それは飛行機のなかのことかな、それともその前のことかな？　これまで、かなり意識的に、思い出すのは事故前のことだけにするようにしてきた。けれどこの女性の写真を見て、それができなくなる。エドワードはこの人のことを憶えていた。数列前に座っていた人だ。トイレを待つ列に、ジョーダンと一緒に並んでいた人だ。エドワードの座る列の前を通るとき、笑いかけてきた人だ。カメラに向けられたのと同じ笑顔で。

ゲイリーはさっきよりは落ち着いた様子で、写真を手にしている。「あの日、ぼくは結婚を申し込むつもりだったんだ」とゲイリーはいう。「空港に婚約指輪を持っていこうと思っていた」

「この人のこと、見ました」エドワードはいう。大人は普通、どんなことを聞きたいものか想像する。「いい人に見えました。わくわくしてる感じに見えました。幸せそうでした」

エドワードは男の表情を見て、自分の見立てが正しかったのだとわかった。「ありがとう」ゲイリーはいう。

エドワードは震えていた。両手はコートのポケットの奥に入っている。「それをぼくに聞くために、はるばる運転してきたんですか？」

ゲイリーはうなずく。「仕事を休んでいいっていわれて。それでアパートでただ飲んでたんだ。スプライトだけどね。飲みながら答えが欲しいと思っている問いのリストを作っていたんだ。気がおかしくなりそうだった。そのときふと、きみならぼくの問いのひとつに答えられるんじゃないかって思いついて。だから車に飛び乗った」

エドワードは心のなかで思う。そういうことならわかる。

「こんなことを聞くのは失礼かもしれないんだけど」ゲイリーはまたぱちぱちと目をしばたたく。

「きみは大丈夫かい？」

エドワードが病院で目覚めて以来、たくさんの人に大丈夫かと問われてきた。エドワードはいつもその質問がいやだった。レイシー、看護師たち、医師たち、教師たち。みんなが期待を込めた声で聞いてきた。その言葉には一様に、エドワードに「うん」と答えてほしいという強い願いが焼きつけられているのがわかった。同じ質問を今、駐車場で、この見知らぬ人からされているのに、エドワードは不快に思わない自分に驚いた。ゲイリーが決まった答えを望んでいないということが、わかったからだ。ゲイリーが知りたいのは本当の答えだけだ。それがわかったから、おそらくエドワードは答えたいと思ったのだ。

「あんまり大丈夫じゃないです」エドワードはそう答えたあと、少ししてからまた口を開く。「あなたは大丈夫ですか？」

ゲイリーは探るようにエドワードを見てからいった。「いや」

ふたりともしばらくの間、凍えるような空気のなかで黙っていた。

ゲイリーがいう。「なにしろ、ぼくは自分が陸の上で普通の暮らしをして結婚するなんて、考えたこともなかったんだ。リンダに出会うまではね。そんなの、彼女に会うまではなにひとつ望んでなかった」

ゲイリーは一瞬目を閉じた。エドワードは、ゲイリーの顔に苦しそうなしわが寄っているのを見る。喪失によってできたそのしわは、エドワードの心身に刻まれたしわと同じものだ。それがわかったエドワードは身震いした。

「でも、きみと話せてよかった。今この瞬間、この数カ月でいちばん気分がいいよ」ゲイリーはそういってうなずいた。まるで自分のいったことに自分で賛成しているみたいだ。「ありがとう、エドワード」ゲイリーは後ろを向いて歩きだした。

「待って」エドワードがいう。

男は立ち止まって振り返る。

「これからそのままカリフォルニアまで運転してもどるんですか？」

「そうだよ」ゲイリーは答える。「ぼくはクジラの研究をしているんだ。あいつらがぼくを待ってるからね」

クジラがこの人のことを待っている。エドワードはそう胸のなかでつぶやく。その言葉を奇妙だと感じたのは数週間後のことだ。エドワードはゲイリーが車に乗り込み、走り去っていくのを見ていた。シェイが校舎から出てくると、ふたりは歩いて家に向かった。

シェイにこのことを話すのはあとにしよう、とエドワードは思う。本当に、話すつもりだ。けれど帰り道を歩いていると、傷がドクドクと脈を打ち、凍える空気が喉にはりついた。金髪の女たちとクジラたちのことを考えるが、言葉にしようとしたら、自分がひとつひとつの音のなかに溶けてしまいそうな、空中のちりとなってしまいそうな、自分を包む寒さそのものになってしまいそうな気がして、不安だった。

午前十一時十六分

灰色の空が重く垂れこめると、雨を吐き出し始めた。機体の表面に当たる水は、軽くて色がない。コックピットではワイパーが動きだし、機体の側面に並ぶ楕円形の窓は洗われている。旅客機にとって、雨はたいしたことではない。だが、高度が上がりきっているにもかかわらず、雨粒が窓に打ちつけているということは、今日の雨雲は異常なほど高く濃いということだ。たいていの雲は二千フィートから一万五千フィートのあいだにある。飛行機は三万フィートから四万フィートのあいだを飛ぶ。三十万フィートを超えると宇宙空間だ。

乗客たちは天候に注意を向け始める。雨粒と曇った空を見て眠くなる人もいて、そういう人たちは読書をあきらめて本を閉じ、自分たちの座るシートを細かく調べ始める。窮屈で座り心地の悪いこのシートが、家のベッドのようになる魔法のボタンでも出てこないかとでも思っているのかもしれない。

ベンジャミンは目を閉じて、思い出さないようにするという抵抗をやめた。これではあきらめるようなもので、ベンジャミンはあきらめるのは嫌いだ。だがベンジャミンは疲れきっているのに、コーヒーを六杯飲んだせいで覚醒していて、ほかになにを考えていいのかわからないのだ。通路を隔てた席にいる家族は静かだ。父親は眠っている。

喧嘩の前の一カ月は静かだった。つまり、キャンプにいる誰もが、死ぬほど退屈していたということだ。武器は何度も何度も手入れされ、テレビゲームは一日中スイッチが入っている。やることがあるというそれだけの理由で、夜中のパトロールさえ楽しみになる。アフガニスタンが攻撃してくるという噂はあったが、結局そんなことは起きなかった。ベンジャミンは野営地の端に立って森をひたすら見ているうちに、木が人に見えてくることがあった。風が吹くと木の枝が人の腕に見えて、武器を構えたりもした。

　ベンジャミンとギャヴィンと、ジャージーと呼ばれる白人の青年は、夕方のパトロールに出ていた。その日はいつもより聞こえてくる噂が多かった。今回の噂は、三組のグループが奇襲攻撃に加わるというものだ。隊の台所では果物と野菜がなくなってしまったが、次の朝まで配達はないという。ベンジャミンは、自分がコーンフレークとオートミールとハンバーガーをねちょねちょまとめたものになったような気分だった。口のなかで舌が変な感じがする。

「ため息つくなよ」ギャヴィンがいった。「いらいらする」

「ため息なんかついてない」ベンジャミンは鼻をほじっていたと指摘されたかのように驚いた。

「うるせーな」ジャージーがいう。なにをいうべきかがいつもわかっていないタイプの男で、うるせーなというのが当たり障りのないコメントだと思っている。ジャージーはなにかにつけてその言葉を発するのだが、その場の状況次第で、本気でそう思っている感じ、皮肉な感じ、怒った感じ、という具合に調子が変わる。そのときは、退屈そうだった。

「ため息ついてたぞ、間違いなく」とギャヴィン。「一日中ため息をついてたよ。今朝、歯磨きのときも、おまえは鏡に向かってため息をついた」

　ベンジャミンは足を止めた。経験上、これで誰でも縮み上がるとわかっている視線をギャヴィンに送る。これはロリーから学んだものだ。ロリーが、街角に立つクレイジー・ルーサーに投げる視線。ベンジャミンはそういう視線を送っている自分の姿を見たことはない。だが、とても意地悪で威嚇するような目つきだということはわかっていた。この目つきをすれば、会話は終わる。

「おれはため息をついていない」

ジャージーは口笛を吹いた。反応の手札三枚のうちの二枚目だ。「ただこの場をやり過ごしたいだけ」のレパートリーは、うるせーな、低い口笛、バカ野郎の三つでコンプリートだ。

ギャヴィンはおじけづく様子もなくいう。「おまえはため息をついた」

ベンジャミンとギャヴィンはにらみ合った。ふたりのあいだに、まるで漫画の吹き出しのように、ため息をついたという言葉が浮かんでいる。ベンジャミンは自分がため息をついていないという事実に、すべてを賭けてもいいと思った。これまで生きてきて、ため息をついたことがあるとすれば、とはいえ、ため息をついたことがあるとは思えないが、少なくとも、ほかに人がいないときだったはずだ。

「なんていった？」ベンジャミンが聞く。

「おい、バカ野郎」ジャージーがなだめるような声色でいう。

「おまえがため息をついてたっていったんだ。たぶん、悲しかったんだろう」そういってギャヴィンは地面を蹴《け》った。何週間も雨が降っていない。隊は乾いた平和のなかに閉じこめられていたのだ。

「ここはすげえ悲しいところだもんな」

ベンジャミンは自分の内側に、熱くて赤い蒸気があふれてくるのを感じた。まるで故障したエンジンだ。ベンジャミンは勢いよくギャヴィンに向かっていき、相手のシャツをつかんで投げた。ギャヴィンは結構な距離を飛んで転がったあと止まった。メガネが顔から外れている。ギャヴィンはよろよろ立ち上がると、短距離走者のスタートの構えをしてからベンジャミンに向かってきた。まるで小さな機関車のような動きだ。ベンジャミンは体の真ん中に体当たりされて、息ができなくなった。
ベンジャミンは状況がのみ込めないまま必死に空気を求めた。意識が体を離れていく。脳のどこかでぼんやりと、自分は夢を見ているのかもしれないと思う。夢のなかで、ギャヴィンにかかっていって持ち上げ、地面に投げつけた。ギャヴィンの頭が地面を打ちつける音がする。

その場を離れたジャージーが遠くで叫ぶ声が聞こえた。「バカ野郎ども！　こっち来いよ——スティルマンがギャヴィンを殺すぜ！」

ベンジャミンはホームめがけて走ってきた野球選手のように地面に突っ込んだ。乾いた土にギャヴィンを押しつける。ギャヴィンを見下ろし、なにかいおうと思う。ギャヴィンを怖がらせるような、謝罪の言葉を引き出すようななにか。ベンジャミンはため息などついていなかった、ため息など絶対につかないと認めさせるためのなにか。

ベンジャミンはギャヴィンの青い目と髭剃りをしたばかりの顎をじっと見ているうちに、自分のなかの赤くて熱いものが、うねりながら新しいものに変わったのを感じた。なにか力の強いもの、自分では制御のできないなにか。まるで内側にあった壁が爆発して、大小様々な石に砕け散ったようだ。その石ひとつひとつが欲望。ベンジャミンは恐ろしい欲望に満ちた石に覆われたビーチだ。ベンジャミンは新鮮なサラダと、いいスニーカーが欲しかった。絶え間なく続く死への恐怖を終わりにしたかった。そして、ギャヴィンの頬がどれだけ柔らかいのか触れてみたかった。それならできる。ブーツを踏み鳴らす音が地面を揺るがし、兵士たちが集まってくるのがわかる。ベンジャミンは前のめりになる。ギャヴィンの顔まであとほんの数センチだ。

その瞬間、引き離されていなければ、ベンジャミンはギャヴィンに妙なことをしていただろう。ベンジャミンにはそれがわかったし、ギャヴィンにもわかったということは顔を見れば明らかだ。

ベンジャミンはすばやく立ち上がると、不機嫌な表情を作ってその場を後にした。その後数時間、ベンジャミンは森のなかに隠れて震えていた。真夜中過ぎに自分のベッドにこっそり入ったとき、暗いテントのなかで誰かがささやくのが聞こえた。ホモ野郎。その二週間後、睡眠不足でパトロール中に数歩遅れていたベンジャミンは、脇腹に銃撃を受けたのだ。

通路を挟んだ向こう側の列の男が、クリスピンに話しかけてきた。あまり嬉しくない状況だ。

「あなたがお書きになった本を読みました」男がいう。「発売記念ツアーのときの講演を拝聴したこともあります。ぼくの大学に来られたんですよ。あなたはまるでロックスターでした」

クリスピンはうなずく。この体になってみると、自分が国中を巡り、適切な人材を確保しろだとか、死荷重を減らせだとか、拡大中のビジネスにはフットワークを軽くしろだとかというようなことを壇上から情熱的に叫んでいたなど信じられない。スピーチをするために、ピケラインを越えていかなくてはならないときもあった。利益よりも人間を、とか新しい世界は創れる、とか企業のエゴより個人の幸福、などと書かれたプラカードを上下に動かす人々。明らかなるナンセンス。大きな絵を見ることのできない間抜けどもだ。ルイーザは面白がって、よく、中傷記事を郵便で送ってきた。そこには、「ろくでなし様へ」で始まるコメントが必ず添えられていた。

若い男はクリスピンがよく知っている、あの目つきで見てくる。いや違う、そもそもあの目つきを始めたのはクリスピンだ。おれは飢えていて、必死で、おまえより賢いんだから、邪魔すんな。そんなことを表す目つき。今のクリスピンは、こんな目つきで見られるとぐったりする。すでに空気漏れしているタイヤにもうひとつ穴を開けられたような気分だ。

「きみの元妻は何人だ？」クリスピンは聞く。

男の目が暗くなる。「ひとりです。あなたは四人ですよね」

「ひとりでやめておけ」クリスピンはいう。「いいのをひとり。四人は金がかかりすぎるからな。自分の体のだめなところは、できるだけ早く見つけろ。先延ばしにするな」クリスピンは咳をして声を低める。「看護師なんか連れてるのは、この飛行機でわたしだけだ」

若い男は戸惑った表情をしてから、少し同情的になる。もしかしたらクリスピンはぼけているのかもしれないと思いついたのだ。

「お加減、いい感じに見えますよ」と若い男はいったが、あからさまに嘘とわかる言い方だ。

クリスピンは、本当は目を閉じて休みたかったのだが、相手の嘘に返事をしてやることにした。いまだに負けん気が強いので、このクソガキに自分がもう終わった男だと思われたくなかったのだ。

「おまえは、あの乗務員といい感じに見えるぞ」

若い男の目に、クリスマスツリーのライトのように光がともった。クリスピンは正しいベルを鳴らしたらしい。「そう思います？」

クリスピンはうなずいた。「うまくカードを切れよ。おまえの元妻ナンバーツーになる女かもしれん」

若い男は笑った。不思議に聞き覚えがある。それはクリスピンが昔、十二時間働いたあとに帰宅してドアを開けたときに耳にした響きだった。キッチンから、寝室から、プレイルームから聞こえる喜びの声、雄叫《おたけ》びのような声。子どもたちの誰かがパパが帰宅したことに気づいて、突進してくる。すぐにクリスピンは子どもたち全員にのしかかられて、床に倒れ込む。手や裸足《はだし》の足やお腹がもつれ合うなかで聞こえる笑い声は、それぞれの喜びの音が同時に響くオーケストラのようだ。ルイーザから「ろくでなし様へ」の手紙が来るようになったのは、それからかなりあとのこと。毎晩家が静まりかえっていたところ、クリスピンが新しい妻とふたりきりで暮らしていたころのことだった。

ジョーダンは弟を見ていた。エディは雨の打ちつける窓に片手を押しつけ、しばらくじっとしたあと、手を離した。この動作を何度も繰り返している。ジョーダンは自分の腕時計を見る。十三歳の誕生日に父親からもらった時計だ。なかに小さな四角い窓が並んでいて、それぞれがちがう測定をするのだが、ひとつは百分の一秒単位で時を刻んでいる。ジョーダンは三分間、弟の動作にかかる時間を計っていた。

「マジですげぇ《ワット・ザ・ヘル》な！」ジョーダンはいう。

父親は眠っている。もし起きていたら、ジョーダンの言葉遣いに関して小言をいっただろう。ブルースは、良い効果を生むために使うのであれば罵《ののし》ってもかまわないといったことがある。そのことに関してブルースがひと講義打《ぶ》っているときに、たまたまジェーンが来合わせたことがある。ブルースはこういっていた。「もし怒りを感じていて、理性的な議論をやり尽くしたのにまだ強い感情を表現したいのなら、ファック・ユーでもなんでもいえばいい。やめてほしいのは、そういうインパクトの強い言葉を、ただ単につなぎとして使うことだ。たとえば、『いったいぜんたい《ファック・ユー》、なにしてるんだ？』とかな。それは怠慢な言葉の使い方だ。ファック・ユーという言葉は、この文においてなんの役目も果たしていないだろう？」するとジェーンは、部屋の入り口で咳払いをしていったのだった。「ちょっと待って。ファック・ユーっていうのはオーケーなの？」

エディは驚いたようだ。両手を膝の上に落としていう。「なに？」

「どうしたらそんなことできるんだ？」

「できるって、なにが？」

「おまえ、きっちり二十秒、窓に手を押しつけたあとに、十秒間離してたぞ。それから同じ動作を何度も何度も繰り返した。ぴったり同じ秒数。一秒のずれもなかった。二十一秒のことも十一秒のこともなかった」

「そうなんだ」とエディ。「どうしてかな。なにも考えてなかった。ただそうしてただけ」

ジョーダンは弟をじっと見る。疲れているように見える。この数週間、自分も弟もよく眠れなかった。ふたりともカリフォルニアには行ったことがなかったし、南北戦争の戦場跡地などの史跡を訪れるような学習目的の旅行に何度か行ったときをのぞけば、ニューヨークシティのふたりの寝室にある二段ベッド以外で眠ったこともなかった。

「ピアノを弾くことと関係があるんだろ」

それを聞いたエディは小さく微笑んだ。

ジョーダンは時々、言い訳や例としてピアノを使う。たぶん、自分に音楽の才能がないのを気にしているからだろう。ジョーダンは、弟が起きているあいだ、ずっと音楽を聴いていることを知っている。ジョーダンがこれまで作った曲は、どれも仰々しくてやたらに激しくて、おまえには才能がない、才能がないと自分を罵るようだった。父親が自分のしていることに気づいているとわかったときには、さらにいらついた。ブルースはある日の午後、曲を書いているジョーダンの肩越しにいったのだ。「良い作品になるのなら、どんな動機でもいいんだ。それに、欲求不満も時に強力な動機になる」

今ジョーダンは初めて気づいた。自分の作った曲は、どれもこれもまるでだめだ、と。才能があるのはエディだ、とジョーダンは思う。ぼくにあるのは怒りだ。

「兄さんの目、なんだか変だしぎらぎらしてるよ」エディがいう。

「ふざけんな」ジョーダンがいう。

「おいおい」ブルースは目を覚まして体を起こす。まるで驚いたセイウチのようだ。「なんだ、どうした？」

　兄弟はまだ互いから目をそらさない。ジョーダンの内側のもやもやがおさまった。その変化は急だったが、ジョーダンにはありがたかった。いきなり身をかがめて弟の耳にひそひそと、マヒラとの関係を洗いざらい話してしまいたくなる。何週間もそうしたいと思ってきた。これまで弟に隠し事などしたことがなかったのだ。しかもこの秘密は自分の日々の生活や思いを形作ったものだ。だがどういうわけか、最初にキスしたときから、その秘密がくさびのようになった。秘密が自分とエディのあいだに、これまでなかった隔たりを作ったのだ。

　ジョーダンは、エディの耳を手で囲って話してしまいたいのに、口を開かなかった。自分と弟のあいだにできた隔たりは、それがたとえかすかなものでも、ふたりにとっては辛かった。じゅうたんの上でごろごろしていたふたりの幼児は、ふたりの少年になり、大人の男へと変わろうとしている。ぐにゃぐにゃと形が定まらないままひとつにつながっていたものが、ふたつの石となって部屋の両脇に分かれたのだ。

「父さん」エディの声は優しかった。まるでどうあがいても理解できそうにない子どもをなだめるように。「ぼくたち、大丈夫だよ」

二〇一四年一月

一月一日、エドワードはジョーダンの服をできるだけたくさん重ね着した。下着、防寒用インナー、靴下、長袖Tシャツ、半袖Tシャツ、ジップアップのトレーナー、ウールの帽子、大きすぎる赤のコンバース。キッチンに入ったとき、レイシーとジョンはエドワードに背中を向けていた。窓辺に並んで静かな声で話している。静かだったが、穏やかではなかった。小競り合いする声、とエドワードの脳が判断する。レイシーの声がジョンをぐいと押すと、ジョンの声はそれより弱い力で押し返す。

「公聴会に行きたいかどうか、わたしには尋ねもしなかったじゃない」

「頭に全然なかったよ」とジョン。「行きたいの?」

レイシーは首を強く横に振る。「わたしはあの子が行きたいかどうかさえ知らないのよ、実際。これはあなたの問題よ。おかしいじゃない。どうしてそんなとこに行くのよ?」

ジョンはキッチンカウンターにもたれかかる。まるで支えてもらわなければ立っていられないみたいだ。「すべての情報を集めることがぼくの責任だからさ。そうしないとあの子を守れないから。あの子の行く手にあるものを知っておく必要があるんだ。すべて知っていなければ——」

「あなたはわたしを守ってるっていってたわ。去年のことよ」レイシーはせわしく呼吸しながらいう。「それってつまり、わたしがやめることに同意するまで、わたしと口をきかないってことだったじゃない」

「それとこれとは話が違う。あのときは情報がなかった。理由と考えられるものが見つからなかったんだ。きみの体がどうして赤ちゃんを受け入れなかったのか、誰にもわからなかった。でも、今回は知り得る情報があるんだ。だからこそ、ＮＴＳＢは公聴会を開くんだよ」ジョンはいったん言葉を切ってからまた口を開く。「あのとききみにやめてほしかったのは、きみが死んでしまうかもしれないと医者にいわれたからだ」

「だからやめたじゃない」

「こういう事態になったからだろ」

「でも、あんなふうに守ってもらっても、ちっとも嬉しくなかったわ」レイシーは最後の言葉を吐き捨てるようにいうと、さっと振り向いて、部屋の入り口にエドワードがいるのに気づいた。レイシーの暗かった表情は驚きへと変わり、すぐに作り笑顔になる。

「あらあら！」とレイシー。「よく眠れた？」

叔母の表情の偽りの明るさを見ると、エドワードは気分が悪くなった。ちっともよく眠れてはいなかったが、うなずく。よく眠れることなどないし、叔母もそのことを知っているはずだが、この瞬間、叔母はなにもかも今とは違った状況であってほしいと思っていて、エドワードはそんな叔母を助けたかった。

「ジョン」レイシーがいう。「ねえ、見て。エドワードったら何枚重ね着してるかわかる？」

ジョンはぶるっと震えた。おもちゃのロボットがスリープモードから目覚めたみたいだ。レイシーの調子に合わせるが、声に力が入りきらない。「たぶんエドワードは探検に出かけるんだよ」

エドワードは思う。今日はぼくの両親と兄がいない年の第一日目だよ。そのことに気づいてないの？　叔母と叔父の顔を注意深く見て、ふたりが気づいていないことがわかる。そんなことは考えていないのだ。それはつまり、エドワードはひとりきりで、自分の足元だけに存在する黒い氷の上を滑らなくてはいけないということだ。

「きみと話したいと思ってたところだったんだ」とジョンがいう。「弁護士からの伝言をいくつか預かってる」

レイシーは固ゆで卵を持ったまま窓際に立っている。ジョンはその反対側の壁に貼ってあるカレンダーの脇にいる。エドワードは心のなかで思う。幾何学的にいうと、この部屋のなかで、ぼくはふたりの議論の真ん中にいるんだな。エドワードは、自分が天秤《てんびん》の細い腕のように、重みに耐えられずにたわむ気がした。

「トースト食べる？」レイシーが聞く。

「ううん、いらない」

「それで、弁護士の話だけど」ジョンがいう。「保険会社はどこも、賠償金支払い計画がだいたい定まった」ジョンはそういってしかめっ面をしてみせる。「犠牲者の家族のほとんどが、家族を失ったこと、精神的苦痛を強いられたことへの補償として約百万ドルを受け取ることになる。きみは五百万ドルだ。なぜなら――」ジョンはそこでちょっと言葉を切る。「とにかく、きみの受取額はほかの人たちより大きい。きみが二十一歳になるまでは、信託に預けられることになる」

レイシーは手を下ろして、テーブルに卵をコツコツと二回叩きつける。エドワードは殻に小さなひびが入るのを見た。

「この手の話をしていると、病院を思い出すわ」レイシーがいう。「あのときも、なにもかもばかげた話に聞こえた」

「かなりの大金だよ」ジョンがいう。

エドワードはテーブルから身をそらした。まるで本物の札束が目の前に積んであるみたいに。エドワードも病院を思い出した。鮮やかな色の靴下をはいた片足が吊り上げられ、低い声が部屋に響きわたっていた。どうしてアメリカ大統領が、空から落ちてきたばかりの少年と話をしてみようなどと思ったのだろうと考える。

「ぼくとしては」ジョンが続ける。「きみは、その金のことは考えないほうがいいと思う。まだ十三歳になったばかりだ」三人は、数週間前にケーキを食べてお祝いをした。静かなお祝いだった。誰もバースデーソングは歌わなかった。エドワードが歌わないでほしいと目で頼んだからだ。誕生日がどうしても来るというのなら、できるだけ速やかに、そして静かに過ぎてほしかったのだ。

「二十一歳になるまで八年ある。それにまだ金が実際に入ってきたわけじゃない。向こうの手続きが終わるまでにはもう少し時間がかかりそうだからね。ただきみには知っておいてほしかったんだ。誰かが公聴会でその話をするかもしれないから」ジョンはトーストに低脂肪バターをのばす。「そんなこと誰かがいうとは思わないけど、きみが知らないでいるのに耳にすることになるのはいやだからね」

「ぼくもいやだ」エドワードはいう。

「そうね」レイシーはいう。「ワシントン行きの荷造りで手伝ってほしいことはある？」


荷造りをするあいだ、シェイがそばについていたが、エドワードは断ればよかったかもしれないと少し後悔していた。シェイは公聴会のことを話したがったけれど、エドワードは話したくなかったからだ。行くことは何カ月も前から決めていたのに、公聴会のことは考えたくなかった。シェイの言葉が頭に入り込みそうになるたび、頭のなかに、「進め、考えるな」というネアンデルタール人の声が繰り返し響く。

「映画に出てくる法廷のシーンみたいだと思うよ」シェイがいう。「殺人事件の犯人の身元が明かされるときの法廷」

「そんなんじゃないと思うよ」エドワードはソファの上に兄のTシャツを全部並べていた。そのなかから二枚を選ぶと、カバンのなかに突っ込む。

「飛行機がどうして墜落したか、説明されるんだよね？　ブラックボックスが見つかってるんだから、なにが起きたのか、全部わかってるはずだよ」

ぼくはその飛行機に乗っていたんだ、とエドワードは思う。そしてその瞬間初めて、機内にいる自分を想像することを自分に許した。兄の隣の席に座っていた自分。それはほんの一瞬の、一秒にも満たない想像だったが、自分を取り囲む機体を感じた。空を、翼を、ほかの乗客たちを感じた。

「ああ、あたしも行けたらいいのに」シェイがいう。「ねえ、遺族がみんな集まるんだよね。ゲイリーもいるかも。あんたの傷はすごいことになっちゃうんじゃない？」シェイは両手を握りしめる。「あんたが特別な力の兆候に気づいたとしても、あたしはちっとも驚かない。機体の破片のそばに行くんだし、真実を知ることになるんだもん。母船に帰還するみたいなもんだからね」

ドクター・マイクはその週のセッションのときこういった。「なんだかぼんやりしてるな、エドワード。ワシントンへは無理して行くことはないんだ。わかっているね？」

エドワードは、ドクター・マイクが疑問を挟むことのできない言葉で答えた。「行きたいんです」とはいえ、行きたいというのは正確な言葉ではなかった。エドワードにははっきりわかっていたのは、自分が行くといったこと、だから行くのだということだった。

「ちゃんと聞いてきてよ」シェイはいう。「できればメモを取って。あたし、なにもかも知りたいの。そうすれば、あんたの役に立てるから」

　エドワードはうなずいた。

「そこにいる人は誰もあんたのことを傷つけたりできないからね」とシェイ。「もう二度とあんたを傷つけられない。あんたはもう、なにもかも失ってしまったんだから。ね、そうでしょ？」

　この言葉に、エドワードの体の奥にあるなにかがはっとした。自分の口でいってみる。「誰もぼくを傷つけられない？」

「その通り」とシェイ。

　エドワードとジョンが出発するとき、シェイはエドワードの背中をパンと叩いた。大佐が部下の兵士を戦場に送り出すときのようだった。レイシーは車までふたりを送りに出ていたが、ジョンがちょっと家のなかにもどったとき、エドワードをぎゅっと抱きしめた。

「幸運を祈ってて。今日、仕事の面接があるの」レイシーはそういって微笑んだが、不安そうな表情は隠せない。「いつまでもなにもしないでいるわけにはいかないものね。誰もがみんな、なにかしなくちゃいけないんだもの」

「うまくいくように祈ってるよ」エドワードがいう。

「わたしは勇敢にならないといけないの。だから、あなたのママのブラウスを着たわ。わたし、強くなりたいのよ、エドワード。自分のためにも、あなたのためにも」

　エドワードはそれまで気づかなかったが、レイシーは小さなバラの柄のブラウスを着ていた。エドワードの母親が仕事に行くとき、週に一度は着ていたブラウスだ。服に見覚えがあると思った瞬間、唾が飲み込みづらくなった。そして怒りが湧いた。それはレイシーのじゃない。母さんのだ！けれど、怒りはすぐに消えた。エドワードは兄の服を着ている。だったら、レイシーがレイシーの姉の服を着てなにが悪いというのだ？　それに、レイシーがそのブラウスを着ることで、エドワードの母親の勇敢さを分けてもらえると感じているのは、興味深いことだった。エドワードは、自分がジョーダンの服を着ることでなにを得ているのだろうかと考える。これまで、そんなふうに考えたことはなかった。赤いスニーカー、フードつきコート、パジャマ。エドワードは単に兄を近くに感じるためにそれを着ていたのだ。今、エドワードはジョーダンの青いストライプの入ったセーターを着ていて、レイシーはエドワードの母親のブラウスを着ている。レイシーが最後のお別れのハグをしてきたとき、エドワードは思った。ぼくたちはいったい誰なんだろう？　エドワードは一歩退く。ハグから、そしてジェーン、ジョーダン、ジェーン、ジョーダンというこんがらがったものから。そして車のなかに自分の体を投げ入れるように飛び込んだ。

　移動時間は四時間。ずっと灰色の高速道路ばかりが続く。

　ジョンは、プリンストンを過ぎるときに腕時計をちらりと見ていった。「叔母さんはちょうど今頃、面接中だ。なにかいいことを考えてあげよう」

　エドワードはシートベルトの下でもぞもぞ動いて居心地のいい姿勢を探しながらいう。「叔父さんは叔母さんに仕事してほしいの？」

「ぼくは彼女に幸せになってほしいんだ。それに、きみは良くなってきているだろ？　レイシーがずっと家にいなくちゃいけない理由はないんだ」

　エドワードは考える。ぼくは良くなってきてるの？　その質問には答えられないような気がした。そのとき、父親がエドワードの作文の宿題を添削しながらいっていたのを思い出した。言葉の使い方にきちんと注意を払わなければいけないぞ。「良くなって」というのはどういう意味だ？　なにより良くなっているんだ？

木々には葉がなく、空には色がない。もうすぐニュージャージー州が終わるという標識が何度か出てきて、そのあとにデラウェア州に入ったという標識があった。ジョンはエドワードに、ブロードウェイミュージカルのサウンドトラックのどれを聴きたいか選ばせた。エドワードは選択肢を見つめて、陳腐さとおぞましさの度合いがいちばん小さくてすみそうなのはどれかを考える。「『レント』かな？」

「すばらしい選択だ」ジョンはそう答え、ふたりは貧しい芸術家たちがその思いを歌い上げるのを、それからの車中、ずっと聴いていた。

その夜、ふたりはホテルの同じ部屋に泊まった。エドワードは暗闇のなかに横たわり、叔父のいびきを聞いていた。車に乗っているあいだ、体が痛かった。いつもよりも重力がかかっているみたいだった。車から降りればその感覚がなくなることを願い、実際いったんおさまったのだが、暗闇のなかでまたもどってきた。エドワードはぱさぱさする二枚のシーツのあいだで体をよじった。その感覚は、病院を出たあと、これまでにない体の痛みを感じるようになったときのことを思い出させた。病院が実はエドワードの外骨格の役割を担っていて、それを失った自分の脆《もろ》さがわかったあのときのことだ。エドワードは両手を額に押しつけて、圧力に圧力で立ち向かおうと試みる。自分はホテルのベッドの上にいて、見知らぬ暗闇のなか、落ち着きのないヒーターの音に叔父のいびきの交じる音を聞いている。もやい綱を解かれたような感覚。自分は宇宙のどこにいても、時間の流れのどこにいてもおかしくないという感じ。そして「どこにいても」というのは恐ろしい感覚だった。なんとか眠りに落ちたかと思うと、体がそれを拒否してまた意識がもどってきてしまう。またパニックに襲われる。いったいぼくはどこにいるんだ？

朝、オートミールを食べながらジョンがいった。「サインを決めておいたほうがいいかなと思うんだ。公聴会の途中できみが抜け出したくなったときのために。抜け出すのは全然かまわないんだ。きみがそうしたいと思ったときにいつでも」

「サイン？」エドワードはドクター・マイクの野球帽を思い出す。

「たとえば、『ここ暑いね』っていうのはどうかな。きみがそういったら、ふたりで抜け出すんだ」

「ほんとに暑かったらどうするの？」

ジョンはエドワードを見つめる。「そのときは、特になにもいわない」

「わかった。なるほどね」

公聴会が開かれるのは、ワシントンＤＣのダウンタウンにあるＮＴＳＢの会議場だ。付近の道路は通行止めになっていたので、数区画離れたところに車を停めた。「工事でもしてるんだろうな」ジョンは歩きながらいった。目的地のある区画に着くと、歩行者の数が増えて、ふたりは人の波を縫うようにして進まねばならなかった。

「なにかおかしくないか？」そういうジョンの言葉は、自分に問いかけているようだった。

エドワードの腕の産毛が逆立った。その理由を考えつく前に、ひとりの男性――アフターシェーブローションのにおいがした――がエドワードのほうを向き、礼儀正しくいった。「腕に触らせてもらえませんか？　一瞬でいいんです。妻があの飛行機に乗っていたんです」

エドワードがまず思ったのは、この人は嘘をついているということだ。ただの通りすがりで、でたらめをいっているだけだ。だが別の誰かが、彼の言葉に誘発されたように話しかけてきた。「こんにちは、エドワードよね？　いきなりごめんなさいね。わたしの妹を見たかどうか聞きたくて」女性がそういって携帯電話の画面を見せてくる。にこやかに笑う、ダークブラウンの癖毛の女性の写真だ。

「えっと」エドワードは、なんとかそれだけで答えになってくれというように短く答える。

「名前はロリーナっていうんだけど、どうかしら？」彼女はさらにいう。

別の方向から携帯電話がもうひとつ、エドワードの前に突き出される。画像はアジア系の中年男性だ。青い目のみすぼらしい身なりの男が、カールした白髪で迷惑そうな笑みを浮かべた老婦人の写真を差し出す。「おれの母親に見覚えあるかい？」

エドワードはみんなの差し出すものに視線を送る。いろいろな画面や写真に。答えなきゃ、と思うが、どうしてもできない。母国語の話し方を忘れてしまったような感覚。

あの子、母親、いとこ、仲間、彼氏——そんな言葉が次々に重なっていく。

誰かがいう。「唯一の生存者についてのドキュメンタリーを撮りたいと思っています。インタビューさせてもらえませんか？」

ジョンはエドワードの腕をぎゅっと握って右に引っ張った。歩道からクリーニング店へと引き入れたのだ。ジョンは入り口の錠を下ろす。「クラウドファンディングで資金は調達できるんです！」男はガラスの向こうから叫ぶ。

「なにするんだ！」カウンターの後ろにいた男がいったが、窓の向こうにカメラや顔がたくさん並んでいるのを見ると黙った。「どっちかが有名人なのか？」男がいう。「有名人はきみだな。映画に出てる？」

エドワードは窓に背を向けた。

「サインもらえる？　壁に貼っておくのに」

「無理です」エドワードはいう。

ジョンがＮＴＳＢの窓口に電話をかけると、警備員がクリーニング店に来て裏口から連れ出し、自分の体でエドワードをみんなから隠してくれた。警備員の体の向こうからたくさんの手が伸びてきて、エドワードの腕や肩に触れる。携帯電話の画面やプリントされた写真に写る男女の姿がさらにたくさん差し出された。そして様々な名前、名前、名前。

誰かがいう。「機体から離れるとき、どんな気分だった?」

強い南部なまりのある女性が聖母マリアへの祈りを唱え始める。エドワードが唯一暗記している祈りだ。ニューヨークの家の近くにある公園に住みついていたホームレスの女性が、お気に入りのベンチで一日中その祈りを叫んでいた。エドワードが数学の問題の込み入った計算をしているときや読書をしているときに、ジョーダンがこっそり近づいてきて、耳元で歌うことがあった。「アヴエ、マリア、恵みに満ちた方、主はあなたとともにおられます」エドワードは、最後にいやがらせをされたときのことを憶えている。兄が歌ったこと。エドワードがスニーカーを片方脱いで、逃げていくジョーダンの背中に投げつけたこと。ふたりとも笑っていたこと。

後ろから叫び声がする。「あの子が黒人だったら、誰も気にもかけないさ。みんなそのことに気づいてるか? あの子をキリストの再来みたいに思うのは、あの子が白人だからだ!」

警備員はドアを引いて開いた。先頭にいたジョンがまずなかに入る。エドワードが入る直前に、警備員は前かがみになっていった。「ハイタッチしようぜ。あの事故から生還したって、マジですごいよ。マジですごい」

エドワードは警備員の手に自分の手を合わせ——ほかの選択肢が見つからなかったから——建物のなかにもぐり込んだ。クリーム色の金属のドアが背後で閉まる。エドワードは叔父と別の警備員について、誰もいない廊下をふたつ歩いていった。警備員は廊下の端に並んだ折りたたみ式の椅子を指さし、そこで待つように指示して姿を消した。ジョンとエドワードは座った。もう足音は聞こえないので、エドワードは自分と叔父の呼吸の音を聞いていた。ジョンはいやにゆっくりと吸ったり吐いたりしているような気がする。ふたりが気を落ち着けるためにわざとやっているみたいだ。シェイは間違っていたんだ、とエドワードは思う。誰もぼくを傷つけられないなんて嘘だ。今、現に傷ついている。

「ここにいれば大丈夫だ」とジョンはいう。「ここは地下で、公聴会が開かれるのは三階。すぐそこの角を曲がればエレベーターに乗れる」ジョンがその実用的な情報を告げながら明らかにほっとしているのを感じたエドワードは、叔父が情報というものが大好きなのだと気がついた。データ、統計、システムというものがジョンの世界を支えている。

叔父はさらに続ける。「公聴会は、定刻通りに始まるとすれば、十分後に開始される。ぼくらは遅れていないよ。普通は一時間程度で終わるらしい。長くて九十分」

エドワードはいう。「ぼく、公聴会には行かない」

「どういうことだ？」

「行きたくないんだ。行きたいと思ったんだけど、ほんとは違ったんだ」

「エドワード？」ジョンが問う。

エドワードは叔父に説明したかったが、なんといえばいいのかわからなかった。体のなかでなにかが変化したという話をしたら、ジョンはぎょっとするだろう。だが、それが真実だ。それは昨日、車中で始まった。エドワードのなかの平らなシーツがはがれていく感じ。群衆のなかを歩いているうちに、残っていた最後の糸がはぎとられた。「アヴェ、マリア、恵みに満ちた方」。エドワードは、公聴会の会場にいる自分を想像できていなかったことに気がついた。これまでずっと、出席しないとわかっていたのだろうか？　もしそうなら、なぜここに来たのだろう？

エドワードは新たになにかに気がついたような、新たに覚醒したような気分だった。自分のいる場所がわかる。地図のなかでチカチカ点滅する点のように。この建物のなかの、この階の、この金属の椅子の上に、膝に両手を乗せて座っている自分。エドワードは一〇〇パーセント、ワシントンに、コロンビア特別区という、州とは違う独立地区にいる。叔父の隣に座っている。エドワードは理解した――拍子抜けするほどさらっとわかった。叔母と叔父の家で眠ることのできない理由。本当の母親ではない母親代わりと、本当の父親ではない父親代わりと一緒に暮らすことが耐えられないのだ。それまで本物を持っていたのに、なくしてしまったから。それに、ジョンとレイシーの本当の子どもは、誰も生まれてくることができなかったのに、ふたりの子どものふりをしようとするのは、あまりにも難しかった。しかも、エドワードはもう子どもですらなくて、すっかり別のものになっているのだから。

　エドワードは上半身を前に倒して両手に額を乗せる。心のなかで、叔父のいるほうに向かっていう。ごめんなさい。

　ジョンは咳払いをした。「今日の公聴会で伝えられることは、公式発表だ。インターネットでもどこでも公開されるよ。ぼくは先に聞きたかったし、きみに質問されたときのためにメモを取るつもりでいた。だけど、きみが帰りたいというなら、そうしよう」

「叔父さんは公聴会に行くべきだよ」エドワードはいう。「ぼくもあとで聞きたいことが出てくるかもしれないし。シェイにメモを取ってきてほしいといわれてるから、叔父さんが代わりにやってくれると嬉しい。ぼくはここで待っていられるよ。ドアのところには警備員さんもいるし。大丈夫だよ」

　ジョンは目を大きくしてじっとエドワードを見る。「なあ、エドワード。叔母さんは、ぼくがきみをここに連れて行くのは間違いだと思ってたんだ。いくらきみが行きたいといってもね。叔母さんのいうことを聞いておけばよかったよ。ぼくは頑固すぎるんだな」

エドワードは、叔父がうろたえているようなのも、自分自身に腹を立てているらしいのも、とてもいやだった。「もう公聴会が始まるよ。叔父さんは絶対に行くべきだ」

「ぼくが行かないより行ったほうが、きみにとってはいいのかい？」

「うん」

ジョンが行ってしまっても、エドワードは硬い椅子の上でそのままじっとしていた。ウエストの周りに飛行機のシートベルトがあるような感覚。両手が冷たくなる。飛行機の湿った窓に掌を押しつけていたときのように。窓に手を押しつけては離していたのを思い出す。隣にいる兄の体のぬくもりを感じる。記憶のなかのものとは思えない。折りたたみ式の椅子に座りながら、飛行機のシートベルトの窮屈さまで感じるのだ。

エドワードは階上にいる母たちの、父たちの、きょうだいたちの、夫たちの、妻たちの、いとこたちの、友人たちの、子どもたちの鼓動を感じる。彼らの悲しみに自分の体が同期する。地下にいてよかったと思った。彼らは飛行機の窓に拳を打ちつけているが、エドワードはこの地階にいる。彼らの仲間ではないからだ。エドワードの仲間は死者たちだ。ここに来ていない人たち。すべてを知っていて、なにも知らない人たち。

一時間後、本物の足音が聞こえて顔を上げると、叔父が大股で歩いてくるところだった。「公聴会、今終わったよ」ジョンは肩越しに視線を後ろにやる。「すぐにここを出たほうがいい。横のドアのところで警備員と合流することになってる。何百人もの人が参加したんだ。部屋に入りきらないほどだった」

エドワードはうなずいた。そうだろうと思ったからだ。何百もの心臓の鼓動が聞こえていたのだから。

「ほとんどの人が、きみに会いたくて来たんだ。ぼくにいわせりゃ、かなり無礼だね」ジョンは、まるでそういう人たちを振り払うように片手を振った。「公聴会の出席者で、建物の裏に運転手つきの車を待たせている女性がいたんだ。その人がうちの車まで乗せていってくれることになっている。そうすれば人だかりを避けられるよ」ジョンはエドワードを連れてドアのほうへ進んでいく。「メモはたくさん取った」肩越しにいう。「検査官が話をして、ぼくはそのとき映写されたスライドも写真に撮っておいた。うちの車に乗ったら見せてあげるよ」

エドワードは、叔父の話が終わらないうちに首を横に振っていた。「いいよ。ぼくは見なくていい。飛行機が墜落した理由は聞きたくない」

叔父はエドワードをちらりと見た。だがエドワードは嬉しかった。はっきりわかることがなにひとつなかったのに、この返答だけは正しいとわかったからだ。人生最悪の日について、これ以上知りたいことはない。

ワシントンに来たのは、自分がなにをしたいのかを理解するためだったのかもしれない、とふと思う。墜落事故をめぐるドラマの一員となって世間の目にさらされたかったのか？　歩道で群衆に取り巻かれたかったのか？　きみは特別だとか、選ばれし人だとかといわれたかったのか？　公聴会で知らされるような情報が欲しかったのか？　叔父の後ろについてドアから外に出ながら、近づいてくるなにかに笑みを投げる。答えはノーだ。すべてに対して。そしてその答えが出たことにほっとしていた。自分がなにかから慎重に遠ざかろうとしているような気がした。飛行機からなのかもしれないし、機体が粉々になった燃え盛る野原からなのかもしれない。

ふたりは歩道を横切り、開いたドアから車体のとても長い車のなかに入った。車内に入ってから、ミニリムジンの一種だろうとエドワードは思う。運転席にはスーツを着た男性がいる。エドワードの向かい側には、白髪をおだんごにまとめ、ビロードのワンピースを着た痩せた老婦人が座っていた。体の前で両手を組み、顎をつんと上げている。これまでエドワードは、威厳のある座り方なんてものがあるなどとは考えたこともなかったが、この女性の座り方には威厳があった。

「ごきげんよう、エドワード」と女性がいう。「ルイーザ・コックスです」

「こんにちは」エドワードはいう。

「ねえ、ベントレーに乗ってきてよかったわね」女性は運転手にいう。「この大きさには利用価値があるわ」

「はい、奥様。この方の車まではすぐです」運転手はすでに車を走らせていた。車がゆっくりと建物や人々から離れていくにつれ、エドワードの体のなかのなにかが緩んできて、自分が泣きだしてしまうのではないかと不安になった。できれば、この立派な老婦人の前では泣きたくない。老婦人は手袋を丁寧に外しながら、エドワードに微笑みかけている。

「わたしには息子が三人いるの」とルイーザはいう。「あなたくらいの年頃の三人が、あなたの横に座っている様子が思い浮かぶわ。ひとりひとり、まるで違うタイプだった。わたしったら、ブレザーをあつらえてネクタイを締めさせたの。あの子たちはあなたみたいにジーンズをはきたがったのにね。そうさせてやればよかった。みんな、まるで小さな怒れるＣＥＯみたいだった。まるであの子たちの父親みたいに」

「ありがとうございました。すごく助かりました」ジョンがいう。「どうしたらいいか本当に困って……」

老婦人は片手を振った。指にはめたいくつもの指輪がきらきら光る。「お役に立てて光栄です。そちらの車に乗り込めたら、脱出は成功ですよ」老婦人はエドワードに注意を向けた。まるでこれからこじ開けようとする錠前を見るような視線だ。エドワードは、少し無礼だと思った。

「公聴会に来なくて正解だったわよ。サーカスみたいだったわ。もしあなたが現れたら、いちばんの出し物になってしまうところだった」

エドワードはシートベルトをウエストの周りに引っ張ってきたが、バックルがシートのなかに埋もれていてはまらない。「すみません。このシートベルト、壊れてるんですか？」エドワードは聞く。

「ベルトはしなくていいよ」とジョン。「ほんの数区画行くだけだから」

「ぼく、ベルトが必要なんだ」エドワードはいう。

ルイーザが手を伸ばしてきて、埋もれていたバックルを引き出してくれた。エドワードはガチャリと音を立てて金具をバックルに差し込んでから、感謝の気持ちを込めて老婦人にうなずく。

車は左に曲がり、それから右に曲がる。どの通りも一方通行だ。

「事態を予測できませんでした」とジョン。「あんなにも多くの遺族が集まるなんて、思いもしなくて」

ルイーザは小さく微笑んだ。「わたしの元夫も乗客のひとりでした。クリスピン・コックスっていうんですけど、ご存じかしら？　離婚して……そうねぇ、四十年近くになるわ」

エドワードはシートベルトの上に片手を乗せて、しっかり守られているか確認する。なにもかも覚醒した状態になってわかる。世界は本当に危険なところだ。

「クリスピン・コックスさんは、ぼくの大学で講演をなさったことがあります」とジョンがいう。

「もうずいぶん前のことですが」

「クリスピンはろくでなしでした」ルイーザはいう。「癌を患っていたんですけど、その癌を克服して、この先何年も、またろくでなしとして生きていくはずでした」

「嫌いだったんですか？」エドワードは聞く。

「そうね」老婦人は考える。「好きとか嫌いとかより、もっと複雑だったわ。でも、彼を憎んでいた。一週間のうち、五、六日はね」

「あの車です」ジョンは、自分の車のある方向に身を傾ける。もうすぐ到着だ。今は歩道の様子もいたって普通で、それぞれ目的地に向かう男女がいるだけ。エドワード・アドラーに興味もないし、その名前も知らない人ばかりだ。

「ぼくは家族を憎んでいませんでした」エドワードはいう。

ルイーザはエドワードを値踏みするように見た。鮮やかな青い瞳だ。「それは残念ね」とルイーザはいう。「憎んでいたほうが、あなたはずっと楽だったでしょうに。そうは思わない？」

ジョンはエドワードの前に乗りかかるようにして車のドアを開けた。ふたりは外に出ると、開いた窓のなかを覗き込んで老婦人を見る。

「お会いできてよかったわ、エドワード・アドラー。もしよければ、今後も連絡を取り合いましょう」

「はい、わかりました」エドワードは答える。

ルイーザが指輪をはめた手を振り、窓がするすると上がってきて閉まると、ベントレーは走り去った。

ニュージャージーにもどると、すべてが今までと違って感じられた。エドワードのいないあいだに、空気が変わったみたいだ。密度が濃くなって、かすかに酸味が感じられる。毎朝レイシーが渡してくれる牛乳は、不快なくらい冷たい。エドワードは自分が菌に敏感になっていることに気がついた。そして食べ物を口に入れる前に、必ずにおいを嗅ぐようになった。嫌なにおいがしたり、熟れすぎていたり、腐っていたりするのが心配だったのだ。シェイの部屋にまたもどってこられたことにはほっとしたが、寝袋は縮んだような気がしたし、夜中に寝返りを打つと内側のタグが傷に当たるのが不快だった。ジョーダンの服からはもうジョーダンのにおいも、何カ月も詰めこまれていたダンボールのにおいもしなくなった。レイシーが使う洗剤のフローラルな香りがするだけだ。

そして頭のなかのカチカチという音も消えたと気づいたとき、その新たな静けさを何時間もかけて確かめた。首をかしげるようにして頭をゆっくり左右に傾けてみたり、ぴょんぴょんジャンプしてみたり、母親のことを考えてみたりさえしたが、いつものカチカチという音はしなかった。エドワードは、いくつかの症状——遁走状態、体のなかの平らなシーツ、カチカチという音——が同時に消えたこと自体が、ひとつの症状といえるのだろうかと考えた。

自分がいないほんの数日のあいだに、シェイの顔さえ変わって見えた。そしてエドワードには読むことのできない視線を送ってくるようになった。時々、ランチの途中とか、ロッカーの前にいるときなどに、まったくいきなり、シェイがじっと見てくるので、エドワードはついいってしまう。

「ごめん」

「やめてよ」そのたびに、シェイはいう。「謝らないで。あんたはなんにも悪くないんだから」だがエドワードは、NTSBの公聴会の会場に入らなかったことに関して、シェイがまだがっかりしているのを知っていた。もどってきた日の夜にシェイに話したとき、シェイは頬を紅潮させてこういったのだ。「でも、行けばすごく面白いことになったのに」

シェイのあとについて学校の廊下を歩いていると、毎日何度かびくりとさせられる。ドアがぴしゃりと閉められたとき、スピーカーがブーンとうなったとき。学校は、エドワードが記憶していたより騒々しい場所だった。ある午後、ひとりの少年がエドワードの耳のすぐ横で「ファック・ユー！」と叫んでから、落ち着けって、おまえにいったんじゃないから、という目でエドワードを見てきたとき、エドワードは近くの空き教室によろよろと逃げ込んで、椅子にくずおれた。


春が終わるころ、一周年追悼式の案内が届いた。２９７７便の犠牲者遺族の有志で実行委員会を結成して、航空会社が費用の全額を負担することを申し出たという。墜落事故のちょうど一年後にあたる日に、コロラドの悲劇の現場に慰霊碑が建てられるという。土地は州によって寄贈された。慰霊碑はその場所に未来永劫《えいごう》残されることになる。

案内には、慰霊碑のデザイン画も添付されていた。ひとりの芸術家が、金属で百九十一羽の鳥の彫刻を制作しているという。鳥たちは互いに繋がって飛行機の形を作ることになる。銀色の鳥たちでできたジェット機だ。

「なんて恐ろしい。そしてなんて美しい」レイシーは絵を見ながらいった。

レイシーは、ジョンとエドワードがワシントンから帰ったとき、地元の小児科病院でボランティアの取りまとめをするパートタイムの仕事を受けたと報告した。ボランティアたちの調整をして、病気の子どもに本を読んでやったり、生まれたての赤ちゃんを抱いたりする人の数が足りているか、気を配るのだ。レイシーはエドワードに誇らしげにいった。「わたし、本物の『ジェネラル・ホスピタル』で働くのよ」

エドワードは、レイシーが仕事を受けなければよかったのにと思っていること、これもまた、自分の生活におけるありがたくない変化だということはレイシーにいわなかった。エドワードがこの家に来たときから、コーヒーテーブルの下にずっとあった妊婦向けの雑誌がなくなっていると気づいたこともいわなかった。レイシーが家のなかを歩くとき、仕事に行く前もあとも、以前とは歩き方が変わったのに気づいたこともいわなかった。レイシーが部屋から部屋へと忙しそうに歩き回るとき、一歩一歩に目的意識がある。もうエドワードと一緒にテレビを観たりはしない。目を閉じて、レイシーがキッチンの床をすばやく歩き回る足音を聞いていると、レイシーが知らない人のように思えた。

「除幕式に行きたいかい？」ジョンがエドワードに聞く。

「ううん」

「そうか、正直いうと、ほっとしたよ。遺族が集まることになるからね」ジョンがそういったときの表情に恐怖心がだだ漏れになっているのを見て、エドワードは微笑みそうになった。

「とても無理よ」レイシーはいった。

話は決まったのに、三人はじっと立ったまま——日が落ちて部屋が暗くなっていくなか——空を目指す一群の鳥の絵を見つめていた。

その夏、エドワードは昼間、シェイがキャンプに出かけているあいだ、テレビを観て過ごしていた。担当医には一緒にキャンプに行ってもいいといわれたが、そのときの声にためらいがあったのを、エドワードは聞き逃さず利用した。なぜなら、エドワードは野球場のベース間を走る自分も、ビーズの糊《のり》づけをしている自分も、ドッジボールをしている自分も想像できなかったからだ。やってみると、家でひとりきりでいるのは楽しかった。「ジェネラル・ホスピタル」の放送中には、登場人物たちに話しかけた。マフィアのソニーなんかのために働くなとジェイソンを諫《いさ》め、娘にもっと優しくするようアランを諭した。

　前年の夏よりも診察の予約は減ったので、観る番組を増やし、昼食後にはソファで昼寝をするようになった。おそらく家から出すためだと思われるが、ジョンは何度かエドワードを仕事先に連れていった。ふたりは、たいていは誰もいないがらんとしたオフィスに入り、ひとつのコンピューターからまた別のコンピューターへと移りながら、データをバックアップしていく。「あの人たちは倒産したんだ」ジョンはそういって、部屋の向こうのすみに集まっている、しわくちゃのシャツを着た髭面の男たちを顎で指した。「九カ月前に、ぼくがコンピューターの設定をしたんだ。あのときは、あの人たち、すごく興奮していたよ。残念だな」

　シェイもエドワードを家から出すことに熱心なようだ。デイキャンプから帰ってから、通りを少し行ったところにある公園まで歩こうと誘ってくることが週一、二度ある。「あんたには外の空気が必要なの」シェイはいう。「『ジェネラル・ホスピタル』以外にも人生にはいろんなものがあるんだからね」

　エドワードはどうだかね、という表情で肩をすくめたが、シェイの隣でブランコに座って、シェイの母親とかキャンプで一緒の誰かとかが不愉快なことをいったなどとシェイが話すのを聞くのはいやではなかった。片手をかざして陽射しから目を守りながら、小さな子どもが真剣そのものといった表情で砂場を掘っているのを見ていた。

　八年生の学年が始まっても、ふたりは学校帰りに週に一、二度、その公園に寄り続けた。エドワードにとって、学校が再開したのは問題なかった。ひとつの教室から次の教室へと移動する日常も気にならなかった。エドワードはアルンディ校長が夏のあいだに手に入れたふたつのシダがとにかく気に入って、毎週水曜日の午後には水やりをするために校長室を訪れた。毎日「ジェネラル・ホスピタル」の録画予約をして出かけ、帰宅するとそれを観た。

ラッキー役の俳優が辞めて、別の俳優がいきなりその役を演じるようになったのは、十月半ばのことだ。その日の夕方、エドワードはそれがどれだけ不当なことなのかをブランコに座ってシェイに説明しようとした。

「誰もが、代わったのをなかったことにしてるんだ。ただ、画面の下のほうにちっちゃく断りのキャプションが入っただけ。ほかの役者はみんな、同じラッキーなんだってふりをしてる。どう見てもまったくの別人なのにさ——面影すらないんだよ。おかげでなにもかも嘘っぽく見えちゃうんだ」

「昼ドラなんだから」シェイは地面を蹴って前にこぎ出す。シェイはいつもエドワードより高くこぐ。両脚を前に後ろに動かして、ちっとも休まない。シェイのこぐフォームとブランコの描く軌道が、いつ審査されてもいいように備えているみたいだ。「あのドラマの女性キャラクターは、全員、大きな整形手術を受けてるよ。モニカなんか、もうほとんど顔を動かせないじゃん」

エドワードは眉をひそめてシェイを見る。ほんとに?

「新しいラッキーのことはいいんだ」とエドワードはいう。「もうあのドラマを観るのは、終わりにしようと思ってるし」

「本物のラッキーがもどってくるかもよ。映画のほうで失敗するかも」

エドワードはいらついて声を荒らげそうになった。「もどってこないよ」

シェイはエドワードのほうに顔を向ける。ブランコをこいで横を通り過ぎるシェイの姿が少しぼやけて見える。「ずっと聞きたいと思ってたんだけどさ。今年の夏の追悼式に行きたくなかったのは、飛行機に乗りたくなかったから?」

エドワードは土に片足をこすりつける。片足を地面につけたまま、前へ後ろへ揺れる。「それもある」

シェイに質問されて、エドワードは驚いた。そして質問について考えると胸がちくりとした。式については、キッチンで叔母と叔父と話したあと、考えないようにしていた。公聴会の会場をあとにしたとき、墜落事故に関わるありとあらゆる思考からも離れようとしていたのだ。だがシェイに質問されてわかった。エドワードは自分が空港に入ること、あるいはセキュリティチェックを受けること、座席に座ってシートベルトを締めることを想像できない。その一連の流れを遂行するなど、とても不可能で、自然の法則に背いているようにさえ思えた。エドワードは、腕をはためかせてこの公園から飛び立てないのと同じくらい、飛行機には乗れそうになかった。エドワードがいるべきなのは地面の上だ。この地面から離れることなどできない。

「あんなことがもう一度あんたの身に降りかかる可能性は、まずないよ」シェイがいう。「あんたが乗れば、その飛行機の安全性が保証されるようなもんよ」

「それは違うよ」エドワードが体の重みを預ける場所を移すと、ブランコがきしんだ。「それはほら、ギャンブラーの誤謬《ごびゅう》だよ」

「えっ、誰のなんだって?」

「ギャンブラーが、負け続きになると、次はそろそろ勝ちそうだと思い込んじゃうことだよ。でも実際は、それは間違いなんだ――もちろんね。コインの表が出る可能性はいつでも五〇パーセント。たとえ十回立て続けに裏が出たあとでも」

「それ、面白い」シェイは前方にこぎ出しながら、頭を後ろに反らす。「だってね、あたし、あんたといるといつも、守られてるような気がするの。一緒にいることで安全でいられるみたいに思えて」

エドワードはシェイの言葉をほとんど聞いていなかった。兄の記憶がどっと蘇ってきたからだ。こういうことは時々起きるのだが、その記憶を乗り越えなければならないとわかっている。乗り越えるには、いったん記憶のなかに入りきらなくてはいけない。思い出すのは二段ベッドの上にいて、枕で半分顔が隠れているジョーダン。作曲中、眉間《みけん》にしわを寄せて集中しているジョーダン。飛行機で隣に座るジョーダンが見えてきて、エドワードは理解した。エドワードがこの先二度と飛行機に乗らない、とても些細だけれど、いちばん正直な理由は、最後に乗る飛行機の席は、兄の隣でなくてはならないからだったのだ。

第二部

お互いの人生を少しでも
楽にするためでないのなら、
私たちはなんのために
生きているのでしょう？
——ジョージ・エリオット

午前十一時四十二分

昼食の配膳が始まる少し前、ヴェロニカは機内前方のすみ、キッチンの横で、短い休憩を取った。こんなときいつも、タバコが吸いたくなる。だが、そう思うのは不思議なことだった。ヴェロニカが禁煙したのは四年も前のことで、肺に煙が満ちる快感を恋しく思うことはなくなっていたからだ。ところが、金属製のカウンターに腰をもたせかけて小さな窓から外を見るたびに、どういうわけか無性にタバコが吸いたくなる。

ロスにどのくらい滞在することになるだろう——二日？　三日？　今日で連続四日、空にいることになる。まだ来週のスケジュールは出ていないが、二、三日はオフになるはずだ。新しいビキニを着けて、プールサイドに寝転びたい。兄のオープンカーを運転して、風に髪をめちゃくちゃにかき乱されたい。

空にいると、なにより風が恋しくなる。機内の空気は乗客がいうほど悪くない。先に事実を確かめることもせずに文句を垂れる人は本当にいやだ。飛行機では、排気弁から取り込んだ客室の空気の五〇パーセントと外からの新鮮な空気をミックスさせたものを、フィルターを通して殺菌してから客室にもどす。だから機内の空気は本当に清潔で、文句をつけるのはおかしいのだが、それでもヴェロニカは、その空気に努力の味を感じてしまう。

空港を離れるたびに、ヴェロニカは、次に吸い込む空気になにが混じっているかわからないという感覚を楽しむ。柔らかな風が吹き込んでくるかもしれないし、ポップコーンのにおいがするかもしれないし、暴風雨を予感させる湿った重たい空気を感じるかもしれない。ヴェロニカは、ほかの人たちが鈍感になっている、空気の微妙なニュアンスに気づく。潜水艦に乗る人や宇宙飛行士も同じなのかもしれない。つまり地上だけでは事足りない人たち、自由とは地表を離れることだと考えている人たちだ。ヴェロニカは、束縛を解かれた地表の世界も少しの時間なら楽しめるが、自分のホームはここだと思っている。この高度三万フィートが、ヴェロニカの能力を最大限に発揮できる場所なのだ。

　ヴェロニカは姿勢を正し、両手で腰を撫でるようにしてスカートのしわを伸ばす。ライオネルと別れてから、この体に触れたのは自分の手だけ。一カ月セックスしていないが、それは自分史上最長記録だ。いつもなら、同じマンションの一階に住んでいるホットな大麻常習者か大学時代の元彼を相手にして日照りを解消させるのだが、このところは忙しかったし、そうでなくても、たぶんなんとなくそんな気になれなかったのだ。それでも、自分が寂しさを感じているのはわかっている。イケメンの乗客に備えて身なりを整えていると、少しスリルを感じる。ファーストクラスの金融系の男——普段のヴェロニカの好みからすると調子が良すぎるし、がっつきすぎている——でさえ、なんだか気になってしまう。ヴェロニカは首を横に振ってから大きな引き出しを開け、なかに入っているランチトレーをカートに積むと、できるだけゆっくりと、腰の振り幅がいちばん大きくなる歩き方で客室に向かう。ヴェロニカはみんなの視線が欲しい。そしてコインをレジに投げ込むように、その視線を集めていく。

　エコノミークラスの客室乗務員がブルースの横に現れる。「お先に特別食をお持ちしました」

　ブルースは目をしばたたいて彼女を見る。「特別食？」

ジョーダンは膝の上にテーブルを倒す。「ぼくのです。ありがとうございます」

「どうして兄さんは特別食なの？」エディが聞く。

「ヴィーガンなんだ」ジョーダンが答える。「母さんがチケットを予約したとき、全員分のランチをオーダーしたんだけど、そのとき好みを入力してもらった」客室乗務員がジョーダンに手渡したトレーには、アップルソースの入った丸い容器とフムスサンド、そして細長くカットされたニンジンがひと山載っていた。

ブルースがいう。「おまえ、ヴィーガンなのか？」

「ヴィーガンになってから何週間か経つよ。乳製品を使った父さんの料理は、食べないようにしてる。父さんが気づかなかっただけだよ」ジョーダンはサンドイッチのラップをはがしながらいう。

引っ越しは家族全員にとって負担の大きなことなんだ、とブルースは心のなかで思う。この子はただ、自己表現をしているだけだ。いかにもティーンエイジャーらしいじゃないか。落ち着こう。

家族のために料理をするのは、いつもブルースだった。ある日、プリスクールに通っていた小さなジョーダンがキッチンにやってきて、夕食の準備を手伝いたいといった。それ以来、ふたりはコンビを組んできた。最初のころ、ジョーダンはバターナイフを渡されて、柔らかい野菜を切っていた。できあがった料理を皿に並べるのもジョーダンだった。パスタをひと口食べてゆで加減を確かめたり、ソースの味見をしたりした。十歳になるころには、レシピ選びを手伝った。ハヌカのプレゼントに「ボナペティ」の定期購読を契約してやると、毎号熟読しては、試してみたいレシピの載っているページの角を折った。エディは味見係になった。ピアノの練習や読書の合間にキッチンにやってきて、できた料理に親指を立ててゴーサインを出すのだ。ブルースが幸福というものを頭に描くと、それは隣の部屋でエディが弾くピアノを聞きながら、キッチンでジョーダンと並んで料理をする情景になる。何度も繰り返されてきた場面だが、毎回ブルースは喜びに心が震えた。そしてそのたびに自分に言い聞かせた。これを当たり前のことだと思わないようにしなくては。

　ジョーダンが道徳的理由からヴェジタリアンになると宣言したのは、一年前のことだ。ブリスケット（牛の肩バラ部分）も、ボロネーゼパスタも、アサリのワイン蒸しも、もうできない。ブルースは、ジョーダンにだけ別メニューを作るのはいやだったので、「ヴェジタリアン・タイムズ」を定期購読して、毎晩肉を使わない料理を作った。自分とエディとジェーンのためにハンバーガーを、ジョーダンのためにヴェジバーガーを作ることもあったし、ジョーダンが手をつけないサイドメニューに、チョリソーかパンチェッタ——どちらもブルースの好物——を加えることもあった。

　だが、ヴィーガンというのはまた違ったものだ。「卵も乳製品もなしか？　チーズも？」

「すぐにヴィーガンになるべきだったんだけど」とジョーダン。「ぼくの心が弱くてできなかったんだ。農場の牛たちは、ひどい扱いをされてるんだよ。人工授精で繰り返し妊娠させられて、生まれた仔牛とは引き離される。しかも、遺伝子操作で本来の十倍のミルクを出すようにさせられてるんだ。そのせいで体は肥大化し、辛い痛みに耐えて生きていかなくちゃいけない。元々の寿命よりずっと若いうちに死んでしまうんだよ」ジョーダンは首を振りながらいう。「恐ろしい話だよね」

「ゲッ」エディがいう。

「ニワトリがどんな目に遭ってるかなんて、聞いたら後悔するよ」

「その通りだ」とブルースがいう。「聞きたくないな」

　ジョーダンは自分の横にいる男を値踏みするように眉を寄せる。「父さんは、自分のことを道徳的に臆病だと思う？」

ブルースは不意をつかれ、言葉に詰まった。妻のささやく声が聞こえるようだ。これはあなたのしたことよ。息子たちに批判的視点を持てといったのはあなたでしょ。

エディは兄の肩に自分の肩をゴツンとぶつける。「父さんに意地悪しないでよ」

「意地悪してるわけじゃない」

「ジョーダンのいってることは正しい」ブルースはいう。「実際、ジョーダンのいう通りだ。この社会は動物に対してひどい扱いをしている」

「それに」とジョーダンはいう。「気づいたほうがいいのは、ほかの哺乳類の乳を飲んでいるのは、人間だけだってことだよ。子猫がヤギのミルクを飲んでるのなんて、見たことないだろう？　ぼくたちが牛の母乳を飲んでるのって、よく考えるとちょっとキモいことなんだよ」

ブルースは両手で目をこする。この先、なにを使って料理すればいいんだ？　ブルースの知っているヴェジタリアンレシピは、どれもチーズか生クリームを使っている。胸になにか重いものがのしかかるような気分だ。カリフォルニアの家のキッチンの写真はすでに見ている。ぴかぴかのステンレスで、ニューヨークのアパートメントのキッチンの二倍の広さだ。ブルースはそこで料理をするのを楽しみにしていた。家族のお気に入りの料理を作り、新居をいつもの食べ物のにおいで満たせば、一週間でみんな自分の家だと思えるようになるだろうと考えていたのだ。

「父さんにもヴィーガンになってなんて、いってないよ」ジョーダンは父親の気持ちが落ち込んだのを感じたのだろう。「父さんが動物に対する不必要な虐待を続けるつもりだとしても、ぼくはかまわないよ」

「ありがとう」ブルースはいう。「恩に着るよ」

リンダは目の前に出された昼食のトレーを見て、頼んだことを後悔した。チキンサンドから、猛烈にチキンのにおいが放出されている。どっちに頭を動かしても、そのにおいから逃げられない。ニンジンスティックは気が滅入りそうなほどオレンジ色で、しなっとしていた。嬉しかったのは冷たいコークの缶だけだ。

隣に座るフロリダは、自分の大きなバッグから取り出したサンドイッチを食べている。おいしそうなにおいだ。フロリダは食べながらハミングし、女性ファッション誌のページをめくっていた。

「スイートハート」とフロリダが声をかけてくる。「あんたまるで、タイヤの空気が抜けてくみたいな息してるよ。落ち着きなさい。なにか食べられそう？」

「いいえ」とリンダ。「食べられません」

「こうなったばっかりなんだから」そういってフロリダはリンダの腹部に向かって手を振る。「この先どうなるかなんてわからない。あたしなら大学の学費が払えないかもなんてことはまだ気にしないね」

リンダの胸が締めつけられる。いまだに年収はせいぜい二万六千ドルだ。カリフォルニアで仕事を探すつもりだったが、妊娠したのに職に就くのはフェアなことだろうか？　ふと別のことが頭に浮かんだ。「放射線を浴びちゃいけないんだわ」

「どういうこと？」

「わたし、X線技師なんです」

フロリダの表情が変わり、リンダの手をポンポンと叩く。「ああ」フロリダがいう。「マリーは大事な友達だったよ。その道の先駆者だった。あたしはマリーの二部屋先に住んでたんだ」

リンダは目をぱちくりさせる。「マリー？」

「キュリー。あの子が旦那と一緒に放射線を発見したんじゃないのかい？　もちろん聞いたことはあるだろう？　あんたの専門分野なんだから」

「まあ」リンダはいう。笑うところなのかもしれないと思ったが、一瞬の楽しさも不安の沼に飲み込まれてしまう。リンダは貧乏で、職なしで、父親からは金をもらわないと誓いを立てていて、仕事を始めてからずっと放射線にさらされてきた。リンダの赤ちゃんは、閃光に包まれて生まれてくるだろう。

「もちろん、マリーはあれのせいで死んじゃったけど。でもマリーはあれをポケットに入れて持ち歩いていて、夜にはベッド脇のテーブルの上に置いてたんだ。あんまりいいことじゃなかったって、あとになってわかったみたいだけどね」

　窓の外では雨が降っている。リンダは嵐のなかに出たいと思った。この女の、ねじ曲がったストローのようにわけのわからない自分史から逃れ、ずぶ濡れになりたかった。ここ五年間の放射線とフィルムと超音波をすべて洗い落としてもらいたかった。きれいな体になりたかった。


　ベンジャミンはトイレ待ちの列に並んでいる。飛行機の設備はできるだけ使いたくなかった――目覚めてから可能な限り水分を摂らないようにしてきて、カリフォルニアに着くまで用を足さないつもりでいた。とはいえ、実をいえば、手術後、毎日そうしてきたのだ。ベンジャミンは常に喉がカラカラで、脱水症状になる寸前だった。自分の脇にくっついている袋を見るのがいやなのだ。ふたをひねって開け、中身をトイレに流すという気まずい行為がいやなのだ。かつてはどこにいても、その場でいちばん強いのはベンジャミンだった。それなのに今は、体のなかにあるべきものを外づけにして携帯しているし、皮膚は臓器を内に留めておくこともできない。なにもかもが漏れている。

ベンジャミンは、自分の後ろに誰かが並んだ気配に気づいた。「やあ」男の声だ。肩越しに視線を送ると、ボタンダウンのシャツを着た、金持ちそうな白人の男がいる。「やあ」と答えたが、その声色を聞けば、誰も会話を続けようとは思わないはずだ。

ところがその男は半分目を閉じて首を回していて、どうやらその合図に気づけない、あるいは気づく気がないらしい。「ずっと座ってるっていうのは辛いな」

「そうだな」

「ファーストクラスのトイレを使えばいいんだけど、ちょっと歩きたかったんだ」

ベンジャミンはこれには答えず、この男は自分が嫌味なやつだと思われることをわかっているのだろうかと考える。

「失礼いたします」ヴェロニカがそういって、ふたりの横をすりぬけようと横向きになる。だがその途中で、左側の腰を銃のように傾けた姿勢で止まってベンジャミンにいう。「大丈夫ですか？お手伝いできることがありましたら、お知らせくださいね」

「大丈夫だ」ベンジャミンは答える。

ヴェロニカはうなずいて通路を歩いていった。

「知り合い？」白人の男がいう。途中から声がかすれる。男がその客室乗務員の背中を見送る表情を見て、ベンジャミンは子どものころに観た日曜日の朝のアニメに出てきたオオカミを思い出した。目玉が飛び出んばかりに彼女を見つめる様子は、まるで男は飢え死に寸前で、彼女がハムの塊にでも変身したかのようだ。

ベンジャミンは心のなかで毒づく。チクショウ、おれもあの女が欲しいと思えたらどんなにいいか。だが、飛行機がゆるやかに揺れ、雨が窓に打ちつけられるなか、ベンジャミンにはわかっていた。もしもあの客室乗務員と隣にいるこの男のどちらかを選ばなくてはいけないとしたら、自分はこの男を選ぶだろう。ベンジャミンは、ギャヴィンだけのことなのだと自分のなかで繰り返しいってきた。あれは例外的なことで、もしかしたら精神的にちょっとやられていたのかもしれないと。だが実は、ギャヴィンの前にも憶えがあった。少なくとも全寮制のミリタリースクールにいたころには、周りに女子がいないのを嬉しく思ったことを自覚していた。記憶にある限り、女子といると、いつもなんとなく悲しい気持ちになった。そして今、あのたいそう立派な腰の客室乗務員を見ている自分は、間違いなくみじめな気持ちになっている。

「いや」とベンジャミンはいう。「知らないよ」

「きみの番だ」と男はいって、トイレのドアの上にある「空」のサインを指さす。

「お先にどうぞ」

「ほんとに？　じゃ、遠慮なく」今度はこの男が横向きになってベンジャミンの横を通る。そのときふたりの肩が一瞬触れて、ベンジャミンは体のなかを走る電流のようなものを感じる。その感じを、これはクソだ、とベンジャミンは思う。これ、のなかにはウォールストリート系の男とギャヴィンと、ベンジャミンの脇に貼りつけられた袋も含まれている。そして、この先の手術のこと、自分が悲しい気持ちを持ち続けなくてはならないこと、ロリーにミリタリースクールに入れられてから自分に課してきた規則を、守り続けなくてはいけないことも。これは——そう考えながら、ベンジャミンは自分の奥底から湧き上がる、新たな電流を感じていた——クソだ。

　フロリダはサンドイッチの最後のかけらを口のなかに入れるとラップをくちゃっと丸めて小さなボールにした。

「隠し味にちょっとだけ肉にターメリックを加えるんだよ」リンダに見られていると気づいていう。

「それってスパイスですか？」

手のなかのラップはバーモントの家のキッチンから持ってきたものだ。ターキーもトマトも。家のなかでもお気に入りの場所、キッチンのシンク前には窓から光が流れ込んでいて、そこに立つと牧草地の向こうの山々が見えた。フロリダはそこでトマトをスライスしたのだ。サンドイッチを作っているあいだ、ボビーが二回キッチンを通った。ボビーはフロリダが出かけることは知っていたが、どのくらいのあいだ行っているのかは知らない。ボビーには、イーストヴィレッジの女友達のブライダルシャワーに行くと伝えてあった。ブライダルシャワーは嘘ではなくて、実際、招待されていた。だがフロリダは、クローゼットの奥にしまった自分のハイキング用ブーツの底に、ロサンゼルス行きの飛行機の片道チケットを隠していた。

「そう、スパイス」フロリダは小さくなったラップをカバンのなかに入れる。「あたしは太陽を浴びにカリフォルニアに行くんだよ」フロリダはそういいながら窓に向かって手を振る。「この雨が青空に向かう道をきれいにしてくれてるって思うと楽しいね」

「どうして行くんですか？　休暇ですか？」

フロリダは肩をすくめる。

「お知り合いがいらっしゃるんですか？」

「探せば、昔の友達のひとりふたりは見つかるかな。でも行ったことはないよ。ほんとに。そういう場所はそんなに多くはないけどね。あたしはね、ビーチ沿いのくねくねした遊歩道でローラーブレードがしたいんだよ。ほら、映画なんかによく出てくるだろう？」

「ええ」リンダがいう。

「あたしがロスに行くのは、そういうことをするため」

「でも、ご結婚なさってるんですよね？」

リンダがフロリダの手を見ているので、フロリダも見た。左手の薬指に飾りのない銀色の指輪がはまっている。外そうかとも思ったが、その指輪は気に入っているし、指の節が太くなっているから、抜けそうにもない。ボビーと結婚したとき、フロリダはもっと痩せていた。

「家を出たんだよ」フロリダはいう。「関係が悪くならないうちにね。何度も人生を生きてきたから、自分の直感は信用できるってわかってるんだ。旦那があたしにまだ愛情を感じているうちに出てきたんだよ。ただ別々の道を歩き始めただけ」

リンダはしばらく黙ってから口を開いた。「つまり、ご主人はビーチ沿いのくねくねした遊歩道でローラーブレードをしたいとは思ってないってことですか？」

フロリダは自分から噴き出すように出てきた笑い声に驚いた。周りの席の人たちも驚いただろう。元々静かに笑うタイプではなかったのだ。前の席や通路の向こうの乗客たちが、一斉に顔をこちらに向ける。リンダの向こう側にいる女性は、どういうわけか眠り続けている。フロリダは体をふたつに折って笑い続けていた。たくさんの青写真が載った作業台の前にいるボビーを思い浮かべる。その一枚一枚に、それぞれ異なる災難に遭遇した場合のサバイバルプランが細かく書いてある。ドルの暴落、地球温暖化による水不足、異常気象、ポピュリストの擡頭《たいとう》による政府の転覆、そして警察国家などなど。ボビーには詳細なプランが十三もあって、それぞれに、もしこうなったら、ああなったらという複雑なシナリオがある。

「その通り」フロリダは苦しそうに息を切らしながらいう。「あの人はローラーブレードをしたくなくて、あたしはしたい」

そして、これこそが自分が夫の元を離れた、なにより真実に近い理由に思えた。フロリダは隣の席の娘を新たな尊敬の念を持って見つめ直す。この子にはなにか知恵がありそうだ。

もうひとつの真実は、その青写真が結婚生活を続けていくうちに変化してきたということだ。最初のうち、それぞれの計画は、すべての人を救うために作られていた。すべての人というのは言いすぎでも、少なくとも、ふたりの友人たちや、志を同じくする仲間たちを。ところが、バーモントでの年月が過ぎて、ふたりのそばから仲間がどんどんいなくなると、その計画が変わり――最初は控えめに、そのうち堂々と――自分たちだけを救うものとなった。というか、今では救う対象はとうとうボビーだけになっているのではないかとフロリダは思うようになっていた。

「結婚生活がうまくいかなくて、残念でしたね」リンダがいう。

フロリダはリンダに微笑みかける。「なんにでも終わりはある。悲しむことじゃない。大事なのは、終わったときになにを始めるかってことだよ」

「それが今なんですか？」

「その通り」

マークはトイレを出たあと、通路を二往復ほど歩いた。額にしわを寄せて単調にタイピングを続ける女の隣に座っているといらいらしたからだ。席にもどる途中であの体の大きな軍人の横を通ったとき、彼とグータッチをしたいという気持ちでいっぱいになったが、そんなことをしたらレイシストだと思われそうでやらなかった。その代わり、彼に向かってうなずいた。軍人で、おそらくマークより学歴が低いという理由で、マークが彼を見下していると思われていないだろうかと考える。実際のところ、マークはちっとも見下していなかった。彼が自分をコントロールできるタイプだということは見ればわかる。いかにもプロという感じだ。そしてマークもプロだ。クリスピン・コックスも、イケていたあのころならもちろんそうだっただろう。ああいう男たちはマークの同胞だ。人種や階級は関係ない。得意分野を知りつくしているか？　仕事はデキるか？　勝ち組か？　それならこっち側の人間だ。

マークはまたファーストクラスにもどってきた。座りかけて、もう一往復してこようと決める。ふたりの子どもと白髪の旦那がいるあの女は、勝ち組ではない。戦士《ウォリアー》ではなく心配性《ワリアー》だ。いかにも「ママ」で、そばにいるとパワーが吸いとられる。マークは通路を半分行ったところで目を閉じる。ヴェロニカがどのあたりにいるか、感じとろうとしてみたのだ。

「大丈夫ですか？」そばで彼女の声がした。

「ああ、ええ」もちろん大丈夫だ。マークは席を立つ直前にカフェインの錠剤を飲んでいて、気分は良かった。実際、最高の気分だ。

彼女はマークに、ある種の女たちの持っている、例の「あなたの考えてることなんてお見通しよ」的な視線を投げかける。それでマークは決めた。どうなってもいいから、口に出してやろう。とはいえ声を落として、ほかの人には聞こえないようにいう。「この地上で誰よりきみとキスしたい」

間が空いた。空調のブーンという音と誰かがポテトチップスの袋を開ける音と、別の誰かの高音のくしゃみが聞こえる。その間のなかで、マークは、これはかなり、かなり、まずい事態になるかもしれないと気づいた。嫌悪感に満ちた視線を投げつけられ、即座に席にもどれと指示され、セクハラだと報告され、悪くすると訴えられるかもしれない。

ところが彼女はやはり低い声でいった。「わたしたちは地上にはいませんよ」

マークの体のなかで、打ち上げ花火が上がる。マークはいった。「それはますますいいね」

二〇一五年六月

墜落事故から二年の月日が経ち、理学療法士と咳払いが癖の医師は、エドワードの健康状態にはひとつも問題がないと断言した。それはつまり、エドワードはシェイと一緒にサマーキャンプに参加せざるを得なくなったということになる。キャンプリーダー——エドワードよりたった二歳くらい年上なだけの子たち——は、エドワードが実際にベース間を走らなくても気にしないとわかったので、スコア係になった。エドワードは日陰の観覧席に座って記録をつけた。アート&クラフトは、驚くほど楽しかった。スティック糊、モール、マーカー、黒目が動く目玉シール。そういう素材を前にして、なんでも好きに不細工なものをシェイと並んで作っていると、なぜか心が落ち着いた。

一方で、エドワードは、医師たちに健康状態を保証されたことで、自分の周りの空気が一気に緩んだことに驚いてもいた。八年生の終わりになるころには、教師たちはエドワードが宿題をすること、クラスでのディスカッションで発言することを求めるようになった。レイシーは初めてエドワードに家事を分担——皿洗いと自分の分の洗濯——させ、レイシーが病院での仕事で遅くなる夜には、エドワードが自分とジョンが食べる冷凍ピザをオーブンで温めた。ベサはエドワードに重い食料品を車から家のなかに運んでほしいと頼むようになったし、時々、まだうちの娘とべったりくっついてる必要があるの？とでも問いかけるような、疑り深い視線を送ってくることがあった。大人たちは誰もがエドワードを後ろからせっつき、横目で合図を送る。つまりこういうことだ。危機的状況はおしまい。きみは前に進まなくてはいけない。でなきゃ、こっちも前に進めないから。

だが、どうして危機的状況は終わったなんていえるのだろう？　エドワードはまだ眠るのに苦労していたし、兄の服をなにかしら身に着けていないと、なにかが欠けているような気がしてしまう。しかもエドワードはこの先も、自分の家族に二度と会えないというのに。だから、レイシーが瞳を輝かせて、キャンプは面白かった？　気に入った？などと聞いてくると、エドワードはいらだつ気持ちを隠さなくてはいけなかった。ううん、ぼくはキャンプなんて嫌いだ、とエドワードは心のなかでいう。この新しい経験が、耐えられないほどのことではないとわかってほっとしたという気持ちがいちばん大きい。エドワードは叔母を避け、シェイの家で過ごす時間がますます増えていることに気がついた。大人たちが、エドワードの心の傷が癒えてほしいと願う気持ちは理解できる。エドワードがどんな経験をしてきたのかなど、誰にもわかりっこないのだから。だが、レイシーはもう少しわかってくれていてもいいのではないかと思わずにはいられなかった。

　夏が終わると、叔母は傍目《はため》で見てもわかるほど、エドワードが高校に進学することに興奮し始めたが、それはまったくおかしな話だった。エドワードにとって、実質的に中学となんら変わりがないからだ。エドワードとシェイは、また同じ建物に通う。校長も同じ人で、教室が一、二階でなく上のふたつの階になるだけだ。エドワードにとって重要な変化は、体育の授業が免除されなくなったことだった。それまで体育の時間は、自習室で読書をしたりノートにいたずら書きをしたりして楽しんでいたのだ。

　高校の大きな体育館は、校舎四階の奥のほうにある。エドワードは初回の授業の直前に体育教官の部屋に行って伝えた。「ぼくはあまり速く走れないし、バランスが取れなくなることがたまにあります。観客席に座って見学するほうが絶対にいいと思います。先生のために記録を取りますよ。必要ならストップウォッチの係にもなります。生徒のタイムを計るとかいろいろ」

体育教官のトゥヘイン先生はずんぐりとした女性で、茶色い髪は短く、首からホイッスルをぶらさげている。先生はクリップボードから視線も上げずにいった。「部活動をどうするかって話じゃないのよ。体育の授業なの。授業中にころぶのはきみだけじゃない。五分以内に適切な服に着替えてあの黄色いライン上に並びなさい」

「でも――」

「でもはなし」

服を着替えると、ロッカールームの外でシェイが待っていた。「バスケから始めるのがいいんじゃないかと思って」シェイがいう。「バスケはやったことある？」

エドワードと兄は以前、時々地元の公園にあるバスケットボールのゴールにボールを投げていた。エドワードは首を横に振る。「父さんは、チームスポーツをあんまりいいものだと思ってなかったんだ」

「もしかしたら気に入るかもよ。あたしはおバカな子の持ってるボールをぶんどるのが好き。それって、バスケじゃ、アリなんだよ。ルールで認められてるの」シェイはエドワードを横目で見る。「もしかしたらスポーツが得意だって気づくかも」

「それはまずないな」

シェイは肩をすくめた。

体操着の短パンをはくと脚が寒かった。エドワードはぐんぐん背が伸びているところで、一日中手足に痛みを感じていた。エドワードはここにいたくなかった。「ぼくに隠れた能力があるなんて期待しないでよ。魔法使いじゃないんだからね」

「もうそんな期待してないから」

エドワードはその表情を見て、シェイが嘘をいっていないことがわかった。「ハリー・ポッター」シリーズは遠い過去の話で、あの可能性——子どもじみたあの思いつき——はもう思い出すこともない。ふたりは大人になろうとしていた。エドワード——体だけがぐんぐん大きくなっているエドワード——はシェイにとって、そしてエドワード自身にとっても期待外れの存在なのだ。エドワードは悲しい気持ちになるかと身構えたが、湧いてきたのが怒りだったことに自分でも驚いた。口から出たのは、いかにも意地悪な声だった。「約束できるよ。ぼくは絶対にバスケがうまくなったりしないって」

「なにそれ」シェイはいう。「わかったわよ」

エドワードは怒りに顔を熱くしたまま、シェイのあとについてコートに出て、ほかの生徒たちのいるところに立った。授業が始まると、館内で音が大きく響くのがひどく不快だった。繰り返し響く甲高いホイッスルの音、バスケットボールを床に叩きつける音、たくさんの足が小競り合いをする音、エドワードの体に生徒たちの体がぶつかるときの鈍い音。館内の音の大きさと、その騒音の切迫感は、エドワードがずっと逃れようとしてきたあの記憶を思い出させた。コートを駆け回っていると、心臓の鼓動が耳のなかで響く。エドワードはパスされることを避けるために、誰とも目を合わせないようにする。たまたまボールがバウンドして腕のなかに入ってきたとき、体中が固まった。エドワードはボールを思い切り投げた。まるで、それが爆発寸前の手榴弾であるかのように。

体育教官は二度、叫んだ。「アドラー、方向が逆！　方向転換！」エドワードは、壁の時計は止まっているに違いないと思った。そうでなければ自分がこの時間の内側にすぽっと落ちてしまい、流砂にはまったように抜け出せなくなるのではないかと思った。時間がエドワードを丸のみにしてしまった。エドワードはこのままずっとこの体育館で汗をかき続け、パニック状態のまま生きていくのだ。ひとりの生徒がぶつかってきたとき、エドワードは反射的に動いてしまった。ぱっと振り向き、彼の胸を乱暴に突いたのだ。その生徒――気づくとそれは男子ではなく、マーガレットという名のアジア系の女子で、高校の新しいロッカーを見つけるのを手伝ってくれた子だった――は床に倒れた。トゥヘイン先生が叫ぶ。「アドラー、今すぐコートから出なさい！　座れ！」

　その晩、エドワードはジョンとレイシーにいった。「体育の授業を受けさせないでくれっていう手紙を書いてほしいんだ。二、三カ月でいいから。ぼくがもっと強くなるまで。あれは危険すぎるよ」

「危険？」ジョンは妻を見る。「今の体育って、ぼくらが子どものころとなにか変わったのか？」

「手紙を書いてくれないなら、毎回お腹が痛いって、仮病を使うよ」エドワードがいう。「あれは二度とやらない」

「もちろんよ」とレイシーがいう。「手紙を書くわ」

　その夜、シェイの部屋に入ったとき、エドワードは自分の足元を見ていた。頭のなかで、まだバスケットボールが床板を打つ音が鳴っている。「ごめん。今日のぼくはバカだったよ」そういう自分の声が怒ったように聞こえるのはわかっている。本当は怒っているのではなく、頭に響くボールのすごい音にかき消されないように、大きな声を出そうとしただけだ。

「マーガレットのなにが気に入らないの？」

　エドワードはバスケのコートにいたときの気持ちを説明するにはどうすればいいか考えようとした。神経の一本一本に火が付いていくようなあの感じ。体育の授業のあと、エドワードはマーガレットに謝った。マーガレットはなにも答えず、ただにらみつけて行ってしまった。

「少なくとも、あの子を突き飛ばしても、あんたはお咎《とが》めなしってことはわかってるんでしょ」とシェイがいう。「あんたはあんただからだってこと」

「生徒が誰かをたった一回突き飛ばしたからって、懲罰なんてされないんじゃない？」

「たいてい懲罰されるよ。あたし、男子にパンチかましてやったら停学になったから」

エドワードはシェイをまじまじと見た。「停学？　いつの話？」

「あんたがここに来るほんのちょっと前。その子は家族で引っ越したから、もううちの学校にはいないの」シェイは持っていた本を閉じる。「その子は毎時間、毎時間、授業中ずっと小さな声でハミングしてて、あたし、すごくいらついてたんだよね。我慢できなかった」

「それでパンチをかましたんだ」

「なんていうか、あんたがここに来る前、あたし、退屈してたの。しかもあたしは退屈が大嫌いだし。自分で楽しいこと見つけなくちゃいけなかった。六歳のころからほとんど毎年家出しようとしてたんだよ。いつも違う計画を立てて、違うタイミングを狙《ねら》ってね。あるとき、あたしは本気でホントの家出はしないなって気づいたの。だって、そんなことしたらうちのママ、死んじゃうもん。それでも計画を立てなくちゃならなかった。どうしても気を紛らわさないといけなかったから」

エドワードはここへ来たばかりのころ、ベサと玄関前のステップで話をしたことを思い出す。

「きみのお母さんがいってたよ。きみが小さいころ、時々女の子をぶったって。それで友達になってくれてありがとうっていってた。そのときは、大げさに話したのかと思ってた。ぼくがここに来ることを申し訳ないと少しでも思わないですむように」

「大げさなんかじゃないよ」

「なにから気を紛らわそうとしてたの？」

シェイはいらついたように鼻を鳴らしてからいう。「わかんない。ママが毎年クリスマスに、お人形遊びをしてくれますようにって願ってあたしに人形を買うこと。毎日毎日、夕食の時間が五時十五分ってこと。うちのチキンスケジュールは知ってる？　チキンスケジュールってもんがうちにはあるんだけどね。毎週月曜にフライドチキンを食べるの。水曜はローストチキン、金曜はバーベキューチキン。絶対に変わらないんだ」

　エドワードは、これまで毎晩自分が寝ていたのとは違う部屋に入り込んだような気がした。七年生の最初の日、シェイのあとについて学校の廊下を歩いたことを思い出す。あのときシェイは、エドワードの行く手を阻む少年を振り払って進んでくれた。まるでパレードを眺めるようにエドワードを見る人たちを、にらみつけてくれたシェイ。かつてのシェイのなかに、これまで知らなかった別のシェイが見えた。

　シェイは、運動選手が競技の合間によくやるように、手首をほぐす感じで両手をぶらぶらさせた。

「ねえ」シェイがいう。「あたし、もう黙っていたくない。あんたもそう思ってるよね」

「うん」エドワードはそういいながらも、不安な気持ちになっていた。部屋の空気が少しおかしい。ハリケーンが来る静かな前触れみたいだ。

「墜落事故があって、あんたが引っ越してきた。それってすごく、ワクワクすることだったよ」シェイがいう。「でも今……」

　エドワードはうなずく。今は違う。今の自分では力不足なのだ。張りつめていた空気は緩み、隙間に退屈が、慢性的でゆるやかなその他の不快感を伴って忍び込んでいた。エドワードの呼吸が少し荒くなる。前かがみになって膝に両手を置こうかと思った。今日は本当に疲れたから。でも、きちんと気持ちを集中させなくてはいけない。エドワードが世界に対していらついているのと、シェイがエドワードにいらついているのは、まったく別のことだ。後者はとても受け入れられない。だがエドワードは今、この数カ月、シェイが不満を示す小さなサインを送ってきていたことに気づいた。特に疲れてもいないのに、ベッド脇の灯りを早めに消すことがあったり、キャンプでエドワードと違うアクティビティを選んだり。エドワードは追加のアクティビティにアート&クラフトを選んだのに、シェイは木工にしたのだ。ランチのとき、ほかの子たちがたくさんいるテーブルに座ったことも一、二度あった。エドワードはパニックが押し寄せようとしているのを感じる。シェイを失ってしまう。

「ごめん。ぼくが退屈で」エドワードは、その言葉がいかにも軟弱に聞こえていやになった。

シェイは肩をすくめる。「あんたがどうこうってことじゃないの、エドワード。今回のことはね」

シェイの表情になにか危険なものが見えた。窓の外を見ているが、その窓から飛び下りて、どこかに走っていってしまいたいと思っているような顔だ。エドワードは、体育館でシェイに怒ったような口をきいた結果、こうなっているのだとなんとなくわかっている。シェイはずっと献身的に世話してくれたのに、エドワードはかまうなといってしまったのだ。

ああ、どうしよう、とエドワードは胸のなかで悔やむ。なんてことをしてしまったんだ！

シェイが振り返ってエドワードのほうを見たとき、その表情は厳しかった。「あんたにいわなくちゃいけないことがあるの」

「今じゃなくてもいいんじゃない？」エドワードがいう。「明日にしてよ」エドワードは、シェイがなにをいおうとしているのか見当もつかなかったが、とにかくこれ以上は耐えられないと思ったのだ。母が鎖骨のすぐ下の、生まれつきのあざを親指で押していたのを憶えている。息子に見られているとわかると、ジェーンは微笑んでこういった。時間を巻きもどしたいときにこうするのよ。

八歳だったエドワードは母の話を信じ、自分も魔法のあざを持って生まれたかったと思ったものだ。今、エドワードは同じことを願った。恐怖でいっぱいになったエドワードは、この瞬間から逃れるために時間を巻きもどしたかった。

「ママと約束したんだ。あたしがいうって。そうじゃなきゃ、ママが話すっていうから。でも、それだと悔しいからさ」

通りを行く車が大きくクラクションを鳴らしたが、エドワードはその音が自分の体のなかから出てきたような気がした。

「あんたはもう、あたしの部屋で寝ちゃいけないの。でも、大丈夫。ほかのことはなんにも変わらないからね」

エドワードの体温が急激に低下する。皮膚がさっと冷たくなる。

「どうして？」

「あんたがここに初めてやってきたとき、あんたがあたしの部屋で眠るようになったとき、ママはあたしに約束させたの。子どもじゃなくなったら、終わりにしなくちゃいけないって。つまり、あたしが女になったら。オエッ、キモッ」シェイは両手で顔を覆い、指のあいだから声を出す。「ママがそういう言い方したの」

エドワードはシェイのベッド脇のテーブルに載った時計を見る。八時十七分だ。今日はどうしてこんなにいろんなことがあるんだ？「なんのこといってるの？」エドワードがいう。「ぼくが全然意味わかってないって、知ってるよね」

「生理が来たの」

ワシントンに行ったときを除けば、エドワードはシェイと出会って以来、自分の家からこの家まで、毎晩暗がりを歩いてきた。「だから？」エドワードはそういいながらも、これはベサが気にしていることで、ベサが決めた――ずっと前に決めていた――節目なのだとわかっていた。

「あんたがあの子ども部屋で寝たくないのは知ってる。でも、あんたんちの地下室にはソファベッドがあるよね。あそこで寝たらどうかな。部屋を整えるの、あたしが手伝ってあげるから。あと二、三日はこの部屋で寝ていいよ。地下室の準備ができるまでは」

エドワードは目をしばたたいた。答えなくてはいけないのはわかったので、口を開く。「わかった」

「いつまでもこのままいけるわけじゃないってことは、あんたもあたしもわかってたもんね」

エドワードは心のなかでつぶやいた。ぼくはわかってなかったよ。


翌日は水曜日だったので、放課後、エドワードはアルンディ校長の部屋に行った。ふたりは部屋をぐるりと巡る。エドワードは青いじょうろを手に、校長はそれぞれ違う肥料の入ったモスリンの袋をいくつか持って。袋にはラベルがついていないが、校長はどの袋になにが入っているのかわかっている。校長は、ある植物には肥料を葉に擦りこむようにしてから、頭上にある太陽灯の位置を調整する。また別の植物には、人差し指で土に丁寧にくぼみを作ってから、そこに袋の中身をつまんでそっと入れてやる。

エドワードは土の色を見ながらゆっくりと水やりすることを覚えた。こげ茶はいいが、タールのように黒くなってぬかるむ場合はやりすぎだ。エドワードは水の注ぎ方を制御することに気持ちを集中させる。両手が不規則に震えるのは、昨晩ほとんど寝ていなかったせいだ。シェイの部屋の床に横になってはいたが眠らなかった。天井に走るＹ字形のひびを、シェイが寝返りを打つときにべッドがきしむ小さな音を、忘れないように心に刻もうとしていたのだ。

「エドワード、名前がわかるかい？」校長はエドワードより鉢三つ分先を行っていた。葉のにおいを嗅いでから、頭を横にかしげる。まるでにおいからどんなことを読み取れるか考えているみたいだ。

　エドワードは、最初に来たときには、たくさんの種類の植物がこの部屋を埋め尽くしていると思ったが、今ではどれもシダの仲間だと知っている。アルンディ校長はただの熱心な園芸愛好家ではなくて、シダの専門家なのだ。『北東部のシダ：特にヒカゲノカズラとトクサ』というタイトルの本まで出していて、その本が窓台の上のふたつの大きな鉢植えのあいだに飾ってある。

　エドワードはじょうろを床に置いて、机の上の霧吹きを手に取る。目の前にある葉のひらひらした植物には、ミストを浴びせるのがいちばんいい。「これはクロコダイルファーン」

「よし」

　エドワードは次々と名前をいう。「ボストンファーン。ビカクシダ、ホウライシダがふたつにオニヤブソテツ」エドワードはすみに置かれた植物を、目を凝らして見る。高さ六十センチほど、帯状で革のような感触のシダだ。「あれとその後ろにあるのはシマオオタニワタリ」

　アルンディ校長は同じ方向を向いて愛おしそうにうなずく。「前列の美人さんは、わたしが大学院に行っていたころから育てているんだ」

「ボタンシダ。棚の上にあるのはシルバーブレイクファーンで、あれはカンガルーポー」

「すばらしい。じゃあ、この子たちみんなに共通していて、そのほかの植物と違うところは？」

「維管束《いかんそく》植物で、胞子によって増えます」

　校長はうなずいた。微笑んだために、口髭が左右に引っ張られる。「よくできたね。きみは教えがいがある」

エドワードは水やりを終えるとバックパックを背負った。家に帰ればシェイが待っていて、地下室の模様替えを始めることになっている。エドワードはバックパックのストラップを調節して、ゆっくりと呼吸する。自分の周りを流れる時間の速度も落ちてくれと願いながら。

すみに置かれたいちばん古いシダを見ていたアルンディ校長は振り返る。「もう四時か？　エドワード、帰る前にもうひとつ話しておきたいことがあるんだ。トゥヘイン先生から聞いたんだが、きみは体育の授業を拒否したらしいな」

「脚が痛むんです」

「うん、そうか。トゥヘイン先生は授業と手紙のことを話しておられた。ちょっと、これを持っててくれないか？　この台を直したいんだ」

校長先生は、ぼくが女子を突き飛ばしたことを知っているんだ、とエドワードは思う。校長はレモンボタンシダをエドワードに持たせると、くるりと背中を向けて、それが載っていた台を調整した。エドワードは両手で持った植物を見下ろす。鮮やかな緑色で高さ十五センチほどのシダ。葉は親指の爪ほどの大きさだ。胸に抱えていたので、エドワードはそのシダの中心を真上から見下ろすことになる。植物に顔があるとすれば、それがこれだ。エドワードは、このシダが疑り深い表情を浮かべて自分を見つめているように思えてならない。ぼくも同じ気持ちだよ、と心のなかでいう。

「それについて、きみはどう思う？　エドワード？」

エドワードは名前を呼ばれてはっとした。校長は、少なくとも一分間はなにか話していたようだ。慌てて顔を上げ、シダを校長に返していう。「すみません、なんて？」

「ウエイトリフティングだよ」アルンディ校長は少し気を悪くしたように見えた。「体育の時間、授業に参加する代わりにウエイトルームでウエイトリフティングをしてもいい。これなら怪我をした脚に負担をかけずに運動できる。体育館よりもウエイトルームのほうがずっと静かだしね。わたし自身は、そっちのほうが好きだよ。それに、ちょっとばかり強くなるのも悪くないんじゃないか？」

「ウエイトリフティング？」エドワードはいった。しばらく、なにをいわれているのか、理解できなかった。大きな体にてかてかと油を塗りつけたビキニパンツの男を思い浮かべる。エドワードの父はウエイトなど持ち上げたことなどなかっただろう。ジョンも同じだと思う。エドワードは校長をじっと見る。頬もお腹もぷよぷよしている。この校長先生がウエイトを上げるのだろうか？

そのときエドワードは機内で会った軍人のことを思い出した。エドワードとベンジャミンはトイレの外で自己紹介をした。ベンジャミンは信じられないほど筋肉があるように見えた。あの人は間違いなくウエイトを上げていたと思う。あの人にちょっかいを出そうなんて誰も思わなかっただろう。あんな大きな体をしていたのだから、ベンジャミンはどこにいても安全に思えただろう。どこにいたって安全だったはずだ。ただし、あの飛行機以外の場所なら。エドワードは自分のがりがりに痩せた腕と骨張った手首を見下ろす。すねにある傷を意識する。体が大きくなり、強くなり、より安全になった自分を想像しようとした。

「やります」エドワードはいう。声がかすれる。「ありがとうございます」

夕食のとき、レイシーがいった。「好きな映画ってある？」

「ぼく？」エドワードは自分の皿をじっと見ていたところだった。レイシーががっかりしないぎりぎりの量のポークチョップを消費するには、どうすればいいか考えていたのだ。シェイのあの宣言以来、エドワードの食欲は落ちていた。自分の体の内部の灯りが落ちていくのがわかる。ひとつひとつ、灯りが消えていく。

気にしてないよね？　今日のランチのときにシェイに聞かれた。今回のこと、変なふうに取らないでよ。なにも変わらないんだから。あたしたちは、なにも変わらないんだからね。エドワードは、わかってるよ、と答えたが、本当は、サメがうようよしている海の上に突き出された板の上を歩いて飛び込めという通達を出されたような気分だった。エドワードは今も、板の上をじりじり進んでいる。今夜はシェイの部屋の床で眠る最後の夜だ。明日、エドワードは海に落ちる。

「そうよ、あなたよ、おバカさん」レイシーがいう。

「叔母さんは？」エドワードは時間稼ぎに聞いた。自分には特に好きな映画はない。小さいころのお気に入りは、「ジャングル・ブック」だった。事故以来、そもそも映画なんて観ただろうか？　エドワードは自分に問いかける。「ジェネラル・ホスピタル」くらい？

「『マグノリアの花たち』」とレイシーがいう。

「叔父さんは？」エドワードはジョンに聞く。エドワードはこの手の短い会話をぽんぽん繋げていくのに慣れている。毎週ドクター・マイクを相手にやっていることだからだ。気づまりな質問をされるたびに話を変える。今週は、シェイや寝場所を変えることに関わる話を避けるために、ルイーザ・コックスの運転手がその週、車で持ってきてくれた投資の本について話した。本には厚手のメモ用紙が添えてあって、「学校では絶対に教わらない、正しい教育の基礎となる大事なことが書いてあります。この本を読んで考えをまとめたものを手紙に書いてよこしなさい」とあった。公聴会のあと、運転手が持ってきた本はそれで二冊目だ。最初の本はテディ・ローズヴェルトの伝記で、エディはシェイと一緒に開き、一、二ページごとに止まって著者がたくましい大統領に明らかにのぼせ上がっているのを面白がりながら読んだ。だが最近は、シェイが宿題したほうがいいかな？というと、エドワードは学校の先生に出された宿題のほうではなく、自分の考え――退屈すぎて、最初のページも読み終えられない本に関しての――をまとめてコックス夫人に手紙を出さなくてはいけないのだということを思い出して罪悪感に襲われてしまう。

　だがドクター・マイクは面白がってくれたので、エドワードの勝ちだった。このセラピストとの戦いには、いつも勝てるわけではない。ドクター・マイクはたいてい、少しのあいだ気楽な話で和ませてから、ぐっと核心に迫る質問をしてくるからだ。だがエドワードには、相手が叔母と叔父なら、この手の会話で自分が主導権を握れるという自信があった。不慣れなふたりに負けるはずがない。

「『ブレードランナー』」ジョンは口のなかの食べ物を嚙みながらそういうと、かすかに笑った。その映画に温かい思い出でもありそうだ。「二十三回観たよ」

「嘘でしょ」レイシーがいう。「そんなの自慢するようなことじゃないわよ」

「そうかな？」ジョンは妻にフォークを向けていう。「『マグノリアの花たち』は何回観たのさ、レイス？」

「あの映画はクラシックよ」レイシーは高飛車な調子でいうと、エドワードのほうを向いた。「あなたが『スター・ウォーズ』かなにか、有名な映画で好きなのはないかなと思ったのよ。ほら、『スター・ウォーズ』のシーツセットとかなら揃《そろ》えられるから」

　エドワードはいわれた言葉を頭のなかでぐるぐる回し、なにを意味しているのか理解しようとした。「シーツセット？」

「ベサに聞いたんだけど、地下のソファベッドで寝ることにしたんですって？　あの部屋をあなたにぴったりの特別な空間にできるんじゃないかと思うのよ」

　あの部屋。エドワードは地下室を思い描く。三人が今いる場所のちょうど真下だ。エドワードは板の端っこに近づいていて、風が激しく吹いている。そしてそんなふうに感じる自分がいやだった。自分が必要以上にうろたえていることはわかっている。少なくとも表面的には、ある部屋のベッドから、別の部屋のベッドに移るだけのことだ。シェイの寝室と地下室は、三十メートルと離れていない。これからも変わらず、毎朝シェイと並んで学校まで歩いていける。シェイが本を音読するのを聴くこともできる。表面にある情報は耐えられる範囲のものだ。だが、その下、渦巻く水の下にあるかもしれない、なにかの存在が、エドワードを苦しめているのだ。

　レイシーが、テーブルの向こう側からこちらに向かって笑いかけている。エドワードはフォークを置いた。食欲はすっかり失《う》せてしまった。体の内側にあった暗闇が、エドワードをすっぽり覆ってしまったのだ。ベサはレイシーに、正確にはなんといったのだろう？　シェイに生理が来たといったのだろうか？　それともなにか別のことを、エドワードが本当はそれなのではないかと恐れている別の理由をいったのだろうか？　つまり、単にシェイがエドワードにうんざりしていて、やっと追い出す理由ができたということ。部屋から、そしてシェイの生活からも。

　エドワードはトゥヘイン先生の指示通りに金属の物体を持ち上げる。いわれた通りに背骨を伸ばし、先生の語る聞き慣れないトレーニング用語をなんとか理解しようとした。ウエイトルームは体育館のすぐ隣で、生徒たちがつややかな床の上を走り回るキュッキュッという音が聞こえた。ボールをドリブルする音。注目しろと命じるホイッスルの音。

「スクワットして、デッドリフトして、ベンチプレスする」先生はいう。「これは複合エクササイズなの。つまり、一度に二つ以上の筋肉群のエクササイズをするということよ。ベンチプレスがちゃんとできるようになったら、体重五十キロの人がのしかかってきても押しのけることができる。潜在能力を発揮してデッドリフトをすれば、車を持ち上げて、下敷きになった子供を助けることもできる」

「本当ですか？」エドワードがいう。車を持ち上げる自分を想像する。顔を赤くして必死に頑張るエドワードの腕がぷるぷる震えている。あり得ない図だ。

「本当よ」

「じゃあ、スクワットができたら？」

「スクワットができたらなんでもできる。スクワットするとき、きみは自分の体全体に負荷をかけることになるの。たくましい脚が欲しい？　スクワットしなさい。たくましい腕が欲しい？　スクワットしなさい」

トゥヘイン先生は常に情熱的に見えたが、今この瞬間、先生は偉大なる永遠の真実のお告げを伝えているように見えた。ベンジャミン・スティルマンはきっとスクワットしたのだろう。彼ならきっと、この部屋にある金属の物体すべての使い方を知っていただろう。

エドワードは背中に木の棒を担いでスクワットした。トゥヘイン先生いわく、エドワードは情けないほど弱いので、バーもまだ無理だし、もちろん実際のウエイトなんて、とんでもないからだ。腰を落としながら、窓の外を見つめているシェイを思い出す。厳しい表情のシェイ。

「アドラー」トゥヘイン先生がいう。「スクワットは下まで腰を落としたら終わりじゃない。それはただしゃがんでるだけ。いい姿勢を保ったまま、立ち上がらなくてはいけない」

いい姿勢で立ち上がる。エドワードは頭のなかで繰り返しながら、指示に従うことに集中した。

シェイが『黄金の羅針盤』の一章を音読し、九時になるとエドワードは立ち上がった。なにか言葉を見つけたいと思った。これから起こることを阻止するなにか。けれど、なにも思いつかなかった。なぜなら、もしシェイがエドワードに出て行ってほしいと思っているなら、エドワードは出ていくべきだ、という揺るがぬ真実があるからだ。シェイが読んでいる内容はほとんど頭に入ってこなかった。あとで自分でさっと読んで追いついておかなくてはいけないだろう。筋肉がぴくぴく震えている。まるで無数の輪ゴムでできているみたいだ。きっと明日は筋肉痛だ。

エドワードはシェイの顔を見ずにいう。「じゃあね、おやすみ」

「ちゃんと寝てね。また明日の朝」

ふたりの声は、いつもより少しだけ大きかった。エドワードはバックパックを持ち上げると、よろよろと部屋を出た。ベサの姿が見えなかったことにほっとする。エドワードは玄関から外に出ると、叔母と叔父の家まで歩く途中、暗がりで――シェイの窓からは見えないとわかっている場所で――地面にしゃがみ込んだ。しゃがみたくてしゃがんだのではない。単に、体がギブアップしてくずおれたのだ。

エドワードは思う。もう、ぼくにはホームがないんだ。

両親と兄のいたニューヨークシティのアパートメントはホームだった。事故のあと、エドワードの体がシェイの部屋の床へと導き、エドワードはそこをねぐらにして、そこで強くなった。ジョーダンのそばで寝ていたエドワードは、シェイのそばで寝るようになった。おかげで心が休まった。黒い影となって目の前にそびえている叔母と叔父の家は、自分が欲している場所に思えたことはなかった。エドワードは板の先から、暗い水のなかへと落ちたのだ。サメたちが泳ぎ回る海のなかへ。

エドワードは横向きになって、地面に体を丸めた。九月の夜は、驚くほど寒い。心のなかの暗い海と暗い夜空を重ねるように目を閉じる。事故のあと、こんなふうに泣いたのは初めてだと思う。いや、事故の前にもこんなに泣いたことはない。頬がぐっしょり濡れて、肩が激しく震えている。涙で周囲の海面が上がる。次々とせり上がる波が白く砕ける。エドワードは、ゲイリーやゲイリーのクジラたちが見えるだろうかと考える。

自分が眠っていたと気づいたのは、誰かに腕をゆすられたときだった。

「なんてことなの、エドワード！　どこか痛いの？」叔母の青ざめた、パニックになった顔が真上にある。その顔が横を向き、叫ぶ。「ジョン！　ジョン、来て！　ジョン！」

エドワードは思う。なにか怖がっているみたいだな。

レイシーはエドワードの両肩をがしっとつかむ。「エドワード、しゃべれる？　自分がどこにいるかわかる？」

エドワードはうなずいた。とはいえ、それだけの動作もすごく大変だった。はんだづけでもされたように体が固まっている。どうにか口を動かして「うん」と答える。

いつのまにか叔父もいて、エドワードの上に体をかがめている。ジョンは古びたチェックのパジャマを着ている。「なにがあったんだ？」

「わからないわ。見てあげて。病院に行ったほうがいいかしら？」

「まず、うちのなかに入れよう」

ジョンは抱えあげるようにしてエドワードを立たせると、自分の肩に片腕を回させる。レイシーも逆側の腕を同じように自分の肩に掛けた。立ち上がると、エドワードは、記憶しているより背が高くなったような気がした。もしかしたら文字通り壊れてしまって、頭が体から離れてふわふわ浮いているのかもしれない。三人で進みながら、エドワードが願っていたのはただひとつ。シェイがもうぐっすり眠っていて、窓のそばにいたりしませんように、抜け殻のようになった自分の体が叔母と叔父に引きずられて家に入っていく様子を見ていませんように、ということだけだった。

午後○時二十二分

人は毎年一定の割合で飛行機の墜落事故があることを知りながらも空を飛ぶ。その事実を知っていながらも、表現方法を変えることでその知識をのみ込みやすくする方法を探す。最も一般的なやり方が、飛行機よりも車で移動するほうが統計的に危険だという事実を使うことだ。絶対数でいえば、自動車事故が年間五百万件あるのに対し、航空事故は二十件だから、実際、飛ぶほうが安全だといっていいだろう。また、他人に対するエチケットを守ることでも気持ちが楽になる。つまりそれは民間航空機での空の旅は公的なものだということで、集団でいるという安心感のようなものが生まれるのだ。人は、そばにほかの人がいるということに安心感を得る。肩を並べて隣同士座ることで、こんなに多くの人が、一斉にばかげたリスクを背負うはずがないと信じるというわけだ。

　クリスピンが席へもどるためにゆっくりと進んでいると、飛行機の床が揺れた。トイレに行って帰ってくるだけで、おそらく二十分かかっていると思う。もどる道のりに使う力を呼び起こすだけのために、トイレの便座に座ってかなり長いこと休まなくてはいけなかった。一カ月前は大丈夫だったのに。自分が自分だと思えたのに。今は、この人物がいったい誰なのかもわからない。

　飛行機に乗る直前、クリスピンの弁護士のサミュエルズ——年はクリスピンと同じくらいなのにとても元気で、七十代でパワーリフティングを始めた——が電話をかけてきて、クリスピンが今年の「フォーブス」誌の国内長者番付上位百人のリストに入ったといってきた。

「ふん」クリスピンは電話に向かっていう。

「おめでとう、コックス。やはりすごいですね」

「ふん」クリスピンは繰り返す。実は、自分がなんとも思っていないということを表現していたのだ。クリスピンはそのリストに二十年間入ってきたし、最近十年、つまり会社を売ってからは、リストの上位半分に入っていて、毎年「フォーブス」からの連絡を楽しみにしていた。発表の日をカレンダーに書き込み、その日は電話が鳴ると飛びつくように出た。そしてニュースが伝えられると大声を上げ、机をドンドンと叩いた。

「コックス、気分が悪いんですか？　ロスの医者たちがすぐに治してくれますからね」

「アーニーに電話して、わたしがあっちに着いたら遺書を書き直したいと伝えてくれ」

「わかりました」

「なんで子どもたちにすべてを残してやらなきゃならないんだ？　あいつらはわたしを嫌っているのに」

「メトロポリタン美術館は、自分たちのことを考えてくれたらって、思ってますよ、絶対」

「ばかな」クリスピンは何十年も理事会のメンバーだった――ニューヨークの重要人物たちや、自分の属する社会集団のメンバーが集まる会議は楽しかった――が、展示室を回って美術品を鑑賞したことはほとんどなかった。理事会は自分とルイーザの、楽しいスパーリングの場だった。ふたりともその組織に関わっていたからだ。ルイーザは大学で美術史を専攻していて、コレクターだと自負していた。九〇年代半ばのある時期、ルイーザは理事長になり、クリスピンを理事会から締め出したことがある。

「では、どうなさるおつもりですか？」

クリスピンは、わからない、という言葉をのみ込んだ。わからないなんてことは絶対にいわない。

不確かさは弱さであり、弱さをはねつけるのがクリスピンの主義だった。クリスピンはいう。「丸ごと全部、ルイーザにくれてやろうかと思ってな。そうなったら、あいつの頭はめちゃくちゃになるだろう。あの女はわたしから金を巻き上げることに自分の人生を費やしてきたんだから。どうぞと差し出してやるのもいいかもしれない」この思いつきに、クリスピンはくっくっと笑った。

　電話の相手は黙った。サミュエルズはルイーザの弁護士でもあるからで、弁護士らしい分別から黙ったのだ。「お望みのままにしますよ、コックス。アーニーに知らせておきます」

　今、ようやくシートに沈み込めたことをありがたく思いながら、クリスピンは外の雨粒が、自分の財産と同じように地に落ちていくのを見ていた。なんともお粗末な思いつきだ。なぜなら金には――クリスピンの手を離れてしまえば――なんの意味もないからだ。クリスピンが人生を、自分のすべてを費やしてため込んできた緑と白の長方形の紙でしかない。クリスピンは、ルイーザとやり合えたら楽しいだろうが、ルイーザは実のところ金を必要としていない――金が増えたところで、毎日の暮らしのなかで気づきもしないだろう。友人に「今より贅沢な食事は不可能だ」といわれたことがある。クリスピンもルイーザも、これ以上ないほど贅沢な暮らしを送っているのだ。

　クリスピンはいつも自分の金のことばかり考えてきた。もっと稼ぐにはどうしたらいいかということばかり考えてきた。今朝、弁護士が電話をかけてくるまで、クリスピンにとって大事なのは数字だった。だが、その気持ちがなくなってしまったら、残るのはなんだろう？　通路の向こうに座る若造は、空を舞う凧《たこ》みたいに浮かれて、まるで自分の打ち込む文字でなにかが本当に変わるのだというようにキーボードを叩き続けている。もしかしたら本当に変わるのかもしれないし、実際今、変化しているのかもしれない。

　あるいは、過去に変わったことがあったのかもしれない。

ビー玉がいくつも集まっているような痛みが、腹部を転げ回っている。眠りに落ちながら考える。子どもたちにせがまれたとき、キャンプに連れていってやればよかった。

ブルースは頭をこすり――チックだといわれているが、自身ではチックにカウントすべきものかどうか怪しいと思っている。この動きをするときは、いつも意識しているからだ――立ち上がる。

「お母さんとちょっと話してくるよ」ブルースはいう。「いい子にしてなさい」

エディはいう。「父さん、ぼくたち、もう五歳じゃないよ」

ジョーダンはいう。「母さんにデザートありがとうって伝えて。乳製品が入ってたから、エディにあげたけどね」

ブルースはため息をつく。ついさっきまで見ていた夢では、エディがまさに五歳だったからだ。ブルースはソファで小さなエディを膝の上に座らせて、『クマのプーさん』を読んでやっていた。エディは父の胸にもたれかかっていて、その重み――それはつまりエディが父親に自分の全体重を預けてくつろぐ、みじんの抑制もない全幅の信頼――は、親であることの醍醐味《だいごみ》のひとつだった。

ブルースは、エディにその本を通しで十二回か十三回、読んでやった。子どもは同じことを繰り返すのが好きなのは知っていたが、エディは特にそうだった。自分で読むことを覚えると、エディは『クマのプーさん』をほぼ毎晩ベッドで読んだし、大好きな映画「ジャングル・ブック」を数えきれないほど何度も観た。「少なくとも、あの子は趣味がいいわ」エディがほかの本をあまり読んでいないのが心配だとつぶやくブルースに、ジェーンはよくそういった。「少なくとも、あの子はクラシックが好きなわけだし」

十二歳のエディは手足のひょろ長い少年になった。ぽっちゃりしていたころの面影はない。ハグをするとぎこちない。父親の腕のなかのエディは、まるで雨風に打たれて折れそうな苗木のようだ。今のエディが欲している反復は、ピアノの鍵盤の上に手を置くことなのかもしれない。エディはもう父親に本を読んでもらう必要はないし、読んでほしがってもいないのだ。

ブルースはファーストクラスに入るカーテンを開けると、ジェーンの隣の席が空いているのに気づいた。

「座ったら？」ジェーンがいう。「ここの人、どこに行ったかわからないの」

ブルースは妻の隣に腰を下ろす。「あの人、具合が悪そうだな」ブルースは通路を挟んだ向こうの席で寝ている老人を見ていう。

「有名な大富豪じゃないかしら」

「大富豪か」ブルースはそういって微笑む。「どうして民間機に乗るんだ？　ぼくが大富豪ならプライベートジェットを買うよ」

「あの人、ほんとはホラ吹きで詐欺師なのよ」ジェーンがいう。「この隣の席の人なんて、もっとそう。なんとなくわかるの」

「脚本の進み具合はどう？」ブルースはさらっとした口調でいう。会話をしたいだけであって、喧嘩をしたいわけではない。遠く離れたエコノミークラスから、妻を恋しく思っていたのだ。

ジェーンはいつものように、ブルースの思いを感じ取ったらしい。「ごめんね」ジェーンはいう。

「いつものことだけど」

ジェーンが片手をブルースの手に押しつける。ジェーンの肌は柔らかくて、その感触にブルースは口元が緩む。ジェーンに腹を立てながらも、同時に彼女を愛していることを意識できる。ふたりの愛に論理などないことをブルースが受け入れられるようになるまで、数年かかった。欲求不満＋

不機嫌＋ジェーンのあの笑顔＝ブルースの腹部に感じるワンショット分の快感。息子たちも将来、愛情に関しては、そういう論理の破綻《はたん》を受け入れてほしいとブルースは願う。中国料理店でのジョーダンの表情を思い出し、ほんの一瞬、上の息子がすでにこれを知っている可能性はあるだろうかと考える。だが、すぐにその考えをばかばかしいと振り払う。

「なに？」とジェーン。「考えてることを口にしてよ」

「エディをロスのコルバーン・スクール（音楽とダンスに特化した芸術学校）に入れるべきじゃないかな」

　ジェーンは驚いて眉を上げる。「本気？」

「きみは賛成しない？」

「賛成よ、もちろん。あの子には才能があると思う。それにピアノが大好きだし。でも、そうなるとあなたのカリキュラムから外れることになるわ」

「完全に外れるわけじゃないさ。数学や歴史に関しては、おれがちゃんと見るよ」

「ジョーダンが寂しがる」

「そうだな。それに関しては、なにか考えなくちゃならんな。もしかしたら、父親との一対一の時間が増えるのを喜ぶかもしれないぞ」

　これは冗談で、ふたりとも冗談とわかるのに、笑えない。

　ジェーンは夫の肩に頭をもたせかける。

「この席の男はどこにいるんだ？」ブルースが聞く。

「たぶん、ファーストクラスの客室乗務員を追い回してるのよ。好きになったんだと思う」

「美人なのか？」その客室乗務員を思い出そうとするが、浮かぶのはきっちりと丸くまとめられた髪だけだ。

ジェーンは目を細める。「ほんとに気づいてないの？」

ブルースはジェーンのコンピューターを顎で指して聞く。「そろそろ終わりそう？」積み重なった不満が声ににじみ出るのがわかって、そんな自分にがっかりする。こんな反応はあまりにも陳腐だ。ブルースは夫として、男として、もっと高次元にいたかった。

ジェーンは背筋を伸ばして画面を見る。文字が集まって単語になったものが列を作っている。台詞がぱらぱらと並び、両端の余白の多い、脚本特有の書式。「いいえ」ジェーンはいう。「でも着くまでには終わらせる。約束するわ」


ヴェロニカは、この仕事に就いてから同じことを前に二度やったことがある。常習的にやっているわけではないが、うまく事を運んだ実績がある。マークに後方左側の——機内でいちばん人目につきにくい——トイレに、十分後に行くよう告げた。マークがいわれた通りにしたのを確認すると、シートベルト着用サインを出し、できるだけ多くの人が席に着いているようにした。それから頭上のスピーカーの音量を最大に上げ、ザーザーという雑音を響かせた。起きている乗客は全員天井に目をやる。そこにスピーカーがあるからだ。ヴェロニカは音を消すとトイレにするっと入った。

トイレのなかはとにかく狭いので、ヴェロニカとマークはすぐに体を押しつけ合う恰好になる。ドアにロックをかけると換気扇が回り灯りがともる。ふたりは蛍光灯の光を浴び、ヴェロニカの頭の五センチ先には鏡がある状況だ。マークの膝の裏側は便座の縁に押しつけられている。だが、不思議なほどいやなにおいはしない。換気扇はなかなかいい仕事をしている。

「なにもいわないで」ヴェロニカがささやく。

マークはヴェロニカの頭の後ろを手で支えながら、襟元に丸くまとまっている髪に指を絡める。

ヴェロニカは湧き上がってきた予想外の欲望に驚いて息をのむ。髪からヘアピンを抜き取りたいが、六分後には仕事にもどらなければ、間違いなく不在に気づかれてしまう。しかも、そのときには、トイレに入ったときとまったく同じ姿をしていなくてはいけないのだ。

ヴェロニカは体を揺らしてスカートをたくし上げ、体を揺らしてストッキングを下ろす。

マークは自分のベルトを外している。

なにかを叩く音がする。トイレのドアからではなく、機体の側面から。ヴェロニカは心のどこかで考える。あれはなに？

ピタ、ピタ、ピタという音が続く。空調設備なのか緩んだダクトなのかわからないが、そのあいだにもマークはヴェロニカの唇に自分の唇をぴたりとつけ――驚くほどキスがうまい――、ヴェロニカはマークの尻をぎゅっとつかんで自分のほうへ引き寄せる。

するとヴェロニカの頭のなかで轟音《ごうおん》が鳴り響いた。ヴェロニカは紅の赤に染まり、生命を作るすべてのものと共に押し流される。マーク・ラッシオが耳元できみのことが必要かもしれないとささやいたが、ヴェロニカにとってそんな言葉は、何度も続くキスと同じで、どうでもよかった。

ジョーダンは弟を軽くつついて体を寄せる。父親はまだ帰ってきていない。

「なに？」エディが聞く。

「ファーストクラスの客室乗務員と乗客の男が一緒にトイレに入ってった」

エディは座ったまま体をねじり、機内の後方を見る。「どうしてそんなことするの？」

ジョーダンは笑い声を上げそうになりながらいう。「セックスするためだよ、たぶんね」

エディはぎょっとした表情を浮かべる。「飛行機のトイレで？」

「ほかに気づいた人はいないと思うよ。あの客室乗務員、ちょっと前にスピーカーから大きな音出してみんなの気をそらしてたからね。だから誰も見なかったんだよ」

「兄さんはどうして見たの？」

「機内の席が何列あるか数えていたところだったんだよ。だからあっちのほう見てたんだ」

エディはしばらくじっと考える。真剣な表情だ。「もしかしたら、その男の人は気分が悪いのかも。それで客室乗務員が世話してあげるために行ったんだよ」

「そうかもな。でも、あの男、すごく健康そうに見えたけどね」

エディは肩をすくめる。「キモいね」

「ぼくはあのトイレにはもう行かない。それだけは確かだ」ジョーダンはマヒラのことを考えた。ズボンのなかが固くなる。ジョーダンは弟に見られないようにシート前のテーブルを出した。父親が通路を歩いてくるのに気づいた。父と母がセックスをしていることを考えると、勃起したものがしぼんだ。

「でもさ」エディが、エディらしい思慮深い話し方でいう。「セックスがすごく気持ちよくて、するのがトイレでもいいって思っちゃうほどだって考えると、ちょっと良くない？」

ジョーダンはうなずいた。弟の意見が心底嬉しかった。弟が自分と同じ、エッチな夢と不快なパンツの国に入国しようとしていることが嬉しかったのだ。


クリスピンは目を開いたとき、自分がどこにいるのかわからなかった。いや、飛行機のなかだということはわかる。それは間違いない。だが、どこに向かっていて、今はいつなのだろう？　これまで生きてきて、何百回も飛行機に乗った。地上で過ごす時間よりも、打ち合わせや会議や贅沢なバケーションのために空にいる時間のほうが多く思える年が何年もあった。望めばこんな飛行機を買うこともできただろうが、プライベートジェットでは飛ばないと決めていた。旅客機というものは、自分のカスタマーの近くに座って、彼らの思っていることや行動を観察できる、数少ない場所のひとつだからだ。クリスピンは空港や機内で過ごす時間を、とても大事な市場調査だと考えてきたのだ。

「今は、何年だ？」隣に座る女に聞く。

女は白いカーディガンを着てボタンを上まできっちり留めていた。「手首を貸してください」女がいう。「脈搏《みやくはく》をチェックしたいので」

「絶対にいやだ。質問に答えろ」

「二〇一三年です」

「わたしが生まれたのは一九三六年だ。つまり、わたしは……」クリスピンは目を閉じるが、脳がどうしても計算しようとしない。この女は看護師なのだろう。おそらく自分専用の看護師だ。

女はクリスピンの腕を取った。まるでそうする権利でもあるかのように。それから二本の指でクリスピンの手首の内側に触れる。クリスピンは抵抗しなかった。引き算の能力と一緒に、体の力もなくなっていたからだ。

「糸様脈です」女は小声でいう。

クリスピンはうなずいた。いや、実際にはうなずいていなくて、同意してうなずいた気になっているだけかもしれない。クリスピン自身、糸のようだ。なんなのか、どこなのかわからないところを、縫うように出たり入ったりしている。

「寒いですか、コックスさん？」

ああ、とクリスピンは心のなかで答える。おれは凍えそうに寒い。それにもう、若くもない。しかも空にひとりきり、どこに向かっているのかもわからない。

隣の男がもどってきたとき、その男と夫のエネルギーがあまりにも違うのがジェーンにはおかしかった。

マークの顔は赤らみ、皮膚はかさかさになっていて、吹雪のなかを歩いてきたかのようだ。ペンの端をカチャカチャいじってペン先を出したり入れたりしている。さっきまではブルースが、隣で黙って座っていた。ジェーンは夫がなにを考えているのか知るのに、その瞳の奥を覗き込まなくてはいけなかった。外側には手がかりがなかったから。

「雹《ひょう》じゃないかしら」ジェーンは窓を指さしながら、隣の男にいう。

「そりゃ、異常ですね。夏なのに」

ジェーンはうなずいて、雲と降ってくるものとで灰色にぼやけた窓の外を見る。天候に警告されているのかもしれないとジェーンは思う。もどれ。そういわれているのかもしれない。自分のラブストーリーを書け。少ない収入で、質素に暮らせ。レイシーの家の近くに引っ越してもいい。レイシーはいつもそう望んでいたじゃないか。姉妹で一緒に子育てすればいい。

だが、レイシーには赤ちゃんが産めないことがわかったのだ。ジェーンは、妹が流産するたびに、自分がこんなにも悲しい思いをすることに驚いた。もちろん、自分が悲しんでいることはレイシーに隠した。だが、妹がまた妊娠すると、ジェーンは自分の体が興奮の波にのまれるような感覚を覚えた。家族にぴかぴかの新メンバーが加わる。息子たちが溺愛《できあい》できる赤ちゃんがやってくる。そんなことを考えると、嬉しくてくらくらした。愛情を注ぐことができる新しい赤ちゃん。だが、押し寄せる希望と共に、その途中で妹が赤ちゃんを失う可能性を考えると、怖くてたまらなくなった。ジェーンは電話で伝えたことがある。家族を増やすには、別の方法もあるのよ。養子縁組の斡旋《あっせん》をしてくれるところを調べてみようか？　じゃなければ、代理出産とか？　だがレイシーは妊娠する努力をやめなかったし、ジェーンは妹が自分で自分を殺すような真似《まね》をするのを見るために、隣に引っ越そうとはもちろん思わなかった。それに、郊外なんて好きになれないだろうと思う。スーパーボウルのたびに開かれるパーティ、ホームスクーリングや前衛的な意見のせいでさらされる、周囲からの好奇の目。ブルースは、地元の子どもの集団教育の利点に関して話し合う会合に、呼ばれもしないのに現れて、みんなから疎まれるに決まっている。

「ちくしょう」マークがいう。「集中できやしない」

「機内で過ごす時間が半分過ぎたからですよ」ジェーンがいう。「わたし、いつも真ん中あたりでどうにもならなくなるんです。この先まだ数時間、過ぎた時間も数時間っていう状況。前にも後ろにも進めない、みたいな気分になるでしょう？」

マークはジェーンのほうに顔を向ける。「そうかもしれない」ペンをカチッと鳴らしていう。「結婚して何年ですか？」

ジェーンはちょっと驚いて笑みを浮かべる。「そうですね……十六年かしら」

「うへ。そりゃずいぶん長い。そのあいだ、一度も浮気しなかったんですか？」

なんて変な会話かしら、とジェーンは思う。でも、ファーストクラスの乗客は、オープンな関係になりやすいのかもしれないわ。共有できるものがたくさんあるっていう想定があるからかしら？

「してません」

マークは頭を横に振る。「まじか」

「ご結婚は？」

「前はしてましたよ。十分くらいのあいだ」

「笑える過ちっていう感じ？」

「ハッハッ」吠えるような笑い声。「ええ、そんな感じですかね。コカインの摂りすぎってところかな」

「あら」ジェーンはコカインを摂取したことはなかったし、間違った相手と結婚したこともなかったし、客室乗務員を好きになったこともない。後悔のような感情が胸をちくりと刺す。触れたらひりひりするようなエネルギーに満ちたこの男のようになりたいわけではないが、たぶん、自分の人生の道のりで、ひとつやふたつ、回り道をしてみてもよかったと思ったのだ。

　世界に向けて拳を突き出しているらしい今のジョーダンに、わかるわ、わたしもある年の十一月を丸ごと、シアトルでＷＴＯ（世界貿易機関）への抗議に費やしていたことがあるのよ、といいたかった。でもできない。ジェーンの拳の突き出し方は、「ネーション」誌の記事を読んでそうだ、そうだとうなずくくらいだ。とっちらかった生き方にもメリットはあるはずだわ、とジェーンは思う。ジェーンとブルースは整然とした生活を送っている。ジェーンのいちばん大きな野望――個人的で私的な、小さな映画の脚本を書くこと――でさえ、小ぎれいで整然としている。

　マークが目をこすって周囲を見回した。もちろんあの客室乗務員を捜しているのだろう。ジェーンも一緒になって首を伸ばした。

二〇一五年十二月

エドワードはドクター・マイクのオフィスの外にある木を観察する。小川のような深い溝が走る灰色の樹皮。もう葉が出ることなどないように見える枝。一羽の鳥が枝に舞い下りると、すぐさま飛び立った。

ドクター・マイクはいう。「なにが起きているのか、教えてくれないか？　問題がなにかわかれば、力になれるかもしれない」

エドワードは自分の思考を制御する努力をやめていた。だから、思い浮かぶひとつひとつが小さな驚きだ。机の上の置時計の秒針がカチカチと進んでいく音を聞きながら考える。こんなにジョーダンに会いたいと思ったことはないよ。

「エドワード？」ドクター・マイクがいう。

「叔母さんたちが、ぼくがここに週に二回来るのを望んでいることは知ってます」エドワードはいう。「でも、先生の時間を無駄にすることになると思います」

「きみは叔母さんと叔父さんの家の外で倒れたんだよ」

「三カ月前の話です。たいしたことじゃなかったし」

「もし外がもっと寒かったら、きみは凍死していたかもしれない。たいしたことだよ」

「それでも死ななかったと思います」

「どうしてわかるんだ？」

エドワードは枝に目をやる。鳥がさっきいた場所にくるくるともどってきてくれないかと思ったのだ。だが空気も木も、そよとも揺れない。とはいえ、空っぽのその場所は、空っぽが似合っているように思えた。エドワードは今、空っぽの場所で、ひとりで寝ている。一日中ひとりで歩き回っている。たとえシェイが一緒にいても、エドワードはひとりだった。ドクター・マイクに話してみたらどうなるだろう。シェイは今でも友達だけれど、体育館で干渉されることを拒否してから、ふたりにあったもっと深い絆——いつもエドワードが自分の酸素だと思っていた大事な絆——が、じわじわと消えようとしている、ということを。シェイはとても強い子なので、そうしなくてはならないなら、絆を断ち切って自由になり、どこか別のところで空気を探すだろう。だが、エドワードは自分がシェイのように強くはないし、今回はすでに二度目のチャンスだったということを知っている。エドワードにはわかっていた。もし自分とシェイのあいだにあるものが死に絶えてしまったら、エドワードのなかに残る生命も、終わってしまう。

ドクター・マイクはエドワードに、このことすべてを話してほしいと思っているのだろうが、エドワードは話す気になれない。窓から視線をそらさずにいると、木もこちらを見ているように思えてならなかった。

ジョンは最近毎晩遅くまで起きている。エドワードが地下のベッドに入るまでは寝ない。ジョンはドアから頭をのぞかせ、甥がソファベッドの上で毛布の下に入ったことを確かめる。「大丈夫か？」ジョンが聞くと、エドワードはうなずいて寝返りを打つ。

一時間後、叔母と叔父が寝たと確信すると、エドワードはベッドから出て、スウェットパンツとコンバースを——本当に寒いならオレンジのフードつきコートも——身に着け外に出る。家のある区画を何周かする。シェイの寝室からは見えないように気をつけながら。通り過ぎる家の数を数え、窓の数を数え、頭上の星座を数える。動きたかったし、夜空の暗さと木々のあいだの黒い空気が好きだった。数が頭のなかでごっちゃになってくると、目を閉じて歩いた。座ったり横になったりは絶対にしない。万一眠ってしまって凍えたら、大人たちの心配が的を射ていたということになってしまうからだ。

しばらくして、エドワードのなかのなにかが落ち着くと、地下室に、ソファベッドにもどる。地下室も無音ではないが、シェイの部屋の音とはまったくちがう。おそらく家のいちばん下なので、エドワードの寝ている上で、建物がきしむのだろう。閉じた窓越しに、乾いた葉がこすれる耳障りな音が聞こえてくる。毎晩少なくとも二度はミシッという大きな音がして、エドワードはベッドの上で起きあがり、闇のなかで目をこらす。

屋内の暗闇は苦手だ。隣接するトイレの灯りはつけておくし、高いところにある窓からは街灯の光がかすかに入ってくる。自分の寝室を持ったことの唯一良い点は、シェイを起こさないようにと静かにする必要がなくなったことだ。眠ったふりをする必要もない。咳をしても、拳でマットレスを叩いても、ひとりごとをいってもいい。ベッドの端から端まで転がることもできる。お腹が鳴れば、午前二時にグラノーラバーを食べてもいい。

トゥヘイン先生の鋭いホイッスルが聞こえてくる。シェイが、フランス語が同じクラスの女の子に、今週の金曜に湖のほとりで開かれるパーティに行くかもしれないと——ちょっと怒ったような、興奮した声で——話しているのを立ち聞きしてしまったのを思い出す。エドワードは天井近くの横に細長い窓をじっと見る。空が明るくなってきて、また新しい一日が始まる。

トゥヘイン先生は彼女のいうところの「フォーム」というものに執着していて、エドワードの右足を一センチ動かし、腰を後方にほんのちょっとずらし、腕を一〇〇パーセント真っすぐになるまで伸ばさせる。フットボールチームのキャプテン——がっちりした赤毛の子——がその最中にウエイトルームに入ってきた。深くスクワットしているエドワードを見るとにやりと笑う。

「いかしてるじゃん、アドラー」キャプテンはそういって、携帯で写真を撮る。トゥヘイン先生はキャプテンを叱り、部屋から出ていくよう命じたが、エドワードにはもう手遅れだとわかった。すでにその画像はキャプテンの仲間に送られていたのだ。その日が終わるころには、フットボールチームのメンバーは、エドワードを見るなり、いかにも集中しているという表情を浮かべてスクワットの姿勢を取るようになった。

エドワードとシェイが角を曲がった瞬間、小麦色の髪の内気そうな生徒が、スクワットの姿勢にしゃがんでいるのを見て、シェイはいった。「あんたが？　なんでこんなことしてんの？　あんたはバカじゃないはずだよ。こんなおかしなことするような子じゃないでしょ」

生徒は青ざめて立ち上がり、走って逃げた。

エドワードは午後の三つの授業のあいだ、ノートを開き、ペンを手にして座っていたが、なにも書かなかった。教師たちがとても遠くで話しているように思えた。エドワードはシェイと歩いて帰りながら、ふたりのあいだはなにひとつ変わっていないというふりをしていた。シェイもなにかあると、エドワードがシェイの寝室から出ていったこと以上のなにかがあると気づいていらだっているのは、エドワードにもわかっていた。だがシェイはそこに触れることができないでいる。ぼくたちのあいだにあったものはもう消えるんだ、とエドワードは思う。友達でいられるのも、もう少しのあいだだな。

シェイがいう。「あんたもアルンディ校長に呼ばれた？」

「いや。どうして？」

「うーん。きっとあたしの成績が落ちたんだね。大学に入るために最善の努力をしろとかってお説教するつもりなんだと思う」

「そんな。まだ。大学なんて」エドワードは疲れすぎていて、言葉が文にならない。「別の話だよ。ぼくの成績も落ちたから」

「校長先生、あんたにはその手のお説教はしないでしょ。だって、あんたはどの大学にだって入れるから。成績がすんごく悪くてもね。あんたは墜落事故のことを志望動機書に書くだけで受かるよ」

エドワードは首を横に振った。急に、今が真夜中だったらいいのにと思った。目を閉じて、星空の下を歩いているんだったらいいのに。昼間の陽射しのなかで、皮膚の内側がちくちくしている状態で、シェイが自分自身はなにも知らないことについて話すのを聞きたくなかった。

エドワードは目を閉じて二、三歩進んでから、ふとあることを思いついて目を開けた。「どうして学校にいる子たちはみんなぼくのことが嫌いなんだろう？」

「なにいってるの？」シェイはそういってからちょっと間を置く。「あんたを好きな子だって何人かはいるよ」

「ぼく、ほとんど誰とも話したことないよ」どうしてこれまで思いつかなかったのだろう。この町に二年半住んで、生徒の大半が自分を放っておいてくれることにほっとするあまり、どうしてそうだったかを考えたことがなかった。フットボールチームのキャプテンの顔を思い浮かべる。それから質の悪いその仲間たち、マーガレット、エドワードとロッカーが近い、香りつきのリップクリームをつけた女子たち。エドワードのことを絶対に見ようとしない子たちもいる。まるでそれが主義だというように、その子たちは、エドワードが来るのに気づくと背を向ける。

「やだ」シェイは顔をしかめる。「あの子たちは完全にいかれてるんだから、無視すればいいんだって。あの子たち、あんたのことラッキーだと思ってるの。羨《うらや》ましく思ってる子もいるんだよ」

エドワードは聞き間違えたのかと思った。「ラッキー？」

ふたりの家がある通りに出たとき、シェイはちらりと横目でエドワードを見た。「同じ学年に、親が刑務所に入ってる子が三人いるの。政府からフードスタンプ（低所得者支援のための食料クーポン）もらってるうちの子もたくさんいる。それに、ほら、誰でも悲しい過去のひとつやふたつはあるよね？　でもあんたは、悲しい過去で有名になった」

エドワードは冷たい空気を吸い込む。

「それに」とシェイは申し訳なさそうにいう。「みんな、あんたのこと、特権階級の白人の男の子だって、どうしても思っちゃうんだよ。そのうちたくさん保険金が入るって知ってるから」

ラッキー。エドワードは頭のなかでその単語を唱えてみる。その重さを測るように。

「とにかく、あの子たちのことは、無視すればいいの」

エドワードは自分のなかの闇がさらに暗くなっていくような気がした。電球が切れかかっているみたいだ。シェイのいったことは、ひとつも間違っていない。たぶん、ぼくもバカなんだ、とエドワードは思う。こういうことを、これまでなにひとつ思いつかなかったんだから。

その夜、近所の散歩を終えたエドワードは、暗がりのなか、家の敷地内を歩き回った。フットボールチームのキャプテンの薄ら笑いについて、そしてエドワード自身もバカである可能性について考える。こういうことを考えるには、体を動かす必要がある。ほかにも考えることがあった。ここ数週間、エドワードのあとをずっとついてきていたその考えは、今や肩を叩いている。明日は十五歳の誕生日だ。明日、エドワードは兄が死んだときと同じ年齢になる。エドワードは暗がりのなか、家の周りを何度も何度も回った。何周目かの途中で、ガレージの存在に気がつき、周回ルートに加えようと近づいていく。

　裏庭は長く、ガレージは家と離れた、かなり奥まったところにある。生け垣に隣接していて、その向こうは林だ。エドワードはガレージに近づいたことがなかった。ジョンもレイシーも、自分たちの車を私道に停めていたからだ。エドワードはその建物を気に留めたこともなかった。なんのために使われるものなのか、なかになにがあるのかも考えたことがない。エドワードは、ここに越してきてから、自分が立ち入る場所を限定してきたことに気づいた。キッチン、リビング、シェイの部屋、公園、学校。

　暗闇のなか、夜露でスニーカーを濡らしながら、エドワードは新しい場所に向かうという小さな満足を感じていた。それがただのガレージであっても、だ。エドワードは建物の周りを歩いて立ち止まり、窓からなかをのぞく。だが、幽霊のように窓に映る、深刻そうな自分の顔しか見えない。叔母と叔父はなかになにを置いているのだろうかと考える。なにしろふたりとも、車庫として使っていないのだから。

　側面にドアがあったので、試しにノブを回してみる。鍵がかかっているだろうと思ったが違う。ノブをひねると、ドアは内側に開いた。一歩なかに入ると、暗い部屋は裏庭の延長のように見えた。厚みのある垣根、中央には家のように見えるなにか、濃淡様々な長方形の暗がり、ぼうぼうに生えて絡み合っている墨色の草。エドワードは開いたドアの横から動かない。目が暗がりに少し慣れてくると、すぐそばに、懐中電灯がコンセントに差し込んであることに気がついた。これはジョンの日曜大工の成果だ。家の部屋すべてが、緊急時に備えて同じ作りになっている。エドワードは懐中電灯を引き抜き、スイッチをオンにする。

　部屋の中央には作業台があり、その脇のフックから様々な道具がぶらさがっている。あまりにも整然としていて、日常的に使っているようには見えない。エドワードは、叔父はここでなにを作るのだろうかと考える。ジョンが古いテーブルにやすりをかける姿を想像しようとするが、どう考えてもあり得ない。作業台に近づくと、ノートパソコンがいくつも重ねてあるのがわかって、エドワードはにやりとした。もちろんそうだ。ここは家具を作る場所でも修理する場所でもない。コンピューターを組み立てたり分解したりするための作業台なのだ。ガレージのそばにジョンがいるのを見たことはないが、ジョンは早起きだから、エドワードとレイシーが起きる前にここに来ているに違いない。

　部屋のすみにはあせた緑色のアームチェアがある。上品なおばあさんが持っていそうなやつだ。その横に本棚がある。棚に懐中電灯を当てると、なかに納まっていたのは、たったふたりの作家——ゼイン・グレイとルイス・ラムーア（どちらもウエスタン小説で有名な作家）——の全集だけのようだ。エドワードはもう一度確かめたが、ほかの作家の本は交じっていない。ジョンはここに来て、ウエスタン小説を読んでいるのか？　エドワードは、ここにあるものすべてが、レイシーではなくジョンのものだろうと、なぜか確信していた。家はレイシーのものだ。エドワードは直感でそうわかっていた。だからここは、妻が家のなかに入れるのを許さないようなごちゃっとしたものを置いておくためのジョンの場所であるはずだ。

　エドワードは緑のアームチェアに身を沈める。ジョンの席から世界を見たかったのだ。ガレージのなかに入ってみて良かった。地下室にもどるのを先送りにする、ちょっとした気晴らしを見つけたことが嬉しかった。今夜は寝る時間を遅らせよう。起きる時間も十五分遅くすればいい。アームチェアの隣に丸テーブルがあって、その上に色の違うフォルダーが重ねてあった。足元には大きなミリタリースタイルのダッフルバッグがふたつある。そのうちのひとつを足で押してみると、バッグは楽に動いた。なにが入っているのかわからないが、とても軽いものだ。懐中電灯を下に向けると、ダッフルバッグにはふたつとも、南京錠《なんきんじょう》がかかっている。

　エドワードはいちばん上のフォルダーを膝の上に置いて開く。ジョンの丁寧な手書きの文字が書いてある紙。キッチンカウンターによく載っている買い物リストの文字と同じだからわかる。上等なリンゴ、ターキーの胸肉、豆乳、アーモンドチョコレート。だがこれは、買い物リストではない。名前のリストで、それぞれの名前の横に数字とアルファベットが書いてある。34Ｂ、12Ａ、27Ｃ。数字が横についていない名前は五つだけだ。

　紙の上に置いたエドワードの指先が汗ばんでくる。

　名前は全部で百九十二個あるのだろう。数えなくてもわかった。これはあの便の乗員乗客名簿だ。座席番号のない五名分の名前は、ふたりのパイロットと三人の客室乗務員のものだ。エドワードはリストをさっと見て自分の名前を捜す。ない。だが、兄と父と母の名前が、ジョンの几帳面な文字で書かれている。母の席の列の番号はアドラー家のなかでひとりだけ違う。ぼくたちと一緒に座るべきだったのに、とエドワードは思う。

　乗員乗客名簿の下に別の書類がある。一枚目と違う手触りの紙も入っている。厚みがあるのだ。だがエドワードは最初のページをめくらず、先を見ようとしなかった。フォルダーを膝の上に開き、手には懐中電灯を持ったまま。ＮＴＳＢの地階の廊下で叔父と座っていたことを思い出す。つまり、叔父さんはまだ情報を集めていたんだね。

　エドワードはフォルダーをテーブルの上にもどす自分を確認する。エドワードの体は、脳と同じように、これはひとりでは無理だとわかっているのだ。エドワードは懐中電灯をドアの横にもどし、裏庭を横切りシェイの家に向かって走った。そしてシェイの部屋の窓に小さな石——ベサを起こしたりガラスを割ったりしないように探した、できるだけ小さい石——を投げる。いくつか投げるうちにシェイが顔を出した。髪は乱れ、メガネをかけている。

「いったいなに？」シェイは窓を開けていう。ようやくエドワードに届くぎりぎりの声だ。シェイもベサを起こしたくないのだ。「大丈夫？」

「見せたいものがあるんだ」そう答えると、シェイの顔がぱっと明るくなったのを見て、エドワードは安堵の波にのまれた。

「ねえ」シェイがいう。「誕生日、おめでとう」

「えっと」エドワードは夜空を見上げる。黒いブランケットに穴を開けたように光る星々を。「十二時過ぎた？」

　シェイはうなずいた。ふたりがその話をしたことはなかったけれど、シェイが今年の誕生日はいつもの年より複雑なものだということを理解しているのがわかった。二分後、シェイはスウェットパンツをはいて下りてきた。エドワードは前に立ってガレージに案内する。なんだかばかばかしいことをしているような、ぐったり疲れているような、同時にくらくらするような気分のエドワードを、シェイが後ろから小声で質問攻めにする。

「どうしてガレージのなかを見ようなんて思ったわけ？」

「どうしてこんな時間まで起きてたの？」

「いつも散歩してたんなら、どうして誘ってくれなかったの？　教えてくれたら絶対一緒に……」
ガレージに入ると、エドワードは懐中電灯で椅子、本棚、積み重なったフォルダー、錠のかかったダッフルバッグを順々に照らしていく。アームチェアの下に入っていた小さな緑色の足置きを見つけて自分が座るために引き出すと、シェイがアームチェアに座る。

　エドワードがいちばん上のフォルダーを照らすと、シェイはそれを膝の上に置いた。シェイは見下ろしてから顔を上げてエドワードを見る。

「なに？」エドワードがいう。「いいから開いてよ」

「だめ」シェイはゆっくりという。まるでその言葉がシェイにとって驚きだとでもいうように。

「だめ？」

「あんたが約束するまでは開かない」シェイは姿勢を正す。「あんたが、あの変な態度をとるのをやめるって約束してくれないと。これからは、あたしといるとき普通にしてくれないとだめ。明日の朝になったら、またあの冷たくて、すんごくよそよそしい感じにもどるとかナシだから」シェイはそこで言葉を切ると、そのあとは声のトーンを落としていう。「あたし、もう耐えられない」

　エドワードは驚いてシェイの目を見つめた。その目が見慣れないものになっていることに気づいた。ずいぶん長いあいだ、シェイの目を見ていなかった。地面を見たり、そっぽを向いたりして、自分のなかで葛藤《かっとう》していたのだ。エドワードはその瞬間理解した。変だったのは自分なのだ。シェイではなく。シェイはふたりの関係はなにも変わっていないといったとき、そのままの意味でいっていたのだ。エドワードは、ふたりのあいだにあるなにかが壊れたと信じ込んでいたけれど、壊れていたのは、実はエドワードだった。頬が燃えるように熱い。エドワードは、自分の人生で最も大事な部分を、ひとりで壊すところだったのだ。

「ごめん」エドワードがいう。「約束するよ」

「よかった」シェイがうなずく。「すごく寂しかったんだからね。まったく、ヘンなやつ」シェイはフォルダーを開き、エドワードはシェイが乗員乗客名簿に目を通すのを見ていた。「これって、あたしが思ってる、あれ？」

　エドワードは自分の熱い頬に両手を押しつける。

　シェイが小声でいう。「あんたの名前がないけど、座席番号は？」

「31A」

　シェイは読み終わると、いちばん上のページをめくった。すると金髪の女性の写真が現れた。女性は体を軽く前に傾けて、カメラに向かって微笑んでいる。カメラの後ろにいる誰かを喜ばせたいという表情だ。エドワードが学校の駐車場で見たのとは違う写真だが、同じ人だとわかる。エドワードはいう。「それ、ゲイリーの恋人だよ」

「そうなの？」シェイは小さな声でいう。「かわいそうなリンダ」

　その次は軍服を着た、にこりともしていないベンジャミン・スティルマンの写真。だがエドワードは黙っていた。彼のことをシェイに話したことはなかったし、どう説明すればいいかまるでわからなかった。ほんの数分会っただけの人だけど、毎日少なくとも一度は思い出すし、ぼくが強くなりたいと思っているのもこの人が原因なんだ、なんて、いえるわけがない。どうしたってばかげているし、おかしいと思われてしまう。

　その後ろにはエドワードの家族の写真があった。母。父。エドワードが今着ているフードつきコートを着たジョーダン。そのあとが、すそに鈴がついたスカートをはいていた大柄の女の人。両腕を上げていて、踊っているように見える。いきなり写真――ことに、エドワードの家族の写真――

が出てきたので、エドワードは軽く船酔いしたような気分になった。知らない人の写真が出てくるとほっとした。見たことがあるような気がする人はたくさんいたが、はっきりどこで見たかはわからない。もしかしたら、機内でその人の座席の横を通ったのかもしれない。トイレの列に一緒に並んでいた人かもしれない。エドワードの視線が、いかにも金持ちそうな、髪を後ろになでつけた男性の上で止まる。この人は見たことがある。歯を見せて笑っていたが、少し怒っているように、そうでなければ意地悪そうに見えた。写真を撮っている人に、ケチをつけようとしていそうに見えた。

シェイは金持ちの男の写真を裏返した。そのとき初めて、ふたりは、それぞれの写真の裏にメモが書いてあるのを知った。マーク・ラッシオという名前、おそらく事故当時の年齢。遺族の名前。この男の場合はジャックス・ラッシオという弟だけで、その弟のフロリダの住所も書いてある。

フォルダーには百枚以上の写真がおさまっていた。そのなかには、いかにも公式という感じの、パイロットの顔写真が二枚あった。一枚は白髪交じりの口髭の下で微笑む男、もう一枚は、堅苦しい表情だがハンサムな若いパイロット。エドワードは写真の顔が、自分の内側に入ってくるような気がした。まるで、エドワードの皮膚の内側にある飛行機に、人が乗り込んでくるような感じ。エドワードの腕は翼。胴体は機体。人々が順々に入ってくる。

ふたりですべての写真を見終わると、シェイはフォルダーを閉じた。ふたりは薄暗がりのなかに黙って座っていたが、しばらくしてシェイがいう。「ジョンは、あんたたちがワシントンＤＣからもどったあと、この作業を始めたんだと思う。間違いないよ」

「どういうこと？」エドワードの手はフォルダーの上に置かれたまま。フォルダーに入っているものが多すぎて、そしてその瞬間、エドワード自身もそのなかに入りこんでいたので、シェイのいっていることを理解できなかった。

「あれからジョンとレイシーは一緒の部屋で寝なくなったんだから、タイミングとしては合ってると思う」

エドワードはシェイをじっと見る。「なんの話？」

「ジョンが子ども部屋で眠るようになったこと、気づいてなかったの？」

エドワードは子ども部屋を思い浮かべる。積み重なったダンボール、シングルベッド。「気づかなかった……ぼくは二階には行かないし。どうしてジョンがどこで寝てるかなんて知ってるの？」

シェイは髪を束ねてくるっとねじり、おだんごにまとめた。信じられないほどすばやく、正確な手つきだ。今が初めてではないが、エドワードは、シェイの胸に膨らみがあることに気づいた。トレーナーの上からでもわかってしまう。エドワードは赤面して視線を下げた。

「レイシーがママにいってたの。最初、喧嘩したせいだっていってたんだけど、そのあとで、ほんとはジョンがいびきをかくからだっていったんだよね。でもそれって、問題にならないはずなんだ。ママがいってたんだけどね、レイシーは睡眠薬を飲んで寝るから、ジョンのいびきが聞こえるわけないの」

エドワードは暗い部屋をさっと見渡す。叔父が小説を読んだり、回路基板を調べたりする場所だと思っていたが、もっと闇の深い探索が行われているらしい。闇がエドワードに向かって伸びてくる。抱えているかもしれない秘密で膨れあがっているのだ。「レイシーは睡眠薬を飲んでるの？」

「墜落事故のあと、お医者さんにもらったらしいよ。すごく大粒の薬。強すぎるんじゃないかって、ママが心配してる」シェイはエドワードの表情に気づいて、安心させるように微笑む。「大丈夫。あんたがこういうことに疎いのはわかってる。これからは、ちゃんと教えるね」

一週間前、フランス語の時間に、担当の教師が産休に入る前のお祝いにと、ある生徒がカップケーキを持ってきたとき、エドワードはうろたえた。教師の大きなお腹にも、もうすぐいなくなると話していたことにも気づいていなかったからだ。片手にカップケーキを持って、知ったばかりのニュースをのみ込みながら、どうして自分はこんなにも明らかなことに気づかなかったのかと驚いたのだ。

「レイシーはいつも早くベッドに入るよ」エドワードは、新たに知った事実に追いつこうと必死だ。

シェイはうなずく。「夕食後すぐに薬を飲んでるんだよ」

エドワードはフォルダーの上に掌を置く。そのなかには叔父が集めた名前と顔と数字が入っている。エドワードを嫌う学校の生徒たちの顔を思い浮かべる。自分が気づかずにいたことは、ほかにどのくらいあるのだろう？　調査をしてメモを取りたいという衝動に駆られる叔父の気持ちがわかる気がする。

「こういって、あんたの気持ちが楽になるかわかんないけど」とシェイがいう。「あんたは、あたしが気づかないことに気づけるよ。今夜、あんたはどうしてここに来たと思う？　たぶん、なにかに導かれたんだと思うよ。なにか意味のあることが起きてるってことを感じとる能力があるんだと思う」

エドワードは首を横に振る。シェイの考えは外れている。それでもシェイが今でもエドワードのなかになにか特別なものがあると考えてくれることが嬉しかった。

「ジョンがこんなことしてるってレイシーが知ったら、怒るよね」シェイは自分の近くにあるほうのダッフルバッグをつついた。「このなかにはなにが入っていると思う？　あの飛行機と関係するものだよね」

そんなことはエドワードには思いもよらなかった。大きなバッグふたつをいぶかしげに見る。

「開けてみないとね。フォルダーもまだある。でも、明日にしよう。あんたの目の周りがちょっとおかしくなってるし。急ぐ必要はないから」

次の日の夜、レイシーがキッチンテーブルのエドワードの椅子の背に風船を結びつけているのを見たエドワードは、お祝いムードを壊さないよう気をつけようと思った。「やあ、大きくなったな」叔父がいう。「十五歳か？　子どもの成長は早いな」

エドワードはなんとか笑みを作る。叔母か叔父は、エドワードがジョーダンの年になったことをいうだろうか？　たぶん、いわないだろう。それなら、ふたりがそのことを憶えていないのか、単になんといっていいかわからないからいわないのか、どっちなのだろうと考え続けることになる。シェイには夕食前に諭された。「自分の誕生日が嫌いなのは知ってるけど、ジョンとレイシーのために、なんとかうまくやって」

エドワードはうなずいた。今年の誕生日は特別不安な気持ちにさせられる日だが、シェイとの関係を修復できたことが、とにかくありがたかったから、どうにかしのげそうだった。ガレージのフォルダーをきっかけに、シェイに素直に声をかけることができて、本当に良かったと思った。そのおかげで自分の人生を台無しにせずにすんだのだ。今日、シェイはエドワードを見て、明らかにほっとした表情を浮かべていった。「また普通にもどったね」

エドワードはスパゲッティをフォークに巻きつけ、叔母と叔父をできるだけそれとなく観察する。隣に座っているシェイも、どうやら同じことをしているようだ。その朝、エドワードは子ども部屋のシングルベッドを確認したが、明らかにジョンが寝た形跡があった。ジョンのパジャマがたたんで椅子にかけてあり、シーツが乱れていた。だが、レイシーは夫を嫌っているようには見えない。

ジョンにスパゲッティの入った深皿を渡し、十五というのは自分の最初のコンピューターの処理速度と同じだなどとつまらない冗談をいったジョンに微笑んだ。

　そのときはっとした。ずいぶん長いこと、レイシーが夫に稲妻を放つのを見ていない。手のかかる子どものようにジョンにべったりする姿も見ていない。レイシーは前よりも安定しているが、同時に前よりもよそよそしくなった気がする。ジョンの不気味な趣味――墜落事故の情報を集めるというもの――が結婚生活を揺るがしているというのがシェイの説だが、エドワードは、実は変わったのはレイシーで、そのために、ふたりのバランスが崩れたのではないかと思った。

「ふたりはどうやって知り合ったの？」シェイが聞く。

「わたしたち？」レイシーは驚いたようだ。「あら、どうしよう。出会いはアッパーイーストサイドのイタリアンレストランだったわ。共通の友達がいて、その人が紹介してくれたのよ。で、そのあと大勢で会食したんだけど、たまたま隣り合わせたの」

「雪が降ってた」ジョンがいう。

「そうね、雪が降ってた。それからあっという間に結婚しちゃったの」レイシーは微笑む。「ジェーンには、気は確かかっていわれたわ。でも、わたしもジョンも結婚する準備はできていたの」

　シェイは目を細めてエドワードを見る。エドワードはシェイの考えていることが手に取るようにわかった。雪が降ってた。レイシーが微笑んでる。たぶん、ふたりはまだ好き合ってるよ。だが、エドワードは、これだけでは安心できなかった。さっきまで普通の会話をしていると思った両親が、いきなり喧嘩を始めたことがよくあった。父のこめかみの血管が脈打ち、母の声は数オクターブ高くなる。エドワードと兄は驚いて、なんか前触れあった？と顔を見合わせた。自分の親の結婚生活がどういうものかもわからないのに、叔母と叔父の夫婦のことなどわかるはずもない。それに、エドワードはもうかつてのジョーダンの年齢だ。ジョーダンなら黙ってはいないだろう。

エドワードはジョンに聞いた。「どうして子ども部屋で寝てるの？」

その質問に、全員が固まった。レイシーはナプキンで口元を押さえる。シェイとジョンはなにかを口に入れたまま、動かない。エドワードはみんなが一瞬静止したことに、かすかな満足を感じる。

ジョンの頰に色味が増した。「ぼくのいびきでレイシーが眠れないとき、あそこに寝るんだ」

レイシーのナプキンは拳に握られている。「どうしてそんなこと聞くの？」レイシーの声が語尾で高くなる。軽い感じを無理やり出そうとしているみたいだ。

エドワードがいう。「いろいろ大丈夫なのかなって、ちょっと心配になったんだ」

この発言で、また部屋の空気がなくなる。エドワードは、この沈黙こそが、いろいろ大丈夫じゃないことを暗に示しているのだとわかった。レイシーとジョンが視線を交わす。

シェイは咳払いをしていう。「鼻に貼るテープがあるんだって。それをつけると、いびきが止まるってなんかで読んだの。薬局で買えるんじゃないかな」

ジョンがいう。「ありがとう、シェイ。探してみるよ」

「どこで寝るかなんて、ちっとも大事なことじゃないわ」レイシーはエドワードを見据えていう。

その言葉を聞いて、自分がこの家に来て数カ月のころ、エドワードがシェイの家で寝ることを不服に思うレイシーに、似たようなことをいったのを、ぼんやりと思い出した。

「さあ、ケーキだ」ジョンはそれがまるで命令であるかのようにいう。

みんなが「ハッピーバースデー」を歌うなか、ジョンはいくつもの層になったケーキを持ってきて、エドワードの前にそっと置いた。

「願い事をして」ジョンがいう。

願い事は危険で、無意味で、エドワードが自分の誕生日が嫌いな理由のひとつでもあった。ガレージに集めているものは、役に立っているのかと叔父に聞けますようにと願う。だが、その答えは自分で見つけるべきもののような気がした。エドワードは心のなかで問う。叔父さんがそんなことをするのはぼくを守るため？　それ、うまくいってる？

　シェイがケーキを褒めるとレイシーがいう。「わたしのおばあちゃんのレシピなの。エドワードがちっちゃいころから好きだったのよ」

「うん」エドワードはうなずくが、レイシーはエドワードとジョーダンを間違えていた。それはジョーダンの大好きなケーキで、兄弟の母親が、ジョーダンの誕生日に、ジョーダンのために焼いていたものだ。エドワードの好きなデザート──両親が生きていたころ、自分の誕生日に食べていたもの──はアイスクリームサンデーだ。だがレイシーが、エドワードのお気に入りのデザートを憶えていたことをあまりに喜んでいたので、どうしても本当のことをいいだせなかったのだ。エドワードは兄の好物のケーキをフォークで口に運ぶ。十三歳の誕生日にも十四歳の誕生日にもこれを食べた。きっと、十六歳の誕生日にも食べるのだろう。

　ジョンがあくびをして立ち上がる。

「なにしてるの？」レイシーの声は不満げだ。

　ジョンは驚いてあたりを見回す。「ごめん」そういってまた座る。「行儀悪かったね。急《せ》かすつもりはなかったんだ」

「叔父さん、疲れてるんだよね」エドワードはいう。

　叔父は眉をひそめた。その表情を見てエドワードは、不眠症に悩み、夜中に何度も目覚めているのは、自分だけではないのだとわかった。暗くて単調な真夜中、エドワードは、起きているのは、休むことが許されないのは、自分だけだと思っていた。だが、今やふたりのティーンエイジャーが芝生を横切り、ジョンはふたつのベッドを行き来している。そしてエドワードはひとつ年を重ね、自分の家族から、また一年分遠く離れたのだ。

エドワードとシェイは夜中にまたガレージにやってきた。大人たちがベッドに行ってから一時間以上過ぎて、安全だと思えるようになってからのことだ。

シェイはスニーカーでダッフルバッグを軽くつつく。「たぶん、ひとつ五キロってところだと思うよ。せいぜい七キロ？　見た目ほど重くないの。中身がなにかはわからないけど、紙で包まれてる。カサカサ音がするし」

「単にジョンの夏服かもしれないよ。でなけりゃ、寄付しようと思ってるものとか」

「それならわざわざ錠なんてつけないでしょ。そんなこと誰もしないよ。なにか大事なものが入ってるに決まってる」

ふたりはそれぞれの席に着く。エドワードは足置きに、シェイはアームチェアに。ふたりの今晩の計画は、フォルダーをすべて確認すること――シェイは中身をメモしたがっている――で、バッグを開けるのは明日に回すことになっている。ひとつのフォルダーにはエアバスＡ３２１機の情報が入っていた。機体図、翼長、エンジン推力、最大燃料容量。同型機の事故の事例と、どの航空会社でどの程度の頻度で使用されているか。エアバスＡ３２１の腹部の写真、上から撮った写真、飛行中の写真。そのフォルダーのいちばん下にあったのは、墜落現場の写真だった。エドワードは直視することができない。写真を渡すと、シェイはフォルダーにもどしてくれた。

最後のフォルダーには、エドワードか事故機についてＳＮＳで言及されている部分を印刷したものが入っていた。最初の半分は「ミラクルボーイ」というアカウント名のフェイスブックページからだ。プロフィール写真は、病院にいたときに撮られた唯一のエドワードの写真だ。頭に包帯を巻き、横顔を見せている。エドワードは、その画像が自分だとはあまり思えなかった。投稿はほとんどが、あの便に関するニュース記事へのリンクだが、文章での投稿もあって、それは同名のツイッターアカウントと同時投稿されていた。こわいよ。さみしいよ。ママに会いたい。どうしてぼくがここにいるのかわからない。たぶん、神様がぼくを救ってくださったんだろうけど、ぼくはただの子どもなんだ。

「いったい誰が書いたんだ？」エドワードが小声でいう。「こんなことして、許されると思うなんておかしいよ」

「これ読んだよ」シェイがいう。「ネットで。もちろんまだあんたを知らなかったころ。あんたがこれを病院で書いてるのかなって思ってた」

「唾を飲み込むことさえうまくできなかったんだ」エドワードがいう。「ツイッターのアカウントを作るなんて、とんでもないよ」だがそういいながらも、エドワードのなかで声がする。本当にそうだった？　エドワードの脳は当てにならない。エドワード自身の重さを支えられるほど確固たる事実も入っていない。エドワードは、病院のベッドに横たわる自分を想像する。片脚を吊られたまま、心のうちをｉＰａｄに打ち込む自分。

シェイは懐中電灯を両手で挟む。まるでそれが祈りの中身のようだ。頭をぷるぷる振ってささやく。「もう全部見たよ。行かなきゃ」

ガレージを出る前、ふたりは乗員乗客名簿をもう一度読み――ふたりとも名前を暗記しようとしていた――最初のフォルダーに入った新しい写真をチェックした。ジョンが昨日はなかった写真を一枚加えていたのだ。白衣を着て首から聴診器をぶらさげた赤毛の女性の写真だ。女性は、写真のためにポーズを取らされるなんて迷惑だというような表情でカメラを見ている。写真の裏に名前が書いてある。ドクター・ナンシー・ルイス。遺族は両親で、コネチカットの住所が書いてあった。

エドワードは女性に見覚えがあった。その記憶はほかのたくさんのものに結びついているせいで、喉が締めつけられる。

「知ってるの？」シェイがいう。

「ううん」エドワードはそういうが、否定した自分の言葉が痛かったし、フォルダーにもどす前に、その医師の写真を最後にちらっと見たときも辛かった。それからエドワードはガレージを出て、冷たい芝生の上を歩いていった。

翌日、午前中の数学の授業のあと、マーガレットがエドワードのそばにやってきていった。「ずっと気になってたから、確かめさせて。あたしを押したせいで、困ったことになったりしなかったよね？」

エドワードはマーガレットを見下ろす。この半年で身長が七・五センチ伸びた。廊下を歩くと、クラスメイトたちの頭のてっぺんが見えることにいつも驚いてしまう。「ううん」エドワードは答える。「ほんとに悪かったよ。あれは間違いだったんだ。なんていうか、怖くなっちゃって。だからあれから、体育の授業に出てないんだ」

そういったあと、エドワードはため息をついた。フットボールチームのキャプテンがこちらに向かってきていたからだ。エドワードに気づくと、歯をむき出しにして、笑みらしきものを見せる。それから片手を上げて、ハイタッチを求めてくる。エドワードは自分の手を上げて、相手の掌をぱちんと叩く。振り返ってマーガレットを見ると、嫌悪感を浮かべてこちらを見ている。「あいつはぼくの友達じゃない」エドワードがいう。

「三年と四年のあいだに、ＡＰ（Advanced Placementの略で、高校在学中に大学の入門レベルのカリキュラムが学べるプログラム）のクラス、いくつ取る？」

「わからない」エドワードは驚いてマーガレットを見る。「きみはもう決めてるの？」

「七つ」

「すごいね」エドワードはほかにどういっていいかわからない。そもそもＡＰのクラスがそんなにあることも知らなかった。体育の授業でマーガレットを押してしまったことを後悔した。そして今、こんなふうに、どう対応していいかわからない会話をしていることを後悔した。首の後ろに汗が伝うのがわかる。

「あなたの乗ってた飛行機に、アジア系の乗客が十一人いたの」マーガレットは声を低くする。

「そのうちのひとりが、あたしの叔母と同じ町に住んでた」

　マーガレットの言葉は、エドワードのなかの、乗員乗客名簿が刻み込まれている場所に真っすぐに届いた。そして名簿のなかでスペルから、たぶんアジア系だろうと思っていた名前を思い出す。マーガレットの今の言葉のおかげで、パズルのピースがぴたっとはまるように、確信を持てたことがエドワードにはありがたかった。マーガレットが自分に近づいた理由がわかった。彼女が気にしていたのはこのことだったのだ。

「その人たちの名前、わかるよ」エドワードはマーガレットと同じ、低い声でいった。

　一瞬、名前をひとつひとつ挙げていってといわれるのかと思ったが、マーガレットはうなずくと、明らかに満足した様子で去っていった。

午後○時四十四分

２９７７便は、かつて飛んでいたすべての航空機の航跡をたどっている。羽ばたき飛行機と呼ばれる金属の翼を腕にくくりつけた人間たち、グライダー、熱気球、空中蒸気車、エゼキエルの飛行船、まだまだいくらでもある。この飛行機に乗る人たちは、民間航空機での旅行が当たり前になった時代に生まれているから、誰もがある程度、空の上で座っていられるという事実を当然のように受け止めている。

ベンジャミンはトイレを出たとき、もう座りたくないと思った。狭い座席に何時間も体を押し込んでいるのは我慢できない。飛行機の後方の、人の邪魔にならない場所に立つ。右手の小さな窓を見ると、雨がガラスに枝分かれした筋を描いている。見ているうちに、筋が消えてきた。まさに今、雨がやんだのだ。空がまるで息を吸い込んだように表情を変え、明るくなる。

空の変化と共に、自分のなかのなにかが変わるのを感じる。ベンジャミンは初めて、この飛行機を降りたあとの現実的な生活について考えた。ロリーは空港に迎えにきてくれるだろう。ベンジャミンはそこで考えを止める。もしかしたら、それで十分なのかもしれない。

ベンジャミンは十二歳を過ぎてから、祖母と一緒に、あるいは祖母の家の近くに住んだことがなかった。もしかしたらこれからは、祖母に感謝を伝えることを中心に据えた生活を送るのもいいかもしれない。ベンジャミンに――両親がうずくまっていたアパートの廊下にいたベンジャミンにせよ、アフガニスタンの戦場の乾いた地面で脇腹から血を流していたベンジャミンにせよ――救われる価値などなかったにしても、ロリーは四歳のベンジャミンを救ってくれた。食べさせ、服を着させ、体を洗ってくれた。本も読んでくれた。口答えをしたり、押し黙ったりすれば、大声で叱ってくれた。

　ベンジャミンのためにロリーがミリタリースクールの全額支給奨学金を取得したことを知ったのは、十一歳のときだった。ベンジャミンは口をきかなくなった。ロリーを懲らしめるため、そして自分が泣かずにいるためだった。ロリーは、それまでベンジャミンがしでかしたどんなことよりも、この無言に腹を立てた。朝も昼も夜も、ベンジャミンに怒鳴り続けた。口を開けなさい！　幽霊みたいになってるんじゃない！　この世のなかで生きていくつもりなら、声を上げなきゃならないんだよ！　こんなにいろいろしてやってるのに！　追い出しちまうよ！

　ベンジャミンはそれでも口を開かなかったが、頭のなかで思っていた。おれはここが大好きだ。ここがおれの帰る場所だ。

　もしかしたら、あの老いた女性に身を捧《ささ》げるのもいいかもしれない。新兵の採用や、その後の事務処理をしたりするような勤務時間の決まったデスクワークに就いて、自分の金と自由な時間をロリーのために使うこともできる。一緒に映画にも行ける。ロリーはジグソーパズルが好きで、いつもキッチンのテーブルの上に広げているが、ベンジャミンは毎週新しいジグソーパズルを買ってやることもできる。そうすればロリーは、ずっと前に買った、ぼろぼろでピースの揃っていない、安物のパズルを繰り返ししなくていいのだ。ふたりで海までドライブもできる。ロリーの住んでいるところから数キロしか離れていないのに、近所の人は誰ひとりとして海に行ったことがない。まるで大いなる青い海が、自分たちとは無縁のものだとでもいうように。

　通路の向こうの席に座っていた少年のひとり——弟のほう——が近づいてきて目の前で止まった。

「トイレを待っているんですか？」少年が聞く。

ベンジャミンは首を横に振った。

「そうですか」少年はそういって、両手をジーンズのポケットに突っ込む。「あの――軍人さんですか？」

少年はとても痩せていて、不安そうな表情を浮かべ、黒いもじゃもじゃの髪をしていた。おそらくベンジャミンが全寮制のミリタリースクールに入れられたときと同じ年頃だろう。あのころ、ベンジャミンはまったくなにもわかっていなかった。最初の学期、最年長の少年たちにからかわれたとき、彼らの悪意は伝わったものの、なにをどう侮辱されているのか理解できていなかった。あざ笑われているのは間違いないが、自分のなにを笑われているのかわからなかった。幸運なことに、クリスマス休暇中に体が急激に成長し、同じ年の生徒たちより十五キロ近く大きくなってもどったので、それ以来、誰にもいじめられなくなった。

だが、ベンジャミンは、人とコミュニケーションをとることがとにかく苦手だった。学業でのテストではどの学科でもいい点を取ったが、対人関係に関してはいつまでたっても落ちこぼれだった。もし、もう少し機転の利くタイプだったら、士官を志し、陸軍士官学校への道も開けていただろう。たいていは白人が進む道だが、数合わせのために、軍はできのいい有色人種の若者を常に探していた。だがベンジャミンは握手すべき相手と握手しなかった。あるいは、握手すべき相手が誰なのかということさえわからなかった。高校のあいだ口を閉ざし続け、そのまま基礎訓練へと流されていった。自分がどんな人間かも、自分がなにを欲しているのかもまるでわからなくなるほど混乱していたのも不思議はない。ベンジャミンはギャヴィンを思い浮かべ、胸に深い痛みを感じた。

「軍を辞めるんだ」ベンジャミンはいった。すると寂しさが信じられないという思いに変わった。

同じことをもう一度いう。もっと声を大きくして。その言葉が自分の耳にどう響くのか、確かめたかったのだ。「軍を辞める。これから家に帰るところだ」

少年はうなずいた。まるでそれが道理だというように。道理なのか？ 道理であるはずがないじゃないか。軍を出てしまえば、ベンジャミンにはなんの専門知識も経験もない。五十口径ライフルの腕前なら、たいてい誰にも負けないし、編隊を組んで乱れなく行進することも、三十五キロの背のうを背負って音もなく森を歩き回ることもできる。こうしたスキルは、民間人としての生活にも応用できるだろうか？

少年はいう。「いつ死ぬかもわからないと思ってるのって、きっとすごいストレスですよね」

その通りだ、とベンジャミンは思う。これもまた、今まで考えたこともなかったような気がする。

ベンジャミンは少年を見つめる。自分がこんなに若かったのが、ずいぶん昔のことに思える。

「学校に行っているのか？」

「行ってはいませんが、父さんがぼくと兄さんをホームスクーリングで教えてくれています」

ベンジャミンは微笑んだが、あまりにかすかにだったので、誰も微笑んでいることに気づかないだろう。「名前は？」

「エディです」

「ベンジャミンだ」

「行かなくちゃ……」少年はトイレのドアを指さす。「会えて……お会いできて……光栄です」思いついてわざわざ表現を変えたようだ。

「おれもだ、エディ」ベンジャミンは少年がトイレに入ってロックをするまで見ていた。

リンダは、気の弱そうなほうの女性客室乗務員がゴミ袋を持って通路を進んでくるのを見ている。早くして、と心のなかで思う。お願いだから早く。リンダはトレーの上の手つかずの食べ物が放つ、吐き気を催すにおいから逃れられずにいる。とにかく食べ物に消えてほしかった。灰色の空が消えて、その代わりに青い空にもどってきてほしかった。フロリダに、こちらにはみ出してくるその巨体に、消えてほしかった。この飛行機から降りたかった。そのときの自分を思い浮かべる。見知らぬ人たちが集まるその中央に、ゲイリーが花束を持って待っている。たいていの恋愛映画のハイライトシーン。鮮やかな口紅を塗った女が、瑞々しく、疲れも見せずに飛行機から出てくる。彼女の姿を見つけるや、男の瞳が輝く。

リンダは自分を見下ろした。着たときにはあんなにきちんとして見えた服が、今では薄汚れてかすかに灰色がかって見える。空気が乾燥しているせいで、手が荒れている。髪は――手を上げて触れ、乱れたところを撫でつける――どう考えても最高のコンディションとはいえない。幻滅してゲイリーの瞳が大きくなるところを想像する。手にした花はしおれている。

「あの人、職業はなんだと思う？」フロリダがいう。

「誰のことですか？」

フロリダはリンダの右で寝ている女性を指さす。まだ青いスカーフを顔にかけたままだ。

「あんなふうに眠れる人が羨ましいよ」フロリダがいう。「あたしは、いつからかわからないくらい前から不眠症なんだ」

「きっとすごく疲れてるんですよ」リンダがいう。「仕事をふたつ掛け持ちしてて、休む暇がなかったのかも」

フロリダは、暗算でもするように目を細める。「違うね。高そうな靴はいてるじゃないか。あたしの予想だと、複数の男を満足させようとするのに疲れてる、だね。その手の隠し事のある暮らしはすごく疲れるんだよ。もちろん、それだけたくさんセックスするってこともね」

リンダは笑った。口を開けてしゃっくりしているような引き笑いだ。

「ねえ、あんた」フロリダがいう。

「なんですか？」

「もっと笑いなよ。素敵な笑い声だから」

「シーッ」リンダがいう。「起こしちゃいますよ」

ふたりはにやりとして、ちょうどゴミ袋を持って席の横に現れた客室乗務員を見上げる。リンダは自分のトレーを手渡すと、心からほっとした。


マークは落ちるのが嫌いだ。ドラッグのハイ状態から、スパルタンレース（過酷なことで有名な障害物レース）を走り終えたあとの高揚から、市場の変動をぶっ通しで追い続ける十六時間から。昨年、コカインをやめたのも、落ちるのがいやだからだ。頭痛、皮膚の内側に感じるチクチクした感覚、眼球の乾き、脳の動きの鈍り——こうした症状が甘美なハイ状態のひとつひとつのあとに出るという事実に耐えられなくなった。マークはハイになるのが大好きだったし、入手ルートには困らなかった——オフィスのアシスタントのひとりで、輝く未来も人望もある若い子が、ディーラーだった——し、その状態になっているあいだは、自分でいうのもなんだが、すばらしいパフォーマンスを見せられた。だらしのない麻薬常用者も見てきた——仕事中に、毎日のように見てきた。鼻をこすり、醜悪なほどに瞳孔《どうこう》を開ききり、早口になりすぎて、同じことを三回もいわなくては話を理解してもらえないやつら。マークがいつハイになっているのかは、誰にもわからない。マークはそれが自慢だった。いや、弟にはわかってしまう。だが、ジャックスは例外だし、そもそもほとんど会うこともない。マークはジャックスのことをできるだけ考えないように努めていた。ジャックスのことを考えると、ハイの状態から落ちるのと同じ気分になる。コカインをやめてからは、その気分にならない努力ばかりしてきた。

座席に縛りつけられているマークは、その気分を味わいそうになっている。山の頂上にいて、まだセックスの余韻と放出されたアドレナリンに体を満たされながら、あれはホントに現実に起きたことなのか？と呆然《ぼうぜん》としている。自分のなかのエンジンをこのまま保つか、あるいはなんとか気絶でもして、下っていく状態に気づかないようにするかしなくてはいけない。その種の意識喪失を可能にする睡眠薬は機内に持ち込んだ手荷物に入っていないので、とにかくこの状態を維持するしかない。

マークは周りを見回した。

「大丈夫ですか？」隣の乗客が、母親のような心配げな表情を浮かべている。

勘弁してくれ、とマークは思う。やめろ。とにかくやめてくれ。そんなおせっかいはいらない。

マークは立ち上がる。もう一度クリスピンとやり合いたかったが、老人は目を閉じていて、肌は透けている。紙のような肌の下の血管が見える。マークはぶるっと震えた。病、老い、劣化——そんなものは受け入れられない。

ヴェロニカは、調理室《ギャレー》にいた。ギャレーはコックピットのドアの脇にある。実際、マークは、自分がドアに取り囲まれていることに気づいた——感覚が研ぎ澄まされているので、どんなことでも意識してしまう。飛行機の大きな乗降口は五メートルほど後方にある。コックピットのドアは左側で、ファーストクラスのトイレはすぐ後ろにある。

「やあ」マークは魅力的な声であってほしいと願いながらいう。同じくらい魅力的な笑みを浮かべたつもりだが、どちらの努力も的に向かってダーツの矢を放つような感じで、真ん中に命中させるのは難しい。マークはどちらの標的も外してしまった可能性は八〇パーセントだと思った。

ヴェロニカはすみのほうにしゃがみ、セロファンのようなものを四角くたたんでコンテナに入れている。マークの声を聞くと、さっと立ち上がりながらこちらを向く。その動きの優美さにマークは息が止まった。

マークの母はマークとジャックスが子どものころ、ふたりを引きずるようにしてバレエを観せに連れていった。マークは文句をいっていたものの、究極の美の瞬間を目にするのが、実は大好きだった。つま先でくるくる回るバレリーナ。跳んで、別のダンサーの腕のなかにおさまる。それと同じ愛らしさ――魔法――を、ヴェロニカは高度三万フィートを飛ぶ飛行機の小さなギャレーで披露したのだ。

「あなたに感謝します」マークはそういってから、愕然《がくぜん》として心のなかでいう。あなたに感謝します、だって？　おいおいおい、バカいってんじゃないよ。

「なんておっしゃいました？」ヴェロニカは心底困惑しているように見える。

その場面をスローモーションで細部まで逃さずとらえることのできるマークには、振り向いたときにヴェロニカの顔に浮かんでいた冷やかさ、マークを突き放して寄せつけないようにするつもりだった確固とした意志が、困惑へと、弱さへと変化するのが見えた。

マークはもうひとつドアを見つけた。これで全方向にドアがあることになる。マークはただ、このドアを押せばいい。押し方なら間違いなくわかっている。

「あなたにはすべき仕事がある」マークはいう。「それは理解しています。これ以上邪魔はしないと約束します。ただ、明日の夜、ディナーをご一緒させてください。ロスで」

ヴェロニカはマークを見る。完璧な赤い口紅、神々しい瞳。

「イエスといってください」マークはさらにいう。「一回だけデートしてください」

ヴェロニカはすぐには口を開かない。間の取り方を心得ている人なのだとマークにはわかる。マークは待った。珍しく忍耐強く。

「はい」とうとうヴェロニカがいう。「デート一回なら」

「デート一回」マークは繰り返す。胸のなかのエンジンがうなり始める。自分でも驚いたことに、マークは本当にこの女性に感謝の気持ちを抱いた。落ちるのは延期だ。この勝利に乗って進む。明日の晩、彼女の向かいの席に座るまでは。


ジョーダンは開いた本をじっと見つめ、なんとか集中しようとしている。父と弟は数独をやっていて、それをジョーダンの前を行ったり来たりさせながらふたりで解いている。ジョーダンはふたりのマニアックな熱中に加わりたくない。そして、読書をしていれば父に邪魔されることはないとわかっている。ジョーダンは安全地帯にいて、この本――『オウエンのために祈りを』――は面白いのに、集中できない。脳が前方を、ロスのほうをのぞいてばかりいるのだ。

ジョーダンはエディと違って、引っ越すことに抵抗しなかった。エディは泣きながら、ニューヨークに残ろうとせがんだ。「ここがぼくたちのうちなんだ」とエディはいった。「そんなとこじゃ暮らせないよ。ロサンゼルスは地震が多い。みんな車を運転する。日焼け止めも塗らなくちゃいけないし」両親は、新しい家にピアノを置くとエディに約束した。本もたくさん置くと約束した。だが、エディがようやく文句をいわなくなったのは、自分の持ち物の大部分が引っ越し用の箱におさまったときだった。

降り注ぐ太陽、ビーチ、ビキニを着た女の子。ジョーダンはまんざらでもなかった。だが、実のところどうなるのかは、予想しにくい。自分くらいの年の子は、本当にタオルと弁当持参で海に出かけたりするものだろうか？　誰もが芝生の庭つきの家に住んでいるらしい。街角にデリカテッセンなどないだろう。マヒラもいない。ジョーダンはそのとき気がついた。最後にマヒラにキスしたとき、ロスに、そして自分の未来のあらゆる場面に、新しいマヒラが魔法のように現れると思っていたのだ。

ジョーダンは同じ文を四回読んでから思う。でも、新しいマヒラたちの唇は、マヒラの唇じゃないんだ。どうしてこのことに気づかなかったのだろう？　ジョーダンは誰でもいいからキスしたいわけではない。正しい相手でなくてはいけない――少なくとも、これは本当だと思う。結局のところ、ジョーダンはマヒラ以外の女の子とキスをしたことがない。ジョーダンは座ったまま背筋を伸ばす。弟や父よりも高くなるためだ。ロスの陽射しがいきなり白く、つまらないものに思えてくる。ビキニを着た女の子たちも白くてつまらない。マヒラはジョーダンを選んでくれた。ジョーダンは幸運だったのだ。あれですべての運が尽きてしまったら、あるいは、ジョーダンの幸運がニューヨークシティとマヒラにしか繋がっていないとしたら、どうすればいいだろう？

「父さん」エディがいう。「すべての整数は素数の積で表されるっていったの、憶えてる？」

ブルースはうなずく。

「どうして？　だってさ、それってめちゃくちゃおかしくない？　すべての数にいえるなんてさ」

ブルースはエディを見つめる。「それがなぜ真なのかと聞いているのか？」

飛行機を方向転換させたい、とジョーダンは思う。穴が開いて、自分のなかから空気が抜けてしまったような気分だ。なんて愚かで、幼いんだろう。自分の取った行動の嘘くささがわかる。セキュリティチェック待ちの列で検査拒否することで、自分に注目を集めた。機内食にヴィーガン用をオーダーすることで自分に注目を集めた。父の決めた帰宅時間や規則を破るたびに、自分に注目を集めた。ジョーダンからはマヒラにキスをしなかった。キスをしたのはマヒラのほうからだった。それは彼女の意思で、自分の意思ではない。そしてそのキスこそが、ジョーダンの人生のなかの、ほかの誰にも知られていない、偽物でない部分なのだ。ジョーダンは、マヒラのこと以外では、ホラ吹きで、現実の人生で演技をしているショーマンだ。ジョーダンはマヒラに対してこれまで感じなかった恋しさ、とても切実な感情を抱いた。その思いは胸のなかで、熱した金属のようにねじれる。マヒラはずっと、ジョーダンの芯の部分にいた——いや、芯そのものなのかもしれない。それなのに、今この瞬間までジョーダンはそのことに気づかなかったのだ。

「いい質問だ」ブルースがいう。「だが父さんには答えがわからない。つまりね、なにかが真だっていうのはどうしたらわかる？」

ジョーダンは小説を閉じた。

「飽きたか？」父がいう。

ジョーダンは思う。飛行機から降りたらマヒラにメッセージを送ろう。今思っていることを伝えよう。

「見て」エディは弾んだ声でいう。「雨がやんだよ」

二〇一六年一月

エドワードとシェイがダッフルバッグを開くのは、冬休みのあとまで待たなくてはいけなかった。ベサはクリスマスと新年のこととなると――シェイの言葉を借りると――メチャクソ夢中になってしまい、つまり、そのあいだベサは睡眠をあまりとらなくなるため、ふたりが誰にも知られずにガレージに行くのが難しくなるからだ。午前二時、ベサはポルボロン（スペインやメキシコなどでクリスマスや結婚式によく作られるクッキー）を焼くか、モールドワイン（砂糖やスパイスで味付けしたホットワイン）の下準備をするかしてキッチンにいることが多かった。途中いったんリビングに移動してソファで仮眠をとり、そのあとプレゼントのラッピングを始めたり、クリスマスツリーの飾りつけをやり直したりする。大晦日《おおみそか》にベサのいとこが到着するまでに、ダイニングの壁に赤、黄、緑、白のリボン――それぞれの色にはそれぞれ別の種類の幸運に対する願いが込められている――を垂らし、パンドゥルセと呼ばれる甘いパンを焼く。大晦日の真夜中になると、ベサは玄関のドアを開き、前の年の悪い運をほうきで掃き出す。

「毎年こんななの？」エドワードが聞いた。ベサがこんなふうに、猛烈な勢いでホリデーシーズンを過ごしていた記憶がなかったからだ。シェイはげんなりした顔でうなずきながら、クッキーを積み上げる。毎日できるだけたくさんのクッキーを自分の部屋にこっそり持ち込んでいるのだ。

冬休みのあいだ、エドワードの睡眠の状態は悪化した。たぶん、砂糖ばかり摂っていることと、ガレージに行けないせいで欲求不満になっていることが原因だとエドワードは思っている。目の下に黒いくまができて、そのひどい顔が少しでもましにならないなら、すぐに医者に連れていくと叔母にいわれた。エドワードは眠りにつけるように、無理やりケールを食べたり、ベッドに入る前にハーブティーのスリーピータイムを飲んだり、地下室に置いているダンベルを上げ下げしたりした。毎日、レイシーの睡眠薬を一錠くすねることを考えた。それで問題が解決するのではないかと思ったのだ。だが、効き目が強そうで怖かった。一錠飲んでしまったら、起きられなくなるような気がしたのだ。

学校が始まった初日の月曜日は――元の生活にもどり、夜にはシェイがガレージに来ることができるようになることにほっとしつつも――授業中ずっと、うつらうつらしていた。終業のベルが鳴ると、重い足取りで校長室に向かう。休みのあいだ、シダたちに変わりはなかったか確かめるためだ。ドアを開き、いつもの場所からじょうろを取り出す。

「新年おめでとう、エドワード」校長がいう。

「新年おめでとうございます」エドワードはやっとの思いでいう。一瞬、言葉が喉でビー玉のようにじゃらっとして、口からうまく出なかった。その日自分がどれほど言葉を発していなかったか、そのとき初めて気がついた。

イノモトソウの茎を観察していると、校長がいう。「ずっと聞きたかったんだがね、数学クラブに入ってみるのはどうかな？」

エドワードは目をしばたたいた。「ぼくがですか？　ええと、そうですね、数学クラブなんて考えたこともなかったです」

「きみには生まれつき数学の才能がある。考えてみないかい？」

「いいえ、結構です」

「じゃあ、ディベートクラブは？　それとも、好きなスポーツはあるかい？　わたしは若いころはフェンシングに興味があったんだが、ここにフェンシング部を創ろうってまでは思えなくてね」校長の口髭が一瞬下がった。その失敗を思い返すように。

エドワードはシダの周りに外側のほうからゆっくりと、一定の水量で円を描きながら水やりすることに集中する。そのあとには茎の生えているあたりに小さな円を描く。

「なあ、エドワード、なにかしらのグループに参加するのは、きみにとっていいことかもしれないぞ。交友関係を広げるってことがね。人間にはコミュニティが必要だ。心の健康のためにな。人との絆、所属意識が必要なんだ。わたしたちはひとりきりで生きていくようには作られていない」

「ぼくはひとりきりじゃありません」エドワードがいう。「ぼくには叔母と叔父がいます。シェイもいます」

「わたし自身のことをいえばね、園芸クラブに属していて、月に二度の会合に出るんだ。互いの研究のことで協力し、情報を共有し、すごくおいしいクッキーを一緒に食べる」

ふいにエドワードがいう。「シェイは、ぼくが行きたい大学に行けると思ってます。志望動機書に墜落事故について書きさえすれば。それって本当だと思いますか？」

校長はエドワードと向き合うように体の向きを変えた。「シェイがそういったのかい？」

エドワードがうなずく。

アルンディ校長は口髭を撫でる。「それできみは、そういうのに反対なんだな」

「もちろんです。フェアじゃないです。ぼくの成績がどんなかとか、どれほどぼくが勉強したかなんてことと関係なく、大学に入れてしまうってことですよね。ただ、ぼくがひどい経験をしたっていうだけで」

「それを積極的格差是正措置《アファーマティブアクション》と呼ぶ人もいる」校長はそういって微笑む。「もし、このことに怒りを感じるのならな、エドワード、きみはもっと一生懸命勉強して、成績を上げるべきだ。きみが宿題を提出しないことがあるという話も聞いているぞ」

「ぼくはクラブに参加したくはありません」

校長はエドワードをじっと見る。「それなら、参加すべきじゃないな。きみの履歴書とか、大学進学への熱意がどの程度のものなのかを気にしてこういうことをいっているんじゃないってことを、わかってほしい。どちらかというと、わたしのシダのことを気にしているんだ」

エドワードは、寝不足で情報を正しく処理できないせいで聞いたことが理解できないのだろうかと思った。「先生のシダですか？」

「というか、生きているものすべてのことだよ。シダが育つか、枯れるか。わたしは」――そこで校長は一瞬止まって考える――「わたしはきみが育ち続けることができるようにするためなら、どんなことでもしようと思っている」

エドワードは部屋の向こう側にいる男の優しさを感じつつも、同時に、自分のチームは、自分のコミュニティは、ガレージのフォルダーのなかにあると思っていた。あの飛行機に乗って死んでしまった百九十一人の人たち。写真のなかから見つめてくる男や女たち。エドワードには答えられない問いを放つ人々。どうしておまえが生き残ったんだ、わたしではなく、どうしておまえが？

「先生、今日は終わりにしていいですか？」

校長はまだエドワードのことを見続けている。悲しそうな顔をして。エドワードがよく知っている、あの深い悲しみだ。エドワードは体の奥にしまっていた自分の悲しみのかけらが浮き上がってくるのを感じた。

「疑いを持ったら、本を読みなさい」アルンディ校長はいう。これが自分の気持ちを伝える最後のチャンスになるのではないかと思っているかのように、早口で。「学びなさい。わたしはいつも、学びによって救われてきたんだよ、エドワード。様々な謎について学びなさい」

エドワードは校長を見た。校長のいったことを信じた。学びが校長を救ったという話を、校長がかつては救われる必要のあった人間だったことを信じた。「ありがとうございます」エドワードはそういってから後ろを向いて出ていった。

家に帰る途中、エドワードは茂みに生える草の葉一枚一枚を認識できた。空は霧のような層雲に覆われていたが、ひとつの雲が終わって別の雲になる切れ目がわかった。疲れきっているはずなのに、ものの境目が見えるのだ。家の敷地のすみにある、くねくね曲がった木は、たくさんのピースからできている。根、枝、さらに細い小枝、樹皮に目立つ凹凸。エドワードは、学校の外壁――樹皮――を思い浮かべる。その内側にはたくさんのパーツがあり、それが集まってひとつの有機体である学校を作っている。椅子、ロッカー、誰かにばかにされればすぐに泣いてしまうほど幼い子どもたち。教師、技能員、あの騒音、群れを成して動き回る育ちざかりの人間たち。エドワードのことを嫌う生徒たち、エドワードよりも辛い暮らしをしていると感じている生徒たち。エドワードの人生は、丸ごと空から落とされてしまったというのに。エドワードは、彼らの憎悪に怒りは感じなかった。もしかしたら、父親が刑務所にいるというのは、自分の肌は濃い色なのに白人ばかりの街に住むというのは、努力しても宿題が難しく思えるというのは、本当にエドワードの抱える事情より辛いことなのかもしれない。そんなこと、エドワードにわかるはずもない。

私道に車がない。レイシーは病院に、ジョンは仕事に行っているのだ。シェイはこれから自分の部屋で本を読むか宿題をするかして過ごすだろう。エドワードは今ガレージに行こうと決めた。昼間でもかまわない。ダッフルバッグには手をつけないことにしよう。あれはシェイと一緒に挑むべき謎だから。床に転がっていればいいんだ、とエドワードは思う。そうすれば、誰にも見られない。ただあの写真のそばにいたかったのだ。だが空腹だったので、まず家に入って軽くなにかつまむことにした。エドワードがキッチンに勢いよく入っていったとき、エドワードとレイシーは同時に息をのんだ。

「ああ、びっくりした！」レイシーがいう。

「車、なかったよ」エドワードは非難するようにいってから、叔母の様子をまじまじと見る。仕事用の服――よそ行きのスラックスにエドワードの母のカーディガン――を着て、ジョンのビールを一本持っている。普段、レイシーがビールを飲むことはなかった。

「同僚に送ってもらったの。定年退職する人の送別会があって、シャンパンを少し飲んだのよ」

「そうなんだ」エドワードはなにをすればいいのかわからないまま、立ち尽くす。

「ちょっと座らない？」レイシーはいう。

エドワードはカウンターの上のフルーツの皿からリンゴをひとつ取って、レイシーの向かいのいつもの席に座る。リンゴにかぶりついて咀嚼《そしやく》する。味わうためというよりは、場をつなぐためだ。ふたりともしばらく黙っていたが、ふと、今ぐらいの時刻には、かつて学校から帰ってくるエドワードを、レイシーが録画した昼ドラをいつでも再生できるようにセットして、ソファで待っていたのだと思い出した。かなり長いこと、ふたりとも「ジェネラル・ホスピタル」を観ていない。あれはふたりで冬眠していたような時間だったと思う。先が読めてしまうドラマを、並んで観ていたあの時間。叔母はあの時間を懐かしがることはあるのだろうか。エドワードは時々懐かしく思う。

「昨日は、少しは眠れた？」

「うん」エドワードは嘘をついた。

「よかった、よかった」レイシーの声はいつもよりゆっくりで、いつもよりだらんと座っている。

「話したかしら。新生児室で赤ちゃんを抱くとき、あなたが赤ちゃんだったときを思い出すことがあるのよ。赤ちゃんだったあなたは忘れられないわ。ほんとによく泣いたんだから。お父さんとお母さんはあなたが泣いてばかりだったこと、話した？」

　エドワードは、リンゴを口のなかに押し込んでうなずく。

「ある日ね、あなたのお母さんはジョーダンをお父さんに預けて、ここに来たの。車に乗せれば、それか、場所が変われば、あなたが落ち着くんじゃないかって思ったのね。でも、だめだった」レイシーはうっすらと笑みを浮かべる。「ジェーンはソファに横になって眠ったの。そのあいだ、わたしがあなたを抱っこして家の周りを何周も歩いたわ。あなたはずっと泣き叫んでたけど、わたしは気にしなかった。泣いてはいたけど、具合が悪いようには見えなかったから。なにかしらの怒りモードに入っちゃってて、そこから出るために、どうしても泣き叫ばなくちゃいけないように見えたのよ。助けが必要だったのはあなたのお母さんのほうで、わたしにはそれまでジェーンを助けてあげられるチャンスがなかった。ジェーンはいつもわたしを助けようとしてくれていたのにね」

　エドワードはその様子を思い浮かべようとした。自分が知っているよりも若くて、疲れてぐったりとした母が、ソファの上で眠っている。エドワードが果てしなく長い時間をみじめな思いで過ごしたあのソファの上で。レイシーはエドワードを抱いて、家の周りを何周も何周も歩いている。母はエドワードが泣いてばかりいたころの話を何度もしたが、ニュージャージーまで遠出したとは聞いたことがなかった。泣いてばかりいた赤ちゃんのころのことを持ち出すときは、必ずハッピーエンディングをもう一度話したがっているように見えた。ある朝目覚めたら、エドワードがいきなり頬にキスを浴びせてきたという話だ。

「母さんがぼくをここに連れてきたのは知らなかった」

「今思うとおかしいわよね」レイシーは自分に話しかけるようにいう。「結局、ジェーンとわたしはあのときの赤ちゃんをシェアすることになったんだから」

シェア。その言葉はエドワードには苦かった。

レイシーは眠くなった幼児のように目元をこする。「今日退職した女性は、病院に三十年勤めていたの。事務系の仕事よ。旦那さんと一緒に世界中を旅行するんですって。すごいと思わない？」

エドワードはうなずいた。なにか反応しなくてはいけないように思えたからだ。

「定年って、愛する人が死ぬようなことだと思っていたの。自分の人生をどう生きたいかってことを考えさせるし、再スタートさせるし。じゃなくても、再スタートしなきゃと思わせるじゃない」

レイシーはエドワードを見る。ようやく本当にエドワードの存在に気づいたように見える。「あなたのお母さんはずっと、映画の脚本を書きたがってた。お酒が入ると、いつもその話をしてたの。あなたは知ってた？」

「飛行機のなかで、映画の脚本を書いてたよ」

「違う、それじゃないわ。それはどうでもいいリライトの仕事でしょ。ジェーンが嫌ってたやつよ。自分でとても気に入っていたアイデアがあって、何年もメモを書き溜めていたの。ジェーンはそのアイデアをあまりにも大事にしてたから、わたしは嫉妬してたくらい。時々、ジェーンの映画をわたしが書くべきなんじゃないかと思うことがあるんだけど、そこで思い出すの。わたしは作家じゃないってね」

エドワードは同情しているような顔を作った。なんといえばいいかわからない。叔母とこの会話をするのも、それが、自分でも知らなかった喉の渇きを満たす、グラス一杯の冷たい水のように感じられるのも、いやでたまらなかった。母さんのことをもっと話して、とエドワードは思う。だがそれを口にしたとたんにこの瞬間は終わり、真実を知ることができなくなってしまうのはわかっている。

レイシーはビール瓶のラベルに触れる。「もし今日退職した女性を見たらね、世界旅行をしようとしてるなんて、とても想像できないと思うわ。この町から出たこともありませんって感じに見える人なの」レイシーはあくびをする。「叔父さんがどこに行ってるか知ってる？」

「仕事かな？」

レイシーは肩をすくめると、瓶を押しやった。「最近、あの人のことがわからないの。ちょっとお昼寝するわね。夕飯前に起こしてくれる？」

エドワードはうなずいた。レイシーはキッチンを出て行く前、かがんでエドワードの頬にキスをした。エドワードはとても驚いた。それは優しいキスで、レイシーは身を起こしながら、エドワードの髪をくしゃっとした。エドワードが驚いたのは、レイシーがめったにキスをしてこないせいもあるが、空の雲のひとつひとつや、地面に生える草の葉のように、その瞬間に境目があったからだ。エドワードにはふたつの現実の境目が見えた——そして感じられた。

レイシーは、エドワードの母が生きていたころにしたのとまったく同じように、エドワードの頬にキスしたのだ。そのキスは何気ないものではなくて、意味があるように思えた。レイシーには、姉の書きたかった映画の脚本を書くことはできないけれど、これならできる。だがそのキスは、レイシーが心の底から欲しがっていた自分の赤ちゃんの頬にしたであろうキスでもあった。エドワードにはそれがわかった。どうしてわかったのか説明はできないが、わかった。愛おしむ、という言葉が、まるでどこか遠くから吹いてくる風に乗ってきたようにエドワードの脳に入り込み、また出ていった。叔母も行ってしまった。エドワードはリンゴの芯を持ったまま、キッチンのテーブルにひとり残された。

真夜中、エドワードとシェイはガレージの冷たい床に、ダッフルバッグを前にして座っていた。ふたりとも冬用のコートと帽子を身に着けている。ガレージのなかの気温は外とさして変わらないからだ。だがエドワードがぶるっと震えたのは、期待のせいだ。エドワードとシェイは視線を合わせる。やっと来られたね、と。

シェイはバッグにつけられた錠の数字合わせについてすでに調べていた。インターネットはシェイの担当だからだ。エドワードは、今では学校の勉強のためのノートパソコンも、携帯電話も持っている。携帯電話を使うことはほとんどなかったが、時々コックス夫人がメッセージを送ってくる。息子のひとりが使い方を教えたらしい。数学の授業の最中に携帯電話の通知音がして、こんなメッセージが届く。「二十歳になるまでに、ヨーロッパに行かなくてはだめよ。感受性が豊かなうちにね」土曜の夜にはこんなメッセージ。「読んだ本のリストを残しておいたほうがいいわ。それぞれに簡単なメモもつけなさい。わたしは書きとめておかないとなにもかも忘れてしまうから、メモはとても大事なの」コックス夫人は、エドワードの誕生日には貯蓄国債のシリーズ1を何枚かあげるつもりだというメッセージも送ってきた。

エドワードは学習上必要なときはグーグル検索を使うが、あの便のこと、あるいは自分や自分の家族のことは検索したことがなかった。シェイは、エドワードのテクノロジーの使い方が老人みたいだとからかうが、もちろんシェイも理解している。今回のように情報を集めるべきときには、シエイがその役を担えばいい。そしてインターネットによれば、その錠は古い上に安物だから、暗証番号を忘れてしまったら、いちばんいいのは切断してしまうことだという。

「ジョンに気づかれずに錠を切断なんてできないよね」とシェイがいう。「今朝思い出したんだけどね、あたし実は、錠前破りの本を持ってたんだ。部屋のドレッサーの後ろで見つけたの」シェイは自分のバッグを引き寄せる。「こういう錠を開けるのに役に立つとは思わないけどね。なんでまたジョンはこんな安いの使わなくちゃいけなかったんだろ」

「なんできみは錠前破りの本なんて持ってるの？」

「ええと、ほら、家から逃げ出そうと計画してたときさ、いろんな家に忍び込んで他人のクローゼットを寝床にしながら、進んでいこうって思ってたの。そうすれば、疲れたときに、安全な場所で休めるから」

エドワードは、錠前破りの本を抱えて覚悟を決めた小さなシェイを想像すると楽しくなった。

「進んでいくって、どこに行こうと思ってたの？」

シェイは肩をすくめる。「さあ？　いったでしょ、実際には絶対にやらないって自分でもわかってたんだってば」

シェイが肩をすくめたのを見て、エドワードはその本当の意味を読み取った。幼いシェイは、父親を捜そうと計画していたのだ。西に向かって。捜しだして和解したかったのか、文句をいいたかったのか、どちらなのだろうかとエドワードは思う。たぶん、両方の意味が少しずつあるのだろう。

エドワードは、近くにあるダッフルバッグに懐中電灯の光を当てる。錠には数字のついた四つのダイヤルが水平に並んでいる。四つの数字を正しく組み合わせれば開く。

シェイは膝に置いた本をめくる。「可能な組み合わせを全部試してみないといけないのかもね」

エドワードはシェイを見る。「一万通りあるよ」

「じゃ、あんたがやってよ。あたしは絶対耐えられない」

エドワードは身を乗り出すと、ダイヤルのひとつを回した。何度か回すと数字が並ぶダイヤルと、その下の回転軸の摩擦を感じられるようになった。正しい数字を示すようなひっかかりを探る。

「ジョンがカーペットを敷いておいてくれたらよかったのに」とシェイがいう。「これ一生かかるよね。お尻が冷たいよ」

エドワードは、はっとした。「待てよ」エドワードはそういって錠をじっと見下ろす。四つの数字を決めたのは叔父だ。ということは、ランダムな数字が並ぶはずがない。「そうか」エドワードは四つの数字を回して、2977と並べた。

大きくカチッと音がしたあと、錠が静かに外れ、エドワードの掌のなかに落ちた。

「すごい」シェイはささやくようにいうと、身を乗り出してダッフルバッグの口のファスナーを開いていく。ずいぶん長い時間に思えたが、エドワードはじっと見ていた。自分のなかには、バッグを開けたくないという気持ちもあることに気づいている。バッグが部屋のすみに置かれたまま、シェイを惹きつける謎のまま、その謎が解かれないことを望んでいたのだ。知っている、より、知りたい、のほうがいい。

「紙がいっぱい入ってる」シェイがいう。

バッグには封筒が詰まっていた。シェイがひとつ取り出し、エドワードは住所の上に書かれた手書きの宛名を読んだ。

エドワード・アドラー様

封は切られていない。宛名の住所は見慣れない、町の郵便局の私書箱だ。エドワードの鼓動が速くなる。誰が自分に手紙を書いたのだろう？　シェイはバッグのなかからもう一通取り出す。それもやはりエドワードに宛てて、同じ住所に送られた手紙だった。

エドワードはシェイの前に腕を伸ばしてバッグのなかに手を突っ込み、何通分かの宛名を一度に読めるようにスペースを広げる。どれも別人の字だ。封筒の色も、インクの色もそれぞれ違う。適当にひとつ取り出してみると、消印は二年前のものだった。

「全部、エドワードに宛てた手紙だよ」シェイが静かな声でいう。

同じ名前、違う封筒。こんなにもたくさんの封筒。

アドレナリンが脳に火を付ける。エドワードは、自分の思いが噴き出して、制御できなくなっているのを感じた。頭に浮かんだことが、そのまま口から出る。「家に郵便が配達されないようにしてるのか。郵便物が転がってるの、見たことなかったんだ。学校に行ってるあいだにレイシーが片づけてるのかとなんとなく思ってたけど。でもきっと、ここんちの郵便物は全部私書箱に行ってるんだよ」

どうして？　シェイがそう考えているのがわかる。

「バインダーのときに大騒ぎしてたから――ふたりはあのときすごい喧嘩してたんだ――それと、これのせいだよ。どういうものかわからないけど」エドワードはそういいながら、長方形の紙を、切手を、消印の日付を指した。「たぶん、あっちのバッグにも手紙がいっぱい入ってるんじゃないかな」

「開けてみようか？」

「待って」

シェイは薄暗がりのなかで、エドワードの顔をじっと探る。

エドワードは思う。あり得ないことも時として起きるってことを、ぼくは知っている。それをこの目で見たし、そのなかにいたんだから。

「なに？」シェイがささやき声でいう。

エドワードが答える声も小さい。ふたりはまるで、もっと大きな声で交わされている会話の裏でこっそりやり取りしようとしているみたいだ。まるで、これまでとは違う声域で会話をする必要ができたみたいだ。「この手紙が、ぼくの両親や兄さんや、あの飛行機で死んだ人たちみんなからの手紙だったら？」

シェイは唖然《あぜん》とした顔をした。「つまり幽霊からってこと？」

「世のなか、理屈が通ることばっかりじゃないんだよ。そうは思わない？　もし理屈の通らないものを受け入れる気になれば、もっといろんなことが見えてくるんじゃないか？」

エドワードにはシェイの考えていることが読める。いつだって読める。今のシェイは悲しそうだ。心配そうだ。エドワードが、この手紙が両親と兄からのものであってほしいと思っていることはシェイにもわかっていて、シェイもそうであってほしいと思っているのだ。だが、シェイには、あり得ないことが起きた場面を目撃した経験がない。あの飛行機が空から落ちたとき、シェイはそのなかにいなかった。ただテレビでその後の顛末《てんまつ》を、母親の隣でソファに座って観ていただけだ。

「あたし、なんでもいつでも理屈が通るものだとは思ってないよ」シェイはそっという。その言葉は、周囲の棚にたまった埃《ほこり》の上に舞い降りるように柔らかかった。

エドワードはうなずく。「ひとつ開けて」

午後一時四十分

機内では、本当の意味での静寂はない。低いエンジン音はしているし、頭上の空調の吹出し口からはシューッという音がする。あちらこちらから咳や声を抑えた会話が聞こえ、ドリンクサービス用のカートの車輪がひとつ調子悪いせいで、時々しゃっくりのような音がする。トイレのドアを乱暴に閉める音、幼児や赤ちゃんが当然の抗議を表す断続的な泣き声。シートベルトも、ぎっしり人の詰まった機内の状況も、じっとしていろ、というメッセージを送っている。空気は、耳を澄ませ、というメッセージを送っている。このフライト中、寝ている乗客がいちばん多いのが今だ。上着や毛布をかぶって、カメのように甲羅のなかに引きこもって寝ている人もいる。無防備な姿をさらす人たちもいる。彼らは頭をのけぞらせ、わずかに口を開けたまま寝ている。時には通路側に腕が垂れていることもあって、知らない誰かに手を握ってほしいとでも思っているように見える。

ヴェロニカはファーストクラスの通路を歩いていく。「お飲み物は？」歌うようにささやく。寝ている人を起こさないためだ。目覚めている人全員と目を合わせる。このアイコンタクトが、ファーストクラスの乗客に特別感を与え、高いチケット代を払っただけのことはあると思わせるのに、とても大事なことなのだ。

だがマークのことはちらっと見ただけでそれ以上のことはしない。マークの隣の女性は水のペットボトルが欲しいといった。

「お持ちします」

ヴェロニカは、振り返って老人と彼の看護師の様子を見る。飛行機が飛び立ったときから、この列にはなんだかいやな空気が漂っていた。老人は明らかにいかにも大富豪といった風情で、出会う人誰もが自分に尽くすものだと思っている。ヴェロニカは少し前に看護師が泣いているのを見て、老人がトイレに行っているあいだにナッツの詰め合わせをこっそりもうひとつ渡していた。

ヴェロニカは、二流市民のように扱われる経験を何度もしてきた。だから、そういうときに味わう苦さを知っている。ナッツでその味が消せるとは思わないが、それを渡すことで看護師に、自分にも味方がいると思ってほしかった。ヴェロニカは、尻をつままれたり叩かれたりしたことが数えきれないほどある。同じように、笑顔も要求される。男たちはヴェロニカの表情や気分を好きに変える権利があるとでも思っているのだろうか。通路ですれ違うときに、男たちが何気なく身を寄せて、硬くなったペニスをヴェロニカの腰に押しつけてくることがある。「スイートハート」「ダーリン」「ベイビー」などと呼ばれることはしょっちゅうだ。ヴェロニカの給料はルイスと同額だ。ヴェロニカはチーフパーサーでルイスはこの業界に入ってまだ半年だというのに。ウォッカの海に浮かぶ男たちからいやらしい目で見られながら自分の仕事――ヴェロニカが誰より有能にこなせる仕事――をしているのに、暇つぶしの余興を探しているだけのような男たちに文句をつけられるのだ。

ヴェロニカはもちろん、こういう状況への対処の仕方を知っている。自らの輝きを男たちに真っすぐ当てて、自分をないがしろにさせないようにできるのは、おそらくヴェロニカのいちばんの才能だろう。ヴェロニカは、この技術を持っていなさそうな女性たちのことを気の毒に思っていた。その看護師は、明らかにその種の女性だ。

ヴェロニカはギャレーにもどりながら、スカートのしわを伸ばす。少しバランスを崩している――仕事の不愉快な面をぐずぐず考えるのは、ヴェロニカらしくない。自分のゲームにもどる必要がある。だが、自分を立て直そうと目を閉じたときに見えたのは、マークの瞳だった。ダークブルーのビロードのようなつやのある瞳。トイレで、その瞳に驚かされたのだ。たぶん、思いがけない美しさに意表を突かれたのだと思う。ヴェロニカは、自分の美をマークに差し出しているつもりだった。彼からそのお返しをもらえるとは予想していなかったのだ。

クリスピンは自分にはよくわからない感情に満たされていた。ここ何十年も経験していない気持ち。たぶん、子どものころ以来だ。その思いはクリスピンのなかでゆらゆらと揺れている。壁に映るろうそくの灯りのように。光はクリスピンの内側にある、ねじ曲がった暗い廊下をずんずん下っていく。

クリスピンはメイン州の小さな家で育った。十三人きょうだいの真ん中だ。子ども時代の家には廊下がなかった。ステップを二段上がるとキッチン、もう二段でバスルーム、さらに二段でメインの部屋。クリスピンは五人の兄弟たちと一緒に小さな寝室で寝ていた。長男は信仰心のあるいじめっ子で、よくクリスピンを床に突き倒した上に馬乗りになり、そのまま聖書を音読した。クリスピンは硬い床に頬を押しつけられながら、そのお返しに悪態をついた。母親の耳には届かないけれど、兄の耳には届くように声の音量を調整したので、兄の耳は怒りで赤く染まった。幼いころのことを思い出すことはめったにないが、思い出せば必ず、その記憶がもどってきた。兄が激怒しながら説教をするあいだ、板張りの床に押しつけられ、悪態を放っていた自分。

この廊下はどこだ？　ざらざらしていて、埃っぽい。大人になってからクリスピンが住んでいたどの家よりもみすぼらしい家だ。クリスピンは必ず室内装飾家を雇ったし、結婚相手の女には、みんな独自の美的センスがあった。クリスピンは自分では美しいものはなにひとつ作れなかったが、見ればそれが美しいということはわかった。クリスピンの家の廊下は高級な壁紙と羽目板が使われていて、贅沢な燭台《しょくだい》やシャンデリアで明るく照らされていた。

ろうそくの灯りと粗末な内装は、どうしてもメイン州時代を思い出させる。家にテレビがなく、夜には家族全員でラジオを囲んで座り、ジャック・ベニー（コメディアンであり俳優。ラジオ番組で人気を博した）の番組やニュースを聴いた。クリスピンはいつも急いでラジオにいちばん近いところに陣取った。スピーカーを通して聞こえてくる滑らかな声は、自分の住むこの町、この地域、この雪深い州の外にも世界があるということを示す唯一の手がかり。クリスピンは脱出したかった。しゃべれるようになった瞬間から、そこから出たいと思っていた。きょうだいは、みんなだいたい高校時代の恋人と結婚して地元の工場で働くことになる。クリスピンに馬乗りになっていた兄は造園業を始めた。だがクリスピンはそれを罠《わな》だととらえた。寄宿学校の情報を集め、申し込み、奨学金を勝ち取った。そして十四歳で家を出てから、一度ももどっていない。

灯りが揺れる。おそらく灯りを持っている人は疲れているのだ。歩みが遅くなる。突き動かしていたものが消えてしまったらしい。押しつぶされるような感覚。気づくとクリスピンはまた床の上にいて、兄の重みがのしかかっていた。

フロリダは、近くの席に座る乗客たちの様子をうかがう。みんなすっかり落ち着いて気楽にしている。機体のうなりは周波数の低い小さな音で、まるで飛行機までが、ある種のレム睡眠に入ったかのようだ。フロリダはその静けさのなかに自分が広がっていくのを感じる。意識が広がっていき、自分自身——自分の思考、自分の感情——が開かれる。ボビーは、フロリダがブライダルシャワーの会場があるニューヨークシティよりも遠くに行ったことに、もう気づいただろうか？　携帯電話は空港のゴミ箱に捨てた。ボビーを恐れているわけではないが、本気になると手ごわい男だ。たどりやすい痕跡は残さないほうがいい。フロリダは将来性あふれる男と、ベッドでは悦びの声を上げさせてくれる男と結婚したが、結局一緒に暮らしていたのはまるで知らない人だった。フロリダには予測のできない男だったのだ。自分の判断がまったく役に立たなかったことに、フロリダはなにより困惑した。

　めちゃくちゃにしたのはボビーではなく自分だ。こんなにもたくさんの経験を積んできたのに、長い年月をかけてたくさんの男たちを相手に踊ってもきたのに、少しも学習できなかった。別の体で生まれるごとに、自分は向上していくのだという説をずっと心に抱いていた。人間のままだし、傷も負ったが、よりよい自分になった。物事がわかってきた。なにが大事なのかがわかってきた。毎回、心のより深いところで、いちばん大事なのは愛だと知った。だが、この人生で読み間違いをし、思い違いをし、置き場を間違えるのは愛だった。フロリダは、隣で眠る女たちに目をやる。青いスカーフと高級な靴の女。金髪を顔の上に垂らして口をわずかに開けているリンダ。まるで小さな女の子のように見える。この小さな女の子に赤ちゃんができるのだ。

　フロリダは曲がりくねった遊歩道をローラーブレードで走る自分を思い浮かべる。新しい人生のプランはないが、自分には可能性がある。どこかのバンドに入ってもいい。誰かと一緒に音楽を創ると、いつもそれが滋養になったが、フロリダには今、滋養が必要なのだ。タロット占いをしてもいい。タロット占いの名手とはいえないまでも、それなりに上手だったし、占ってあげた客はいつも満足して、なにかしらのヒントを得て去っていった。フロリダは向かいに座る相手を全身全霊で注視する。そういう注視はなかなかできるものではない。相手の目の奥をじっと見て、その人本来の良いところを見つけるのだ。時にその良いところは小石で、時にそれは花火だ。

カリフォルニアでの、もっと漠然とした、けれど礎となっている計画は、愛するということだ。愛する相手は男に限ったことではない。もう結婚はしないつもりだ。つまらない言い争いはしたくないし、互いに不機嫌に押し黙るのもいやだし、ブロッコリーが好きな相手が一緒に食べてほしがっているという理由でブロッコリーを食べたくもない。自分の人生に関わるすべての人を、とにかくシンプルに愛するつもりだ。まずは隣にいる女の子だ。リンダのママを演じよう。この子にはママが、そして赤ちゃんのおばあちゃんが必要だ。

リンダが、恋人はクジラの研究をしている科学者だと話したとき、フロリダは珍しく、自分の未来がちらりと見えた。過去にワープすることはしょっちゅうだが、今より先の未来のヴィジョンを得ることもある。まるで吊り橋を吊るスチールのケーブルのように、まだ自分が触れたことのない土地に向かって延びているのだ。自分とリンダとゲイリーが、風の吹きすさぶ海の真ん中で船に乗っている。どの方向を見ても、低い水平線と白波。三人は目の覚めるような黄色いレインコートを着てレインハットをかぶっている。互いに寄り添い、手すりにぴたりと体を押しつけ、同じ方向を向いている。五十メートル先にクジラがいる。海面を破り、空に向かって水を散らすと、また潜る。三人はクジラが消えた場所を、感動に打ち震えながら見つめている。三人は待つ。どれだけ待たされようとかまわないと思っている。しばらくすると、その思いに応えるように、あり得ないほどの大きさと美しさを備えた動物が、宙に飛んだ。

二〇一六年一月

静かなガレージでは封筒を破る音が暴力的に聞こえた。

なかに入っている紙は白く分厚い。シェイは注意深く開いた。

拝啓　エドワード様

お元気ですか？　怪我も回復されてきているでしょうか？

あなたの人生には神のご加護があるはずです。

娘のナンシーは、あなたと同じ飛行機に乗っていました。ひとり娘でしたから、ナンシーの死はあの子のパパとわたしに大きすぎる穴を開けました。ナンシーは大人です。四十三歳ですから。だからといって、わたしの気持ちにはなんの変わりもありません。あの子はまだ、わたしの赤ちゃんです。わたしの大事な赤毛の女の子です。

あの子は医者でした――優秀な内科医でした――が、写真が趣味でした。あなたにお願いしたいことがあります。あの子のために写真を撮ってほしいのです。あの子はなんでも写真に撮っていました。看護師さんたち、猫のビーザス（今はあの子のパパとわたしと一緒に暮らしています）、建物、自然、なんでもです。写真はあの子の情熱でした。

あなたがあの子のために写真を撮ってくれているとわかれば、大きな慰めになります。カメラがお役御免になったのではなく、受け継がれたのだと思えたら。あまり無理なお願いでないといいのですが。でも、誰でも写真くらい時々撮るものでしょう？　そのとき、あの子のことを思っていただければ、それでいいのです。

どうぞお元気にお過ごしくださいね、エドワード。感謝しています。

敬具　ジャネット・ルイス

シェイは手紙から顔を上げた。目を丸くしている。「あのフォルダーのお医者さんだ」

大きすぎる穴を開けた、エドワードは心のなかで繰り返す。

「もう一通読む？」シェイは小さな声でいった。

次の手紙は灰色の便箋《びんせん》に書かれていた。あの飛行機に乗っていた女性の夫からだ。女性が死んで、夫と三人の子どもたちが残された。夫はエドワードに、子どもたちひとりひとりに、彼らの母親と飛行機のなかで会ったと知らせる手紙を書いてほしいという。あなたがおそらくは妻と知り合ってはいないだろうということはわかっています。機内で他人と知り合いになんかなりませんよね。ですが、うちの子たちにはそんなことはわかりません。あなたの言葉を信じるはずです。どうか妻が子どもたちのことをとても愛していたということ、そしてあの子たちならちゃんと生きていけるはずだと思っているということをあなたに話したと伝えてほしいのです。チャーリーへの手紙には、きみのママはきみが読書をやめないでほしいと思っていたということも書いてください。末娘にはいつまでも可愛い娘でいてほしいと書いてください。コナーには、科学コンテストに出るのをやめないよう願っていたと書いてください。

手紙には写真が同封されていた。シェイがそれを掲げる。黒人の子どもが三人、背の順に並んでいる。年上の男の子ふたりはストライプのセーターを着ていて、いちばん小さな女の子は兄たちとおそろいの柄のワンピースを着ていた。三人はカメラに向かって微笑んでいる。

「なにこれ《ミエルダ》」シェイがいう。

エドワードは両手で頭を抱えた。バスケットボールを持つときのように指を広げる。頭がドクドクと脈打っている。

「もう二、三通で今夜は終わりにしようね」シェイはいう。エドワードには、シェイが何通か読んで、もう少しいい手紙で終わりにしたいと思っているのがわかった。いいというのがどんな意味であれ。

次は娘を失った母親からの手紙だった。娘の夢は、自分に流れる中国の血に敬意を表するために、万里の長城を歩くことだった。お願いです、エドワード。いつか娘のためにこの夢を叶えるということを、胸に留めておいてください。

結局、だいたいの手紙に、なにかしらエドワードにしてほしいことが書いてあった。次の手紙の主は小説を書いてくれと頼んできた。その次の手紙にはロンドンに引っ越してくれ、できればセント・ジェームズ・パークを見渡せるアパートメントで暮らしてくれと書いてあった。スタンダップコメディアンになりたいと思っていた男の母親は、エドワードに、自分の住むウィスコンシン州の小さな町にコメディクラブを開業し、劇場に死んだ息子の名前をつけてほしいと書いてきた。

シェイの顔は、おそらくエドワード自身とそっくりであろう表情を浮かべていた。驚愕だ。エドワードは思う。ぼくたち、これ以上耐えられる？　やっとのことで声を出す。「何通くらい入ってそう？」

「あっちのバッグの中身もそうなんだとしたら、全部で何百通もあるよ」シェイはまだおそろいの服を着た三人の子どもの写真を持っている。「どうしてメールにしないのかな？　わざわざ紙の手紙を送ってくるのは、なんで？」

「ジョンがぼくのメールアドレスをわかりにくく設定したからだよ。数字とハイフンしか使ってない。知らない人にはぼくのアドレスだとわからないようにしたんだ」

「ジョンとレイシーに、これを見つけたって話したい？」

エドワードは頭を抱えている指に力をこめる。「ほかの手紙もみんなこんな感じだと思う？」

カメラを買え。母親を亡くした子どもたちに手紙を書け。中国へ行け、イギリスに行け、ウィスコンシンに行け。

「そうじゃないといいけど」シェイは暗闇に向かっていう。

エドワードがようやく地下室にもどったのは、明け方の三時だった。機械的に歯を磨き、灯りを消し、毛布の下に潜り込む。義務感や習慣からとりあえず目を閉じる。もう眠れるとは思っていない。そんな望みは何日か前になくしていた。だが目を閉じるやいなや、なにかが変わった。自分のなかの闇が新しい色合いになった。深みを帯びたのだ。すべすべとしてビロードのようだ。エドワードはその場にとどまっていることができないような感覚に陥った。そりに乗った子どもが急なスロープを滑り下りるように、眠りに落ちていく。こんな感覚は、家族を亡くしてから初めてだ。とてつもない解放感が押し寄せてくる。ぼやけていく思考の片すみで、手紙だ、と思う。あの手紙に違いない。ほかに変わったことはないのだから。そんなのはおかしいとわかっているが、疲れすぎていて、どうでもいい。解放感が強すぎて、どうでもいい。エドワードは眠った。遠のく意識のなかで、体中の細胞が悦びに震えているのがわかった。

その晩の夢は、現実の出来事のように感じられた。エドワードは地球の反対側で山に登り、頂上で犠牲者の家族とスカイプをする。それから苔《こけ》むした岩の上でバランスを取りながら、知らない人の遺灰をオレゴン川に撒《ま》く。オリンピックサイズのプールで泳ぎ、記録を出そうとする。毛布の下で何度も汗をかく。体を折り曲げるようにして、これまでやったことのない、祈りのポーズをする自分が見えた。

翌日、エドワードはぼうっとしたまま教室から教室へと移動し、誰に話しかけられてもなにも聞いていなかった。シェイに肘をつかまれ、歩く方向を変えさせられたのも一度ではない。エドワードはシェイにされるがままになっていたが、心のなかでは、国語のクラスだろうが社会のクラスだろうが、どこに座っていたって同じだ、と思っていた。

その夜、ふたりは両方の家のすべての寝室の灯りが消えたあと十五分だけ我慢してから芝生を横切り、ガレージにやってきた。

なかに入ると、エドワードはダッフルバッグの錠を開ける。シェイがいう。「ルールを決めたほうがいいと思う」

「ルール？」

「ひと晩に読むのは十通だけにするとか、一時間だけにするとか、そういうの。この手紙、なんていうか……結構きついからさ。それで、読んだ手紙はあたしたちが持っとくほうがいいと思う。もちろん、バッグはここに置いておかなきゃだけど、そこそこ読んだら、中身がいっぱいに見えるように、あたしがなんか詰めとくから。あたし、手紙の記録をつけときたいんだ。そうしようってなったときに返信できるように」

「ジョンは気づかないと思う？」

「ジョンはこの手紙、ひとつも開けてないんだよ。あたしが思うに、このバッグをずっとこのまま置いとく気なんだよ。それか、あんたがもう少し大きくなったら渡すつもりなのかも」

エドワードは聞いていなかった。すでに腕をバッグの奥まで突っ込んでいる。ひとつの封筒をつまんで取り出す。

拝啓　エドワード様

今日の日の出は午前四時五十五分でした。リンダとベッツィの姿を一週間見ていません。世界中でシロナガスクジラの赤ちゃんを見たという報告は、ここ一年ありません。ぼくと同僚たちが追いかけているのが、この世で最後のシロナガスクジラになるのかもしれません。そう考えるとしっかりしなくてはという気持ちになります。たぶん、だからぼくは、前回の調査のあと、船を降りなかったのでしょう。本当ならしばらく休みを取るはずでした。別の研究者にノートを渡して代わりに記録を取ってもらい、そのあいだに映画を観たりハンバーガーを食べたりするはずだったのです。でもそうしたくありませんでした。正直にいってしまうと、ぼくが目を離してしまったら、あの子たちはそのまま消えてしまって、その姿を二度と見ることはできないのかもしれないと思っているのです。ばかなことをいっているのは承知しています。でも、愛しいリンダが死んでしまってから、ぼくの陸での暮らしは死んだも同然です。だから、ぼくの存在価値が少しでもあるとすれば、それはここになのです。

それはともかく、エドワード、きみが元気でいてくれることを願っています。手紙を書く相手がいるということがありがたいです。

敬具　ゲイリー

「あら、これはイイね」シェイの声は明らかにほっとしている。「やあ、ゲイリー」

「やあ、ゲイリー」エドワードもいう。

次の手紙は、エドワードにアラバマの、とある家を訪ねてほしいと頼んでいた。あの飛行機に乗っていた男の、寝たきりの母親をハグしてほしいという。エドワードは今にも死にそうな見知らぬ人の寝ているベッドの上に身をかがめ、その人を抱きしめる自分を想像する。手紙を読み終えると、エドワードはそれをシェイに渡した。シェイはガレージにノートを持ってきていた。記録をつけて、それぞれの要望をすべて集計表に書き込むのだ。

そのあとの二通は、犠牲者の職業を継いでほしいというものだった。看護師になってほしい、バイオリストになってほしい。寝る前に夫のために祈りを捧げてほしいと願う女性もいた。その手紙には、書き写した聖書の詩篇がいくつか添えられていた。おそらくエドワードが寝る前には、それも読んでほしいということなのだろう。

「こんなにたくさんのこと、できるわけないよね」シェイがいう。

「できるかもしれないよ？」どの手紙を読んでいても、途中で思う。これをやらなくちゃいけない。バイオリンを弾かなくちゃいけない。もっと笑わなくちゃいけない。釣りを覚えなくちゃいけない。だが、手紙を読み終わるころにはいつも、すでに失敗したような気分になっていた。

拝啓　エドワード様

先日、母がワシントンできみに会いました。どうやらきみと叔父さんを、きみたちの車のある場所まで送ったようです。母はぼくたち兄弟の誰かに、一緒に公聴会に行ってほしいと思っていましたが、ぼくたちはみんな、忙しいからと断りました。たぶん、ぼくたちは今では母になにかいわれたらノーと答えるようにプログラミングされてしまっているだけなのです。子どもだったころに母から受けた不当な仕打ちに対する仕返しとして。

いちばん下の弟はリハビリ施設にいるので本当に忙しかったのですが、ぼくはその午後なにをしていたでしょう？　ウィリアム・ブレイクを読んでいました。ぼくはふたつ目の博士号を詩の分野で取得するための学費を払わせるというやり方で、母を苦しめています。母には、あなたが悪いのだと話しています。芸術がどれほど大事なものかと四六時中話していたのは母なのですから。もちろん、母がいっていたのは金持ちの道楽としての芸術のことで、自分の子どもの職業として勧めていたのではなかったのですが。

詩を読むとき、ぼくは両親のことを忘れます。公聴会のあったあの午後、ぼくは両親を忘れようとしていたのです。ぼくは墜落事故のことを忘れようと、ぼくがふたりのだめ人間から生まれたのだということを忘れようとしていたのです。でも今、きみが乗ったその車に、ぼくもいるべきだったという後悔に悩まされています。そして、公聴会のような場所に、年老いた母親をひとりで行かせてしまったことを悔いています。それに、きみが、生きている父を見た最後の人だということを知っています。おそらくきみは、父の席の横を通ったり、空港で車椅子に座った父を見たりしたのではないかと思っています。そんなきみに母と一緒に会えていたら、それは詩的な出来事だったのではないかと思います。

ぼくがどうしてこの手紙を送ったのかと、きみは不思議に思っているかもしれません。父が死んでから、ぼくは毎日なにかを書いています。ぼくはなにかを創りたいのです。ただ研究するのではなく。できれば詩を書きたいのですが、辛い日には手紙を書きます。そして今日、ぼくはきみに手紙を書きました。ぼくと母と父ときみという点を結びつけるために。

敬具　ハリソン・コックス

「息子が手紙を書いてきたってこと、コックス夫人に話す？」続いて手紙を読み終えたシェイが、聞いた。

エドワードは首を横に振る。この手紙はほかの手紙とは違う種類のものだ。学校の事務員が少女のころワニの餌《え》付《づ》けをしていたことを話したり、実験パートナーが大人になったらオペラ歌手になりたいと話したりしたことと似ている。秘密であり、告白であり、だからこそ神聖なものだ。エドワードが胸にしまっておかなくてはいけないことだ。

エドワードはダッフルバッグのなかをじっと見つめる。視界がぼやけてきた。するとシェイがいう。「ストップ。もうやめなくちゃ。十通以上読んだよ」

エドワードは、シェイが立ち上がるのを手伝ったとき、シェイの指先にインクが染みついていることに気づいた。エドワードはガレージに入ってきたときより年を取ったような、あるいは体が重くなったような気がした。シェイも変わったように見える。どう説明していいかわからないが、なにかが違う。ふたりは一緒にガレージから出た。体のなかに取り込んだ言葉すべてを抱えたまま、暗い夜のなかへと歩いていったのだ。

「こんなに長く続くとは思わなかった」トゥヘイン先生が鏡に映るエドワードに向かっていう。ウエイトリフティング用のベンチに腰を下ろしたエドワードは、トゥヘイン先生の言葉に驚いた。このコーチに指示以外のことをいわれたのが、エドワードが憶えている限り初めてだったからだ。シェイがそばにいて、通訳してくれたら、と思う。コーチの言葉に対してきちんと答えたかったが、いったいなんのことをいっているのか、まるでわからなかったからだ。

「ええと、なにがですか？」エドワードはいう。

「きみはやめると思ってた。泣きながら校長のところに走っていって、こんなのきつすぎるというと思っていたのよ。この部屋に来てから二週間以内に自習室にもどるだろうって、賭けてもいいと思っていたわ」

エドワードは首を横に振った。まだよくわからない。「でも、これ、義務ですよね？」

トゥヘイン先生は小さな金属のプレートを、エドワードが持ち上げようとしているバーの両端に差し込んだ。「褒めてるのよ。きみは何カ月も頑張ってきた。わたしが思っていたより、たくましかった。そして、さらに強くなってる」

エドワードは鏡に映る痩せた体に目をやる。

トゥヘイン先生はエドワードの考えを読んだらしく、顔をしかめる。「筋肉が見えないのは気にしなくていい。目に見えていることなんて、たいしたもんじゃない。きみは脳を配線し直したの。ベンチプレスで四十五キロ上げられる。客観的に見て、きみは強くなった。さ、時間の無駄よ、さっさと始めて」

エドワードはベンチの上に仰《あおむ》向けになり、バーを両手で握る。学校に来る前、地下室にこっそり持って帰った何通かの手紙を読んだ。一通はデトロイトの老婦人からで、二十七人いる孫のひとりが、その飛行機で死んだと語っていた。誰にもいったことはないが、いちばんのお気に入りの孫だったという。そしてあの飛行機の乗客全員が、なんらかの理由で、地球に置いておくにはいい人すぎたのではないかと考えていて、エドワードがこの説をどう思うのか知りたがっていた。

「上げて」トゥヘイン先生にいわれて、エドワードはバーを持ち上げる。

もう一通はワシントンの公聴会の会場の外で、エドワードの頬にキスをしたという女性からだったが、エドワードはその日、誰かにキスされた憶えはなかった。次の手紙は娘に対して批判的だったことを悔やむ母親からだった。あの子に炭水化物を摂るのはやめろといったんです。そうしないときれいな髪にならないから。でも今、思うんです。あの子の外見のことを、なんで気にしていたんだろうって。そのあとは、どう考えても不当な要求をしてくる手紙がいくつか続いた。

一分たりとも無駄にしないでください。あなたに与えられた贈り物を無駄にしないで。

必ず、意義のある人生を送ってください。

亡くなった人のことを忘れずに、毎日を生きてください。

こういう手紙――エドワードのこれからの生き方を指示してくる手紙――がエドワードはいちばんいやだった。

「それに」トゥヘイン先生は続ける。「きみたちの年頃には、基礎代謝が最大になるの。この頻度でリフティングを続けたら、卒業までには十キロ近く筋肉量が増えると思う。さあ、下ろして。ゆっくり」

エドワードはバーを胸まで下げ、三年後の、広い胸と太い手足を持った自分を思い浮かべる。ダッフルバッグに入った未開封の手紙――それぞれにエドワードの名前が書いてある――を思い浮かべる。そして、体中が痛くなるまでバーを上げたり下げたりした。

夕食のとき、エドワードは叔母と叔父がそれぞれの殻に引きこもっているように見えることに気づいた。エドワードは、レイシーがどこに睡眠薬をしまっているのか知らなかったが、その瓶を見つけて中身をトイレに流してしまいたいと強く思った。自分でなんとかして眠らなきゃだめなんだよ。レイシーにそう伝えたかった。とはいえ、エドワードも自力で眠れるようになったわけではないことはわかっていた。あの手紙たちが睡眠をプレゼントしてくれたのだ。

口には出さないが、エドワードが味方しているのはジョンだ。ジョンは心ここにあらずで、食事中に携帯電話を二度もチェックしたが、それはレイシーがいつも嫌がる習慣だ。レイシーは不服そうに目を細めると、エドワードだけを見ながら、今日は仕事があまりなかったとふたりに話した。つまり、新生児室で赤ちゃんを抱っこしている時間がいつもより多かったということだ。

「新生児のにおいを嗅いだことある？」レイシーはエドワードに聞く。

「たぶんないと思う」

「今度、一緒に病院に来て嗅いでみて。信じられないほどいいにおいだから」

読まなくちゃいけない手紙がいっぱいあるから無理だよ、とエドワードは思いながら、叔父のほうにわずかに体を傾ける。レイシーがすっかり強くなり、さらにエドワードの母親の勇敢さまで身にまとっているのなら、取り残された夫と甥はどうしたらいいのだろう？

「本当だぞ」ジョンは熱っぽくいうが、タイミングが何拍か遅れている。「新生児のにおいの話だ」

エドワードとレイシーはジョンを見た。するとジョンの表情が一瞬にして不安に曇る。エドワードは、なにかを強く望む気持ちや、それぞれに流れる時間のずれに敏感なので、この不思議な瞬間に、三人がどう位置しているのかを読み解くことができた。レイシーは、まるでいきなりぶたれてしまったかのような顔で夫を見つめている。まるで、数年前——ふたりの赤ちゃんを胸に抱くことがなによりの望みだったあのころ——に夫がいってくれることを心の底から望んでいた言葉を、今になっていわれたというように。それは今の自分にはまるでいらない言葉だったから、むしろ夫からの裏切りのように思えたのだ。ジョンはなにがなんだかわからず混乱して、レイシーとエドワードを見ながら思う。ああ、神様、ぼくがなにもかもだめにしてしまったのでしょうか？ そして、ガレージの手紙のなかに、つまり、たくさんの質問と、答えを答えをという、我慢ならないほどにうるさい要求のなかに生きているエドワードは、この三人が共に抱える脆弱さを構成する分子のひとつひとつまでですべてを感じ取り、三人のうちひとりでも、いつか大丈夫だと思えるようになるのだろうかと考えていた。


　エドワードが夕食後に家を出ると、私道でベサが待っていた。

「えっと、こんばんは」エドワードがいう。

「あなたとうちの娘がなにをしているのか知りたいの」

　外は寒かったが、ふたりとも冬用のコートを着ていない。「最近、宿題がたくさんあるんです」

　エドワードはそういってぶるっと震える。

「あたしはバカじゃないのよ、ミ・アモール」ベサは今でもエドワードのことをミ・アモールと呼ぶが、去年からエドワードに接するときの優しさがほんの少しだけれど、減っているのに気づいていた。今や身長はベサを超えていて、首を伸ばして見上げるベサの顔にいらだちが見えた。ベサは子どもなら誰でも大好きだけれど、大人の男は信用していないとシェイから聞いたことがある。そしてエドワードは、今や自分が若い男のように見えることに気づいて落ち着かない気分になった。

できるだけ信用されそうな表情を浮かべる努力をする。「シェイに聞くべきですよ、ベサ」

ベサは眉の下からエドワードを見つめる。「もちろん、もう聞いたわ。先にあなたに聞きにくると思う？」

エドワードはため息をついた。ベサに嘘をつくなんて考えられない。その顔のありとあらゆる線が、真実をいえと迫っている。せめて本当だと自分が思えるようなことをいいたい。「自由研究に取り組んでいるんです。人のためになるような」

ベサはエドワードをにらみつけた。その表情があまりにも娘そっくりだったので、エドワードはもう少しで笑いそうになった。

「真夜中に？　あんたたちふたりがコソコソやってる音をあたしが聞いてないとでも思う？」

「ええと」エドワードがいう。「その——自由研究は——」

「あなたとシェイはセックスしてるの？」

エドワードの表情がなによりの答えだったに違いない。ベサの顔が一気に緩んで安心した表情になったからだ。ベサは体を前に傾けてエドワードの頬に片手を押し当てた。「ごめんね、かわいそうに《ポプレシート》。心臓発作を起こさせるつもりはなかったのよ。ちょっと心配になったんだけど、もちろん勘違いだったわね」

エドワードはなにもいえなかった。顔が燃えるように熱い。ベサは笑ってエドワードの腕を取り、自分の家に連れていく。「自由研究を頑張ってるなんて、偉いわね。学校の宿題？　シェイは奨学金をもらうために成績をキープしないといけないの。駄目押しになるような自由研究だったら最高なんだけど。この話をしたことはシェイには内緒にしましょうね、いい？」

「はい」ベサに連れられ家に入ったエドワードは、かすれた声で答えた。

エドワードは階段の下で数分間立ったまま、上がった心搏数と体温をなんとかしようと奮闘した。ようやくシェイの部屋に入ったとき、シェイがこちらに背を向けた状態で机の前に座っているのを見てほっとした。

「もうすぐひとつ終わるから」シェイは振り向きもせずにいった。

エドワードはシェイのベッドに座って待つ。シェイは振り向くと、エドワードに大きな封筒を渡した。「大丈夫？　日焼けしたみたいに見えるけど」

「大丈夫だよ。ここに何通入ってるの？」

「今日は一通だけ」

小さな子どもが書いたのとか、子どもについて書いてある手紙は無視しちゃだめだよ。シェイは最初のダッフルバッグを開けた日の翌朝にいった。シェイが考えて打ち込んだ返事をプリントアウトしたものにエドワードが署名するということでふたりは同意した。シェイはふたりが読んだ二通目の手紙から始めることにした。三人の子どもそれぞれに、メッセージを書いてほしいという父親からの手紙だ。シェイは何日もかけて三通の手紙を書いては直し、書いては直した。ミスするわけにはいかないしね、とシェイはいった。だって大事な手紙だから。完璧な言葉を書かないと。

エドワードは封筒からできあがったばかりの手紙を取り出して中身に目を通す。シェイが書いたのは、サウスカロライナの修道女への返信だった。修道女は、エドワードが救出されたというすばらしい出来事のおかげで、教会に残ろうと思ったのだという。

「もちろんこの人は子どもじゃないけど、優しい人っぽいんだよね」シェイがいう。「それにすごいお年寄りなの。返事を書いちゃったけど、いいかな？」

「誰に返事を書くのか、決めるのはきみだよ」

「この修道女がいうにはね、病院で撮った写真のあんたの髪を見て、あんたが神様に救われた理由がわかったんだって」

「髪？」

「イエス・キリストは黒髪が濡れてるみたいにキラキラ光ってたらしいんだよね。油を注がれたばかりみたいに。で、あんたの髪もそんなふうに見えたんだって」

「ぼくの髪が濡れてるみたいに見えたの？　キモいな」

「その修道女は、神様があんたに油を注いでくれたおかげで死なずにすんだんだって信じてるの」

エドワードはこれを聞いて笑いそうになったが、笑い声を、喉を通して口の外に出すということがどうしてもうまくできない。

「明日、学校をサボろうと思う」エドワードはいう。「レイシーは研修かなにかあるらしくて一日中病院なんだ。残りの手紙をどうしても読んでしまいたくてさ。終わらないうちはまともに息もできないって感じなんだよ」

「わかった。あたしもサボる」

エドワードはシェイがそういうだろうとわかっていたので、そのあとの言葉も考えてあった。

「一緒にサボったら、あまりにもわかりやすいよ。ばれちゃうかもしれない。ぼくはこれまでほとんど欠席しなかったから、ひとりなら絶対に見つからずにすむと思う。それに、きみは成績を落とすわけにはいかないんだろ？」そういいながらエドワードは赤くなった。私道でベサにいわれたことを思い出したからだ。

シェイの頬のえくぼが深くなる。これは、だいたいがまずいサインだ。エドワードが逃亡計画を――たとえすごく小さな計画でも――ひとりで立てたという事実に、シェイはいらだっている。

エドワードはシェイと目を合わせる。ほかに選択肢はないのだ。現時点で、学校に対していやな感情があるわけではないが、とにかく時間の無駄に思えた。エドワードは今、持てる時間をすべて、読むことに費やすべきなのだ。手紙の一通一通が、最後まで読まないと完全にはわからない一冊の本のページのように感じられる。どうしてもやらなくてはいけないことに——これまでの人生で経験がないほど切実に——思えて、エドワードは一語たりとも飛ばさず読んでいた。手紙に集中することで、自分が変わっていくように思えた。自分のなかでより糸が合わさって太くなっていくような感じ。そのより糸が、エドワードが写真のなかの人々としっかり目を合わせられるようになるのに役立つものになるにはどんな形がいいのか、探っているように思えたのだ。

午後二時四分

飛行機は、ロサンゼルスまでの三分の二の航程を過ぎた。乗客たちの意識は前へ延びていて、トンネルの先にある一点の光を探している。肩の力は抜け、頭痛はおさまった。なぜなら、機内の残り時間が過ぎた時間より短くなったからだ。前向きな気持ちと共に、それまで考えるのをやめていた様々な計画のこと、空港からの荷物の宅配サービスのこと、飛行機の車輪が地面に着いたその瞬間に誰にメッセージを送るかなどという雑多な思いもどってくる。

ジェーンは画面から顔を上げる。

ちょうど、二機のロボットが戦いを始めるシーンのリライトを終えたところだ。書いていてなんとか楽しめたのは、ロボットの性別を二機とも女性に変えたことだけだった。ガールパワー、とジェーンは考えて嫌気がさした。そのロボットを自分とレイシーのイメージで書いていた。姉妹。つまり、両者は相手のことをなにからなにまで愛しているが、向かい合ってつかず離れず、ジャブでふたりのあいだの空気を読みながら生きてきたということだ。ジェーンはこの脚本のクレジットで七番目の脚本家だ。作品に少しでも自分の色を入れることで、ジェーンはなんとか耐え忍んでいた。

コックピットのドアが開いて、なかの暗い空間がはっきり見えた。フロントガラスとライトが点滅するパネル、黒く見えるいくつかのレバー、そして副操縦士の肩がちらりと見える。白髪でごま塩の口髭をたたえた機長がヴェロニカに向かって微笑み、言葉をかけたが、ジェーンにはなにをいったのか聞こえない。機長はトイレに入っていく。その背後でドアが閉まる。

ジェーンはコンピューターの画面にもどり、台詞を三行分書いて消し、また書く。いい線いっているはず、と心のなかで思う。それから慌てて顔を上げた。空気を引き裂くような泣き声が響いたからだ。ジェーンは首を伸ばしてあたりを見回す。赤ちゃん？　わたしの赤ちゃん？　そう考えてから我に返る。ばかな。あの子たちはもう赤ちゃんじゃないわ。あんなに必死にわたしを求めたりしないのよ。

「機内にお医者様は？」さっきの泣き声と同じくらい差し迫った声だ。乗客たちは立っているしヴェロニカは通路にいるが、ジェーンは声の主が白衣を着たあの看護師だとわかった。隣の老人の上に覆いかぶさるようにしている。老人は恐ろしい様子だった。いや、正確にいえばおかしな様子だった。肌がゴムのように見える。目は閉じていて、顔色は機内の壁よりも白い。

ジェーンの両手がコンピューターから離れる。無意識にあざを押している。押す手に力をこめる。それがたとえ数分でもいいから時間を巻きもどせるボタンであるかのように。

「マジかよ」マークがいう。

マークはわずかに後ずさりしたので、ジェーンの席の陣地に半分入っている。ふたりとも座るとも立つともいえない姿勢で、何人かの乗客たちの向こうにいる動揺した看護師を覗き込む。看護師は老人の手首を、まるで鳴らし方のわからない楽器かなにかのように持っている。

「容態が悪そうですよね？」マークがいう。

ヴェロニカの声がスピーカーから聞こえてくる。滑らかで落ち着いた声だ。「お客様にお願いがふたつございます。まずは、シートベルト着用サインが出ており、機体の揺れが予想されますので、どうぞお座席におもどりください。ふたつ目に、お客様のなかにお医者様がいらっしゃいましたら、ファーストクラスまでいらしてくださいますよう、お願い申し上げます」

ジェーンは思う。あの子たちのところに行きたい。飛行機の後方まで走っていく自分を想像する。病気の男と看護師の横を走り抜け、自分の場所をマークに明け渡して。彼はあそこから少しでも離れていたいようだから。

ずんぐりとした赤毛の女性がグレーのバックパックと共に現れた。女性は看護師に代わって老人の手首を取ると、もう一方の手を老人の首の脇に当てる。女性は待つ。なにかの知らせを待っているように。

「お医者様ですか？」ヴェロニカが小さな声で聞く。

ファーストクラスの乗客全員が見守っていた。持つものがなくなった看護師は寂しそうに見えた。ようやく赤毛の女性は持っていた腕を老人の胸の上に乗せて立ち上がる。ヴェロニカに話す声は小さいが、こちらにも聞こえる。

「亡くなっています」

「亡くなった？」ヴェロニカは息をのむ。「確かですか？」

「ええ」

ジェーンは前の座席の背もたれをつかんだ。バランスが取れなくなったからだ。通路を挟んだ向こう側に死んだ男がいる。これまでに死体を見たのは両親のものだけだし、それも二十年も前のことだ。しかも当時はかなり悪いという診断を受けて心の準備ができていたし、病状が悪化していくのも見ていた。ふたりの遺体は棺《ひつぎ》のなかにあった。母はお気に入りのピンクの口紅を塗ってウエストのところで両手を組んで横たわっていた。

マークが逆向きになって座席をつかんでいて、目の前にいるヴェロニカがゆらゆら揺れていることにジェーンが気づくまで少し間があった。また空気を引き裂く泣き声がしたが、看護師は席に座ったまま、石のように黙っている。老人はシートにだらりと横たわっている。

「乱気流だ」誰かが声を上げる。ほんの一瞬、ジェーンは良かったと思った。今起きているのは、自分の体のなかのことじゃない。もしこの横揺れも縦揺れも視界のぼやけも、自分の体の内側だけで起きているなら、それはどこかがひどくおかしくなっていることを意味するからだ。

二〇一六年一月

翌朝、エドワードは学校に行くふりをすることにした。叔母と叔父と一緒に朝食を摂ると、二階の洗面所を使う。叔父が子ども部屋で寝たのかどうかチェックするためだ。シーツはしわくちゃで、分厚い小説――ルイス・ラムーアの『シベリアの孤狼』――がベッド脇のテーブルに置いてある。エドワードは目をしばたたいた。一瞬、そのベッドとあの手紙と透明な窓ガラスの向こうの湖のどれもが同じなんだと思えた。本棚に並んだ本のようなもの。同じ重さで同じ濃さ。どれかが自分を幸せにして、どれかが不幸にするなんて、おかしいじゃないか。すべてはニュートラルなものなのだ。ベッドは眠るためのもの。手紙は読むためのもの。ぼくは禅で悟りの境地にいたるか、もっと鬱になるかのどちらかなんだろうな、とエドワードは思う。

いつものように歩道でシェイを待つ。ベサに手を振り、一緒に歩いていく。シェイはつんとした顔をして、歩いているあいだ、ほとんど話さなかった。だがエドワードは、シェイが学校でエドワードの不在をごまかしてくれることを知っていた。

「ありがとう」角まで行くと、エドワードはいった。

「当然だけど、読んだものは全部見せてくれなきゃだめだからね」

「当然だよ」

シェイがひとりで進んでいき、交差点で車道を二回渡り終えるのを見届けると、エドワードは自宅の裏に続く林に入っていく。ジョンとレイシーがそろそろ家を出るのは知っている。このルートを通れば、見つからずに家に着くはずだ。
小さいころ、うちに来たとき、あなたとジョーダンは裏の林で遊んだのよ。そう叔母から聞かされたことがある。あなたはすごく気に入ったみたいだった。それまで本物の林に入ったことがなかったからね。エドワードにそのときの記憶はないが、木々の根を踏み越えて進みながら、幼い自分とジョーダンが太い幹のあいだを縫うように駆け回っているところを想像した。ジョーダンが先を行き、エディが追いかける。ふたりは笑っている。少年たちは土のなかの虫を観察し、長い枝を二本見つけると、それを剣にして遊ぶ。

エドワードはガレージに接する生け垣まで来たところで立ち止まる。目の前に見えている少年たちがなんなのかは考えない。最近、自分の想像力が、おそらく手紙の内容に触発されて豊かになっていて、現実とごっちゃになっているような気がする。白昼夢のなかに時々ゲイリーが現れる。白いものが交じった金色の口髭をたくわえたゲイリーは、調査船のデッキでメモを取っている。二、三日前にはジムの鏡に、ウエイトを上げているベンジャミン・スティルマンが見えた気がした。機内で着ていたのと同じ軍服を着たベンジャミン・スティルマンは、とてつもない重量のウエイトを床から引き上げている。あまりにもリアルだったので、エドワードはぎょっとして持ち上げていたダンベルをあやうく落としそうになった。慌てて振り返り、トゥへイン先生に「アドラー、集中して！」と怒鳴られたが、もちろん、後ろには誰もいなかった。

エドワードは九歳くらいのジョーダンを見つめる。この少年が、シェイの気を引こうと車のルーフから飛び下りたのだ。いつもあちこちはねていてまとまらない黒い髪。エドワードは、どの方向から見た兄の顔も楽に思い出せる。両親の顔や声はぼやけてしまうことがあるというのに。両親がぼやけるのに、ジョーダンのことは完璧にはっきり思い出せる理由はよくわからない。もしかしたら、いつも兄を自分の一部だと思ってきたからかもしれない。兄と自分は、今でも切り離すことができないのだ。エドワードは微笑む。ジョーダンが、手にした剣を見て微笑んでいるからだ。

ある問いが浮かぶ。きみのために、ぼくにはなにができる？

すぐに、どうしてもっと前に思いつかなかったのだろうと不思議に思った。他人から手紙を山ほどもらわなければ、その可能性を思いつくことすらできなかったのは不思議だ。レイシーは姉のためにエドワードの頬にキスをした。それなら、エドワードにも、兄のためになにかできることがあるはずだ。ある一日――たとえば今日――を前にして、こう考えてみることはできる。ジョーダンがここにいたら、なにをしたいと思うだろう？

エドワードはどこから始めればいいのかわからなかったが、また空腹になってきたので食べ物から始めることに決めた。生け垣の合間をすり抜けて敷地内に入ると、ジョンとレイシーの車がなくなっていることを確認してからキッチンに向かう。兄ならどう選ぶかを考えて食べることができる。キッチンからガレージに持ち込んだ食べ物は、ジョーダンが機内で食べた最後の食事とほぼ同じになった。ニンジンスティック、小さな器に入ったアップルソース、そしてフムスサンド。

ガレージのドアを開けると、声がした。「なに？　あたしの食べるものは持って来てくれなかったの？　ひどいよ」

コンクリートの床に、シェイがあぐらをかいていた。隣にダッフルバッグがある。「怒んないで」シェイがいう。「まずいことにはなんないから。約束する。なにがあってもシラを切り通すから大丈夫だって」

エドワードは顔をしかめたが、シェイのいっていることを信用できないと思っていることを知らせるためで、怒ってはいなかった。

「それにね」シェイは続ける。「ふたりでやれば、二倍読めるよ」

エドワードはシェイの隣に腰を下ろす。「ひとつ取って」

シェイはふたつ目のダッフルバッグのファスナーを開けた。なかに入っていた手紙の三分の二はすでに読んでいる。ふたりの横にはシェイの作った集計表。それぞれの要望を書き込むためのものだ。

ふたりで数分読んだあと、シェイがいった。「あたしがここにいて、いやだったなんていわないでね」

エドワードは正直にいう。「きみがいると、いつだって嬉しいよ」

エドワードはフォルダーを開いた。今読んだ手紙と犠牲者の写真を照らし合わせているように見えるが、実際は、ただジョーダンの写真が見たくなっただけだ。今日家にいようと、ここにいようと決めたのは、ジョーダンのためだったのかもしれないと思ったからだ。兄なら間違いなくずる休みをしただろう。行動に導かれるようにして、動機がしっかり形成されていたのだ。ジョーダンならどうする？　ぼくはジョーダンのためになにができる？　エドワードは兄が死んだときと同じ年になった。そして兄の領域に新たなやり方で入ることができるようになった気がした――というか、そうなっているといいなと思った。

それからエドワードは、生き方を指南してくる手紙を何通か読んだ。「すべての夢を実現してください。息子は失敗を恐れてバンドに参加しませんでした。リスクを恐れないでください」

「娘は怠け者で、自分の夢を実現することを先延ばしにしておりました。時間ならたっぷりあると思っていたからです。そしてロスに住む姉に会いに飛行機に乗りました。旅行から帰ってきたら頑張るとわたしにいっていたのです。亡くなられたお母様のお気持ちを考え、お母様があなたを誇りに思えるようなことをしてください」

「とりとめのない話でごめんね――ジャック・ダニエルを飲んでいたんだ――でも、妻はぼくが生涯で愛したただひとりの人だった。彼女は菓子パン教室に通っていた。菓子パン作りの才能があったからね。きみにも妻の作るベニエ（フランスの揚げ菓子）を食べさせてあげたかったな。とにかくべらぼうにうまかったんだ。エドワード・アドラーくん、自分の才能を見極めるんだよ。そしてその才能をがんがん伸ばして。きみは妻にそれだけの借りがあるはずだから」

いつもなら、このタイプの手紙を読むと、重みに胸が押しつぶされそうになる。だが今日、シェイの隣で兄のサンドイッチを食べていると、ジョーダンのひねくれつつ高揚するエネルギーを感じることができた。ジョーダンはいつだって、ファック・ノー、といえる機会を探していた。父の期待や外出禁止令に反発したり、誰もが受け入れることを拒否したり。エドワードはこれまでそんなふうにしたいと思ったことはなかったが、フムスと一緒に、そういう気持ちを体に摂取しているような気がした。ファック・ノー？　エドワードは心のなかでいう。そう答えるということが、初めてエドワードのなかに選択肢として現れたのだ。こんなふうに、あんなふうに生きろといってくる人々に、ファック・ノーと答えるのだ。

エドワードはポケットから携帯電話を取り出して、コックス夫人にメッセージを打った。「本当にすみません。ぼくは投資の本は読んでいません。読もうとしましたが、その分野に興味がもてなくて、最後まで読めませんでした。でも、シェイもぼくも、あなたに送ってもらった伝記はすごく楽しんで読みました。がっかりなさらなければよいのですが」

メッセージを送ると、たちまち気持ちが軽くなった。本を受け取ってから、連絡をしていなかったことを心苦しく思っていたのだ。エドワードはバッグのなかからもう一通取り出す。

やあ、エドワード

ぼくの母はずいぶん前に鬱が原因で死んでしまっていて、兄のマークも、きみの乗っていた飛行機の事故で死んでいなくても、いずれは鬱が原因で死んだと思います。でもぼくはそんなふうになるつもりはないということだけは確かです。だからぼくはサーフィンをし、タバコを吸い、ぼくのワゴン車に入りきらない物は持たないと決めているのです。大好きな物以外は所有しません。

　マークは遺言で、全財産をぼくに残してくれました。ぼくたちは三年も言葉も交わしていなかったのに。でもそれは、ぼくの選んだ人生にクソ食らえといっているようなものです。マークは何百万ドルもの金――マークのばかげた負債を払った残りの額です――をぼくに背負わせたかったのです。ぼくが家やベンツや、空っぽの棚に並べるための高価な壺なんかを買わなきゃならないようにしたのです。マークはぼくを自分のようにしたかったのです。つまり、金持ちで、哀れで、いつもクレジットカードの負債を抱えている男。でも、ぼくはそうはなりません。そんなクソみたいな荷物は全部、捨ててやろうと思っているからです。保険金も一緒に。まあ、ワゴン車の左後輪のタイヤを修理して、新しいボードを買ってからだけど。

　ぼくの彼女は仏教徒で、いつもビーチや波や夕日にありがとうっていっています。前はそういうのを神秘主義者の戯言《ざれごと》だと思っていましたが、彼女の話を聞くのは好きです。気がつくと、自分でも木に感謝していたことが一度ならずありました。戯言は戯言でも、いい戯言なんだと思うことにしました。

ともかく、その彼女がマークに感謝しろというのです。マークの死で、ぼくがまたすっかり自由になれたから。ぼくが選んだ人生がどれほど大事なものかに気づかせてくれたから。でもぼくは、きみに感謝したいと思います。この手紙を受け取ってくれてありがとう。きみの命にありがとう。生き残ってくれてありがとう。

遺産と保険会社からもらった金額の小切手を同封します。きみに受け取ってほしいのです。そのままもらってくれてもいいし、誰かにあげてしまってもいい。好きなようにしてください。きみがどうしようとかまいません。きみにはそれだけの価値があるんだよ。それだけのことを乗り越えてきたんだから。それに、ぼくにはまるで必要のないものだからね。

じゃあね、ありがとう。

ピース！

ジャックス・ラッシオ

封筒の消印を見ると、手紙が出されたのはほぼ二年前だ。そしてなかには小切手が同封されていた。エドワード・アドラーを受取人とした七百三十万ドル。

「うわ」エドワードが声を上げる。

「なに？」シェイはエドワードから手紙を取り上げる。すばやく読むと口をあんぐり開ける。

エドワードは長方形の小切手と、そこに書かれた数字をじっくり見る。

「光にかざしてみて」シェイがいう。「映画でよくやるじゃん。どうしてか知らないけど」

エドワードは両腕を上げる。窓を背景にしても、小切手は小切手で、あり得ない数のゼロが並んでいるだけだ。

「マジで？」シェイがいう。「マジで？　ねえ、これジョーク？」

「違うと思うよ」エドワードはフォルダーをめくり、マーク・ラッシオの写真を見つける。不敵な笑みを浮かべる様子は、雑誌の表紙を飾る気でいるように見える。エドワードは、マークが客室乗務員の前にあのトイレから出てきたのを憶えている。そのときの彼は笑みを浮かべてはいなかったが、満足した表情をしていた。その顔も、また別の雑誌の見開きに登場しそうだった。自分の望む場所にいるという顔。キモい、とエディはジョーダンにいった。今、あの男とその弟の相関図のなかに自分がいるなんて、嘘みたいだ。

「あんたは、そんなお金、ちっともいらないのにね」シェイが背後からいう。「正気じゃないよ」

　翌日の午後、校内放送で校長室に呼び出されたエドワードは、アルンディ校長にずる休みがばれたのだろうと思った。廊下を歩きながら、シェイの姿を捜す。きみのせいだといってやりたかった。シェイとはふたりでワンセットだと思われているから、ふたりで欠席すればあまりにも明らかで、ばれてしまったのだ。

　アルンディ校長は戸口でエドワードを出迎えた。片手から、タバコでも持っているみたいな変な角度でじょうろをぶらさげているし、スーツはそのまま寝たのかというようにしわくちゃだった。

「なにかあったんですか？」エドワードが聞く。自分が学校を休んだなんてことよりも重大なことに違いない。校長は縫い目がほつれてしまったように見えた。

「ウイルスだと思う。ここ三日でシダが六つ枯れたんだ。六つだよ。感染したシダは運び出した」校長は窓台の空いたスペースを指す。天井から吊るされていた鉢もひとつなくなっている。「これ以上うつってないといいんだが。ほかの子たちには病気の兆候は見られないんだ」校長は呆然とした様子でエドワードを見る。「わたしにできるのは、残っているものの世話をすることだけだ」

「なにかお手伝いしましょうか？」

「頼むよ」

アルンディ校長はこれ以上なにも言葉を発しないように見えた。具体的なことは必要なくて、ただ手伝うという約束だけが欲しかったように。エドワードが聞く。「なにをすれば？」

「カンガルーポーを持って帰ってくれないか？ ウイルスの発生源がどこなのかわからない。うちもこの部屋同様、汚染されているかもしれない。できれば、ほかの子たちの状態が完全に回復するまで、あの子をきみの家で預かってくれるとありがたい」

エドワードはすみのほうで鮮やかな黄色い鉢に落ち着いている古いシダに視線をやる。アルンディ校長の持っているなかでいちばん古く、いちばんお気に入りのシダだ。「でも、もし枯らしてしまったら？」

「きみを信頼しているよ、エドワード」校長がいう。「わたしはきみを完全に信頼しているんだ」


エドワードは帰宅すると、地下室に専用の場所を準備した。日当たりのいちばんいい、窓の真下にカードテーブルを動かして、その上に黄色い鉢を置く。シダの横には肥料の入った袋と室温の水がたっぷり入った霧吹き。エドワードは土の状態をチェックし、葉に霧を吹きかける。

シェイは部屋の反対側でぴょんぴょん飛び跳ねていた。「まだ落ち着かないの」エドワードが見るとシェイがいう。「だって七百万ドルだよ？」

「そうだね」エドワードは答える。

「グーグルで調べたんだけど、二年前の小切手も現金化できるらしいよ。その口座にお金が入ってたらの話だけどね。ねえ、ちょっと。その草にばっかかまうの、やめてもらえない？」

「シダだよ」エドワードが訂正する。「それから、ごめん、やめられないんだ」

「そのお金があれば、この町に家を十二軒建てられるよ」シェイはいう。「じゃなければ、どっかの島を丸ごと買えるかも！　どうするつもり？」

エドワードはその小切手をズボンのバックポケットにしまっていた。どこに置いておけばいいかわからなくて、自分で持っているのがいちばん安全なように思えたのだ。反射的にそのポケットに触れる。ジャックスの隣でサーフィンをする自分を思い浮かべる。髪の長い、映画俳優のようなジャックスを想像する。ふたりは波間で小切手を渡したり返したりする。

「今はどうもできないよ」

「わかってる。あの手紙を読みきらないうちは、あんたはなんにもできないんだよね」シェイの言葉はいらいらしているように聞こえたし、飛び跳ねていたせいで息が切れている。

「その通り」エドワードは指を土に押しつける。このシダは、新しい場所に移ったことがわかって混乱しているだろうか。アルンディ校長を恋しがっているだろうか。

シェイはその晩、夕食まで一緒にいた。そしてポークチョップ、ブロッコリー、マッシュポテトの皿が並んだテーブルにみんなでついたとき、エドワードはいった。「いっておいたほうがいいかなと思うんだけど、ぼく、ヴィーガンになったんだ」

レイシーは鼻にしわを寄せる。聞いたことのない言葉でも耳にしたときのような顔だ。「ヴィーガン？」

シェイがいう。「エドワードのポークチョップとマッシュポテトはあたしが食べるね。マッシュポテトにミルクが入ってたらだけど。大丈夫。どれも無駄にならないから」

「どうして急に？」ジョンがいう。

エドワードは本当のことを話した。「兄さんのためにそうしようと思うんだ」そういってから、叔母も叔父も、兄の食習慣の情報はアップデートできていなかっただろうということを思いついてはっとする。「ジョーダンは、死ぬ何週間か前にヴィーガンになったんだ」

叔母も叔父もびくりとした。エドワードが「死ぬ」という言葉を使ったからだとわかっている。家族を失ったことを話すとき、いつも「墜落事故」という言葉を使ってきた。三人みんなそうしてきた。墜落事故の前とあとで、歴史は分断されている。

「食事の支度はこれまで通りでいいよ」エドワードがいう。「野菜はみんなと同じものを食べるし、あとは自分でサンドイッチを作るから」

ジョンがいう。「ぼくたち、もっと野菜を食べるようにできると思うよ」

「なにも変えてほしくないんだ」エドワードは自分の声が甲高くなるのがわかったけれど、どうにも抑えられない。なにからなにまで説明しなくてはいけないのがわずらわしかったし、みんながいちいち反応するのもわずらわしかった。この選択、この考えは、自分とジョーダンのもので、ほかの人には関係ないことなのだ。

「あなたがジョーダンのためにそうするのは素敵なことだと思うわ」レイシーはいったが、本気でいっているのかどうか、自分でもはっきりしていないように聞こえた。

心配するのをやめて。睡眠薬を飲まないで。自分たちの結婚生活を大事にして。エドワードはそういいたいがいわない。

真夜中のガレージで、シェイは未読の手紙を何通かとってふたつに分けた。エドワードは自分のほうに積まれた手紙のいちばん上のものを開ける。

エディへ

わたしはマヒラといいます。わたしの叔父は、あなたが家族と一緒にしょっちゅう来ていたデリカテッセンを経営しています。あなたがわたしのことを知っているかどうか、わかりません。ジョーダンは、誰にも話してないといっていましたが、もしかしたら、あなたは特別かもしれないですよね。だから、あなたには、わたしたちがつき合っていたこと、彼がわたしの初めての恋人だったことを話しておかなくてはいけないと思います。もちろん、わたしはあなたのお兄さんの気持ちを語ることはできなくて、伝えられるのはわたしの気持ちだけです。わたしはジョーダンのことが大好きでした。

あなたの家族が西海岸に引っ越すと聞いた瞬間、わたしはロサンゼルスの大学に進学しようと決めました。実現できない可能性もあるので、彼には話しませんでした。でも、わたしたちが別れたわけではないのはわかっていました。わたしは物理を学びたいと思っていて、その大学にはすばらしいカリキュラムがあるのです。わたしは未来図を思い描いていました。あなたに、彼の弟に会うことも。あなたとわたしがビーチで友達になるところも想像しました。

わたしは今、十八歳です。叔父には、大学に行く前に一年、休みたいと伝えました。それでわたしは、叔父がパキスタンにいる家族に会いにいっているあいだ、デリカテッセンで働いています。どうしてこんなことをあなたに話しているかって？　たぶん、ジョーダンに話したいからなのだと思います。彼が飛行機に乗る前に、わたしの——わたしたちの——未来について話していたらよかったと思います。まだまだ時間があると思っていたのです。若いのに時間切れになってしまうなんて、おかしな話だと思いませんか？　あなたに手紙を書きたかったもうひとつの理由は、あなたの名前が話題に出るたび、ジョーダンが笑顔になったことを知らせたかったからです。もしわたしがあなたなら、そういうことは聞きたいだろうと思ったのです。

エディ、元気でね、

マヒラ

エドワードはその手紙を繰り返し、繰り返し読んだ。そのままガレージを出なくてはいけない時間になるまで、ずっと読み続けそうだったが、シェイが気づいていった。「その手紙、大丈夫？」

エドワードはシェイに手紙を渡した。

しばらくして顔を上げたシェイがいう。「お兄さんに恋人がいたって、知ってた？」

「いや」自分がいった言葉が自分のなかで響く。空っぽの井戸になったみたいな気分だ。

「そもそもこの子のことは知ってたの？」

エドワードは首を横に振る。「デリで見たとは思うんだけど、思い出せない」

「七百万ドルと恋人」シェイは小さな声でいう。

エドワードは木の周りを走る兄を想像する。車のルーフから飛び下りる兄、空港のセキュリティチェックのために両腕を横に上げる兄。体の中心に痛みが走る。地震の前の活断層みたいだ。ねえ、ジョーダン、ぼくはなにをしてあげられる？　この手紙にはどんな意味があるの？　どうしたら助けになる？

答えはすぐに出た。その子に会いに行け。

第三部

他者は我々の一部だ。
どうしようもなく、永遠に。
——ジェイムズ・ボールドウィン

午後二時七分

機体に叩きつけられる氷混じりの雨が、不具合の原因だった。機体の外側にあるピトー管（十八世紀のエンジニアで発明家のフランス人、アンリ・ピトーにちなんだ名称だ）というスチール製の小さなアイスキャンディーの棒に似た装置が凍結したのだ。ピトー管が凍ることは——北極圏の気温でも——想定されていない。七カ月後のＮＴＳＢの公聴会でも提示された重要な事実だ。凍ってしまうと、ピトー管は、航空機の速度を計るという本来の仕事ができなくなる。これは不運なことだが、航空機というものにはなにかがだめになったときに備えた策がいくつか準備されている。ひとつのエンジンが壊れても、同じ出力のエンジンがもうひとつあるというように。今回の場合、ピトー管の故障によって自動操縦システムが解除された。自動速度制御はもはや利いていない。ふたりの操縦士は、ダッシュボードの計器類から自分たちで飛行機の速度と傾きを読みとらなくてはいけない。

雨はやんでいたが、天候——大気と水分が信じがたいほど繊細に作用し合う大きな広がり——の影響はまだまだ強い。機体の周囲にはいくつもの気圧のポケットが、渡り鳥の群れのように渦巻いている。機長はトイレから出てコックピットにもどると、左側のシートに身を沈めてレーダーを確認し、そのまま副操縦士に操縦を任せる。

機長がいう。「乱気流だな。レーダーで見るより大きいぞ」機長はスクリーンをじっと見る。「少し左へ。下降気流を避けよう」

機長より十二歳年下の副操縦士は不安そうな顔をした。「えっ？」

「少し左に寄れ。今、手動だろ？」

副操縦士はうなずき、機体を左側に傾けた。妙なにおいがする。焦げたようなにおいがコックピットにあふれた。温度も上がっている。

「空調の具合がおかしいんでしょうか？」

「いや」と機長。「外の天候のせいだ」

後流の音が大きくなる。

「大丈夫だ」機長がいう。「機体の外側に氷の結晶が付着してきたんだ。問題ない。速度を落とそう」

コックピットのなかでアラームが二・二秒鳴る。自動操縦が解除されていることをリマインドするためだ。

ジョーダンはしばらく前から、もう親はいらないと思っていた。両親と一緒に住んでいるのは、十八歳になるまでは親と住むものだという慣例に従ったまでのことだ。だが、仕事を見つけ、本を読むことで学び続け、誰にも邪魔されずにマヒラとふたりだけの時間を過ごし、自分の力で生きていくことは簡単にできるはずだ。自分のアパートメントも思い描けた。明るい光のさし込む、天井の高いワンルームで、ロフトベッドがある。その部屋で暮らす自分はメガネをかけ、コーヒーの入ったカップを持っている。視力は完璧だし、カフェインを摂取すると汗をかいてしまう体質ではあるのだが。

今、医師がファーストクラスのカーテンの向こうに消えていった。自分と弟と父親が同じことを思っているのがわかる。母さんになにかあったのか？

「あそこに、病気の老人がいるんだ」ブルースがいう。「たぶん……」

口のなかの空気が横にしゅっと抜けたような感じ。機体が右にがくんと跳ねたはずみに、続く言葉が消えてしまった。まるで池の水面を跳ねていく石のように。

体が突然揺れたせいで、ジョーダンのなかのなにかが変わり、ふいに新しい真実が見えた。ぼくにはやっぱり家族が必要だ。三人全員が必要だ。そして飛行機が、まるで次の動きをためらうかのようにぐずぐずしているうちに、ジョーダンのアパートメントには弟と一緒に眠れる二段ベッドと、両親のための寝室がもうひとつできていた。

二〇一六年三月

エドワードは、ニューヨークシティへ向かうバスのなか、ほとんど目を閉じていた。すでにシェイとふたりですべての手紙を読み、分類を終えていた。今日は春休みになって最初の月曜日。ふたりは誰にも気づかれずに家を出ることができた。レイシーは仕事だし、ベサは一日いとこと過ごすことになっていたからだ。だがエドワードは少し気が立っていた。どうしてもやりとげねばならない、この遠出が原因だ。この遠出がとても大きな意味を持つものだからだ。エドワードはずっと、自分と兄とのあいだに秘密はないと思っていた。それなのに、ジョーダンは女の子とキスしていた。女の子を愛していた。エドワードの知らない子を。ジョーダンはエドワードに話したくなかったのか、秘密を打ち明けられるほどエドワードを信用していなかったのかのどちらかだったのだ。

半ばまで来たところで、エドワードの目がぱっと開く。肺が空気を必要とするのと同じで、目が光を必要としているみたいだ。「来週末のＰＳＡＴ（大学進学適性試験ＳＡＴの予備試験）の模試は受けないつもりだよ」

「そうなんだ」シェイがいう。

「きみは受けるの？」エドワードは裏切られたような気分になる。バスはリンカーン・トンネルに入る手前の長いループにさしかかったところだ。

「あたしは将来なにしたいかわからないから、うん、受ける」

「ぼくだって将来なにしたいかなんてわからないよ」

シェイは肩をすくめる。「まあ、あんたはばかげたテストなんて受けなくていいわけだからね。

けど、あたしは普通の人間だし」

　エドワードはぴりぴりしていた。カフェインを摂りすぎたような感じだが、炭酸飲料は飲んでいない。バスはトンネルのなかに入った。叔母と叔父にはどこに行くのか話さなかった。エドワードがシェイの家より遠くに行くなど、ふたりには思いもよらないことだろう。実際、これまで行ったことがなかったから。

　ニューヨークシティにもどるのは、今回が初めてだ。そのことは口にしたくない。

　その代わりに、エドワードはいった。「最初の夏、きみは、ぼくは普通じゃないけど、自分も普通じゃないっていってたよ」

「いい？」シェイがいう。「あたしの場合、もしすごいことをするチャンスが欲しいなら、大学の学位が必要なの」シェイは窓際の席に座っていて、エドワードからはシェイの顔の片側と、窓に映るシェイの顔の両方が見えた。それは、少女ではなく若い女の顔に見えた。

　バスターミナルのポート・オーソリティからタクシーに乗ってデリカテッセンに向かう。格子状に広がるマンハッタンの通りを北へ進むと、アッパーイーストサイドだ。通り過ぎるどの通りにも、エドワードの家族の暮らしがあふれている。行きつけのクリーニング店、前面がレンガ造りの図書館、食料品のほとんどを買っていた、古びたグロサリーストア、そして一ブロック先には、父が肉やチーズを買っていた高級スーパーがある。

　母が一度時計を買ったことのあるアンティークショップの前を通る。母は、ドレッサーの上に置いたその時計を見るとカナダの祖母を思い出すのだといっていた。それから郵便ポスト。父が四月に所得税の小切手を投函するとき、エドワードは自分がポストに寄りかかっていたのを憶えている。父は小さな青い扉を、ガタンと開けてガタンと閉めながら、自分の支持しない戦争のために金を払わなくてはいけないことの理不尽さについて不平を垂れていた。「自分の金がどこに使われるか自分で決められるなら」父はいった。「喜び勇んで税金を払うよ」

エドワードはシートベルトをきつくする。そうすれば記憶から身を守れるかのように。

「なんかプランはあるの？」シェイがいう。「ただその人に会うだけ？」

エドワードは肩をすくめる。わかっているのは、マヒラをひと目見なくてはいけないということだけだ。理由はふたつある。まず、ジョーダンならマヒラと会いたいはずだからだ。もうひとつの理由は、彼女はジョーダンという人間を深く愛していた、ただひとりの――エドワードをのぞいてだが――生きている人間だからだ。エドワードはジョーダンを失ったが、それは彼女も同じなのだ。

エドワードはいう。「長居する必要はないよ」

タクシーが赤信号で停まる。エドワードはこれから、存在すら知らなかった真実――人物――に会いにいくのだ。マヒラの手紙は、エドワードが生きてきた人生の内側のドアを開いた。まるで家のキッチンの向こうに、これまで知らなかった部屋を見つけて、そこにジョーダンの恋人がいたという感じだ。ただ単に気づいていないだけで、実はほかにもドアがあるのだろうか？　そう考えると不安になるが、同時にその思いつきに惹きつけられる。失ったとわかっているもの――エドワードの家族――は取りもどせないが、そもそもそこに存在したことも知らない物や人のことは取りもどすことができるのではないだろうか？

タクシーはレキシントン街と七十二丁目の交差点で停まる。シェイが運転手に運賃を払っているうちに、エドワードは歩道に降りる。エドワードはかなり不安そうな表情をしていたに違いない。タクシーを降りるなり、シェイが目を丸くしたからだ。「大丈夫だって」シェイがいう。「あたしが助けてあげるから」

ありがとう、エドワードはそう心のなかでいいながら、シェイがくるりと背を向けてデリカテッセンのドアを抜けて入っていくのを見ていた。

デリカテッセンは細長い造りで、店の中央に棚が一列にずらっと並んでいる。清潔で、照明も明るい。エドワードは小遣いがあると、よく角の冷蔵庫からユーフーのチョコレートドリンクを出して買った。ここは生活必需品——トイレットペーパー、消臭剤、牛乳——が切れたときに、父と一緒に買いに来る店。エドワードとジョーダンが体に悪い駄菓子——たいていいつも、ジョーダンはツイックスで、エドワードはハリボーのグミベア——を買う店。ふたりが付き添いなしで行くことが許された最初の場所だ。ブルースはふたりになにかしらの買い物をさせるためにここに送り込むとき、自分の腕時計のタイマーを十五分にセットした。タイマーが鳴るまでに帰ってくるというのがふたりに与えられた課題だった。

エドワードはドアのなかに入ったところで立ち止まる。兄に会いたいという思いが強くなりすぎて、苦しくなる。ここに自分だけがいるなんて、あり得ない。

カウンターの向こうには誰もいない。サッカー用のジャージを着た少年が、すみのマガジンラックの前に立っている。ジョーダンはあの子のことも知っていたのだろうかと考える。どんな可能性だってある。背恰好から見て、エドワードたちがこのあたりに住んでいたころ、この子は小学校低学年だったはずだ。ジョーダンは、エドワードに黙って、この子のベビーシッターのバイトをしていたかもしれない。

「確認したわ」店の奥から女の子の声がする。「あの雑誌はまだ入荷してないの。たぶん、明日ね」

「わかった」少年がいう。「じゃまた」少年はエドワードとシェイの前をスキップで通り過ぎ、ドアを押しあけて出ていった。

　エドワードはシェイをちらりと見たあと、思わずもう一度見直した。シェイはスープの缶詰を片手に二缶載せ、脇にパンを一斤挟み、さらにプレッツェルの袋も持っている。

「なに？」シェイは小さな声でいう。「なにか買うべきだって思ったんだってば。怪しく思われないように」

「いやいや」エドワードがいう。「今のぼくたち、かなり怪しいよ」とはいえ、エドワードは改めてシェイに感謝の気持ちを抱いた。一緒に来てくれて、一緒にナーバスになってくれるシェイ。たとえシェイが、エドワードが抱える悩みのすべてをわかっているわけではないにしても。

　エドワードはふと気配を感じた。奥の部屋から女の子が出てくる。その瞬間、彼女もエドワードを見て動作を止めた。

　彼女はぶるっと震えた。体全体で震えた。凍えるほど冷たい湖から上がってきたみたいだ。「エディ・アドラー？」彼女がいう。

　エドワードはうなずいた。

「彼に似てるわ」

「ごめんなさい」そうはいったものの、エドワードは似ているといわれたことが嬉しかった。ずいぶん長いあいだ、兄と比べられることがなかったのだ。エドワードは彼女を見つめる。肩までの長さの黒髪、ハート形の顔、シェイよりも何段階か暗い色の肌。ジョーダンはあなたを愛していたんだ、とエドワードは思う。

「手紙、読みました」エドワードがいう。「ぼくは知りませんでした。あなたと兄のこと」

　彼女はうなずく。自分を抑えているのか、さっきより落ち着いている。「そうかなと思ってたわ」

　彼女はシェイを見る。「あたしはマヒラ。それ、受け取りましょうか？　ちょっと大変そうだから」

シェイは前に進み出て、ぎこちなく食料品をカウンターの上に置く。「あたしはエドワードの友達です」シェイがいう。「シェイっていいます」

マヒラは眉を寄せる。「エドワード？」マヒラがいう。「あなたはみんなに……」

「エディって呼んでくれていいです」エドワードはいう。「そのほうがよければ」

背後のドアが音を立てて開いたので、みんなでそちらを向く。配送業者のＵＰＳの制服を着た男が、大きな箱を三つ床に落としていう。「じゃ、また明日」

「また明日！」マヒラが声を上げ、男は出ていった。だがそのすぐあとにドアがまた開き、女の人がベビーカーを押しながら入ってきた。その女の人は歌うような声で赤ちゃんに話しかけながら、おむつの置いてある棚に真っすぐ進む。

シェイがいう。「えっと、ここに住んでるんですか？」

「上のアパートメントに住んでるの」マヒラは天井を指さしていう。「エディは今、ニュージャージーにいるのよね。一緒に住んでる叔母さんと叔父さんはいい人？　いろいろ大丈夫？」

「はい」エドワードは答える。「ふたりともいい人です」

ベビーカーの女性はもうカウンターの前まで来ていて、シェイとエドワードは場所をゆずる。バッグから財布を出すとき、女性はシェイとエドワードをちらっと見る。その視線はまるで、あんたたち、怪しい真似するんじゃないわよ、とでもいいたげだ。

エドワードがベビーカーの赤ちゃんを見ると、赤ちゃんもこちらを見ていた。とても大きな青い目にぽちゃぽちゃの頬で、髪はまるきり生えていない。赤ちゃんはエドワードから視線をそらさぬまま、口のなかに片手を丸ごと突っ込み、息を吹いて音を出す。口から手を出すと、にこっとする。

「あなた、とても可愛いわね」シェイが丁寧にいう。

女の人は支払いを済ませ、おむつのパックをベビーカーの下に押し込むと、赤ちゃんを連れ、ドアを鳴らして出ていった。

「少しのあいだ、店を閉めたほうがいいかも。近所の人が次々にやってきたら、ちゃんと話せないものね」マヒラがいう。「毎日、午後の同じ時間にガムを一パック買いに来るおしゃべりおばさんがいるのよ。きっとその人、叔父にあたしのこと報告してるんだと思うの。その人を入れないようにもしたいし」

マヒラはドアにかけた看板をひっくり返して「営業中」から「準備中」にすると、頑丈そうな錠をふたつ閉めた。「ふたりは今、十五歳？」マヒラはいう。

エドワードは錠をじっと見る。開いていたほうがよかったなと思う。難しい挑戦に向き合っているあいだ、いつでも逃げられるようになっていたほうがいい。エドワードはうなずく。「兄とつき合っていたとき、あなたは十五歳だったんですよね」

兄とつき合っていた。口にするとあり得ないことのように思える。

マヒラはカウンターにもどってきて寄りかかる。「ほんとに彼に似てる」マヒラはいう。「でも声が違うのね。目も」

エドワードは体中を走る痛みを感じたが、それはジョーダンの代わりに感じる痛みなのだとわかった。今、兄がここにいるべきなのだ。もし自分がジョーダンだったら、カウンターの前で、マヒラをハグするだろう。今、兄の代わりにそうするべきだろうか？

エドワードはシェイを見る。シェイの存在は信頼できる。シェイは本物だ。様々な味のポテトチップスが並ぶ棚のそばに立っているシェイ。シェイはテスト勉強をするときと同じ顔でふたりを見ている。

マヒラがいう。「あなたが着てるのって……それ、お兄さんの上着？」

エドワードはオレンジ色のフードつきコートを見下ろす。今はすっかりサイズが合っているが、肘の部分や縫い目が擦り切れている。レイシーは新しい物を買わなきゃだめだと何度もいっていた。

「そうです」エドワードがいう。「兄さんの服は全部、ぼくが持ってます」

「そうよね。そりゃそうだわ」声の調子は変わらないが、瞳が変わった。潤んでいる。

エドワードは普通の人同士の普通の会話にしたかった。とはいえ、そんなことは無理だとわかっていた。「手紙に書いてあったけど、ギャップイヤー（高校卒業から大学入学のあいだのモラトリアム）中なんですよね」

マヒラはうなずく。「秋にはハンターカレッジで勉強を始めることになると思う。ほんの数ブロック先だし、学費も安いし。あたし、理系なのよ」マヒラがいう。「前から理系だったの。叔父は、あたしがエンジニアになるのを楽しみにしてるのよ」

エドワードは、自分が何系なのかも、どんな人間なのかもわからない。自分の痛みに灯りがともっているような感じがしているが、どういうわけか、マヒラも同じように感じているのがわかる。ジョーダンがふたりのあいだに立っている。エドワードとマヒラが接近したことで、両者の恋しさが具現化したのだ。幽霊ではなく、恋しさだ。ぼく＋マヒラ＝ジョーダンに会いたい気持ち、とエドワードは思う。だが、会いたい気持ちなどという言葉ではとうてい言い表せない。ジョーダンという名前だけではとても言い表せない。

ちらちらと揺らめくジョーダンは、ふたりが失ったものすべてを抱えてエドワードにいう。くだらないおしゃべりはやめろ。

エドワードは聞いた。「墜落事故のことはどうやって知りましたか？　知ったとき、どこにいましたか？」

エドワードは、自分の人生に関わる人たちから、慎重にこの情報を聞き出してきた。そしてグラフに点を書き込むように、それぞれのその一瞬の居場所をとらえていた。ジョンはそのニュースを、事故発生とほぼ同時にツイッターで知った。ある小売業者のところでＩＴ関連の仕事をしている最中だったが、ニュースの見出しを見るなり荷物をまとめ、駐車場からレイシーに電話をした。ジョンはその便が義姉家族の乗ったものかどうかはっきりわからなかったので、旅程について書いてある姉からの最後のメールをレイシーが確認するあいだ、電話を切らずに待っていた。シェイは「赤毛のアン」シリーズの三巻目をベッドで読んでいるときに電話が鳴って、母がスペイン語で叫ぶのを聞いた。シェイとベサはリビングのテレビで墜落映像を観た。レポーターの声がベサの泣き声にかき消されないよう、音量を上げて。コックス夫人は九十二丁目のカルチャーセンターでエレノア・ローズヴェルトの後世に与えた影響についての講演を聞いていたとき、運転手に腕を軽く叩かれた。彼についてロビーに出たあと、携帯の画面を見せられ、ニュースを知った。ドクター・マイクは墜落事故が起きたときセッションの最中で、しばらくしてカーラジオを点《つ》けるまで知らずにいた。

「ああ」マヒラは顔を背け、奥のストレージルームのほうを見た。「家に帰る途中だったわ。八十三丁目の角にある大きなスポーツバーの前をいつも通るの。あの店、どの壁にも壁面を覆うくらい大きな画面のテレビがあって、たいてい二、三個の違う試合を流してるのよ。フットボールとかサッカーとかアイスホッケーとかね。でも――」そこでマヒラは口ごもる。「――あの日、どの画面にも野原に横たわる飛行機の片側が映しだされてた。それがあまりにも普通じゃなかったから、あたしは立ち止まったの。あの店とは、とりわけ合わない映像だったしね。それまで入ったことのなかったバーに入ると、バーテンダーがなにがあったのか教えてくれたの」マヒラはそこで一瞬黙って、両手を前に出した。まるでなにかを受け取ろうとでもするように。コインか、贈り物か、それとも聖体？　それから手を両脇にすとんと落とす。「家に、このデリに帰ってきてから、少年がひとり生き残ったっていうニュースを知ったわ」

　エドワードにはマヒラのいっていることがわかった。「ジョーダンだと思ったんですね」

　マヒラは答えなかった。新たな現実がエドワードの脳に生まれる。生き残ったのはジョーダンだ。病院からレイシーとジョンの家に行くことはせず、マヒラのもとで静養したいと主張する。デリの上のアパートメントで。エドワードはギプスをしてシングルベッドに横たわる兄の姿を思い浮かべることができる。痛みに顔を歪めながらも、マヒラを見つめている兄。マヒラと一緒にいることで、家族を失った苦しみを乗り越え、癒しを見つけていくのだ。飛行機が墜落しても、ジョーダンはすべてを失ったわけではなかった。

「ごめんなさい」エドワードがいう。

「あなたとあたしは、カリフォルニアのビーチで会うはずだったの」マヒラは微笑む。だが微笑みの裏の努力がにじみ出ている。「変なこといってもいい？」

　しばらく口を開いていなかったシェイがいう。「はい」

「あたし、ここから数ブロック先のお店の女の人に、タロット占いをしてもらってるの。窓のところに紫のランプが置いてあって、入り口にウインドチャイムがかかってるところよ。ばかばかしいし、全然信じてるわけじゃないんだけど、どうしても行ってしまうの」

「なんていわれるんですか？」

　マヒラの頬がほんのりピンクに染まる。「おとぎ話みたいなものなの。その人、ジョーダンや、あたしたちの愛について話すのよ。だから行くのをやめられないんだと思う。そのことを話せる人がほかにいなかったから。叔父さんには、これからも彼の名前もいわないつもりだし」

「ジョーダン」エドワードは反射的にいう。

「ジョーダン」マヒラは、配送業者に声をかけたときと同じ調子でその名前をいう。はっきりと、そしてきっぱりと。その名前を、「明日」という言葉と同じようにいったのだ。

ドアを叩く音がして、全員が飛び上がった。曇りガラスの向こうに人影が見える。拳がまた上がったが、そのまま下ろされた。その人は去っていった。

エドワードは、タロット占いの女性は自分にはなにを話すのだろうかと考える。誰かが自分と兄のあいだの愛について語ってくれることを想像すると嬉しい。「どうしてあなたとジョーダンのことが秘密だったのか、教えてくれますか？　どうして兄さんはぼくに話してくれなかったんだろう？」

マヒラは首を横に振った。「あたしたちはそんなに話さなかったのよ、実をいうとね。長々とおしゃべりしたら、なにもかも台無しになるんじゃないかって、あたしは不安だったの。あたしがなにかばかなこといっちゃうかもって。いつも思ってたの。すぐ話せるじゃない、すぐ聞けるじゃない、彼になんでもすぐいえるじゃないって」

「まだ時間があると思ってたんですね」シェイがいう。

「そう」

エドワードはあのたくさんの手紙のことを考える。自分に質問してくる人々。心の傷を癒す方法が見つかると信じたい人々。目の前にいる孤独な少女とあの手紙が抱える痛みを思って胸が苦しくなり、エドワードはわずかに前かがみになる。

「店を開けなきゃ」マヒラがいう。

「そうしてください」とエドワード。

それでも三人でそのまま黙って立っていたが、少ししてからエドワードとシェイは店を出た。

その晩、ガレージに入ったとき、シェイがいった。「ジョンと話すのに、どうして家のなかじゃいけないの？　朝食のときとかに、教養のある人間らしくさ。あたしたち、ジョンが朝の何時にここに来るかさえ知らないじゃん。何時間も何時間も待たなくちゃいけないかもしれないんだよ」

「ジョンとはここで話さなくちゃいけないんだ。レイシーのいないところで」エドワードは足置きに座る。もう自分専用の足置きだと思っている。アームチェアはシェイのものだ。

「最近、仕切るよね。そういうの、あたし的にはどうかなって感じ」

エドワードは微笑む。「ジョンが来るまで、寝てていいよ」

「そうだね、そうする」シェイはアームチェアに座ったまま、もぞもぞ体を動かす。いちばん居心地のいい姿勢を探しているようだ。「今日、マヒラにキスしそうになった？」

エドワードは一瞬固まった。頬がかっと熱くなる。「考えはしたよ。ジョーダンのために」エドワードの呼吸が不規則になる。「ジョーダンのためになにができるのか、なにをすべきなのか、よくわからないんだ」

「あんたが、しようかって考えてるの、あたし、わかったよ」

「どうして？　ぼく、どんなだった？」

シェイはにこりとして肩をすくめる。「言葉では表せないよ」

エドワードはこちらを見つめるシェイと視線を合わせる。そこには、これまでにはなかったなにかがある。エドワードはかつて、あれは自分だけに起きたことだと思っていた。だが、今では、シェイのことも変えたのだと知っている。そして手紙を書いた人たちを変えたことも知っている。だから、もしかしたらこの連鎖反応は無限に続くのかもしれない。エドワードは今、その無限を探している。シェイのえくぼのなかに。

しばらく間があってから、シェイは懐中電灯を消した。暗闇のなかでシェイがいう。「おやすみ」

シェイはエドワードに背を向け、アームチェアのなかで体を丸める。エドワードは足置きの上に背筋を伸ばして座ったまま。ふたりのあいだの空気が張りつめ、原子ひとつひとつが新しい可能性で膨らむ。エドワードには――どういうわけか――わかった。ふたりとも、自分たちがキスするところを想像していたのだ。エドワードは首を少し傾けたまま、顔を前に倒していく自分を想像する。ふたりの唇が触れている。その日の午後のエドワードとマヒラのあいだにあった空気を思い出す。ちらちらと揺れていた兄。失われたものへの思い。

理科の教師が最近授業中に、スイスの大型ハドロン衝突型加速器について話した。これまでに造られた機械のなかでいちばん大きなものになるという。素粒子物理学の様々な理論の検証が行われているんだ、と先生は説明した。もうすぐ、ふたりの人間のあいだの空気になにが起きているかを理解できるようになると科学者たちは考えている。嫌悪感を抱く相手と惹きつけられる相手、その中間のあらゆる段階の気持ちにさせられる相手というのがどうしているのか。我々のあいだにあるのは、空っぽの空間ではないんだ。

エドワードの体全体が、ほんの一メートルほど向こうにいるシェイの体を意識している。エドワードは居心地のいい姿勢は探そうとしない。叔父がガレージにやってくるまで起きているつもりだ。

暗闇のなかをじっと見ているうちに、いつのまにかデリに行ったときのことを思い返していた。兄を失った悲しみが、今日の終わりにはさらに大きなものになっていた。これ以上悲しくなることなど不可能だと思っていたのに。だが、それまでのエドワードは、自分ひとりの兄への恋しさを抱えていた。その喪失は大きいけれど、エドワードだけが失ったものだった。今のエドワードは、兄が失ったものへの悲しみも感じている。こんなふうに女の子のそばに座って、体全体にひりひりした感覚を覚えることは、ジョーダンにはもうないのだ。

ジョンがガレージのドアを開けたのは、空が紫のリボンがかかったように明るんできたころだった。ジョンは入り口で立ち止まり、なかの様子に目を凝らす。疲れた目をしたティーンエイジャーの少年と、ぐっすり寝ているティーンエイジャーの少女。

「おはよう」ジョンが探るようにいう。

「おはよう」エドワードは足置きから立ち上がる。「心配しないで」エドワードはいう。「悪いことしてたわけじゃない。ただ、ジョンのフォルダーを見たってことを話したくて。ぼくが偶然見つけたんだよ。それからシェイとふたりでダッフルバッグも開いて、手紙を読んだ」

ジョンの顔に驚きの表情が浮かぶ。それから別の感情も見える。たぶん、恐れだろうか？「あのバッグの錠を開けたのか？」そしてすぐにいう。「きみがもっと大人になったら渡そうと思ってたんだ。きみのものだってことはわかっているよ。ただ、最初に来た二、三通を読んだときに、あんな手紙を子どもに書いてよこすなんてとんでもないと思ったんだ」

「そうだろうと思ってた」

ジョンはため息をつく。小石が坂を転がり落ちるような音だ。「しかもあれで全部じゃないんだ」

この事実を理解するのに少し時間がかかる。「手紙、まだあるの？」

「そんなにたくさんじゃないよ。最近のが二、三通、廊下のクローゼットの奥に入ってる。今でもまだ来るんだ。前ほどたくさんじゃないけどね。ぼくが毎週金曜日に郵便局から持ち帰ってる」

シェイがアームチェアのなかでもぞもぞ動く。また眠りが深くなったのを確かめてからエドワードはいう。「どうして私書箱なんて使ったの？」

「遺品の情報が入ったバインダーが届いたあとに、手続きをしたんだ。郵便物が直接家に来ないほうが安全だろうと思ったんだよ。ぼくらがチェックしてないものをきみが見てしまうのはいやだったんだ」

　エドワードは叔父を見つめる。そしてふと、この人はたまたま自分より年を重ねているだけなのだと思う。叔父はエドワードと同じくらい、途方にくれていたのだ。ジョンとレイシーは割り当てられた役を演じている。夫と妻、叔父と叔母。ジョンとレイシーに話したほうがいいとシェイにいわれたときに抵抗したのは、大人たちに聞く前に、自分がどうしたいと思うのか確認したかったからだ。というのも、ジョンとレイシーにははっきりとした答えがすでにあると思っていたからだ。だが、そうではないということが、今、わかった。

　エドワードはいう。「レイシーとはうまくいってるんだよね？」

　ジョンは辛そうに微笑んだ。「レイシーはぼくに不満を持ってる。当然だと思うよ」そういって肩をすくめる。「同じ誰かと一緒に過ごした歴史が長くなれば……。物事はきみが思うほど一直線には進まないんだよ。レイシーとぼくは、なにか大変なことが起きるたびに、取り乱すタイミングがずれるんだ。ぼくはまず冷静になるし、レイシーはすぐに動揺する。レイシーが立ち直れば、たいていぼくは大丈夫なんだけど、今回は……。なんていうか、妻と夫のすれ違いってやつさ」

「複雑なんだよね」エドワードはいってみる。助けたくなったのだ。

　ジョンはさらに手ぶりで答える。今回、というのはすべてのことを指しているようだ。写真、手紙、中年、結婚。「そこそこ長く生きたら、いろんなことが複雑になるんだ」

エドワードはすでに曲がりくねっている自分とシェイとの歴史を思う。一直線ではないし、複雑だ。そしてこれからも鼓動し続けるマヒラと兄の歴史。ジョーダンが死んでも、それは変わらない。シェイの小さな寝息を聞きながらいう。「たぶん、最初からぼくに全部見せてくれてたほうが良かったと思う。すごく大事なことじゃないかな……死んだ人全員の顔を見るって。ぼくたち自身と同じくらい、その存在に意味のある人たちだから、憶えておきたいんだ」

エドワードは、叔父がその言葉の意味をじっと考えるのを見ていた。「面白い考え方だな」ジョンがいう。「すべて見せるべきだったんだろうけど、自分にそれができるとは、あのころは思えなかった」明け方の薄明りをまとった叔父は、老けて見えた。「わかってほしいんだ。ぼくがいちばん恐れていたのは、ぼくたちがいちばん恐れていたのは……」ジョンはその先をいうのをためらっている。

「なに？」エドワードが聞く。

ジョンはわずかに首を回して、甥ではなく昇る太陽に視線を移す。「きみが、なんていうか、生きるのをやめようとするんじゃないかってことだよ。ドクター・マイクが、実際にあり得ることだといったんだ。しかもきみは、ここに来たとき、ちっとも食べようとしなかった。外で倒れたこともあった。きみはひどい鬱状態にあったんだよ」

エドワードは目をしばたたいた。理解ができない。「ぼくが自殺するんじゃないかって心配してたの？」

「ぼくたちは、なにを決めるときにも、それを阻止することを念頭に置いていたんだ。ぼくは、きみをあれ以上、動揺させるものをきみのそばに置きたくなかった。レイシーは、ぼくがそこにこだわりすぎてて、きみを墜落事故から守ろうとしているうちに、ぼく自身が墜落事故にとりつかれてしまったんじゃないかって思ってる」ジョンは両手で顔をこすった。「女性はぼくらより賢いね」
ドクター・マイクがセッション中に、自殺という選択肢は考えるなというようなことをいったことがあった。エドワードは答えなかった。いきなりのことに戸惑ったのだ。だが今いわれたことを踏まえて考えると、アルンディ校長の細やかな心配りにも、レイシーの睡眠薬にも、ジョンの顔に増えたしわにも、そのことへの恐れがあったのだとわかる。エドワードは首を横に振る。「そんなこと、絶対にしなかったはずだよ」

ジョンは肩をすくめる。そうかもしれないけど、絶対とは言いきれなかったからね、というように。

叔父の疲れた目を見ているうちに、エドワードは初めて理解した。なぜジョンがなんとしてもエドワードを守らなくてはいけなかったのか。叔父は——全身全霊で、最大の努力をしていたのに——誰も守れなかったのだ。レイシーのお腹のなかにいた赤ちゃんたち。ジェーンとブルース、そして年上のほうの甥。だからジョンは、自分の人生と結婚生活まで犠牲にしてでも、自分の家に住むようになった甥を失わないようにしようと決めたのだ。

「そんなひどいこと、みんなにするわけがないよ」——エドワードは叔父とそしてシェイを見る。みんな、のなかにはシェイも入っているのだ——「この世に取り残されるってことがどんなに辛いか知ってるのに」

エドワードはそういっているうちに息が切れた。まるで、その真実がエドワードのなかからなにかを取り出したみたいだ。一瞬恐怖を感じたが、すぐに叔父の表情が目に入った。ジョンは両腕を広げる。エドワードは前に進み出た。

午後二時八分

副操縦士は警告音や乱気流や手動で飛行機を操縦するということ――操縦士は手動での離着陸の訓練はしているが、上空で飛行中の手動運転の訓練はしていないことがほとんどだ――に動揺して、理解しがたい判断をした。サイドスティックを引いて、機体を急激に上昇させたのだ。機長の席からは副操縦士の右腕がよく見えなかったし、彼がそんな愚かな判断をしたとは夢にも思わなかった。

「落ち着いて」機長がいう。

「了解」

副操縦士が飛行機を急上昇させるのとほぼ同時に、コンピューターが反応する。コックピットに、プログラムされた高度を超えていると知らせる警告音が鳴り響く。そして失速を警告する音。合成された人の声で「失速《ストール》！」という英語でのコールが繰り返されるもので、後に続くコオロギと呼ばれる故意に不快に聞こえるよう作られた音とセットになっている。失速は、飛行速度が低すぎることから起こる、潜在的に危険な状況だ。ある点まで速度が低下すると、翼が揚力を生み出す力ががくんと減り、飛行機がいきなり急降下する可能性が出てくる。だが機長は、自分たちが正しい手順に従っていると信じていたので、失速警告をさほど気にしなかった。まだサイドスティックを引いたままの副操縦士は、冷たい汗をぐっしょりかき、浅い息をしながらも、自分がパニックになっていることをなんとか隠そうとしていた。

ヴェロニカの足の下で床がゆがみ、また元にもどる。「お座席におもどりになってください」ヴェロニカは赤毛の医師にいう。死んだ老人をちらりと見てから、看護師にはもう少し優しい視線を送っていう。「数分でもどってきますからね」

ヴェロニカは自分の席に向かう。ファーストクラスのすぐ近くだ。フラットで硬い長方形の座面にすばやく座り、シートベルトを胸の前に斜めに引き下ろす。クリスピン・コックスの白い顔を思い出す。あの喉には息がなく、あの体のなかで血液は循環していない。これまで、自分のフライト中に誰かが死んだことはなかった。どういう手続きを取ればいいのだろう。決められた手順はすべて読んでいる。この状況では、最初の手続きは、機長に知らせることだ。インターホンのところまで行けるようになったら、すぐに知らせよう。そのあとは、可能なら空いている列に遺体を移して、ほかの乗客たちから離すのが次のステップだ。満席のこの便ではそれは不可能だが、遺体をそっと移動させ、フライト終了時までクローゼットに入れておくこともあるとも、たしか書いてあった。機体最後部に、コンテナをいくつか取り出せば使えそうなクローゼットがある。

自分とエレンが遺体を抱えて機内を後ろまでずっと進んでいく様子を想像する。ヴェロニカは老人の腋の下を抱え、エレンが足を持つ。ルイスは手伝おうとクローゼットで待ち構えている。

機体は大きく咳をし、鼻をうごめかした。ヴェロニカは、自分の体と同じくらいよく知っている、この巨大なマシンの出すうなり声や耳障りな金属音に注意を向ける。心のなかで問いかける。あなたはわたしに、なにを伝えようとしているの？

二〇一六年四月

今のエドワードがやらなくてはいけないと心から思っているのはふたつ。新しく届く手紙を読むことと、アルンディ校長のシダの世話をすることだけだ。エドワードがシダを家に持ち帰ってからそろそろ四カ月になる。シダは見る限り元気で、地下室の窓の下のテーブルで常に鮮やかな緑色を放っている。エドワードはそのカンガルーポーの写真を撮り、健やかな姿をアルンディ校長に報告した。校長室は、温室のような感じが少しなくなって、校長室らしくなってきた。ウイルスは影響が長期にわたる、かなり悪質なもので、感染の波は三度訪れた。ようやくウイルスは根絶されたが、合計で十三のシダが枯れた。今や窓台やサイドテーブルにまばらにあるだけだ。

「再建しなくちゃならないな」校長がいう。「ランを買おうかと思っているんだ。すばらしい植物だからね、ランは。そうは思わないか？」校長はため息をつく。エドワードは、校長には本気で温室を再建するつもりなどないことがわかる。ただいってみているだけだ。校長はエドワードに、念のためもう数週間カンガルーポーの世話をしてくれと頼んだ。

金曜日は、エドワードが唯一、気にかけている曜日だ。ジョンが、新しい手紙――もしあれば、だが――を持って帰宅する日だからだ。今では、シェイはサウスカロライナの修道女と文通していて、エドワードはゲイリーに手紙でクジラについていろいろ質問している。エドワードもシェイも、マヒラとはメッセージのやり取りをしていた。子どもから来た手紙にはすべて返事を送った。両端――かなりの年寄りか、とても若いか――の人たちには返信したとエドワードは思っている。中間の人たちからは、エドワードへの要求が何百と来ていたが、エドワードはそれを流砂のようなものだととらえるようになっていた。まだどう対処するか決めていないが、ひとつの手紙の願いを聞いてしまったら、すべてに応えなくてはいけなくなるのはわかっている。そしてそれは、シェイの作った集計表によれば、実際問題として不可能だった。可能にするためには、エドワードは地球上のあちこちにいなくてはならない。医者に、図書館司書に、シェフに、社会運動家に、小説家に、写真家に、古典の教授に、服飾デザイナーに、戦場記者に、ソムリエに、ソーシャルワーカーにならなければいけない。地理的に複数のタイムゾーンに散らばった相反する願い事を、地図に書き込んでみてもいいかもしれない。

　今朝読んだ手紙はとても短かった。副操縦士の妻からの、ほとんど理解不可能なメモのようなものだ。そこには、彼女と夫が大学で出会ったときのエピソードと、夫がコックピットで間違いを犯したことを申し訳なく思っていることが書いてあった。手紙の終わりはこうだ。「夫は百九十一人の人を殺しました。それがわたしにとってどんなことなのか、あなたには想像できますか？」

　これまで読んだすべての手紙のなかでも、この手紙だけは間違いなく送られるべきでなかったとエドワードは確信した。彼女の夫がエドワードの家族を殺したのだ。どうしてこんなことをしていいと思えたのだろう。エドワードに手紙を書いて、頼み事をするなんて。なにを頼むっていうんだ？　わかってくれと？　共感してくれと？　この人に怒るべきだとエドワードは思うが、実際のところ、怒りは湧かなかった。この人は、あの出来事とは関係ない。そしてこの人もやはり、取り残されたのだ。そうしたいかどうかはともかく、エドワードは彼女の身になって想像することができてしまう。罪悪感の重みが、眠りに就こうとするたびに彼女にのしかかってくる、無数の金属片となった飛行機が、想像できるのだ。

エドワードは学校の中央を走る廊下の真ん中にいる。周囲にはティーンエイジャーたちが大勢いて、あと三分で社会科の授業が始まる。今はフランス革命を学んでいる。同級生たちは、今学期その授業でいい成績を取って、来年、歴史のＡＰクラスを受講できるようにしたいと思っていることをエドワードは知っている。歴史に興味があるからではなく、いい大学に入るにはＡＰ科目を最低でも三単位取っている必要があるからだ。廊下の先に外に通じるドアがある。エドワードはそこからするりと出た。

大通りを歩いていくうちに、背後で学校が雲のように流れて遠ざかっていくのを感じていた。社会科の授業に自分が出ていない上に、学校にもいないことに気づいたら、シェイはうろたえて心配するだろうと申し訳なく思ったが、それでもとにかく歩き続けた。ニューヨークシティ行きのバスに飛び乗ると、マヒラにメッセージでタロット占いの店の住所を聞いた。

「学校にいなくちゃいけない時間じゃないの？」マヒラから返信が来る。

「そうです」

「まあいいけど」そのあとマヒラは住所を送ってきて、さらにこう続ける。「忘れないでね、全部でたらめなのよ」

エドワードはタクシーでその住所まで行く。アッパーイーストサイドの並木のある脇道沿いだ。エドワードはその角でタクシーを降りる。この半年で移動した距離は、それまでの三年分より長いんじゃないかと思う。ジョーダンと同じ年になってから、ジョーダンに駆り立てられて行動しているような気がする。エドワードは、自分でもわからないなにかに向かって駆り立てられている。

エドワードは、ドアの上の番地を見る前に、窓辺に置かれた紫のランプに気づいた。中くらいの大きさのアパートの一階だ。窓の右下に、小さな白い看板があって、黒い文字でこう書いてある。

「あなたの未来を占います。マダム・ヴィクトリー。1Aのブザーを押してください」

　これはでたらめなんだ、とエドワードは思って強い絶望感をまた味わう。通りの反対側に立ち、こう決める。家に帰ったら副操縦士の妻に返事を書こう。あなたの気持ちはわかりますと伝えよう。するとようやく動くことができた。通りを渡り、ステップを上がってブザーを押すことができた。

　カチャッという音が聞こえて、エドワードは玄関の二枚のドアを押し開ける。なかに入るとそこはロビーで、緑色の敷物がしいてあり、壁紙は葉の模様だ。左のドアが半分開いている。エドワードはそのドアを押してなかに入る。

「こんにちは」そこは、薄汚いダイニングルームのような部屋だった。木製の丸テーブルの周りに四脚の椅子。壁際に整理棚があり、奥の壁にはルネッサンス調のタペストリーがかかっていて、囲いのなかで棹立《さおだ》ちになったユニコーンが描かれている。囲いの周りには花が舞っている。エドワードはとても小さいころにユニコーンのアニメ映画を観て、しばらくのあいだ、ユニコーンに夢中になっていたことを思い出す。夢中になった理由のひとつが、現実と虚構を混ぜないことにプライドを持っていた両親が、エドワードがユニコーンは現実にいるのかと聞いたときに気まずそうにしていたことだ。そうかも？と母はいった。現実にいたのかも。すごく昔にはね。

「すぐ行くからね、スイートハート」女性の声がする。エドワードは鈴の音を聞いて、窓のほうに目をやった。金属のウインドチャイムが揺れている。女性の声があのチャイムを揺らしたのだろうか？　腕に鳥肌が立つのがわかる。気づくとその女性は目の前にいた。

　背の高い女性——少なくとも百八十センチはある——で髪にカラフルな布を巻いている。褐色の肌、茶色い瞳、そして惜しみない笑顔。目の覚めるような黄色いスカートとジップアップパーカーを着ている。

「お座り、イケメンくん」女はそういって、椅子のひとつを指す。「マダム・ヴィクトリーの占いは十五分で三十ドル、現金払い。こういうことは前もっていっておかないとね」

「わかりました」エドワードはそういいながらも、座る前に躊躇《ちゅうちょ》した。自分の体が極度の警戒態勢に入ったからだ。向こうからまだチャイムの鳴る音が聞こえてくる。さっきよりは控えめな音だ。自分の体から発信されるメッセージがうまく読み取れない。アドレナリンの急上昇が、なにかを伝えようとしている。気をつけろ。危険だ。去れ。が、それでもエドワードは椅子に沈み込む。

　マダム・ヴィクトリーはテーブルを挟んだ向かい側に腰かけた。「タロットカードと手相占い、どっちがいいかい？」

「わかりません」

　彼女は初めてエドワードの顔をまじまじと見た。エドワードは彼女と目を合わせるのも難しいのに、視線をそらすこともできない。体内のアドレナリンはまだ消えていない。ウインドチャイムは、まるで二歳児がそれで遊んでいるかのようにけたたましく鳴りだした。エドワードは椅子に座ったままごそごそ体を動かし、居心地の良い姿勢を探す。この女性のせいでこんなに落ち着かない気持ちになっていることがわかるのに、その理由がわからない。脳が考える。ぼくはあなたを知っているの？　だがもちろん、エドワードは彼女を知らない。

「そうだねぇ」彼女がいう。「あんたの手相を見たい。手を出して」

　エドワードは腕を伸ばす。いつもウエイトを上げているのに、まだガリガリの細い腕だ。エドワードはかすかに震えている。自分の手を他人に触らせるというのが、どれほど親密な行為かということに気づいてしまったのだ。エドワードの手に触れたその手は乾いていて温かい。

「あんたに見覚えがあるよ」マダム・ヴィクトリーがいう。

「ぼくの友達が、ここに来てます」もちろん、マヒラはエドワードの友達ではないのはわかっているが、自分にとっての彼女を示すちょうどいい言葉がない。死んだ兄の恋人だが、自分は知らなかった人？　ジョーダンを愛していたもうひとりの人？

マダム・ヴィクトリーはうなずく。まるですでに知っていたかのようだ。エドワードの手相を観察する。エドワードの掌の中央に、人差し指で触れる。「エディ」彼女はささやく。

エドワードは聞き間違えたのだろうかと思う。「今、なんて？」

マダム・ヴィクトリーは言い直してくれなかったので、エドワードはさらにいう。「マヒラから、ぼくが来るって聞いてたんですか？」

「マヒラ？」彼女は首を横に振り、エドワードの指の根元のふくらみにひとつひとつ触れていく。

「お客にはいつもこんなことは聞かないんだけど」彼女はいう。「でもね、スイートハート、なにを知りたいのか聞かせてくれるかい？」

「どういうことですか？」エドワードは戸惑う。「ぼくの未来について教えてくれると思ってたんですが……ほかに聞けることがあるんですか？」

彼女は答えない。エドワードの手の上に身を傾けていて、顔を見ようとしない。

「ぼくがなにをするべきか知りたいんです」いつのまにかエドワードはそういっていた。副操縦士の妻に手紙を書こうと決めたときとちょうど同じで、言葉にした瞬間にほっとした。エドワードは、自分がなにをすべきか知りたいのだ。

彼女はエドワードの掌の真ん中を軽く叩く。「それは簡単だね。あたしたち誰もがしなくちゃいけないこと。自分がどんな人間か、自分がなにを持っているのかを見極めて、それを良いことのために使うのさ」

エドワードはその言葉を心のなかで繰り返す。何度かじっくり聞いたあとで、口を開く。「そんなこと、誰にだっていえますよね」

マダム・ヴィクトリーは微笑む。「そうだね、いえるね。みんなに同じことをいいたいよ。でも残念ながら、誰もがあたしに会いにきてくれるわけじゃない。でもあんたは来た。そしてあんたは年齢的にも、過去の経験からしても、あたしのアドバイスをことさら生かせる子なんだよ」

エドワードはポケットのなかの携帯電話が低い音を立てるのを感じる。学校の終業時間なのだろう。シェイがメッセージを送ってきたのだ。「あんた、どこ？　大丈夫？」エドワードはいう。「やるべきことにたどり着くまでにはステップがあります。まず、自分がなにを学びたいのかを知り、できる範囲でいちばんいい大学に入る。それからいちばんいい大学院に入る。そしていちばんいい職に就く」

これを聞いてマダム・ヴィクトリーの顔は明るくなった。エドワードが彼女の肌からきらきらと光がこぼれるのを見ていると、彼女は笑いだした。大きくて、温かくて、泡が立つときの音のような笑い声が部屋に満ちる。頭をのけぞらせ、空いているほうの手を腹の上に置く。ウインドチャイムの音が笑い声に重なる。聞いているうちに、エドワードも気づくと笑っていた。自分でも初めて聞く、これまで出したことのない笑い声だった。

マダム・ヴィクトリーの笑いがおさまってくると、光はわずかに弱くなった。彼女はいう。「すごく頭でっかちなんだね、エディ？」

「エドワードです。どうしてぼくの名前を知っているのか教えていただけませんか？」

「わからなくちゃいけないのはね、スイートボーイ、あんたが抜け出そうともがいてる藪《やぶ》は、頭で考えてどうにかなるもんじゃないってことだよ。理詰めで解ける数学の問題じゃない。そこから抜け出すには、ちがう種類の知恵が必要だ」

「どういうことですか？」

「ここまでで十五分」急に声の調子が変わる。

「もう十五分ぶん払います」

「残念だけど、今日はもう無理。外せない用事があるんだよ。もしよかったら、また来なさい」マダム・ヴィクトリーはまだエドワードの手を握っていて、空いているほうの手をその上に重ねた。温もりがエドワードの手から腕へと伝わっていく。「あんたにあげたくなっちゃうよ」彼女はひとりごとのようにいう。「マッシュルームを少しばかりね」

「マッシュルーム？」エドワードは、ジョンとレイシーの家の裏庭の木の根元に生えている小さなキノコを思い浮かべる。

「シロシベ・タンパネンシス」マダム・ヴィクトリーはいう。「それをあげれば、さっきいった、ちがう種類の知恵にたどり着けると思うけど。でもだめ。あげないよ。あんたは、自分の力でたどり着けるからね、エディ。そこまでの道のりを、ちゃんと進んでいける子だって信じているよ」

「どういうことか、わかりません」エドワードはいう。

マダム・ヴィクトリーは微笑んだ。「わかるっていうのは、そんなたいしたことじゃないよ」

マダム・ヴィクトリーが立っているのに気づいて、エドワードも立ち上がる。部屋のすみでウインドチャイムが音を立てている。エドワードはポケットから財布を出した。

マダム・ヴィクトリーは首を横に振って近づく。彼女の手から感じた温かさが、今度は体全体から出ているのがわかる。彼女はシナモンのにおいがした。「初回は無料だよ。サービスさ」

マダム・ヴィクトリーはエドワードの腕を取り、戸口まで導く。ドアを開ける一瞬前、彼女はエドワードの耳に口を寄せて、ささやいた。「あんたに起きたことに理由なんてないんだよ、エディ。あんたが死んでたかもしれないんだ。ただ、死ななかったってだけ。単なる運。あんたは誰かに、なにかしらの理由があって選ばれたってわけじゃない。つまりね、あんたはなんでも好きなことをしていいってことなんだよ」

ドアが開き、ロビーの中央に出たエドワードは、内装が森のようだということに初めて気がついた。

午後二時九分

機長が初めて大きな声を上げた。「速度を確認しろ！」

飛行機は毎分七千フィートという猛烈な勢いで上昇している。高度を上げるにつれて速度は失われ、今ではたったの九十三ノット。大型旅客機というより小さなセスナ機の平均的な速度に近い。

機長「速度に気をつけろ。速度に気をつけろ」

副操縦士「了解、了解。下降します」

機長「安定させて」

氷結防止システムのおかげで、ピトー管のひとつがまた機能し始めた。コックピットの画面は、またようやく正しいスピード情報を示すようになった。

「これでよし。下降しています」

「ゆっくり」

「はい」

副操縦士はサイドスティックを引いていた力を緩めた。飛行機は上昇する角度が小さくなるにつれて速度を増し、やがて二百二十三ノットまで回復する。失速警報は止んだ。この瞬間、操縦士たちは機体を制御できていた。だが、ふたりの意思疎通はうまくいっておらず、機長は恐ろしい大惨事と隣り合わせていることを知らない。そして副操縦士は、もしサイドスティックを再び引いたりしなければ、何事もなく、予定通りにロサンゼルスに着陸できるはずだったということを知らない。

マークからヴェロニカの姿は見えない。座席に座ったまま、緩く締めたシートベルトをいじっている。隣に座るジェーンがおかしな音を立てて息をしている。

「ただの乱気流ですよ」機体ががくんと揺れるたびに喉が小突かれるようになるので、言葉が切れ切れになる。「飛行機は乱気流では墜落しないんです。なにかで読みました」

「わかってます」ジェーンがいう。「ただ、後ろで家族と一緒に座っていたかったと思って」

マークは、ジャックスと母と一緒に飛行機に乗ったことを思い出す。九歳だったマークは弟と菓子を分け合いながら、前の席を蹴りたいという衝動と闘っていた。どんなときも、じっとしているのはひどく難しかった。

「わたしは作家なんです」ジェーンがいう。「ある状況下で起こり得る、すべての可能性を想像してみるのが癖になっているんだと思います。どんな状況でも、とてつもなく恐ろしいことが起きる可能性がひとつはあるものなんです」

「そんな想像しないで」マークがいう。「目の前の現実だけに集中してください」

だが、マークの頭のなかはヴェロニカの顔を見たいという気持ちと、ずっと準備をしてきたロスでの商談に関することとに分かれている。商談をまとめるために、若干の慎重さを備えた複雑な戦略を用意してある。だから、いつもの自分の手法とは違う。心臓が鼓動するたびに、自分のスキルが磨かれ、できることの幅が広がっているのが感じられる。この商談をまとめられたら、自分のことを、コカインなしには最高水準の仕事はできないと考えている同僚たちは間違っていたのだと証明できる。どうせ三日天下だと考えていた記者たちも間違っていたと証明されることになる。コックスのような男たちが世界の舞台を去るなら、その跡を継ぐ準備はできている。そうなれば、またヴェロニカとセックスできる。この世の女は誰でも、自分とセックスしたくなるだろう。こんなの――乱気流も、通路の向こう側にいる死んだ英雄も――なにひとつとして、マークを止めることはできない。マークを止めることなどできないのだ。

二〇一六年五月

唐突にシェイがエドワードの耳にささやく。「七百万ドル」グロサリーストアにいるときのこともあれば、ショッピングモールでスニーカーを試し履きしているときのこともある。そのたびにエドワードはしかめっ面をしていう。「まだだよ」小切手はジャックスから送られてきたときの封筒にもどし、ほかの手紙と一緒にベッドの下に大事にしまってある。放課後には毎日、ジムでウエイトを上げるか湖の周りをシェイと一緒に走るかした。天気のいい日には、ふたりはランの終点を公園にして、呼吸が落ち着くまでブランコに座った。エドワードは毎日数学の宿題をするようになった――これまでで初めてのことだ――が、それは年度の途中で新しい数学の教師が赴任して、勉強がようやく難しくなって面白くなってきたからだ。難しい問題についてじっくり考えていると、背後から父が見ていて、解法を示唆《しさ》してくれるのを感じる。

エドワードは、それが郵便で届くまで、自分がなにを待っているのかわからなかった。それはジョンが郵便局から持ち帰る金曜日の手紙のうちの一通だった。エドワードは玄関ホールでジョンから受け取って開いた。いつもならシェイとふたりきりになるまで待つのだが、封筒に書かれた文字の傾き加減のなにかが、エドワードにその場で封を開けさせたのだ。もうすぐ夕食の時間だったし、目の前にジョンがいたにもかかわらず。

エドワードへ

ジャックスがあなたのことをよく話していたことを知っていてほしいと思います。あなたのことを考えると、ジャックスは嬉しくなったのです。ジャックスがあなたにあのお金を送ったとき、あなたは彼を解き放ちました。あれがあなたのものになるということが、ジャックスにとっては重要だったのです。わたしは、あなたが彼に送った、あれは本気なのか、お金を返してほしくはないのかという手紙を持っています。彼は返してほしいと思ったことはありませんでした。

ジャックスはビッグウェーブサーフィンに本気で賭けていて、わたしたちは去年、カリフォルニアの有名なブレイクポイントの近くに引っ越しました。彼はそこがとても気に入っていましたが、三カ月前に亡くなりました。波の上でボードから落ち、そのまま消えてしまったのです。二時間後に発見されたとき、足とボードをつないでいたリーシュコードが岩にはさまっていました。

ジャックスが死んだことで、前に送った小切手を現金化するときに問題が生じるかもしれないと弁護士にいわれました。だから、同額の新しい小切手を同封します。お願いですから、お悔やみの手紙なんて送ってこないでください。なぜなら、悔やむことなどないからです。これは悲劇ではありません。ソファでテレビを観ながらひとりぼっちで死んだのなら、それは悲劇です。全身全霊で愛していることをしているときに死んだのなら、それは魔法です。エドワード、あなたにも魔法のようなことが起きますように。

タヒチ

エドワードは手紙から顔を上げる。

「泣いているのか？」ジョンがいう。その瞬間、シェイが玄関から入ってきた。エドワードはシェイにいう。「ジャックスが死んだ」

シェイは両手を口に当てる。「そんな。なにがあったの？」

ジョンがいう。「どういうことだ？」

「ちょっと待ってて」エドワードは地下室に下りていき、ジャックスから来た最初の手紙を取ってくる。それをジョンに渡して読んでもらい、さらにタヒチの手紙と新しい小切手を渡す。

ジョンはその三点をじっくり確認すると、キッチンに向かっていったので、ふたりのティーンエイジャーもついていった。コンロの前で、レイシーが料理をしている。イヤホンをして鼻歌を歌っていたが、三人がそろってやってくるのを見てイヤホンを外した。エドワードがガレージで叔父と向き合ってから、家の雰囲気が変わった。三人が同じページにいられるようになったのだ。もちろんそれは、結末もわからない、進行中の物語の途中のページではあるけれど。レイシーとジョンのあいだの空気が柔らかくなった。二、三日前、エドワードは、叔母が叔父のことを「クマさん」と呼んでいるのを聞いた。ジョンは嬉しそうに顔を赤らめていた。

「とても信じられない話だぞ」ジョンがレイシーにいう。

ジョンが説明し、レイシーは紙を渡されるたびに小さな声で「なんてこと」といった。

全員でキッチンのテーブルを囲む。二通の手紙と小切手がテーブルの上に載っている。形といい、置いてある場所といい、まるで二枚のランチョンマットとナプキンに見えた。

「前に細かい説明をしてもらったと思うんだけど」とエドワード。「犠牲者の遺族はそれぞれ保険会社から百万ドルを受け取ってて、ぼくは二十一歳になったら五百万ドル受け取るっていうので合ってる？」

「その通りだ」とジョン。

「ということは、例えば、ベンジャミン・スティルマンのおばあさんも百万ドル受け取ったんだね」

レイシーはその名前を聞いて、わからないというように顔をしかめた——レイシーはほかの三人のように乗員乗客名簿を暗記していない——が、なにもいわなかった。

エドワードはこのところ叔父と共に、フォルダーに情報を追加する作業をしていた。共同作業はジョンの思いつきだった。ある午後、ジョンはエドワードに近づいてきてこういったのだ。「ガレージできみがいったことをずっと考えていたんだけどね、飛行機に乗っていた人全員の情報を記録するべきなんじゃないかと思うんだ。全員を——きみがいうように——見えるようにしたほうがいい。きみの考えがすごく気に入ったんだ」叔父は恥ずかしそうに甥を見た。「その作業を終わらせるのを手伝ってくれないか？」

エドワードは乗客について知っていることをすべてジョンに話した。赤毛の医師が誰かを助けるためにファーストクラスに行ったこと。ベンジャミンと自分の会話。すそに鈴のついたスカートをはいていた女の人やゲイリーの恋人のこと。マークとヴェロニカが一緒にトイレに入ったことまで話した。エドワードが話すことをジョンが書きとめ、それぞれの写真の裏にその情報をつけ加えた。

ジョンはフロリダの写真の裏に書きながら、こういった。「なあ、ぼくはこの人の旦那さんと連絡を取ったことがあるんだけどね、彼がいうには、フロリダは転生を信じていたんだそうだ。すでに何百もの人生を生きたことがあるって信じていたらしい。旦那さんは——たしかボビーっていう名前だったかな——墜落事故のあと家を売ってキャンピングカーを買い、国中を走りながら生まれ変わった彼女を捜しているんだそうだ」

エドワードが最初に思ったのは、新しい体に入ったフロリダの写真を見つけることができれば、その写真もフォルダーに入れられるのに、ということだった。だがすぐに首を横に振った。そして叔父に目をやると、叔父もまったく同じことを考えていたのだとわかった。ふたりは今まではなかった笑み——ふたりが一緒に作業するようになってから生まれた笑み——を浮かべた。それはふたりとも自分たちがすごく変だということがわかっていて、変でもいいのだと認めていることを示す笑みだった。

ジョンがいう。「ロリー・スティルマンはもう、百万ドルを受け取ったよ。どうして聞くんだ？」

四人は肩を寄せ合って立ち、手紙と小切手を見ている。ジャックス・ラッシオの出現と退場を示すもの。エドワードは、秘密をもうひとつ叔母と叔父に打ち明けられたことで、肩の力が抜けるのを感じた。もう、秘密を持つことには興味がない。

ベッドに入る前、エドワードはシダに霧吹きで水やりをし、土の状態を確かめ、テーブルの下に置いた袋のなかから新しい土をスプーン一杯分加えた。アルンディ校長は、カンガルーポーをエドワードにずっと持っていてほしいといった。「シダは、やたらに動かさないほうがいいんだ」アルンディ校長は悲しそうに口髭を引っ張りながらいう。「あの子のことを長く世話してきたきみは、あの子のホームになっているんだよ」

エドワードは歯を磨き、デンタルフロスで仕上げ、パジャマにしているスウェットパンツをはく。ベッドにもぐり込む前に、最後にもう一度シダの様子を見る。その一連のゆっくりとした動作のなかで、あるアイデアが、完全な形で頭に浮かんだ。ジャックスのお金を使って、すかすかになってしまったアルンディ校長のコレクションを再び豊かなものにするために、すごく貴重で高価なシダを買えばいい。そう思いついたエドワードは、にやにや顔を枕に押しつけた。

タヒチからの手紙を読んで悲しかったが、ほっとした気持ちもあった。その手紙が、切れ目なく続く文に打たれた一個の読点のように思えた。前に進むことができる気がした。実のところ、ジャックスからのお金のことを考えると、いつも落ち着かない気持ちになっていた。理にかなっていないから、というのがいちばんの理由だ。ジャックスはエドワードに保険金が入ることを知っていたはずだ。エドワードにお金は必要ないことを知っていたはずだ。事故のあと、エドワードにとってなにより必要のないものが、おそらくお金だ。だがジャックスは、それでもエドワードにお金をくれるという選択をした。それなら、エドワードも同じ精神でそれをあげてしまってもいいのではないだろうか？　単純に、使ってもらうことが正しいと思えることに、そして正しいと思える相手にあげれば、それでいいのでは？

アルンディ校長にシダをあげるというのは、正しいことに思えた。もしかしたら、校長の家の裏なんかに温室を作って、そのなかをシダでいっぱいにすることもできるかもしれない。エドワードはそう考えてにこりとしようとして、すでににこりとしている自分に気づいた。ふと思いつく。コックス夫人だけは、このことをまったくばかげていると思うだろう。コックス夫人は、お金はさらなるお金を作るために積み上げる、ひとつのレンガだと思っている。豊かな人生を作り上げるために必要な道具だと考えているのだ。コックス夫人は慈善――たとえば美術館のような、ある特定の一流のものに寄付をすること――は良いことだと思っているが、こういう軽率なやり方は絶対に許さないだろう。エドワードはコックス夫人のことを直接批判することは絶対にないが、体のなかに湧き上がる嬉しい気持ちから、自分は、そして自分の軽率なこの行為は、正しいはずだと確信できた。

ほかに誰にあげられるだろう？　たとえ理にかなっていなくても、あげることが正しいと思える相手は誰だろう？　事故で辛い思いをしたのに航空会社や保険会社から補償を受けていない人にあげてもいい。ベサに払えないい、シェイの大学の学費を払うこともできる。マヒラの学費も。ゲイリーにあげて、クジラの研究費に使ってもらうのもいい。ゲイリーはリンダの夫ではないから、お金は受け取っていない。ベンジャミンのおばあさんは保険金を受け取っているだろうが、この人にも渡したい。彼女がふさわしいと思うところに寄付してくれるかもしれない。

シェイの声が聞こえてくる。あたしの修道女と、二番目に読んだ手紙の三人の子どもたちのことも忘れないでよ。

ほかには？　ほかには？

マットレスの上の体が重くなり、まぶたが下がってくる。エドワードは眠りに落ちていく。最後に思ったのは、送り主の名前を伏せて、自分からだとわからないようにする方法を見つけなくてはいけないということだった。そうしなければ、本当に間抜けだ。

午後二時十分

飛行機は元々の高度から二千五百十二フィート上昇していた。まだ危険な角度で上昇を続けていたが、正常なフライトエンベロープ（航空機が飛行することを可能にする速度、高度、荷重の範囲）からは逸脱していない。だが、副操縦士がまたもやサイドスティックを手前に引く力を強めたため、機首が上がり、速度は徐々に落ちていた。のちに２９７７便のブラックボックスの記録を調べた操縦士たちはみな、訓練された操縦士がその段階で過ちを繰り返したことがどうしても信じられなかった。だが、実際、彼はそうしたのだ。

失速警報が鳴る。

「注意して」と機長。

「了解」

操縦士たちが警告音を無視したのは、自分たちが飛行機を失速させることなど、とても信じられなかったからだろう。まったく理解できないことではない。その飛行機は、操縦士の操作が直接コンピューターに送信され、そこから方向舵《ほうこうだ》、昇降舵、補助翼、フラップに指示が伝わるというフライ・バイ・ワイヤシステムで動いていた。ほとんどの時間は、コンピューターが「ノーマル・ロー」と呼ばれる自動操縦モードで飛行制御を行っている。つまり、コンピューターは飛行機が正常なフライトエンベロープを逸脱するような制御はしないということだ。ノーマル・ローによる操縦コンピューターは、飛行機が失速することは許さない。

だがコンピューターは、対気速度のデータを失ってしまうと自動操縦を解除し、ノーマル・ローから、操縦士の操作に対する制限が少ない「オルタネート・ロー」に切り替わる。オルタネート・ローモードでは、操縦士が飛行機を失速させることは起こり得る。そして副操縦士は、サイドスティックを引くことで、まさにそれを実行していたのだ。

「何事なの?」ベンジャミンの隣の老婦人が聞く。「いったい、どうなってるのかしら?」

老婦人は目を丸くしてベンジャミンを見上げる。彼女の左手がベンジャミンの腕をぎゅっと握っている。おそらく彼女はそうしていることに気づいていないのだろう。

「乱気流です。よくあることですよ」

機体は二度跳ねて、ハードタイプのスーツケースが地面に叩きつけられるような音がする。ベンジャミンはごく小さい音で口笛を吹く。この白人のおばあさんに腕にしがみつかれたまま死にたくはないな、と思う。神様、よろしく。

「わたしには子どもが十四人いるの」と老婦人はいう。

「十四人?」

老婦人はベンジャミンを驚かせたことが嬉しいらしい。「でも今生きているのは九人だけ」

「お気の毒です」

「あなたにはお母さんはいるの?」老婦人が聞く。

バン。飛行機がまた跳ねる。「いいえ、いません」

「まあ」老婦人はがっかりしたように見える。

ベンジャミンは通路の向こうの家族をちらりと見る。小さなエディは怖がっているらしく、兄の手をぎゅっと握っている。ベンジャミンは、自分のなかの、ある小さな部分が柔らかくなるのを感じる。かわいそうに。考えると涙さえ出そうになったが、その同情は通路の向こうの子どもを超えて、エディと同じ年頃だった自分自身に向けられていることに気づいた。かわいそうに。

ベンジャミンはいう。「そんな大家族では、ご苦労が多かったでしょうね」

「そうだったわ。あなたは男だから、どれほど大変なことか、わかることはないわね。女だけしか知らない苦労なのよ」

飛行機が横に滑り、ベンジャミンは、コースを外れたな、と思う。

「長女が空港に迎えに来てくれるの。これから一緒に住むのよ。計画があるの」

「計画があるのはいいことです」

「これでわたしも引退よ」老婦人がいう。「座って両足を高くして、雑誌を読んで、ジントニックを飲むつもり」老婦人はそういって唇をすぼめる。「そういう生活をしてもいいころよ」

ベンジャミンはまたもや通路の向こうの家族を見る。ギャヴィンのことを考える。メガネの後ろから笑いかけてくるあの瞳。軍隊を辞めることを考える。軍服をたたんでトランクのなかにしまって鍵をかけてしまうことを。ロリーと一緒に、キッチンのテーブルでパズルをする自分を想像する。通り沿いのセブン-イレブンの裏で男にキスする自分。

学校の寮でも軍の野営地でも、「地面にブーツを！」という声で起きた。気まぐれに物事を乱すのが好きな司令官に当たったことがあったが、彼はよく夜明け前に兵舎にやってきて、「敵はどこだ？」と叫んだ。

ベンジャミンのモーニングコールは、目覚まし時計は、人生のほとんどの場面で次の行動を導くのは、そういう声だった。敵はどこだ？　ベンジャミンはそう考えて、深い悲しみを感じる。この老婦人の、両足を高く上げるという考えは、ベンジャミンには呪いだった。ベンジャミンはこの先も油断することなく生きていくだろう。地面にブーツをしっかりつけて。

二〇一六年七月

十年生になる前の夏、エドワードとシェイは町のデイキャンプでリーダーを務めた。いちばん年長のキャンパーたちをまとめることになったエドワードは、初日に十二歳の少年たちのグループの前に立った。自己紹介をして出欠を確認しようとしたとき、エドワードの体のなかのなにかが激しく震えた。

エドワードは少年のひとりを見つめ、それから別の少年に視線を移す。彼らと目を合わせていく。垂れた髪の下にある茶色の目、青い目。少年たちの半数は、顔が隠れるような髪型にしているが、エドワードは、その念入りに整えられたカーテンの奥をじっと見る。彼らの目にはなにかがある。それがなんなのかわからないが、エドワードは目をそらすことができない。

「あなたは飛行機の事故に遭った人だって、母さんがいってたよ」ひとりの少年がいう。

「そうだよ」

「痛かった？」

「ああ。すごく痛かった」

少年たちはそれを聞いて笑った。エドワードは、この少年たちが、自分が事故に遭ったときと同じ年齢だということに気づいた。エドワードは十二歳のときに自分を無理やり開かされたが、この少年たちの目を見ていると、彼らもこじ開けられようとしているところのように見えた。

「なに？」ひとりの少年が聞く。

「いや。背の順に並んで」

少年たちは一斉に動きだし、バックパックを背負ったままぶつかり合う。本当は、背の順に並ばせる必要はなかった。時間稼ぎをしたかっただけだ。エドワードは少年たちが互いに入れ替わり、自分の位置に収まっていくのを見ていた。

この年齢特有のもの？

ちょうど子ども時代を終える直前の瞬間だから？

その午後、エドワードは少年たちと一緒に泳いだ。もし、彼らを湖に入れずにすむならそうしていただろうが、水泳は、キャンプのスケジュールのなかでも必須のものだった。エドワードは湖に入る前に、安全面での注意事項を伝えた。「ふざけてはだめだ。泳ぐことに集中して。バディが誰か、みんなわかってるね？　バディをしっかり見て、ほかのやつは見ないこと。あの黄色いブイまで泳いで、もどってくる。回り道も寄り道もなしだ。わかったな？」

参加者は全員五十メートル以内なら泳ぎきれるということはわかっていて、それはひとつの安心材料ではあるが、事故や間違いが起きないという保証はない。エドワードは少年たちの横を泳ぎ、彼らの表情をチェックして苦しんでいないかどうか確かめた。少年たちは濡れた頭をエドワードのほうにくるりと向けて微笑んだ。

その夜、エドワードはシェイにいった。「ぼくは教師になりたいんだと思う。たぶん、七年生の数学の教師」

シェイは笑ってから、エドワードの表情に気づく。「本気？」

「たぶん」

「矯正器具つけたニキビだらけの子ばっかり」シェイがいう。「その年齢って、みんなゴタゴタしてるよね。あたしのあの、あり得ない前髪、憶えてる？」

「まあね」

「なんで十二歳の子たちと過ごしたいだなんて思うわけ？」

「たぶん、ぼくはその子たちの役に立てると思うんだ。ぼくが十二歳のとき、きみはぼくを見ていてくれた。きみはただ気づいたことを書きとめておくためだけのノートを持ってたよね、憶えてる？　たぶん、その年頃には、誰もがそんなふうに気にしてもらうことが必要なんだと思う。今度はぼくがノートを持てばいい」

シェイはエドワードをじっと見つめる。頬のえくぼが深くなる。

エドワードは思う。シェイはまだあのノートを持っているらしい。


次の週末、エドワードは、子ども部屋をホームオフィスに模様替えするジョンの手伝いをした。シングルベッドとロッキングチェアは寄付され、レイシーが入念に色調を選んだオフホワイトに壁を塗る。ジョンとエドワードは、ぶつぶつ文句をいいながら、六角レンチや大きさも様々なビスやボルトを使ってＩＫＥＡのデスクをなんとか形にした。その後ろでレイシーは、緑色のアームチェアを部屋のすみから別のすみへと押して動かし、風水的に運気が上がるような配置を作ろうとしていた。どこのすみにするか決まると、ウエスタン小説の詰まった本棚がその隣に大事に置かれる。
二、三週間前に、ガレージをすっかり片づけた。手紙の内容はすべてチェックし、エドワードが手元に置きたいものは、地下のベッドの下にしまった。ジョンは町の郵便局の私書箱を閉じ、すべての郵便物が家に届くようになった。この部屋を整えるのは最終ステップだ。
部屋ができあがったとき、エドワードとジョンとレイシーは、三人ともくたくたで汗だくになって部屋の入り口に並び、この新しい空間を見て目を丸くした。まるで、自分たちが頑張って作ったのではなくて、いつのまにかできあがったもののように思えたのだ。

夏の終わりも間近な金曜の夕方、シェイとエドワードは夕食後に湖まで下りていった。ふたりは柔らかい草の上にあぐらを組んで座る。そこから、エドワードがキャンパーたちと毎日泳いでいる場所が見える。格別に美しい夏の夕方で、沈む夕日に照らされた湖は、コインのように光っていた。

「あと二週間で学校が始まるね」とシェイ。

エドワードは、きらめく湖を見ていた。ほとりの木々はしだいに暗くなってくる。「ここに来た最初の日」とエドワードはいう。「ジョンは二階の子ども部屋にぼくを連れていって、窓からこの湖を見せたんだ。そのあとずいぶん長いこと、ぼくはその眺めを見なかった。二階に上がらなかったからね。だけど、ジョンが、ぼくの体調が良くなったら湖に泳ぎに行こうっていったのは憶えてる。それがまるで月に行こうといわれているみたいに思えたこともね」

シェイは両膝を抱える。「あのときのあんたは、すごく弱っちくてガリガリだったよね。ひと区画分歩くのもやっとだった」

「今年の夏は、ほとんど毎日湖で泳いでるよ」エドワードはそういったが、達成感があるわけではない。ただ人生に、思いがけない曲がり角や、月面の景色のように非現実的に思える場面が現れることに、驚きを感じているのだ。タロット占い、胸が張り裂けるような手紙、叔父とのあいだに芽生えた新たな友情、湖での遊泳。どれもが同じくらい予想外のものだった。

「ママにここに来ること、いってこなかった」シェイはそういって草の上に寝ころんだ。

「別に気にしないと思うよ」

「あたしには大事なことなの」

シェイが日々の経験を――大きいものも小さいものも――ひとつとして母親に知られたくないと思っていることがおかしくて、エドワードは微笑む。ふたりの女性のあいだの綱引きはまだ続いている。どうしてそうなるのかエドワードには理解できなかったが、見ているのは楽しかった。兄と父のあいだにも似たような緊張感があった。エドワードは単に幼すぎて、この原初的な対立関係を持てなかったのだろうか？　母と父と向き合うことを想像すると、抱きしめることしか考えられない。エドワードはより複雑な関係を経験する機会を失ったのだ。そして今になって、またもや失ったという痛みが胸を刺した。

「今、何度なのか知らないけど」とシェイ。「完璧な気温だね」

エドワードは自分でも気温を確かめたくて、片手を前に出したあと、シェイの言葉に同意した。エドワードは柔らかい草の上に横になる。「シェイ？」エドワードがいう。

「なに？」

エドワードにはシェイの姿は見えない。暗くなっていく空を見上げているのだ。「愛してるよ」

「あたしも愛してるよ」

エドワードは笑った。ふたりがそれを声に出していったのは初めてで、それがなんておかしなことなんだろうと思ったからだ。エドワードは、シェイをずっと愛してきたことを、この先も愛し続けることを、知っている。たとえ、また飛行機が墜落しても、シェイが車にはねられても、心臓発作で倒れても、エドワードが癌になっても、動脈瘤《どうみゃくりゅう》が破裂してふたりの脳が壊れてしまっても、地球温暖化が進んで飲み水が蒸発して、飢えか渇きで死ぬまで民兵の要員とされるようなことになっても、それは変わらない。

「すごく疲れた」シェイがいう。

「ぼくもだよ。あのばかげたレースのせいでさ。あの子たちを引き連れて三時間もカヌーしたんだ」

「カヌーする、なんていう?」

「よくわかんないけど。とにかくあの子たちとカヌーしたんだ」

ふたりはしばらく黙っていた。たぶん、エドワードはうつらうつらしていたのだろうが、周囲の様子はしっかりと感じていた。湖の地形も——湖面の形も深さも——感じていたし、地平線に向かって沈もうとするところをピンで留められているような月の存在も感じていた。兄の不在も感じることができた。兄がいないということが、エドワードの背後に生える木々の一本と同じくらいがっしりとした存在感を持っているのだ。息を吸い込み、吐き出すと、自分の分子が周りの空気中に飛んでいくのが感じられる。たぶん、ぼくは寝ぼけているんだな、とエドワードは思う。シェイが横にいるのを感じる。シェイの分子がエドワードの分子と交じる。エドワードは自分ひとりだけでできていない。シェイの一部をもらって成り立っている。つまり、これまで触れてきたすべての人、すなわち、握手をした、ハグした、ハイタッチした人たちも、エドワードの一部なのだ。ということは、エドワードの両親やジョーダン、そしてあの飛行機にいたすべての人の分子が、エドワードのなかにある。

手紙には、いつもエドワードが抱えなくてはいけない荷物について書かれていたし、エドワード自身もそういう解釈をしていた。失われたたくさんの命の重さを抱えて生きていかなくてはいけない、と。亡くなった人たちの分まで生きなくてはいけない、と。落下したパラシュートをずるずる引きずるように、百九十一人の死者を引きずっていた。だが、もし乗客たちが、エドワード自身の一部になっているのだとしたら、そして時間も人も相互に繋がっているのだとしたら、あの飛行機のなかの人々は、エドワードが今存在しているだけで、ここに存在していることになる。今という瞬間は無限で、２９７７便は飛び続ける。エドワードの頭上のとても高いところ、雲の向こうで。

　エドワードがガレージでジョンに語った、誰も置き去りにするつもりはないという思いは真実だが、その考えが今、さらに広がった。エドワードは今、あの飛行機のなかで兄の隣に座っていて、同時にシェイの隣で地面に寝ころんでいる。ジョーダンは動物虐待について父と議論していると同時に、十五歳のマヒラとキスしていて、少し年を重ねたマヒラは今この瞬間もデリのカウンターの後ろからジョーダンを愛している。

「シェイ？」エドワードがいう。

「うん、なに」

「前に、こんなめちゃくちゃなこと考えてたんだけど……」エドワードはいったんそこで言葉を切る。「でも、今も同じこと考えてるんだ。ぼくが地上にいる限り、あの飛行機はまだ空を飛んでるんだって。ロサンゼルスまでの通常ルートに沿って飛び続けていて、ぼくはそのつり合いをとるための重りなんだ。ぼくが下で生きてる限り、みんなは空で生きてる」

「十二歳のあんたも上にいるの？」

　エディだ、とエドワードは思ってうなずく。

「わかるよ」シェイがいう。眠そうな声だ。「筋が通ってる」

　エドワードは目を閉じたまま微笑む。シェイもわかってくれたから。エドワードは母がファーストクラスの座席で彗星の形をしたあざを指で押す様子を想像する。数学の問題を考えるときに驚いたような表情を浮かべる父を想像する。そして将来の自分を想像する。アルンディ校長の学校で十二歳の生徒たちを教えながら、きみたちは大丈夫だよと話す自分。未来のエドワードはしゃれたツイードのブレザーを着て、助けを必要としている人を助けてあげなさい、自分たちが助けを必要としているときは、救いの手を受け入れなさいと語っている。

　エドワードはマダム・ヴィクトリーが体を折り曲げて笑っていたのを思い出す。その顔は、たぶん喜びで輝いていた。マダム・ヴィクトリーがエドワードに語る声が聞こえてくる。あんたは誰かに、なにかしらの理由があって選ばれたってわけじゃない。キャンパーの質問が聞こえてくる。痛かった？　自分の手のなかにシェイの指を感じる。月の光がまぶた越しに届いて、何年ものあいだエドワードがそのなかを泳いできた苦しみと喪失が、まるでそこにある湖のように、しっかり見える。だが月の光のなかで、苦しみの真の姿は愛だとわかった。ふたつの感情は互いに絡み合っていて、同じ輝くコインの表と裏なのだ。

　エドワードとシェイはその晩、ゆっくり歩いて帰った。太い木々の合間を縫うように歩き、静かな道を横切っていく。自分たちの住む通りに入り、エドワードは叔母と叔父の家の前で立ち止まった。見上げると、子ども部屋になるはずだったが、結局そうなることはなく、今後もならない部屋がある。あの窓の前にいたときのことを思い出す。松葉づえに寄りかかり、痛みに苦しんでいたエドワード。視線をさらに――視界の限界の向こうまで――上げると、飛行機のなかに少年がいた。これからなにが起こるのか、なにも知らない小さな少年が。

午後二時十一分

副操縦士がいう。「今、ＴＯＧＡモードですよね？」

ＴＯＧＡはTake Off, Go Around（離陸、着陸履行）の頭文字だ。飛行機が離陸したり着陸を断念して再上昇――着陸履行《ゴーアラウンド》――したりする際、飛行機はできるだけ効率よく速度と高度を得なくてはならない。操縦士たちは、その重要な局面では、ＴＯＧＡレベルまでエンジンの回転数を上げ、機首をある決まった角度に上げるように訓練されている。

副操縦士は速度を上げ、危険な空域の上方に逃げたかった。だが今いるのは地表近くではなく、上空三万七千五百フィートのかなり薄い空気のなかだ。ここではエンジン推力も翼の揚力も小さくなる。機首を決まった角度に上げても、飛行機の上昇率はずっと低くなる。実際のところ、結果として下降することもあり得る――というか、その可能性は高い。

副操縦士の取った行動は不合理だが、説明がつかないわけではない。極度の心理的ストレスは、脳のなかの革新的かつ創造性に富む思考を司る部分をシャットダウンしてしまいがちだ。精神的にすり減った状態になると、人間は慣れ親しんだ、何度も経験したことのある行動に立ちもどる傾向にある。操縦士は、訓練として、飛行中のあらゆる局面で手動で操縦する練習を積んでいるはずだが、日々のルーティンのなかでは、手動の操縦は、離陸、着陸、旋回といった、高度の低いところで行っている。それを考えあわせれば、副操縦士が、現状に合っていないのに、地表近くにいるかのように操縦してしまったのも、驚くことではない。

飛行機は今、高度の限界に到達した。エンジン出力を最大にし、十八度の角度で機首を上げた状態の飛行機は、一瞬水平に進んでから、地面に向かって下降し始めた。
機長「いったい、なにが起きているんだ？　どういうことだ！」

リンダがいう。「お手洗いに行かなくちゃ」

フロリダがあわてる。「なにバカなことをいってるんだい？　席から立ち上がっちゃだめだよ」

「だって今、お医者さんがファーストクラスに行ってもどってきましたよ」リンダは、ゆとりが十センチにも満たない自分の陣地のなかで足をもぞもぞ動かす。不機嫌な幼児のようなことをいっているのはわかっている。実際、不機嫌な幼児になった気分だ。機体が揺れると、フロリダのスカートの鈴が警告音のように鳴る。リンダは落ち着かない気持ちで座っている。シートベルトは脇腹を締めつけるし、かかとに靴ずれができている気がする。ここから抜け出すことはできないし、飛行機の揺れも尋常ではない。これほどひどい乱気流を経験したことはない。ゲイリーに電話して、こんなに荒いフライトに当たったことはあるかと聞きたい。

フロリダはリンダをじっと見つめていう。「あの女の人が前に行ったのは、誰かが死んだからだよ」

「そんなの嘘です。どうしてそんなことというんですか？」

「誰かを救ったにしては、帰りが早すぎるからね。前の席に行ったときにはもう、尽くせる手はなかったんだよ」

リンダは体を動かして、居心地のいい姿勢を探す。こんなやり取りは異常だ。関わるのもいやだ。この飛行機のなかで死んだ人などいない。そんなこと、絶対に起きていない。空飛ぶ金属の弾丸のなかに、死人と一緒に閉じ込められているなんて、あり得ない。自分の赤ちゃんの最初の歴史に、こんなエピソードが入るなんて、あり得ない。

地上に降りたら、文句をいうつもりだ。でも、誰に文句をいえばいいのかわからない。操縦士を侮辱するようなことはしたくないからだ。でも、誰かがミスをしたのだ。そして今、リンダは妊娠していて、ひとりきりで、小さな鈴たちのコーラスを聞いている。

二〇一六年十二月

エドワードには、この先ずっと頭のなかで繰り返し再生することになる、ドクター・マイクとの会話がある。通常のセッション中のやり取りではない。ふたりはとある土曜日に、高速沿いのショッピングモールで偶然会ったのだ。

エドワードとシェイがその朝そこを歩いていたのは、シェイがベサへの嫌がらせのために、髪を鮮やかなピンクに染めようと美容院の予約をしていたからだ。「今のあたしを憶えておいたほうがいいよ」美容院に入る前にシェイがいった言葉を、エドワードは真面目に受け止めた。目の前にいるのは、身長百六十八センチで陸上選手のようなほっそりとした体つきのティーンエイジャーの女の子。ジーンズの上はスノボ用のジャケットだが、生まれてから一度もスノーボードもスキーもしたことがない。ストレートの茶色い髪は顎までの長さ。大人になっても、きっと変わらずこんな感じなのだろう。普段は優しいけれど、誰かが怒らせればすぐに険しくなる瞳。コンタクトのほうが好きなので、メガネはめったにかけない。そしてそのえくぼは、今も変わらず、エドワードにとってはシェイの気分のバロメーターだ。

「ちゃんと見た？」

「ちゃんと見た」

「オーケー。じゃ、とりあえず行ってくる」

シェイが美容室に入って一時間半経っていたが、そのとき少なくとも、まだもう一時間は残っていた。エドワードはモールをぶらついていて、ドクター・マイクに会ったのだ。ふたりは驚いて笑顔を浮かべた。そのとき初めて、エドワードは、ドクター・マイクよりも十センチくらい背が高くなっていることに気づいた。ドクター・マイクはお茶かコーヒーをごちそうすると誘ってくれた。

　ふたりは飲み物を注文したあと、おしゃれなコーヒーショップの窓際に立った。思いがけず出会ったせいか、数日前に十六歳——兄には到達できなかった年齢——になって落ち着かない気分だったせいか、エドワードはある告白をした。「そろそろ終わりにするべきなんじゃないかって思うんです」エドワードはいう。「ほかの人はみんなあのフライトのことを忘れています。少なくとも、ほとんどの時間は。だけど、ぼくはいまだに、ずっとあのことを考えているような気がします」

　ドクター・マイクは長いあいだコーヒーをかき混ぜていた。窓の向こうを大勢の人が行き交っている。顎鬚のある男が三人立て続けに通る。三人とも前かがみになって、携帯電話の画面のなにかを読みながら歩いていく。妊婦がアフロヘアの幼児と並んでゆっくりと歩いていく。エドワードは心臓の鼓動を感じた。紅茶の温もりがカップを通して手に伝わる。

　そしてドクター・マイクはこういったのだ。「起きたことは、きみの骨に焼きついているんだよ、エドワード。それはきみの肌の下で生きていて、そこから出ていくことはない。それは今、きみの一部で、きみが死ぬまで、ずっときみの一部であり続ける。ぼくと初めて会ったときからきみが学んできたのは、それと共に生きる方法なんだよ」

午後二時十二分

副操縦士がサイドスティックを思い切り引いているので、機首はまだ大きく上を向いていた。飛行機は十分な速度が得られず、コントロールを失う一歩手前だ。機体はまだ乱気流に揉まれていて、翼を水平に維持するのは不可能に近い。

副操縦士がいう。「クソッ。機体が制御できない。機体の制御がまるでできない！」

「わたしが操縦しよう。左席が操縦を担当する」ここで初めて、手動操縦を機長に交代した。

「まったくわけがわからない」副操縦士は座席にぐったり倒れ込んだ。「手動に切り替わってから、サイドスティックをずっと引いていたのに」

「なんだって？」機長が目を見開いた。「サイドスティックを引いていた――なんてことだ！」機長はサイドスティックを前に倒したが、過ちを修正するには遅すぎた。飛行機は機首を上げたまま、四十度の角度で落下している。失速警報が鳴り続ける。

「機体が制御できない！」

「制御不能――」

機体が大きく揺れたとき、フロリダの頭にテレビアニメの一場面が思い浮かぶ。車が一台、崖《がけ》の端のぎりぎりのところで、揺れながらもなんとか落ちずにすんでいる。そこで風向きが変わったり、小さな鳥がボンネットにとまったりして、車は真っ逆さまに落ちていく。アニメでは、それが笑える場面になるのはどうしてなのだろうと思う。

フロリダは自分の温かい手をリンダの冷たい手の上に乗せる。するとふたりは同じアームレストを握りしめることになる。

「こんなふうに一緒にしがみついてやろうじゃないの、ベイビー」とフロリダ。「あたしたちならできる」

「ええ」リンダは小さな声で答えた。

そのときフロリダはぎょっとした。リンダの向こう側に座る人が、混乱しきった顔でふたりを見ている。顔の上の青いスカーフが落ちて、インド人の女性が現れたのだ。なにもいわず、ただふたりを見つめている。まるで今後の自分の運命を言い渡されるのを待っているみたいだ。

フロリダは彼女が今にも叫びだしそうなのを感じ取り、できればそれは避けたいと思って口を開く。「あたしはフロリダ。そしてこっちがリンダ。あたしたちは助け合うためにここにいるんだよ」

その女性はうなずく。たぶん五十五歳だ。柔らかい声でいう。「寝すぎました。起きたとき、きっと間違ったところにいるんだって思いました。間違った飛行機に乗っちゃったんだって」

「わたしたちはロサンゼルスに向かってるんですよ」リンダがいう。

「ロサンゼルス」その女性がいう。「ロサンゼルスでいいんです。よかった」

彼女は横を向いて窓の外を見る。ただ灰色の雲が連なっているだけだ。彼女はふたりのほうに向き直る。「でも？」彼女がいう。

ずいぶん漠然とした質問だ。

「あたしたちにはわからない」フロリダがいう。

「なんにもわからないんです」リンダがいう。

飛行機は急降下していた。機首が十五度上に向き、前進速度は百ノットで、分速一万フィート、四十一・五度の角度で下降している。ピトー管が完全に機能するようになっても、前進対気速度が落ちすぎていて――六十ノット以下まで――感知される迎角《むかえかく》が正しいものと認識されなくなり、失速警報が一時的に止まった。

ふたりの操縦士は、自分たちが実際のところ上昇しているのか下降しているのかについて、信じがたい思いで話し合い、最終的に、下降しているという判断にいたった。高度一万フィートに近づいても、機首はまだ上を向いていた。

「上がれ、上がれ！」

シートベルトを締めて座っていたヴェロニカは、なんとか立ち上がろうとした。機体がこれまで彼女が経験したことのない角度に傾いている。マークとトイレのなかで、互いの体を絡めていたあの瞬間にもどりたいと思う。コックピットのなかのバカどもは、いったいなにをしたの？　ヴェロニカは乗客の元に行かなくてはと思う。乗客たちを落ち着かせ、彼らの役に立たなくてはならない。

マークは座席から半分ずり落ちている。緩かったシートベルトは、ウエストではなく、腋の下あたりにある。見えているのはたぶん天井だろう。ジャックスのこと、そして彼との最後のばかげた口論を思い出す。自分はまだ終われないことにマークは気づく。終わるわけにはいかない。

ジェーンは両手で顔を覆い、自分の内側に沈み込む。こんなに揺れていていては、体は家族の近くに行けない。それで、心のなかで家族のそばに行くことにした。ブルースの膝の上に座る自分を想像する。自分の脚の下にブルースの脚の感触。ブルースの目を見つめる。語るべき言葉はもうないから。それから息子たちにキスをする。何度も、何度も、何度もキスをする。赤ちゃんだったエディが自分にキスしてくれたときのように。

高度二千フィートまで来たとき、センサーが地表に急接近していることを感知し、新たな警告音を鳴らした。機首を前に落としてダイブすることで速度を上げるというやり方はもう間に合わない。

機長「こんなことが起きるはずがない！」

「でも、なにが起きてるんだ？」

「ピッチ角度十度……」

その一・四秒後、コックピット・ボイスレコーダーの記録が途絶えた。

ブルースは自分が向き合ってきた数学について考える。答えを出すことはもちろん、完全に表現することすらできなかった、ひとつの問題にかけてきた六年間。この飛行機の貨物室には、日誌やノートをいっぱいに詰めこんだダッフルバッグが預けてある。去年の八月に突破口を見つけたページを頭に思い浮かべることができる。その晩、ジェーンとふたりで開けたマルベック（赤ワインの一種）のボトルも思い出せる。そのときのブルースは、突破口を見つけたことで、実際よりも解答に近づいたと勘違いしていた。浅はかだった。単にちょっと開けたところに出ただけだったのに、それを森の終わりだと勘違いしていたのだ。

数カ月その勘違いを引きずっていた上に、終身在職権がもらえないと告げられた。この挫折《ざせつ》と失敗にブルースは押しつぶされたが、押しつぶされていることを妻に隠そうとしてきた。自分に問いかけた。どうしてそんなに気にするんだ？　すぐに答えが返ってきた。あの子たちがいるからだ。ブルースは息子たちに、自分がなにかに必死で取り組み――その姿は見せられた――すばらしいことを達成する姿を見せたかったのだ。息子たちに、父親を自慢に思ってほしかった。息子たちが誇れるようなことを成し遂げたかったのだ。

飛行機は急降下している。ブルースは息子たちの手を取り思う。もっと時間が欲しい。

拝啓　エドワードさま

ぼくはライルといいます。かつてコロラド州グリーリーでボランティアの救急隊員をしていました。２９７７便の墜落現場にいちばん近い救急隊に属していました。出動要請のコールが入ったとき、ぼくはショップライト（大手スーパーマーケット）で働いていました。本職は肉屋です。我が家は代々肉屋なのです。ちょうど鶏肉をカットしているところで、美味しく食べるには、肉質がちょっと硬いなと思っていました。こんな細かいことが全部頭に残っているって、おかしいですよね。

それはぼくのショップライトでの最後の日になりました。救急隊員としての最後でもありました。その後、ぼくは働けなくなったのです。ある医師には鬱病だと診断されました。別の医師にはＰＴＳＤだといわれました。あなたが乗り越えてきたであろうことを考えれば、こんなことを書くのも気が引けます。けれど、もしもぼくの話を伝えるつもりなら、そういうことも省略しないほうがいいと思うのです。とにかく、ぼくはそれなりに苦しみ、しばらくして引っ越すことにしました。先祖代々コロラド北部に住んできたというのに。コロンブスより前からいたんですよ。今、ぼくはテキサスに住んでいます。ぼくには、広く、開けた空間が必要なのです。ここは乾燥しているし、緑は少ないですけどね。ぼくは今でも肉屋です。

あなたに手紙を書いているのは、あの日の記憶を頭から振るい落とすことができないからです。あなたはぼくの夢から、くり返し抜け出してきます。あの日と同じように瓦礫のなかから叫ぶのです。もしあなたが手紙を読むのをすでにやめているとしても、もしぼくを破って――この手紙を、ということです――いるとしても、無理もないことだと思います。ぼくもできればそうしたいです。
当時、ぼくの町にボランティアの救急隊員は四人しかいませんでした。もちろん、あれだけ大きな墜落事故ですから、出動要請はもっと広い範囲に、ほかの地区にも出されていました。けれど、ぼくたちはいちばん近かったので、最初に現場に到着しました。ぼくは自分の車で行きました。オリヴィアとボブは救急車に乗りました。もうひとりいたのですが、どうしても彼の名前を思い出すことができません。消防車——郡が何年も頑張って予算を勝ち取って購入したかなり高いやつ——もすぐに来ることになっていました。チーフは実践でその消防車を使えるチャンスを前に、間違いなく興奮していました。

　到着すると、そこはまるでハリウッド映画のセットのようでした。これまで何百回と車で横を通った牧草地の真ん中に機体の一部が横たわっている様子は、クジラが打ち上げられてしまったのを見るような恐ろしい光景でした。最初に思ったのは、なんとかしてあれを空にもどさなくては、ということでした。それがなによりふさわしい最終目標のように思えたのです。

　それまで、ぼくが駆けつけたなかでいちばん深刻な急患は、ベッドで心臓発作を起こした老人でした。奥さんが九一一に電話をかけ、ぼくたちが駆けつけ、老人は助かりました。ぼくたちは訓練を受けていましたが、あんな状況を少しでも想定したものはひとつもありませんでした。オリヴィアはすばらしく有能でした。現場を四つのエリアに分けて、大声でそれぞれに担当を割り振りました。救助を求めている人を探すよう命じたのです。ぼくは左奥に行きました。本体から外れてしまった尾翼のほうです。少なくとも一時間くらいは、金属片や飛び出たシートやそのほかなんだかわからない物体の上を踏み越えながら歩いていました。煙がひどくて咳が出ました。そしてほかの人たちが「ハロー？　ハロー？」と呼びかけているのが聞こえていました。ぼくは、同僚たちがぼくと違って成果をあげて生存者を見つけていますようにと願いました。

ぼくが当たり障りなく終わりにする――つまり、自分の車に逃げ帰る――ためにはどうしたらいいかと考えていたとき、きみの声がしたのです……


エドワードは墜落時の記憶を呼び起こさないようにするために、あらゆる努力をしているが、時々、まるで病のようにそれが襲ってくる。そしてそれが始まると、逃れることはできない。それは眠れない夜の真っ暗な時間に降りてくる。はっと息をのんだ瞬間や、大きな音がして鼓動が速くなったときに忍び込むこともある。

警告もなく、エドワードのなかで飛行機が落ち始めるのだ。

エディは父と兄の手を握る。三人の腕が一本のロープを作り、エディがそれを見ていると、頭上の収納棚のふたがガチャンと開いて、なかから次々にカバンが落ちてくる。エディには、飛行機が上を向いているのか下を向いているのかもよくわからない。

「愛しているよ」ブルースが強い口調でいう。「おまえたちと一緒にいたい。愛しているよ」

「ぼくも愛してるよ」エディがいう。

「愛してる」ジョーダンがいう。

自分たちの言葉が相手に聞こえているのかどうかもはっきりしないくらい、周囲にはありとあらゆる音があふれている。どこかのドアが開いたのかもしれない。上に見えるのは下かもしれない。

「ジェーン！」ブルースはその騒ぎのなかで叫ぶ。

周りの人たちは、これまでエディが聞いたことのないような声を出している。もうこの先も、それを聞くことはないだろう。なにかが裂ける、すさまじい音がした。まるで、世界が真っぷたつに割れたみたいだ。自分の腕に涙が落ちるのが見える。自分の涙だろうか。それともジョーダンの？

音がうるさすぎるし、顔に、体に、かかる圧力が強すぎて、エディは目を開けていることができない。エディは、そしてみんなは、落ちていく。


……最初は、あなたの声がしたことが信じられませんでしたよ、エドワード。誰かの声ではなく、なにかの音だろうと思いました。でも、同じ言葉が響いたのです。何度も何度も。ぼくはその音のほうに向かいました。まるで磁石に吸い寄せられるように。

「ここにいるよ！」

「ここにいるよ！」

ぼくは金属の板を横にどけました。まるでドアを開けるような感じでした。するとそこにあなたがいたのです。あなたは怒っていました。待たされたことに抗議するように。あなたはぼくと目を合わせると、叫びました。「ここにいるよ！」

ぼくはあなたを見つめました。腰の周りにシートベルトを締めたままの小柄な男の子を。するとあなたはもう一度叫びました。それでぼくは前に踏み出して、あなたを抱き上げました。あなたはぼくの首にしがみつきました。ぼくはあなたを救いだした瞬間、自分があなたに救われたように感じました。

　ぼくたちはほかの人たちのところまでもどりました。そのあいだ、声は小さくなったけれど、同じくらいの熱量で、あなたはその言葉を繰り返していました。ここにいるよ。ここにいるよ。ここにいるよ。

エピローグ

二〇一九年六月

エドワードとシェイは窓を全開にしたアキュラ（ホンダが海外向けに展開した自動車のブランド名）でアメリカを横断していた。中古のアキュラはジャックスのお金で買った。

エドワードはそのお金を使って、あの夜、地下室で思いついたアイデアのほとんどを実現させた。シェイとマヒラの大学と大学院の学費はそこから出される――マヒラは有色人種の女子の教育を支援する慈善団体を通じて受け取ったので、エドワードからもらったのだとは知らない。レイシーは、実は病院での仕事で培ったすばらしい管理スキルを持っていて、資金の分配のための偽装工作に貢献してくれた。アルンディ校長が入っている園芸クラブと連絡を取り合い、校長に出どころを悟られないようにという注意書きと共にお金を渡してくれた。クラブは新しく温室を設置し、そこで会合を開いたり、会員それぞれが蒐集《しゅうしゅう》した植物を展示したりできるようにした。もちろんそのなかには、東海岸に生育する様々なシダを集めたすばらしいコレクションがあった。レイシーは、悲劇を乗り越えた人たちを支援するための小さな慈善団体を設立して、エドワードが考えた支援先、つまりゲイリーとゲイリーの勤め先であるクジラの保護基金、ロリー・スティルマン、例の修道女、シェイがいつも写真を持っている三人の子どもたちなどに寄付できるようにした。

アキュラのエアコンはかなり気まぐれなので、外気温は三十度を超えることも多かったが、使わないようにしている。高速道路に乗り、速度を上げて運転していく。シェイの髪——また茶色にもどっている——が後ろになびく。運転がシェイのときは、音楽を選ぶのもシェイなので、ふたりはヒップホップを聴いている。シェイはそれに合わせて時々ビートボックスをやってみせ、そのたびにエドワードはけらけら笑った。エドワードがハンドルを握るときの選曲には、あまり一貫性がない。気分に合わせて選ぶのだ。ポッドキャストを流すこともあれば、バッハのときもあれば、音楽をまるでかけないときもある。

高校の卒業式は二週間前だった。会場は丘の上の白いテント。アルンディ校長が卒業証書を手渡し、コックス夫人とドクター・マイクも参列した。もちろん、レイシーとジョンとベサもいた。その半年前から、エドワードはドクター・マイクの患者であることを卒業していたのだが、このセラピストの姿を見たときにこんなに嬉しい気持ちになることに、自分でもとても驚いた。コックス夫人からの卒業祝いは、息子が最近出版した詩集だった。包装紙を開けたとき、エドワードとシェイは満面の笑みを浮かべた。「ハリソンには才能があるの」コックス夫人はそういいながら本を高く掲げ、みんなに表紙が見えるようにした。「ウォルト・ホイットマン賞を受賞したんですからね。すばらしく名誉なことなのよ」

そのあと、アルンディ校長が公的な責務を終えると、みんなで高級レストランでのディナーに出かけた。大人たちはワインをたくさん飲んだが、コックス夫人だけはマティーニを飲んでいた。ドクター・マイクとアルンディ校長は、子どものころふたりにとってとても大事だった、とある年のワールドシリーズについて話し込んでいた。コックス夫人はふたりが球団のメッツについて話しているのを聞き間違えて、自分が今シーズン、メット（メトロポリタン美術館）でなにを見たかという話を始めた。エドワードとシェイは、お祝いの席だからということで、一杯ずつワインを飲むことを許された。

　デザートのとき、エドワードは自分を含むその場の全員を驚かせるようなことをした。グラスを片手に、いきなり椅子から立ち上がったのだ。集まった人たちの顔が一斉にエドワードに向けられる。よく知った顔が並ぶのを見ただけで、エドワードの心のなかにある家具がひとつ、ことりと動いたような感じがした。「みなさんに感謝を伝えたいです。みなさんひとりひとりに。本当にありがとうございました」エドワードがいったあとしばらく間があいて、シェイがグラスを掲げた。それから全員がそれに倣ったが、誰もが少し泣いていたかもしれない。ジョンはレイシーを見ていった。「ぼくたち、ちゃんとやれたね」レイシーは涙で目を輝かせながら笑っていった。「やれたみたいね」レイシーが夫に身を寄せてキスをしたとき、エドワードは椅子に座り、テーブルにいた全員が喝采《かっさい》を送った。

　コロラドに着いたシェイとエドワードは、目的地にいちばん近いホテルにチェックインする。ホテルの受付係は、きみたち、ちょっと若すぎじゃないかい？とでもいいたそうにいぶかしげな視線を送ってきた。ふたりは身分証を持っていたが、受付係は肩をすくめただけで、それを提示しろとはいわなかった。エドワードとシェイはこの旅行のために、何カ月もかけて大人たちを説得した。

「あとほんの一、二年待ちなさいよ」ベサはいった。「どうして今じゃなきゃならないの？　まだ《ソロ・》十八歳《ティエネス・ディエシオーチョ》なのに」

　レイシーはいった。「十八歳は大人だって思っているでしょうけど、実際は違うのよ。こんな大がかりな旅なら、運転だってもっと経験を積まなきゃいけないし」

エドワードは負けなかった。「どうしても大学に進む前に行かなくちゃいけないんだ。シェイとふたりで行かなくちゃいけないんだ」それよりいい理由は思いつかなかった。エドワードは、これは自分がしなくてはいけないことで、それをするのが今だということが、ただ、わかっていた。秋にはエドワードとシェイは共に大学に進む。シェイが前に予言したように、エドワードはすべての大学に受かったが、願書はどれもシェイと同じ大学に出していたので、シェイが受かったなかから一校を選ぶのを待って、同じ大学に入学することを決めたのだ。

　シェイが母親からのすべての電話、すべてのメッセージに応じると約束して、ベサはやっと旅行を許可した。それだけでなく、ベサは、シェイの携帯電話に位置情報追跡アプリをインストールさせた。「道に迷ったときのためよ」ベサはいった。「こうしておけば、あたしが迎えに行けるからね」

　ふたりは屋内プールで泳いだ。隣り合わせの部屋を取り、エドワードのクイーンサイズのベッドの上で、トランプでジンラミーをして遊んだ。夕食はホテルの隣のダイナーで取った。翌朝ふたりは、地平線から太陽が顔を出すか出さないかという時刻にアキュラに乗り込んで、目的地まで十二分ドライブした。エドワードは道中、吐き気を感じた。この旅をするのはエドワードが決めたことだったのに、自分には選ぶ権利がなかったような気分だ。自分がかつて奇跡的に生きて逃れることができた場所にもどるというのは、はたしていい思いつきだったのだろうかと思う。二度目は逃れられなかったらどうしよう？　あの地面がエドワードをじっくり観察してから、草木のはびこる頭を揺らして丸のみにしてしまうという悪夢を何度も見たのだ。

　目的地の隣に舗装していない小さな駐車場がある。空はピンクと黄色の線を引いたようで、太陽はまだ昇りかけの状態だ。ほかに誰もいない。ふたりがそこに行くのを火曜日にしたのは、計画の上でのことだった。シェイが調べた結果、訪れる人がいちばん少ないのが火曜日だったからだ。

「あんただってこと、誰にも気づかれたくないものね」シェイはいった。ふたりはネットの記事で、慰霊碑のことや、その慰霊碑のおかげで若い彫刻家が有名になった話を読んでいた。記事によれば、そこを訪れる十四歳から三十歳までの男性は、エドワード・アドラーかと尋ねられるのだそうだ。

　駐車場は低い木製の柵で囲われていて、その向こうは牧草地だ。エドワードは車から出る。空気は澄んでいた。エドワードは何回か深呼吸をした。前方の野原の真ん中に、その彫刻がある。百九十一羽の銀色のスズメの群れが、飛行機の形を作って飛び立とうとしている。

「きれい」シェイがささやく。

　ふたりは並んで野原を進んでいく。丈の長い草が、ふたりのすねに当たる。ふたりは短パンにトレーナーという姿だ。鳥でできた飛行機の尾部まで来ると、エドワードは立ち止まって見上げる。銀色の鳥たちが空に向かって広がっている。いちばん低いところにいる鳥は、エドワードの手の届くところにいる。その彫刻は生で見ると、写真で見るより小さい。小さなセスナ機くらいの大きさで、民間旅客機のそれではない。

　エドワードはその場でぐるりと回る。慰霊碑があることを除けば、あの事故がこの地に残した痕は見当たらない。どちらの方向を見ても、緑の草地が広がっている。ここまで運転してきた道路、ふたりの車、淡い色合いの空の広がり。空の大きさが果てしなくて、エドワードは感覚がおかしくなってしまったような気がした。世界のほとんどが地平線のなかに押し込められているように感じられるのだ。

「エドワード」とシェイ。シェイは慰霊碑の正面近くにいる。鳥たちが上を向いて飛び立とうとしているあたりだ。金属の支柱の上に銘板がついている。エドワードは動かない。そこに書かれた事実はすべて頭に入っているからだ。事故の日付、フライトナンバー、失われた命の数。

あの記事には、慰霊碑の除幕式の日に撮った写真がついていた。この鳥たちを取り囲む五十人ほどの団体。犠牲者遺族が少し頭をそらし、金属の慰霊碑を覆っていたキャンバス地の布が外されるのを見上げているところ。人種も年齢もまちまちな人々だ。上を見ていないのは癖毛の幼児ひとりだけで、その子は這《は》うような姿勢で草を観察していた。

エドワードはその写真を長い時間をかけてじっくり見た。それぞれの顔に注意を向けながら、ベンジャミン・スティルマンのおばあさんや、新しい人生、新しい体を持ったフロリダを捜している男はいないだろうか、ハリソンという名の詩人もいるかもしれないと考えた。

「あの丘に行って座ろう」エドワードがいう。

シェイは前もってグーグルマップで近辺を調べていて、慰霊碑の五十メートルほど先に、座って休むのにちょうど良さそうな小高い丘を見つけていた。もし、今日慰霊碑を見にくる人がいても、その丘に来ることはおそらくないだろう。

丘に上がると、エドワードは倒れ込むように座った。脚に力が入らなくなっていたのだ。変な気分だったが、そうなることは予測していた。なにしろ、この野原がぱかっと口を開けてエドワードをのみ込んで、最初のしくじりのリベンジを図ろうとするのではないかとさえ思っていたのだ。エドワードは、まるで自分の奥底に埋め込まれた時計から知らされたように、今いる場所の真上での、六年前のあの十億分の一秒を意識した。あの飛行機がまだ飛行機で、乗っていた人たちがまだ生きていた、あの最後の瞬間。

あの十億分の一秒を越えてきたのは、エドワードただひとりだ。そして今、エドワードはまた、ここにいる。兄や父よりも背が高くなり、ベンチプレスで自分と同じ体重のバーベルを上げることができる、母と同じ目をした自分。ここに来たことで、エドワードは円を完成させた。欠けるところのない円を作った。ここを去るときには、この完璧な円を——この瞬間とこの場所にあるすべてのものを——腕に抱えていくことができる。

エドワードは目を閉じる。飛行機の座席に座ってシートベルトを締め、兄と父の手を握る少年であり、その飛行機が墜落した地面に座る青年でもある。エディであり、エドワードでもある。

目を開いたとき、エドワードは、これまでずっと見てきた写真は、このアングルから撮ったものだということに気づいた。おそらくカメラマンはこの丘に立ち、望遠レンズを使ったのだ。結局、エドワードは最後まであの写真に写っていたのが誰なのか、ひとりも特定できなかった。彼らの愛する人の顔はわかっていたが、彼らのことは知らなかった。赤毛の医師の両親は赤毛なのだろうか？　エドワードは知らなかった。茶色い肌の年配の女性は五、六人いた。どの人があの軍人の家族だろう？　あの写真のなかの人のうち、何人が自分に手紙を書いたのだろう？

野原の草は揺れていて、草のあいだにあの日死んだ人たちと、その人たちの家族の姿がちらちらと浮かんで見える。磨き上げたスプーンのように光を反射させる銀色の鳥たちを見るためにここに来た家族たちだ。エドワードは思う。マダム・ヴィクトリーのいったことは正しかった。ぼくは特別じゃない。ぼくは選ばれたんじゃない。

エドワードの横で肘をついて座っていたシェイがいう。「あんたはラッキーだったね」

エドワードはシェイを見た。シェイがエドワードの考えていたことの結論をいったからだ。

シェイは声をつまらせながら続ける。「つまりね、あたしもラッキーだったの。あんただったってことが、すごくラッキーなんだよ」

一瞬、肩をすくめてやり過ごしてしまいそうになったが、今のエドワードにはそうしてはいけないのだとわかった。シェイは自分のなかにエドワードの存在を抱えている。エドワードが兄の不在を抱えているのと同じように。ジョーダンの不在が自分のなかにずっと残り続けることを、エドワードは知っている。両親のことは少しずつ忘れていくようになったとしても。そもそもエドワードは、成長して母と父の元を離れるはずだった。秋になって大学に進学すれば、ジョンとレイシーの元を去るのと同じことだ。これは自然の法則だ。だが、エドワードがジョーダンの元を去る予定はなかった。ふたりは共に成長し、年を重ねていくはずだった。ジョーダンがいないということは、いつまでも痛みを伴って感じられるだろうし、その痛みが和らぐことはないだろう。そして、自分がいなければ、シェイの人生の一コマ一コマが違ったものになっていただろうということも、客観的に理解できる。違う友達がいたかもしれないし、友達はいなかったかもしれない。ベサとの喧嘩も違ったものになっただろうし、違う本を読み、違う悩みを抱えただろう。

　まるでエドワードの考えていることがまた聞こえたかのように、シェイがいう。「あたし、ずっと逃げようとし続けてたかも。ほんとに出ていきやしないのに。それにきっと、あの子たちに手紙を書くことなんてなかった」シェイは空を見上げる。「たぶん、今のあたしよりずっと小さなあたしだったと思う」

　シェイが今のシェイなのは、エドワードがいたからだ。そしてエドワードが生きている——ただ生存しているというだけでなく、ちゃんと生きている——のは、シェイがいたからだ。大型ハドロン衝突型加速器の研究をしている科学者は、ふたりの人間のあいだの空気になにが起きているかだけでなく、加圧された空気がふたりの人間の肌の内側にもたらす変化についても発見したいと考えているのだろうか。理科の教師の言葉が聞こえる。我々のあいだにあるのは、空っぽの空間ではないんだ。

エドワードの頬に当たる空気は、今は穏やかだ。小さな銀色の鳥たちは空を目指している。エドワードとシェイは、ふたりで同じ情景を眺めている。ふとシェイを見ると、シェイはすでにエドワードを見ていた。頬のえくぼが深い。

「なに？」

シェイはなにもいわないが、そこに流れているもの——ふたりのあいだに途切れることなく流れ続ける言葉にならない会話——はうるさいくらいだ。シェイは、エドワードが最初にシェイの部屋に入ったときの、ピンクの雲の柄のパジャマを着た少女で、今から十年後に自分たちの娘を産むことになる女性で、今ここにいて、開けっぴろげな表情で自分のすべてをエドワードに与えてくれている女の子だ。

エドワードのなかから兄の声が聞こえる。少しの時間も無駄にするな、少しの愛も無駄にするな、と。エドワードはシェイがこちらに体を寄せてくるのを見る。そしてエドワードにキスをしたシェイは、空を完全に覆い尽くした。

謝辞

子育てをしていて大きな驚きであり喜びだったことのひとつが、息子たちのあいだの深く、惜しみない愛情を見守ることでした。この小説に出てくる兄弟は、私の息子たちと似てはいませんが、あの兄弟のあいだの愛情は完全に、息子たちの関係にインスパイアされたものです。マラキーとヘンドリクス、愛にこんなにも様々な色合いがあるということを教えてくれてありがとう。

　この小説のモデルとなった航空機墜落事故はふたつあります。まずは二〇一〇年のアフリキヤ航空７７１便の墜落事故。唯一の生存者は九歳のオランダ人の男の子でした。その小さな男の子が悲劇から立ち直っていけるのだろうかという思いにかき立てられるようにして、私のなかでエドワードというキャラクターが生まれました。もうひとつはエールフランス４４７便。この事故を理解するにあたり、*Popular Mechanics* 誌に二〇一一年に掲載されたジェフ・ワイズの「エールフランス４４７便の機内では、なにが起きていたのか」という記事が、大変有益でした。専門的知識に則《のっと》った彼の記事がなければ、私はこの小説のなかでコックピットのシーンを詳細に描くことはできなかったでしょう。航空学とテクノロジーと心理学の交差に興味を持たれた方は、彼の著作を読まれると良いと思います。なかでも最新の著書である *The Taking of MH370* をお勧めします。『エドワードへの手紙』の操縦士たちの会話の一部に、エールフランス４４７便のブラックボックスに実際に録音されていた会話をお借りしています。ここでの私の目標は、彼らの人間的な体験に敬意を表し、正確に描くことでした。このフィクションをインスパイアしてくれた、実在した人々――ルーベン・ヴァン・アソウ、ピエール＝セドリク・ボナン、マーク・デュボワ、デイヴィッド・ロバート、そしてアフリキヤ航空771便とエールフランス447便の乗客全員――に、敬意を表することができていれば幸いです。この二機の機内の様子を頭に描こうとしているうちに、あなた方、そしてあなた方が愛した人々に共感する思いが募っていきました。この共感が、2977便という現実にはない飛行機の物語に反映されていると良いのですが。

飛行機が墜落した場合に「誰がいくらもらうか」ということに関する法律関連の事柄について、専門的な助言をくれたアリーシャ・バトラーに感謝します。その分野で、私が間違ったことを書いていたとしたら、その責任は私にあります。アリーシャを紹介してくれた私の友人、アビー・マザー、本当にありがとう。軍関係のことをご教授くださったフランク・フェアに感謝します。ロバート・ジマーマンには、航空機や操縦に関して、貴重な情報をいただきました。執筆を始めるころにはたくさんの質問に答えていただき、書き終えたあとには、間違いの修正に協力してくださいました。操縦関係で正しきれなかった間違いがあるならば、それはすべて私の責任です。

私のエージェントであるジュリー・バリールは、とにかくすばらしい人で、彼女が私の人生に関わってくれたことに、感謝しています。ジュリーとザ・ブッククラブのみなさんの手助けやサポートに感謝します。なかでも、ジェニー・マイヤー、キャスピアン・デニス、ニコール・カニングハム、ハイディ・ゴールに特別な感謝を。

ホイットニー・フリックは、私と同じくらいこの本に愛情を注ぎ、編集過程において導いてくれました。おかげで、楽しい作業になりました。彼女が私の編集者でいてくれたことが本当にありがたいです。すばらしいスーザン・カミルと仕事でご一緒する機会を持てたことに感謝しています。クリオ・セラフィムがこの作品に尽力してくれたことにも感謝します。英国のヴァイキング・プレスのヴェネチア・バターフィールドの手にこの本が渡ったことに、この上ない喜びを感じます。

　ブレトゥン・ブルームとコートニー・サリヴァンは、私と私の作品のことをとにかく信じてくれました。その思いは私にとって大きな贈り物でした。ふたりが大好きです。ステイシー・バズワースとリビー・ファーンリーも共に働いてくれました。ふたりにも感謝を伝えたいです。力強く、すばらしい女性たちが私の人生に関わってくれているのが、とても幸運なことだと思っています。

　両親にも支えてもらいました。ふたりの娘として生まれてこられて幸運でした。キャシー・ナポリターノ、ジム・ナポリターノの支えは、私にとってかけがえのないものでした。姪のアニーには、本のなかで感謝を伝えてねといわれたので記します。ありがとう、アニー！　ケイティもね。

　私は *One Story* 誌の仕事（どうぞ *One Story* 定期購読の申込みを！）が大好きです。共に働く人々が大好きです。マリベス・バッチャ、リナ・ヴァレンシア、パトリック・ライアンに感謝します。私も、アディナ・タルヴェ＝グッドマンを愛した多くの人々のひとりでした。彼女はたくさんの本を書くべきでした。たくさんの本の表紙から微笑みかけてくれるべきでした。ですから、ここに彼女の名前を記したいと思います。アディナ、あなたがいないことが悲しいです。

　ヘレン・エリスとハナ・ティンティと私は、三脚スツールの脚のような関係です。私たちは一九九六年以来、互いの作品を読み続けています。作品を改稿するとき、彼女たちの声が頭に響いています。彼女たちがいなければ、私の人生はまったくの別のものに、今より小さいものに、なっていたことでしょう。

訳者あとがき

旅客機墜落事故で百九十一名が死亡。唯一の生存者は十二歳の少年だった……。物語は、少年エドワードが事故のあと入院生活を経て叔母夫婦の家で暮らす六年間と、ニューアーク空港でエドワードたちを乗せた飛行機が墜落する直前までの約六時間の空港や機内の様子が交互に語られることによって進んでいく。

飛行機に乗り込む前のエドワードは、両親と兄から惜しみなく愛情を注がれている素直な少年で、思春期真っただ中で自立心がある兄が空港でボディスキャナーの検査を拒否したときも、心細さのために母親の手のなかに自分の手をするりと滑り込ませるような幼さを残している。そんな彼が事故に遭い、家族を失い、たったひとり生き残った。「奇跡の少年」がテレビのワイドショーの話題をさらい、検索ワードの上位にランキングし続け、フェイスブックやツイッターで本人のなりすましアカウントが出現するなか、エドワード自身は話すことも食べることも眠ることも満足にできない。

本書は二〇二〇年にアメリカで刊行された*Dear Edward*の全訳である。作者のアン・ナポリターノは、二〇一〇年に実際に起きたアフリキヤ航空771便の墜落事故をきっかけに、この作品を書きはじめたという。それは、南アフリカのヨハネスブルクからトリポリに向かって飛び立った旅客機がリビアで墜落し、搭乗していた百四名のうち、九歳のオランダ国籍の男児を除いた百三名が死亡するという大惨事だった。病院にいる男児の写真を報道で目にした当時のことを、ナポリターノはインタビューで語っている。「この子が救われるにはどうしたらいいんだろうと思いました。最悪の状況のなかでも、子どもがちゃんと生きていけるようになるためには、どうすればいいのだろうと。今この瞬間、目の前にずぶ濡れで絶望した様子の子どもが部屋に入ってきたら、わたしたちはみんなでその子に駆け寄るだろうと思います。そういう気持ちはわたしたちのなかにあります。わたしは、紙の上にそれを示したかったんです。紙の上にそういう世界を創りたかったんです」

　ナポリターノがエドワードのために創った世界には、結婚生活が破綻しかけている叔母夫婦と隣家に住む少しエキセントリックな同い年の少女、シェイがいる。自身に子ができないことに思い悩んでいた叔母が、姉の死と思春期の息子の母親代わりを務めなくてはならないという状況をゆっくりとだが受け入れていき、大切な人を守りたいと思うあまりにがんじがらめになっていた叔父が自分の弱さを認めることで家庭を修復していく。絶望的な状況にある主人公を描きながらも、痛みを抱えているのは決して彼だけではないということが慎重に描かれている。

　物語序盤には当然陰鬱なシーンが多いが、登場したてから明るく楽しく頼もしかったシェイの魅力は、エドワードだけでなく読者にとってもありがたい存在だと思う。出会ったときから、エドワードのことを恐ろしい悲劇を生き延びたかわいそうな人ではなく、興味深い人間だととらえたシェイ。シェイがエドワードをハリー・ポッターみたいだと熱っぽく語るシーンがあるが、腫れ物に触るように扱われてばかりいたエドワードが、そんなふうにまったく遠慮なく接してもらえたことで、ようやく呼吸が楽になる。ふたりの思春期らしい心の通わせ方、不器用な喧嘩、瑞々しく強い愛情には、この作品を読むなかで予想していなかったさわやかなときめきを味わった読者も多いのではないだろうか。さらにエドワードは、校長との関わりからシダを世話することで情緒を整え、ウエイトリフティングで身体を鍛え、少しずつ再生の土台を作っていく。

だが、エドワードが大きな一歩を踏み出すためには、やはりあの飛行機と向き合う必要があった。機内とはよく考えてみるととても特異な場所で、そこでは密閉された空間にまったく関わりのない人と隣合わせのまま、何時間もの時を過ごす。問題の事故機にたまたま乗り合わせただけの彼らが最期の時間をどのように過ごしたのかは、ブラックボックスにも記録されていない。彼らを愛する人々からすれば、それを知っている可能性のある唯一の人物であるエドワードと連絡を取りたいという欲求は自然なものかもしれない。彼らの多くはさらに、亡くなった人の分まで生きてほしいとエドワードに過度な思い入れをして手紙を送る。だがそれはエドワードにとってみれば理不尽な、あまりにも重すぎる要求だ。エドワードの叔父は、その重みから甥を守るために当初は手紙を隠しているのだが、結局手紙が、エドワードが自分の足で前に進むためのきっかけとなる。

ナポリターノは構想の初期段階から、空で起きていることと地上で起きていることの接点として、犠牲者の家族からの手紙を使おうと考えていたという。エドワード自身も物語のふたつのタイムラインを繋ぐ存在であるがゆえに、彼にとってこれらの手紙は大きな意味を持つのだ。また機内の時間を細切れに読んできて、そこに出てくる登場人物たちに関しては、ほんの一面しか見てこなかった読者にとっても手紙の情報は大きい。莫大な財産はあるが病に侵された孤独な老人は、実は元妻や息子にとって意味のある存在だったし、妊娠した事実を機内で知って混乱している女性の恋人は、彼女を心から愛していた。読者にとって、手紙は登場人物たちの理解に深みを与えるものであり、ミステリーの伏線が回収されるような気持ちよさも感じさせるのだ。

墜落事故のメカニカルな問題に関しては、二〇〇九年のエールフランス４４７便墜落事故が参考にされている。本書の謝辞にもあるように、４４７便のブラックボックスに録音されていたコックピットでの会話も引用されている。ナポリターノは多くの資料に当たり、多くの人に話を聞き、八年もの年月を費やして本書を書いた。たくさんの人命が失われた事故を設定に拝借するためには、丁寧な準備をして、実在した人々に敬意を持って臨む必要があったのだろう。痛みを乗り越えるために必要なのは、自分だけでなく他者の苦しみをも想像し理解しようとすることだということが、この物語の大きなメッセージのひとつなら、ナポリターノが物語を紡いだやり方こそがそれを実践しているのではないかと思う。

ナポリターノの三作目の小説として発表された本作は、瞬く間にニューヨーク・タイムズ紙のベストセラーリストに載り、ワシントン・ポスト紙、ボストン・グローブ紙などの各紙やアマゾンやグッドリーズなどの発表するベストブックオブザイヤーのリストにも挙げられ、現在各国の三十近い出版社により出版されている。また Apple TV にて連続ドラマ化されるというニュースが報じられている。ナポリターノ自身は夫とふたりの息子とともにブルックリンで暮らしている。アフリキヤ航空の事故当時は幼児だった息子たちが、本書を執筆している八年のあいだに事故に遭ったときのエドワードと同じ年頃になったが、ふたりのあいだの兄弟愛が、エドワードと兄との関係に深く影響を与えたということだ。

最後になるが、本書を訳出するにあたり、多くの方にお世話になった。なかでも原文と訳文とのつきあわせのみならず、細かい事実の確認などまで丁寧にチェックしてくださった翻訳家の杉本詠美さん、そしていつも細やかな配慮をしてくださる河出書房新社の竹下純子さんに、この場をお借りして感謝の意を表したい。

二〇二二年四月

桑原洋子

著者略歴

アン・ナポリターノ

Ann Napolitano

本作以前に二作の小説 *A Good Hard Look* と
Within Arm's Reach を発表している。
また、文芸誌 *One Story* の編集者としても活動した。
ニューヨーク大学で文学の修士号を取得しており、
ブルックリン・カレッジの文学修士取得コース、
ニューヨーク大学の生涯教育プログラム、
ゴッサム・ライターズ・ワークショップで創作を教えた。
夫と子どもふたりとともにブルックリン在住。

訳者略歴

桑原洋子

Kuwahara Yoko

翻訳家。慶應義塾大学文学部英米文学科修士課程修了。
訳書に『モダンラブ　いくつもの出会い、とっておきの恋』
『モダンラブ　さまざまな愛のかたち』『空の上には、何があるの?』
『科学ってなあに?』『くさい!』(以上河出書房新社)、
『ティアリングの女王』『煙と骨の魔法少女』(以上早川書房)、
『人生なんて、そんなものさ～カート・ヴォネガットの生涯』(柏書房・共訳)、
『わたしの美しい娘』(ポプラ社・共訳)などがある。

エドワードへの手紙

2022年6月20日　初版印刷
2022年6月30日　初版発行

著　者　アン・ナポリターノ
訳　者　桑原洋子
装　画　安藤巨樹
装　幀　アルビレオ
発行者　小野寺優
発行所　株式会社河出書房新社
〒151-0051 東京都渋谷区千駄ヶ谷2-32-2
電話　03-3404-1201(営業)
03-3404-8611(編集)
https://www.kawade.co.jp/
組　版　KAWADE DTP WORKS
印　刷　三松堂株式会社
製　本　大口製本印刷株式会社

Printed in Japan ISBN978-4-309-20856-5